锐势力 Rui Shili

名家小说集

野莽 著

文坛五环外自由写作者

开卷·中国当代实力小说家作品

GONGYUAN 1985NIAN DE TAOPAO SHIJIAN

公元1985年的『逃跑事件』

中国文史出版社

图书在版编目（CIP）数据

公元1985年的“逃跑事件” / 野莽著. -- 北京 ：中国文史出版社，2019.8

（锐势力·名家小说集）

ISBN 978-7-5205-1199-5

Ⅰ. ①公… Ⅱ. ①野… Ⅲ. ①中篇小说－小说集－中国－当代 Ⅳ. ①I247.5

中国版本图书馆CIP数据核字(2019)第164364号

责任编辑：全秋生
封面设计：徐　晴

出版发行：中国文史出版社
地　　址：北京市海淀区西八里庄路69号　　邮编：100142
电　　话：010－81136602　　81136603　　81136606　（发行部）
传　　真：010－81136655
印　　装：北京温林源印刷有限公司
经　　销：全国新华书店
开　　本：787×1092　　1/16
印　　张：16　　字数：248千字
版　　次：2020年1月北京第1版
印　　次：2020年1月第1次印刷
定　　价：48.00元

目录 CONTENTS

罪　　孽

——写给十年后的一位少年

1

当我写下这两个字，我已不再想说它是谁。虽然我还记得，很多年前有一位上海青年写过一篇题目是另两个字的小说，它曾诱发了无数人的心伤。随着年代的逝去，那为钝器所击的痛感渐渐在人的心中消失，大约是伤口已经愈合的缘故，甚至连小说的女主人公也一道。她的妈妈死了，她还活着，极有可能她也是一个女儿的妈妈。她的妈妈的伤，她的伤，能遗传给她的女儿吗？但愿心灵的伤痛不是疾病，但愿连她的心伤也已平复。我想她若有可能成为一位女性的写作者，一如现实中许多历经磨难的女人，为了新的追求是否已学会忘却，另写出大量技术高超的文字。在当今的文宴上，无爱也无恨的故事正在成为佳肴，抑或无是也无非，无荣也无耻。

然而这伤痕确能遗传，无论人信还是不信，我是信的，奇羊也信。我这样写着，奇羊六岁的遗孤就依偎在我的膝边，一双好奇的眼睛紧盯着我的荧屏，全然不知这是一本十年后他才能读懂的书，小手儿几次伸向键盘，想亲自敲出一个字来，每一次都被我小心地拦回原处。在偶尔的一扭头间，我看见这一张令我心碎的天真小脸，再过十年，等上面开始长出黑色的茸毛，那时它的表情必当不是这样的了。

我明知写下这个，没有稍微一点的封赏，但我要写，仅仅是为了记载，为了奇羊亡灵的嘱托。我必须为他的孩子记下这样一件事情，留待他长大了能够明白。我希望奇羊从父亲心上染得的伤，不再遗传给他的孩子，尽管我已怀疑有这种可能。

它会有的，而且会与孩子一道长大。

2

你父的亡灵像一缕黑色的火焰，我走它走，我停它停，时隐时现地缥缈在我眼前大约三米的地方，引领着我去往杭州，去往据说是人间的天堂寻你，帅儿。

我背上一只匆促整理好的黑色旅行包，走进北京的地下铁道，在水磨大理石铺就的路面上，我右肩上的旅行包猝然落地，那从地下升起的闷声一响令人心中生起一种阴冷的恐怖，走在我身前和身侧的人都扭过头来，用警惕的眼色视察我脸，紧接着便仓皇离去。他们必然是发现了我满脸的黑气，你父的火焰在我脸上罩下的阴影。我低头捡起地上的包，发现它是背带和包的连接处已经脱离，便提在手中，继续行进。但是重新迈腿刚走出第七步，旅行包第二次掉在脚下，是提手和包的连接处也出了故障。这一次的声音连我自己也大吃一惊，它像夏日的黄昏在松软的土地上扔掉一个烂掉的西瓜。我索性把旅行包抱在胸前，孕妇一般挺身而行，此时一辆地下列车恰好开来，停在我的身边把门打开，它正是我要去的北京站的方向，我飞身进了车厢。

黑色的火焰在空中战栗了一下，似乎也想进入车中，但是车门在这一瞬间就关闭了，随着列车哐的一声启动，它只好留在了车窗以外，以呼啸而去的列车的速度与我平行，在浮光掠影的窗外继续引领着我。窗玻璃外飞闪而过的各种广告美人，因了它那黑色火焰的飘动而笼上一层透明的黑气，我想我的脸上也一定如此。我听见一个声音在空中说话，这声音熟悉如我自己，它对我说，哥哥，不吉的征兆已经出现了，但是你不能不跟随我去，这是命中注定的一次旅行。我对它发出一个尖厉的冷笑，随着这一笑的出唇，我的一腔热泪也从眼眶汹涌而出。

帅儿，你父奇羊他是为你而死，也是因了你母。无父无母的孤儿你正在遥远的异乡等候着我的迎归，纵然包断两度我也会随了他去。虽然我是心说，但是奇羊的亡灵却已听到，因为那团火焰向下轻轻地一个滑落，像是点头或一声放心的感叹，继而又飘动在我的头顶，幽幽的依然黑色。

我怀抱着背带和提手均已断裂的旅行包，走出地铁来到北京站口，在一只敞开的垃圾桶前弓下身子，拉开包链，将手伸进里面。几乎正如我的担心，光滑而坚硬的，雀巢瓶权当的水杯没有了，一堆玻璃的碎片摊散在包的底层，我的手指突然有了刀割的痛感，我知道是遭了被打碎的水杯的暗算，慌忙退出手来，果然它已鲜血淋淋。

血，空中熟悉的声音再一次说，颤颤地带着些许的恐惧，些许的悔愧，随着火焰它向后退了一些。血光之灾将再一次降临在我们家中，我不愿再看见它了。听着它的说话我继续冷笑，那声音从黑色的火焰中发出，地铁车厢里的人闻所未闻，他们津津有味地议论着一件国家新近发生的事情，唯我一人才能听到。

什么也不要想什么也不要说了，我用心向它回答，奇羊，你的爱子他就是你，而我的兄弟你就是我，我必把他找到，带他在我身边，让他长大成一个你。这样说过之后，我把血手举到嘴边，用口腔吮尽上面的鲜血，被玻璃碎片划破的伤口显露出来，是一把笔挺的剑的造型。血再出来，我再吮干，直到毒气消尽，然后屈起一根指肚将它捏死，睁眼四顾。

在车站的左侧，我看见一个坐在手摇补鞋机前的老头，正在静候像我这样出师不利的倒霉的行者。我看看腕上的表，快步走到老头的面前，要他在三分钟内修好我包上的背带和提手。修包老头面无惧色，他命我倒出包里所有的物件，一样也不许留，只把空包给他。我犹豫了一下，按他说的做了，包括里面藏了一万元现金的笔记本，也堆放在他那架手摇机前。我忧心如焚，不时看表，这就不免酿成了此行前的第二个悲剧。待老头将我的包修好，开口向我要三块钱时，在一低头间我蓦然发现，我那个贵重的笔记本已不见了。

我的身边没有一个贼眉鼠眼的人可供怀疑，只有一位穿迷你裙的风骚娘们儿，她一腿立地，一腿悬空，双手捧着一只头上极尖的时髦的皮凉鞋，正如献花一般迫切地献给老头。因为弯腰的缘故，娘们儿黄色真丝上装从衣领处垂下一个大的洞口，正好能迎接住我的视线，那里面一双不为任何衣物所罩的雪白的丰乳，随着她地上那只脚的不停跳动，像两只饿了的小动物在蹦上蹦下，同时从她高高跷起的那条大腿的根部，迷你裙掀开一角的地方，她的透明内裤里已显露出一团黑色。

这不是平日的休闲时光，不是我为编撰一篇小说而出门猎取艳闻的时刻，因此我根本无心观阅这道赏心悦目的风景，也自知不能捉住拿走我一万元现金的窃贼了。我蹲下身子，把地上的物件慌乱地装回包中，从裤兜里掏出三块零钱打发了修包老头，背起包便直奔站口。候车室的喇叭正在响着，三十一次开往杭州的列车已进站了。我一边奔跑一边抚摸裤兜，想起一句丢了西瓜捡起芝麻的民间谚语，心里不禁发出苦笑。现在我的全部资金，就只剩下了裤兜里的三百块钱。

黑色的火焰仍在我头上三米的地方幽幽地飘动，在整个的车站大厅，整个世界，唯我一人才能看见，那是你父奇羊的亡灵，帅儿。它引领着我，我停它停，我走他走，但它却未能保佑我逃过窃贼的魔掌。人流推动我走向检票口，走上列车，走上寻你的漫漫征途。从现在起，我将体验你父不可想象的流浪生涯，他独自带了你，整整的四个春秋。

我在想着，是谁的罪孽。列车哐的一个晃动，震断了我这根痛苦的神经，同时像从窗外飞进一道闪电，点燃了我的另种思维，我的笔记本完全可能是被那故露丰乳的淫荡娘们儿窃走的，就在她那一跷骚腿之际，一个魔术就圆满地完成。而且那个命我倒出全部物件的修包老头，也完全可能是她的同谋。这样的故事我听得多了，可惜我一直都在想着，我为你们父子想昏了头。

3

帅儿你须记住，你父绝命于人间的天堂，那是为你，也是因了你母。在你不满两岁的一个雨天，你母芙雯悄然弃你父子而去。那一天是奇羊的养父五十寿日，他本要带了你们母子前去庆贺，芙雯断然不肯，说是经期来了身体不爽，其实她的心中已怀有一个新生活的预谋，决定把自己重新交给另一个人，她正是静静等着这一天的。昨夜睡时她紧紧把你搂在双乳之间，一夜没让奇羊挨了她身，天明时她又将睡梦中的你亲了又亲，一滴没有忍住的眼泪忽然吧嗒一下落在你的脸上，她的心说，儿呀，长大后你杀了娘吧！

奇羊浑然不觉一件事情正在发生，此时他正在厨房做着早餐，他心想你不去就不去，便只带了儿子一个人去养父家里，进门谎称，昨日家中来了芙雯娘家的人。

黄昏归来的时候，奇羊叫门不应，细看家门是从外面上了锁的，他想起春天的那个夜晚劈落在她脸上的一记响亮的耳光，顿时起了大的惊慌，掏出自己的钥匙把门开了，屋内果然空无一人，桌上留有一封泪痕点点的信，一把钥匙压在上面，信上写着，她将从此一去永不再回。一个做服装生意的男人在一百公里以外的一座小镇上等着她，早已等得心急如火，这个内情她当然不会写在纸上。奇羊将信紧贴眼睑，双手发抖，许久以后方才相信这突然发生的变故不会有假，他的眼前顿时黑暗如冬天的长夜。

奇羊清醒过来的第一个念头，仍然是深悔不该打她一个耳光，尽管在他发狂般地写了三年，写了三千首诗却没有一首发表出来时，女裁缝芙雯终于对他说出了一句要命的话，她说别人都说我养活了儿子还要养活丈夫。她是从舞厅回来的深夜对他说的，她说这话的语气委屈而又夸耀，洗去晚妆的脸上容光焕发。当时他正俯在灯下写一首关于剑麻的诗，他感到一声惊雷击中了他和他的那株挺立在沙漠中的植物，起身便向她挥去一掌，他说，你这个没有文化的女人！接下去他的心里还说，你这个俗不可耐的女人！

你父的双眼近视得几乎失明，一本书厚的眼镜好像两只无底的湖泊，必须借助于它才能恍然看见世上的物影，包括你母与你。其实他愤怒的手掌只擦着了芙雯垂在脸际的一缕卷发，或许他仅是示威，向她展现一股风力而已。但是这个没有文化俗不可耐的女人却摸着她的右脸尖声大叫，好哇你这个青年诗人，你这个靠我养活的无用家伙，你反而还打起我来了！她劈手去摘奇羊的眼镜，要将他陷入黑暗之中，奇羊敏感地护住了它，像保卫自己的一条生命。

玻璃窗外顷刻间聚满了看热闹的人头，他们惊异的目光无疑是在鼓励着她。奇羊心中的怒火燃了一身，他将所有的人都视为仇敌，骂了一声去你妈的，居然当着睽睽众目举起手来，这次直直地走到她的面前才很准确地挥下去，啪的一响，她的脸上到底出现了一片灿烂的彩霞。窗外的人头纷纷摇着，一哄而散。

我还不至于像她说的那样无用吧，奇羊对着空窗又吼了一声，那只从来没有打过人的手现在打过之后，此时断了一般稀软地垂在腿边。但他却铁硬着嘴，发出一声冷笑，随后席地坐下点燃一支香烟，芙雯做缝纫挣钱买来的香烟，一口连一口地恶狠狠地抽着，抽完一支又接一支。青烟在他狰狞的脸前盘旋缭绕，变化出各种诡谲的图案，霎时屋子里云遮雾障，他坐在云雾里想着，是谁的罪孽。

发生这场争论的时候，你幸福地睡在他们身边，梦里可能看见了炊烟，你被那烟气呛得咳了两嗓。已是快满两岁的你了，距离杀死你父的时间还有四年。四年后你已想到要向你母复仇，因为把你扔给你父一人的正是那一个冷血的女人。“罪孽”两字你尚不懂，你只大人似的默默想着，是谁害死了你父。

这一切因果都取决于四年后你在天堂求得的一支神签，签上那句神秘的谶语我们那时才能看到。而在此刻，事情正以命中注定的速度，不快却也不慢地向前演进。当然这是天机，蒙在鼓里的奇羊一无所知，他的心里焦虑而又烦躁，恨不得一步走向那个早有定数的结局。

在芙雯悄然出走的这一天里，一家边陲城市的杂志给奇羊寄来了两册诗刊，上面发表了他写的《剑麻之歌》。在那遥远的地方，才是那种丑陋然而坚强的野生植物的栖身之所，而我们的老家小城不是。这本是奇羊梦中期待的喜讯，但他却因愤怒而突然失常，把他的诗行撕成碎片，飞雪一般撒向门外，他的精神分裂症再一次复发。

冷色的封面，图案怪僻，命运的定价上，标着性格，出版于沙漠中，孤孤的一册，读它是森然的寒气。当一个清晨，天神之风将它翻破，流出来绿的鲜血，看惯了残阳的人，掩面而去……

帅儿，你父的诗质地粗糙，语感坚硬，一如他那永不可爱的本人。

4

我在想着，是谁的罪孽。在靠女裁缝芙雯养活之前，奇羊原本是一名国营公司的合同工。再以前，是一名未被大学录取的中学生。两眼近视的少年奇羊心中充满了委屈和悲哀，因为不是没有考取，而是没有录取，不是按例未被录取，而是不应不被录取。那一年他的眼睛还不至坏成这样。爱写小诗的奇羊是文科考生，招生办的人却把他的视力与理科的标准对上了号。他学着告状，一位主管招生的女官含笑接待这个少年，提笔写了一信，要他到一所更好的中学去复读一年，担保下次再考不会发生过去的错误。奇羊扔下这纸荒唐的判决出走了，第二次踏上天涯之路。

第一次是再回到三年以前。一个红色的年代，一个黄色的季节，一个黑色的日子，他穿着一身蓝色的衣服，站在学生的队列里面对老师低着头莞尔一笑，连鼻涕都喷出来了，一吊是白色的，一吊是绿色的，像是满世界的花和叶。真是鬼使神差匪夷所思，当年他只有十三岁。我痛责了他，是的，因为怯懦，因为恐惧，因为杀身之祸灭顶之灾即将到来，挨打后的逃亡是他此后浪迹天涯的一次演习。

在以后的二十一年中，我有着一万次的苦思冥想，九千九百九十九次想他何以有那可怕的表情，我仅认为那是表情，可是不知。还有一次仍是不知。

在四海流浪中奇羊发疯地写诗。我从天涯寻他归来，他已是一个披头散发的精神分裂症人。你是谁，是那个逼我演戏的人吗？他一路对我愤怒地高喊。回家后他赶走了一个个被请而来的名医，疯狂居然不治而愈，像一枚燃烧欲爆的火球吱的一响熄落在潮湿的泥地，令人不可思议，抑或怀疑有诈。他的委屈和苦难使一位同族的老县长心生慈悲，动员一家管理水电的公司试用他做了文秘。

可以恢复的是奇羊的身体而不是性情，他俨然已另是一人，酗酒，抽烟，写诗如故但却大声地朗读。夜以继日地写，通宵达旦地念，烟色酒气伴着琅琅诗声冲破窗户，搅扰在公司的上空。上司对他的前者表示宽容，而对他的后者严加防范。你怎么一页只写几行字，而不把字都写满呢？上司趁这位文秘不在的时候检查了他的工作，满脸慈祥的笑容其实是一种上等的阴险。他所比较的是分行的诗歌和长篇的公文。那是诗，我在写诗，奇羊用诚实和嘲讽回答他的上司，形同挑衅。

还有一件他最乐意做的事情，就是向全城所有认识的人借钱，说是立马就能归还。如果他们的工作单位是商店、饭店以及书店，他就对他们实行一种赊欠的方案，把烟酒、熟肉以及泰戈尔们的诗选抱回他的单身宿舍，也说是付钱的时间绝不超过第二天。但是第二个星期，或者第二个月都过去了，甚至到了第二个年头，他答复别人的仍然是当天所说的那一句话，一边抽烟一边哈出浓烈的酒气。这个世界欠了我的，他对他自己一个人说。

债主们对他分别采取了三种办法，一种是这笔钱打算不要了，从此以后也别想再来赊借；一种是对他的父母兄姐等家人装作闲谈的样子，委婉地讲出这笔数目；一种是耐心等到某月的六号，到他单位的会计那里去提出协商。第一种办法使他失去了朋友，第二种办法使他惹怒了亲人，而第三种办法是致命的，经理又一次对他现出满脸慈祥的笑容，你看是我离开公司，还是你离开公司呢？突然面临这样一个问题，这次他认真考虑了一会儿方才咬牙回答，我离开吧。

用慈祥赶走这个傻瓜兼浪漫主义诗人的经理，轻视他的抽烟和酗酒必当要遭到报应。奇羊当天喝得大醉，他操起一只落地式的长杆灯座，像是娱乐片里的绿林大侠，打碎了公司里所有的玻璃，包括门窗、汽车和电视机，让它们的价值之和相当于他工资的十倍。他一边打一边高呼口号，尽情地享受着生命的自由，沉醉在一片破坏的欢乐之中。

他已变得力大无穷，冲破试图阻挡他的人群，奔向城郊的旷野，手舞那只落地式的长杆灯座，像一个骑马行侠的堂吉诃德。已是深夜，身边连随从桑丘也没有一个，高天的星月以朦胧的光辉照耀着他，好像一片汪洋，这真是一个绝妙的诗的境地，他兴犹未尽，在起伏的坟林中怪步独行。

一个倒霉的夜行人此时正从这里路过，他大喊一声迎上前去，夜行人惊叫着逃向一旁，鬼，有鬼呵！他仰天狂笑，一本书厚的眼镜在黑夜中跳动着两朵可怕的白光，哈哈我就是鬼！他挥起一灯，击中了夜行人双手紧抱的头颅。

是谁的罪孽，打死这无辜的夜行人。

5

芙雯是在做了他三年的妻子，做了你两年的母亲之后，才听人讲述了这个骇人听闻的故事，当场就惊倒在讲述者的怀抱之中。

七年前的人间天堂，他们相识于黄龙洞月下老人的脚下。奇羊求签，芙雯也来求签，在紫红色的拜坛上他们恰好跪成了一对。奇羊求得的是一根下下签，黄色签单上隐晦的谶语预告了他二十七年以前的因，还有七年以后的果，但是奇羊他七分未能领悟，三分视为游戏。谶语中还有一句，含意是孩子在六岁的时候将会杀死他的生父。这句神秘的暗示曾经引起了他的沉思，但是他想了又想，终于还是一笑，真是无稽之谈。玩世不恭和冥顽不化也正是他签中演示的命相，他将手中的黄纸搓成一支飞镖，一抬手它就飞进了门外的风中。

与他相反，跪在他身边的芙雯求得的是一根上上签，她陌然不识签上的谶语，有何暗示更是不解，她羞红着脸，求助于这位同她双双而跪的，看上去很有学问的眼镜先生。奇羊借着朦胧近视的一眼，看上了她的花容月貌，决定以猎人的狡猾将这位撞在枪口上的姑娘捕捉到手。签上说你将背弃父母，嫁给远方的一位秀才。他神情庄严地对她说道，具体说是一位才华横溢的青年诗人，而他此时也正为了诗在四海飘零。

当双方自报了籍贯和年龄，这一对身体已经熟透的男女谢过月下老人，许下一百斤香油为愿，心里已经打定了主意。大门外的石壁上有一个巨大的“缘”字，求签的少男少女鱼贯而去在那字下合影，奇羊拉了芙雯的手也走了过去，在按动快门的一刹那芙雯感觉到奇羊把手偷偷地伸向她的腰间，她回头对他嫣然一笑，一分钟后的快相上恰好留下了这副美妙的情景。有这个“缘”字为媒，他们当晚就野宿在西子湖边柔软的草地上。那是七月的一个夜晚，距离中秋为时尚早，那一晚三潭相印的月亮是异常的美丽，但却云割雾撕，残缺未圆。帅儿，这又是一个上天的预言，虽然正是那夜你冲出父体，急切切向你母的腹中奔来。

翌年的农历二月，两个野合的男女逃回老家山城，生下一个属羊的黑孩。这位浪漫无知的诗人不懂得在他的国家，不被指责的性交以及生育须得有一个红色的小本，上面还须得有一枚印。黑孩生于春寒无草的季节，没有户口，因而是不能被承认的。未婚而子的芙雯日夜将一架缝纫机踏得风车一般飞转，用它来挣钱买米。奇羊则将宽大的写字台揩擦了一遍又一遍，铺开稿纸，灌足墨水，坐下去正式开始作诗。他痛苦地思索，大声地吟诵，一根一根地拔下头上的长发，像蒙眼的驴子一样在地上转圈，梦想着写出一条生活的路。但是稿纸和邮票正好把芙雯为人做裤子的工钱花个一干二净。诗稿向四面八方寄出去，又从四面八方退回来。后来不退了，却不是意味着发表，而是刊物要减少邮费，编辑决定节省信笺。

奇羊在妻子面前丢尽了脸皮，芙雯有理由认为他是一个吹牛大王。说吹牛简直还是天大的客气，动起怒来开口则是骗子。你是什么诗人？是屎人倒还差不多！拿着我求来的签胡说八道，你骗去了我处女的肚子！芙雯终于露出一副粗女人的嘴脸，她粗鲁的语言羞得她曾经崇拜的夫君无地自容，他迫使自己忍气吞声，像个虚怀若谷的骑士，或者百无一用的懦夫，忍无可忍时就看上孩子一眼，觉得的确有点对不起她。是谁的罪孽，他在想着。

日子就这样一天一天地过下去，直到有一天，当她得知了奇羊的精神分裂症和杀人的经过，真是罪孽。她怨恨奇羊害了自己，走时盗走了和奇羊补办的结婚证书。她是要隐瞒这页错误的历史，隐瞒奇羊，隐瞒他们的孩子，去投奔锦绣的前程了。

6

奇羊的黑色亡灵一路将我领向杭州，一日一夜，又领向一个名叫仙居的县城，复又一日，黄昏时候在城外的一座村庄落下脚来。一路的灰色石壁和村庄的红色砖墙上，在暮色中不断出现扫除文盲普及教育一类的白色标语，八个字中间或一个错写的“肓”字令我心惊胆寒。我的孩子就在这里，在他母亲的娘家，空中熟悉的声音对我说道，因为激动而有些语不成声。我点点头，从裤兜里掏出二十元钱付给送我而来的摩托骑士，然后直奔你母芙雯的家址。

这户人家住在山的半腰，褐色木墙青灰瓦顶，形状各异的薄石板拼成了门前的阶沿，从山下通往山上的窄路是由一颗颗大小石子铺成，一丛复一丛的青松翠竹就高低参差地长在石子路的两侧，把一些落叶撒在路面。在敞开的木门两侧，黝黑的门柱上随风翻卷着一副残缺了大半的红对联，上联的意思是饭如何如何香，下联的意思是菜怎样怎样美，横额已被风撕去，想必在时也不会提到读书。一个六岁模样的黑孩裸着上身，坐在门内的一张方饭桌边，手里端着一只可以洗脸的大碗，一边大口扒饭一边用筷子轰赶一群红头绿身的空中飞贼，尖尖小嘴沮丧地说，蜜蜂又来了！

这就是我的孩子，奇羊对我说完这一句话，黑色的火焰就飘然不见。他似要躲避孩子，躲避这间房子和住在房里的这一家人。坐在孩子周围的大人突然觉得光线一暗，接着见我这身行色，略愣一下便相继立起在饭桌边，噼啪放下手中正扒得龙飞凤舞的碗筷。从年龄看他们其中有外公和外婆，还有娘姨和娘舅，张张脸上都现出惊慌之色。

请问这是芙雯的家吗？

是的是的。

她在家吗？

没有没有。

是真的没有吗？

她有四年没有回家啦！

几乎是异口同声地回答，我怀疑这话必是经过了训练，要不然就不会如此的果断，如此的整齐。他们或许是猜中我了。

你是帅儿的大伯吧？

是的。

我们一猜就是的！

这是帅儿吗？

是的是的，帅儿你的大伯来了！

你瑟缩着，惊恐地斜了两只小眼看我，突然就端了饭碗飞速逃往墙角。可怜的孩子，你不知我是从千里之外而来，为了救你而来，却视我为抢饭的“蜜蜂”。是空中的声音解了我的尴尬，一缕黑色的火焰幽幽而至，你父的亡灵对你喝道，快喊大伯！

唯我和你才能听到这个声音。此时你才胆怯地过来，这样喊了。真是奇妙的血缘，你立刻信任地偎进我的怀抱，我发现你正是你父的缩影，执拗的眼睛噘起的嘴唇，满脸无一小处不发散出本性的坚决。然而一身油泥，十指乌黑，长约三厘米的指甲壳里保存着六十二天的污垢。

奇羊的遗书写于六月一日，你们的儿童节。又慎重地思考了四天四夜，自杀于六月五日，距今两月又零两天。

六岁的年龄却只有三十多斤，我伸出双手轻而易举就抱起了你，眼眶很痒眼前的孩子变得朦胧，我知道眼泪在爬出来。我心想到罪孽，不知是谁。

7

四个秋冬，在旅行中孩子从两岁长到六岁，从怀抱长到以手牵行，长到列车上的乘务员向他索取车票，你母仍是杳无音讯。你父奇羊会写动人的爱情诗，却不能解读她为何盗了结婚证书悄然而去。他日夜思念，痛恨自己，万不该有那一场关于谁养活谁的论争，芙雯是因那一个耳光而走。他要寻到爱妻，向她忏悔，孩子见到亲娘，对她哭喊，三人必会抱头大哭一场，然后她便擦干眼泪随他回家。孩子今年该上学了，他们一个做衣，一个写诗。他的诗已经可以发表，他的感觉越来越好，他写下去，不出三年必成一个大的诗人。

奇羊七次寻到她家，外公外婆守口如瓶，说是自从嫁他，女儿再未回来，话里有一种反而向他要人的恫吓。然而听了村人诡秘的传说，便疑她真已另作了人妇，奇羊长叹一声，觉得即便如此，孩子回到他母的怀中，也强似跟随他父四海流浪。最终他决定孤注一掷，记下村人的指点，他备足了盘缠，带孩子去往靠近海滨的那座南方城市。

结果他满面憔悴而归。他是大海寻针，而她娘家却知道针在哪里。他太累了，痛苦而又绝望，他判断四年中找不到芙雯有两个可能，一是她决计不再原谅他了，另一个就是她已不在人世。两个可能像鼓槌一样交替击打着他的心灵，使他心灵深处罪孽的感觉日益加重。这样下去他的精神分裂症必会复发，目前他便已有了发狂的预感，那感觉是头疼欲裂，焦躁难眠。他不能疯，因为他曾疯过，为此而失散了他的孩子，一个月后突然正常，恍如大梦醒来，与孩子生离死别的滋味刻骨铭心。与其这样，不如在此前他也死去，他写下遗嘱，他说如果芙雯还活在世上，他就以死来换得芙雯对他的谅解以及他们母子的重聚。

这是从海滨回来做出的一项决定，此前他的意志无比坚强。他害怕最后的痛苦，便确定了那种薄而小巧的白色的药片，四年来旅途中的每一个晚上他都要吃这个小小的玩意儿。为了取得成功，得用很大的剂量，他原以为要走完全市所有的药店才能买够一百粒，但没想到只需走进一家药店人家就尽数卖给他了，这年头的事情远没有过去人们传说的那么复杂。临走时卖他小药片的那个女孩子还笑笑地对他说了一个再见。

再见，他也口是心非地对她笑道，笑得心里一酸，他觉得那个女孩子在笑的时候有点像是芙雯，心想我又欺骗你了，我将在九泉之下和你再见。他用一张餐巾纸把药片又包了一层，藏在兜中，计划当他写完那段深思熟虑的话后，就用一杯温开水把它吞服下去。

在做这件事情之前，他选择了她娘家后面的一片竹林，那里浓荫蔽日，幽静清凉，芙雯第一次带他回家的时候，忍不住男女在娘家不能同房的禁忌，曾牵了他的手将他领进林荫深处，在一丛竹后解开自己的衣服，摊开身体让他尽情地来。黄色的死去的竹叶在她的体下铺了薄薄的一层，好像干爽可人的凉毯，他又热又湿的双臂就舒服极了地放在上面。一根尖尖竹笋拨开黄死的落叶，茁壮地顶出地面刺进了她的肉中，她快活极了地扭动着呻吟着，那时她的腹中已播下了他的种子。她娘呼唤他们吃饭的声音像是一种林间怪鸟的啼叫，把他们吓得草草收兵。

奇羊原以为他在死前的脑子里会反复重现他们的这个情节，然而他却错了一大半，情节虽是但却不是他们，不在脑子里而在眼前。竹林里此时正在发生的一件事情使他一时摸不着头脑，他无意中看见的一个身子精光的女人似乎是他的芙雯，侧脸仰躺在地上一如当年，同时他看见了另一个人，剽悍威猛的身材远远胜过了自己，伏在她的肚皮上面大口喘气，那声形动态酷似一条烈日下口渴难耐的公狗。芙雯也在他的下面喘着，并且不停地扭动摊开的身体。

他正是被他们的喘气声所惊动，才将眼光投向这里，这情景使他不禁忆起当年的自己。那时候的他可能就是这样，他的脸有些红了，开始是为自己害羞，接着是因别人愤怒。他还以为这是人之将死时生命出现的幻觉，努力地睁一睁眼，眼前的影像不仅没有消失反而清晰如画，地上的两个人此时也发现了他，只见两道白光一闪，他们纵身跳起，逃往一丛枝叶茂密的竹后。

原来这是真的。原来她没有死，在他独自带着他们的孩子苦苦寻她，寻了四年寻了几十万里的时候，在他日夜都想挖出心来向她忏悔的时候，原来她没有死，她还藏在这里，藏在竹林里被一个剽悍的男人骑在胯下。奇羊突然有了惊心动魄的感觉，一种无比的痛苦涌上心头，霎时像沸水一样涨满他的全身，他恨起她来，也恨她娘家居然骗过了他七次的父母。这时他背诵了一句他写在遗书中的话，我今生对不起我的妻，我愿来生做我妻的妻。他想把插在兜里的这份遗书掏出来，用笔划去这一句，如果来得及的话再改成一句别的。

罪孽呵，他想着几乎要喊出口来，可是不是我的！他为他的悔而悔了，这念头在他心里微弱地一闪，他想他不该也不值得采取这样的行动，他几乎想快速跑出竹林，奔往河边，饮进大量河水把那白色的药片吐出来，或许它们还没有溶成药液注入脏腑。他试着迈了一步，但是这时候他的神志开始恍惚，好像极度疲劳之后的异常瞌睡，他迈完这一步后就软绵绵地倒了下去，在尖尖的竹笋上面他的身体一点都没有疼痛的感觉。

竹林里的声音渐渐消失了。全世界的声音都消失了。

8

我并不认识奇羊的女人，我只是无端地觉得她像在北京站盗走我笔记本的那个风骚娘们儿，尤其是在她双手向补鞋老头献上破鞋的那种姿势。这感觉虽然有些荒诞离奇，却越来越坚决也越来越明确。在动身去杭州以前我对她毫无猜想，奇羊曾把他俩苟合时期的风流相片代替婚纱照，附在一页信中给我寄来，但我看完信后就把相片一把丢进了纸篓。那时我真想从心里忘掉这个人物，忘掉这个在五千多个深夜里我曾小声呼唤的手足之情。我对十五年前那一个耳光的痛苦的忏悔，已在他对家人永无休止的伤害中一点一点地冲淡，直至两相抵销，甚于对他的恼恨大于怜爱。

芙雯却是熟知我的，通过奇羊以及家中的各种信息，在她和奇羊恩爱得如胶似漆的时候，她曾在家乡小城扬言要给我一点颜色看看。但是还未等到我们正式交锋，她却沉不住气草草背叛了自己的亲夫和亲子，而到娘家的竹林里来和人快活地大喘气了。

奇羊自杀以前的那段可悲的情节，是我途宿杭州宾馆的晚上对我的讲述，醒来后我知道那是他魂灵的托梦。而接下来的这件可耻的事情，则是因为芙雯和奇羊的替代者与我见面之后，我对这双男女此前行迹的合理推测。我相信我把握一切未知事物的方式和水平。当我夹于笔记本中的一万元旅差费不幸被那个缝补破鞋的风骚娘们儿盗走，在那座人间天堂我的确以预测为手段，赚回了返京的车票，这自然得力于过去我在闲暇时候读过的一些东方神秘文化的书籍。

芙雯和那汉子听到了奇羊倒在地上的声音，他们惊慌地向竹林的边缘逃去，但是跑了大约五十株竹子的路程，大约是觉得奇羊倒地的一响有些奇怪，突然又停下脚来相互一望，芙雯说我们是不是回头看一眼，我觉得他有些像我过去的男人。那汉子说是你的男人就去看吧，反正我又不是怕他。两个人便返身走回刚才快活过的那片地方，透过竹枝的间隙向发出响声的位置望了一眼，当那汉子看见一人仰面朝天倒在地上的同时，芙雯认出了他正是奇羊，吓得一声惊叫就扑了过去。

地上的奇羊的确已经死了，足有一本书厚的眼镜片下，一对未闭的眼睛像是两只白色的鱼目，从下而上看着他苦苦找了四年的人。芙雯一下子哭出声来，孩子，我们的孩子呢？她扑过去大睁两眼向他瞪着，但她首先想到的却不是他。就在她伸出手去向他要人的时候，那汉子用钢铁般的胳膊挡住了他。你不能留下指痕，快跟我离开这里，我们什么也没有看见！与没有文化的芙雯相比他一定是见多识广的，居然懂得一点破案的常识，这便使他们在这件事情上获得了彻底解脱。芙雯听了他的话，伸出的双手悬崖勒马，她随了他转身又逃向竹林的边缘。

芙雯之父你的外公，我在这里将他写作陈父。当这一天的太阳升到竹梢的时候，有一个从杭州来看货的竹制品商人被陈父领着走进竹林，突然间发现了仰面朝天的奇羊，他的脸上已爬满蚂蚁，猛一看去像是蒙着一层黑色的面纱，只有一副眼镜是明净的，一缕阳光正好从两株竹竿间射过来，斜斜地投落在镜片上，使它发出两束雪亮的反光。竹制品商人吃了一惊，这一瞬间他决定不再购买这家的竹子，因为他不能让死人的晦气附在他精美的竹制品上，他的竹制品是要打入东南亚工艺市场的。竹制品商人冷静地建议竹林主人快去报告邻近的派出所，然后他趁早离开了这里。

陈父痛心他丢了一笔到手的买卖，一路恶毒地咒骂着那具死尸，连他的老婆孩子以及岳父岳母都在不得好死之列。派出所的警察立刻全副武装，牵上两匹狼狗，在他的导引下一小时内就赶到出事的地点。奇羊脸上的蚂蚁更多了，眼镜都已变成了黑的，高出脸的平面好像两座蠕动着的黑色山丘。警察喝令狼狗过去舔掉死者脸上的蚂蚁，使死者露出本来面目，芙雯的老父突然张嘴喊了一声，接着就双手掩面蹲了下去。

你认识这个人吗？警察问道，欣喜这案子一开始就有了线索。

他是我女儿从前的那个男人，陈父发抖地望一眼警察又望一眼狼狗。

你的意思是说他是你过去的女婿？

是。

他们什么时候离的婚？

没。

那他还算不算你的女婿？

算。

你的女儿呢？

自从跟他走后已经四年没回来啦！

你女婿和你女儿的关系好吗？

好。

你怎么知道好？

第二年他们就生了个娃。

生娃就证明好？

那就不好。

警察初步确定这桩案子和这个报案的竹林主人的女儿有关，根据此地的乡风他希望是一桩有关奸情的谋杀案，因为如果是的话他只需顺着这条线索寻找下去，那一对奸夫淫妇很快就会被他的狼狗缉拿。在他们一问一答的时候，狼狗已嗅出奇羊身上的一股药味，一遍又一遍地吠叫着要求警察过去检验。警察用两根指头从它鼻子嗅过的一只衬衣兜里夹出一个叠成四折的纸片，打开看了第一行字，立刻放弃了他最初的判断。

这是奇羊的遗书，书中丝毫没有对妻的谴责，反而记下无限的忏悔：我今生对不起我的妻，我愿来生做我妻的妻。后面还有几句关于孩子的事，说跟随他四年的孩子这时就坐在马路边上。字写得可谓一笔不苟，可以看出他是饱蘸了生命结束之时的真情。这句话使警察玩味再三，最后皱了一下眉头不得不推翻了此前的思维，一切只好从头开始。

你的女婿是自杀，你女儿的嫌疑可以解除了，警察说。

你还不快去找到你的外孙！警察又说。

9

通过死者身份证上填写的籍贯，一纸电文当天就传给了家乡小城的父母。正当吃晚饭的时候，父亲看完那上面的一句短语就没再端起碗来，茫然看天呆呆无语，而母亲却哭了。这固然是他们暗中曾担心过的大概的结局，无非是等着或早或迟而已，但一旦真来了毕竟还是万难忍受。将时间溯回到七年以前，他们后悔对奇羊和芙雯的婚姻表示出的只是一种冷漠，态度是既不排斥也不拥护，虽然这对自由男女实际上并没有婚姻，也虽然他们的真正态度对奇羊是不能起任何作用的。第一次面见公婆的芙雯身子已显出三分的笨拙，在长辈面前腆着肚子直来直去，经验丰富的母亲没有怪罪她有失礼节，因为已掐算出她腹中有了五个月的身孕。

更后悔的一件事情不是在七年前，而是在三十年前，这个命中注定要有一个非凡故事的生灵，她本不该为了生的欲望而生下了他，生下他本不该送人喂养，送了人又本不该为了重获一份母爱而收他回来。那对因为不能生育而要下他的养父养母大器晚成地生下自己的胎儿之后，也越来越不能容忍这个生性怪僻的养子。你们把他收回去吧，我实在是把他没有一点办法啦！当奇羊为养父家又惹下一场大祸，他的养父手持柳鞭将他追打到母亲的面前时说，母亲便长叹一声把他搂进了怀抱。

母亲想是她的罪孽，但又分明觉得还有别人。她要给奇羊的关怀他已冷冷地视为过期，从此这个从小有两个母亲却没有双重母爱的孩子性情更加古怪。是这一连串的错误锻造了一条环环相扣的悲剧的项链，套上了孩子纤细的脖颈，脖子的年轮每长一圈这链子就扣紧一环，当他生命彻底成熟的一日，他已被勒得透不过气来。

父亲的悔还像记忆中一根不死的老藤，阴雨天总从它遥远的根部冒出来，沿着一个一个的情节一环一环地爬上去，每一环都爬得他心痛难言。他想着罪孽，却并不认为那是他的，因为他有留下后代的权力。只是那无限的悔常从藤尖上[illegible]的一声滚落下来，跌进一片荒草之中。当时他正急匆匆地走在路上，结局在前方一个隐蔽的路口等着他，等着他未来的儿子。

在那场最肃穆的追悼会上奇羊最不肃穆地发出了笑声，面对我对他的愤怒责打，问明缘由的父亲立刻就做好了坐监的准备，他挺身而出，出奇冷静地挡住了我的拳头。十三岁的孩子他不可能懂得什么，他从来也没有经过这样的场面，也许只觉得气氛有些滑稽，父亲用心理学为他受屈的儿子开脱。想不到奇羊的老师和同学原谅了他，以死一般的沉默掩盖了这个骇人的意外事件。

侥幸逃过了第一的父亲不幸没有逃过第二，当发了疯的奇羊像堂吉诃德一样嘴里高呼着一句口号，挥起灯杆打死了夜行人后，他一边把补给的全部费用抚恤死者的家属，披麻戴孝安葬死者，一边惊心动魄地等待着刑场上某天响起判决的一枪。但是这场悲剧在继续演下去的路上却又喜剧性地拐了个弯，法医的检验报告宣布了杀人者的无罪，奇羊被送往精神病院的路上精神突然恢复正常，一路护送的父亲又原路接他回来。

天下最怪的事情都让我给碰上了，父亲的心里这时有一种惊恐过度忽而悲喜交加的感觉，他已经不再枉费心机，去寻根这一系列有违常理的怪事了，他只为奇羊忏悔，为奇羊的前程忧心忡忡。是谁的罪孽，他们无奈地想着。

他们都没有哭，因为眼泪已提前流干。奇羊的结局早已有了法律以外的大概判决，类似死缓，虽然他自己执迷难悟，大梦不觉，还去与江湖风骚女人芙雯苟合并且播下一粒苦命的孽种。他们心乱如麻的是如何寻回儿子的儿子，为自己在悔中减一份痛。他们已没有了这份能力，能够做这件事情的唯有我，而我心灵的忏悔正与他们雷同。

10

帅儿，我带你去派出所看了你父的验尸报告，又到火葬场取了你父的火化证明，在做着这些事情的时候，你父的亡灵一直缥缈在我眼前大约三米的地方，像一缕黑色的火焰引领着我，不时发出一声阴惨的冷笑。我没有带回你父的骨灰，我仍然希望你那可耻的婊子亲娘能够去看他一眼，让她当众流下两滴哪怕是装模作样的眼泪，因为他们毕竟做过两年的夫妻。然后待到十年过去，年满十六岁的苦命少年你去将它取回，放在一个应放的位置。

一沓钞票放在了我面前的茶几上，半寸厚薄的模样，如果是百元钞，估计它应有三万元左右。我没想辨别它的面值，却把眼睛直直地投向它的主人。你的外公谄笑起来的时候比不笑的时候更丑，贼眉鼠眼和锥鼻瓢嘴配齐在他的一张不大的刀脸上，天知道芙雯的身上潜伏了这个丑八怪的多少基因，又把它们遗传给她的孩子，粗心的奇羊，可怜的帅儿。

一点意思，请你收下……

什么意思？是请我原谅你女儿犯了未成年人保护法的意思吗？

不，不是这个意思……

如果是这个意思就请你别害怕了，因为还有什么惩罚比道德良心的惩罚更大更永远呢？

你是说……

我可以向你表一个态，我不会向她提出这方面的起诉。不过我这样做不是因为收了你的这个，而是尊重奇羊的遗书。

那就作为给孩子的一点心意……

是吃饭还是读书？如果吃饭可以吃上五年，如果读书大概就只够报一个名了，不是我的孩子却要在京城上学，你知道我要付出多大的代价？

你就把他当成你的孩子……

如果是个孤儿我可以对户籍处这样申请，但是你能开出你女儿的死亡证明吗？

我也不知道她还活没活着呵……

应该说她还活着，而且就活在你的身边，无非是偷偷摸摸地活着而已，你懂不懂得“苟且偷生”这个词？呵，你家门上的对联是谁写的？

芙雯她的大伯，我家就是他还有点文化……

你女儿的幕后策划想必也是他吧！

这沓钞票在我眼前的茶几上推来推去，在推来推去的过程中我认出了它的面值是一百元的。实话说有一会儿我曾经动了心，想拿上它作为我此行的赔偿，因为仅在北京站修包的时候我一次就丢了一万，现在兜里的确已没有购买返程车票的钱了。然而我像对待一个可耻的念头，立刻就把它打了下去。

帅儿，我们走了！

我拉了你大步就走，走出你外公外婆肮脏的山房，走上石子铺成的蜿蜒小路，走过那片幽雅深邃葱茏美丽的绿色竹林时，我禁不住站在路上多看了它几眼，你父最后的身影留在那竹林深处，在他倒下的不远地方，你母在他人胯下的罪恶的呻吟声伴随着他生命的消失。

罪孽，我一路想。

11

裤兜里所剩的路费只够返回杭州，我本想夜宿一家距离西湖较近的宾馆，以便次日带你去见那位月下老人，去看你父你母七年前跪下求签的地方。但不可能，我已没有了叫一辆出租汽车的钱，宾馆一夜的住宿费更不用说。我看一眼车站大厅的挂钟，时间刚过下午四点，离十二点还有八个小时的光景可供打发，我一直对奇羊在江湖谋生的技巧心怀狐疑，此时真想借机一试，如果真能挣钱的话，今晚包下一个豪华的单间当不成问题。我叫过你，帅儿，再一次向你刺探你父的真情。

孩子，你要把什么都告诉我！你父带你在外的时候，哪里有钱给你买饭来吃？

他这样坐着，有时看人的脸，有时看人的手，说一些话人家就给他钱了。

人家给他多少钱？

有时一张，有时好多张。

他都坐在哪些地方？

有时在大街上，有时在宾馆里。

你都在旁边看着是吗？

他不让我看，说你去一边玩儿吧，我就去一边玩儿了。

奇羊从事这项工作的本事并不如我，他只是十年前偶尔看我扳着友人的手脸，真真假假虚虚实实地调戏过几次，想不到在以后的一段日子里，他竟带着儿子以此为生。我想我若在饥寒交迫时操起这个手艺，必然马上就变得丰衣足食。我现在就已到了这样的时刻，不知今晚吃饭在哪家餐馆，睡觉在哪家旅店。我听见我的胃发出古怪的一响，声音穿过我的肚皮和衬衣，像农村的老磨坊里转动着一扇空磨，而你瘦骨伶仃的小身子已扭成八十多度，侧后方一个露天的油条铺子像张蛛网，粘住蜻蜓一样牢牢粘住了你的眼光。我摸摸空瘪的裤兜，霎时心跳加快，我必须要试一试了。

在我的黑色旅行包里还装着一本塑皮的作协会员证，虽然不能用它优先购买车票，我想带在身边总还会有一些用途。现在的情况就是这样，当我坐在杭州街头对人施展麻衣相术万一遭到某人盘查的时候，我不妨向他掏出这个小本儿，胡说我是在体验小说中一位江湖骗子的生活，这样便可免去带进局子的麻烦。我选择了靠近车站的一座立交桥下，从包里取出一张信笺，用舌尖的唾液把印着红字的上端裁去，然后在反面写上“神相”二字，找来四粒石子压住四角。我就坐在桥下的石台上，两眼平视，目光深奥，一心等待路人为我送来今晚吃饭睡觉以及明日返回京城的钱。

在我的面前果然很快就聚来了人，始而一个，继而一群。他们先是围看铺在路面的白纸上的两字，接着便把眼睛转向我脸，再接着就试探性地开始自言自语，嘴里说些“我来一个”之类的话，并且向我咨询起了价格。

我沉默着向他们举起一根手指。

十元？

我摇头并且淡淡一笑。

一百？

我把指头放了下来。

神相大师的酬金是问相人自愿给的，我在香港曾经收过一万港币，若有一字不准则是一文也不收的。

这当然是我顺嘴而出的一句鬼话，我从没干过有偿看相，兴致所至只不过是开开玩笑而已，至于香港我更是连魂也没有去过。谁也无法判断我口出此言是故弄玄虚自抬身价，还是真有什么收入上的企图，包括此时此地的我本人。也许前后两种因素都有，因为现实确已到了非凡的时刻。

一个年富力强的汉子率先蹲了下来，把一张红里透黑的油脸呈现在我的面前，智者的思维和演员的才能帮助了我，我对他从穷通说到福祸，吉凶说到寿夭，五官之形五色之气，天生后补相救相克，说得他大汗淋漓，不敢旁顾。

先生，我服了您！

他掏出一百元的钞票按进我的手里，我却又将他的手一把抓住，细看掌纹。

朋友，百日之内你的心中所虑必然东窗事发，你不可不做防备。

这句耸听的危言原来并非参照他柔软肥厚的手掌，而是洞悉了他一直闪烁不定的双眼。汉子又是一惊，抽手又递给我一张票子，声色抖抖。

请大师救我！

静心安命，不可胡为。

我闭目轻叹一声将钱推开，听得身边响起一片喧声，睁眼看时，前程凶险的汉子已不知了去向。

下面的生意甚是兴隆，天黑之前，我空瘪的裤兜已鼓如蛤蟆，我心中所预防的事情一直没有发生，这里真是人间的天堂。我害怕假戏真唱，从此诱我走上奇羊的道路，草草说完围人中的一个，便收起地上的字纸装入包中，起身活动活动坐得有些麻木的两腿，拉了你向头顶车水马龙的桥面走去，帅儿，我们现在有吃有喝有睡有坐啦！

黑色火焰飘动在我的头顶，居高临下的喘气声清晰可闻，它羡慕我的机智，对我的滔滔口才几乎生出嫉妒，因为我的钱实在是来得太容易了。哥哥，想不到你竟也干这个，空中的声音对我说道，带着一丝嘲讽几份苦笑，那是你父悲愤的亡灵。

过去我将此道视同游戏，从没认真看过一次奇羊的面相，即便他年龄尚小我为他洗脸的时候。我想回忆，他的面目依稀在眼前晃动，但气色却无法重现，我想他在走入那片竹林望见他的芙雯之前，一定已被一团黑气笼罩，心中怀有无尽的忏悔，他是命定必死的了。

12

自那个等在途中小镇的服装商人接走了你母芙雯，你父奇羊的神经时而分裂时而又契合如初，他疯狂的头颅酷似一枚灯泡，当钨丝烧断的时候世界就是一片黑暗，一旦搭上它则会发出耀眼的白光，甚至比以往的任何时刻都更辉煌。四年的时光正是这样，他像一个吉卜赛人带了你四海流浪，一边混嘴度命一边寻访无情无义的你母，因为你小不知事，梦中还在哭唤要她。奇羊的心悲哀而又焦虑，远远胜过身体的疲于奔命，但他居然还在写诗，不过他写完一首就丢在地上，好像完成一次痛苦的手淫。当他在异地自杀的消息传到家乡小城，有人把他曾经扔下的诗稿给我寄来，那里面一些奇绝的句子让人惊疑诗人是一个头颅灯泡中钨丝烧断的疯子。

巨人倒下的时候，一个孩子被砸死了。

再后面却又是一派胡言。我原想挑出几首略事删改，将“奇羊”二字装进框线的棺材，寄出去要求编辑看在殉诗的死者面上将它印进杂志，像诗坛每年都要升起几颗的灿烂流星，以此告慰诗人的在天之灵。然而不行，诗中刚有一个绝句，下面立刻转为神鬼不解的古怪梦呓，耀眼的一闪已将钨丝烧断，思维复又陷入黑夜。同时一个空中的声音它对我说，你且忘了我是沙漠中的一株剑麻，不屑如此。

不独是他已没有能力想清这罪孽终究是谁的，连我也是。就是这样他麻木而又坚定地带了你，开始抱于怀中后来牵在手上，半疯半癫时好时歹地走完四年走到了末日。他一如既往地抽烟，喝酒，写诗，用他自称看相的来钱，突然便发起狂来，长歌当哭，仰天大笑，振臂高呼，破喉痛骂。眼见开来的警车他面无惧色，料定不出几日便会依然放回大街，不同是每经这番屈辱必又增添一倍的愤怒和悲伤，因为儿子已不知丢在哪里，他踏破赤足鲜血淋漓，号啕大哭见人就问，一次又一次传奇般地将你寻回。帅儿，你不知什么是生离死别，不知什么是相逢如梦，复又小步颠颠跑在你父的身后，一天一天忘了你母，一年一年长到六岁。

在奇羊的记忆恢复之后，他的亡灵这样对我诉说。

13

我们已有钱饱吃一餐，又扬手招来一辆出租车，开往西湖之畔的高级宾馆。今晚一定要宿在那里，因为是奇羊曾经宿过的地方。我掏出证件和大把的钱，登记了一个带会客室的豪华套间，进门我一眼发现在我的写字台上，电话机边端正放着一本信笺，我走过去认清了上面印有宾馆的名称，奇羊的遗书正是用它写成，额上的几个红字好像一道飞溅的鲜血。于是我看见了奇羊伏案握笔的侧影，黑气缭绕的脸上一派绝望的悲情。

嗒嗒的敲门声，我料定不是宾馆的服务小姐。在我投宿的宾馆我登记的套间里，时下服务小姐的敲门声应该小心得害怕惊动房主怀中的情人，甚至决不敲门而在门上挂出一面免战牌似的木板，上写“请勿打扰”四字。我不知道我的门外挂了没有，因为我一进来就累得再也不想出去，这套房里什么都有，连明日的早餐也可用电话叫人送来。敲门声凶狠而又紧急，我想到了劫匪，想到了兜里用胡说换来的钱，居然平静地走过去将门打开一道缝隙，同时故意打个呵欠懒洋洋地问道，刚进门还没坐下，有什么事吗？

一条汉子闪身挤了进来，用屁股把门靠上，背后伸出手去熟练地将锁闩死。

我提前把钱掏出来扔在床上，零零整整还有二十多张。

不瞒你说朋友，我带的一万块钱出门在北京站就遇了高人，来这里回不去了，在桥下给人看相挣了几张，别嫌少您全都拿去，明早我再去挣了买票回家。

别把老子当成吃那碗饭的，老实告诉你，老子不是！

我是第一次来您地盘儿，不明白哪里冒犯了您。

你这个神相大师，看不出老子是谁为什么要来找你吗？

既然这样就恕我直言了，你鼠眼淫邪，鹰鼻钩耸，红面含凶，目白怯柔，脑后有一团杀气时浓时淡，时黑时黄，你是一个做服装生意的奸贩小商，淫夫贼子，拆人夫妻，夺人子母，口中大喊杀人，心里怕得要死，后半辈子你和你的野女人一刻也活不好了。

看来你是认出我了，我就是芙雯的相好，可是我告诉你，是她看中我钱才心甘情愿要跟我走，奇羊活着的时候并不知道我，他不是我害死的。

你是说害死奇羊的是她？

他们的事情我搞不清。

你来只是为了开脱你一个人？

我还要杀了你。

为什么？

你会为奇羊报仇。

我早看出你是做不到的。

为什么？

你不想只和芙雯做四年的野鸳鸯，她的肚子里现已有了你的野种。

你怎么知道？

我是神相。

那你不打算起诉我们？

我已对她的狗父狗母说了，法律的惩罚不如道德和良心。

是的。

要说凶手我也算得一个。

你是他的兄长……

可怜你只读了三年半书，说了你也狗屁不懂，既然你不敢杀我，那就快滚。

汉子在突然一愣之际，一脸恶相顿时变成松软的脓包，上面布满夸张过度的感恩之情，低头哈腰屁股对门翘了几翘，转过身子就要快滚，是他这卑贱的动作启发了我，对着他的后背我一声喝道，给我回来！

他便听话地回来，怕我后悔躬身立在我的面前。

给这孩子磕一个头！

他立刻趴倒在地，嘭的就是一个。

代替他的婊子娘再磕一个！

嘭的又是一个。

孩子代表他的父亲，给他连磕三个！

嘭嘭嘭三声磕罢，他仰脸望我还是不敢就站起来。

现在滚吧！

一阵脚步踉跄而去。

帅儿，今晚你懵里懵懂挺立在我的身边，代表你和你那可悲的亡父，受了你母的奸夫一鼓作气五个响头。你其实并不懂得它的意义，但这快活的记忆会保留到你十年之后，甚至一生。这事发生在你六岁之夏的地上天堂，奇羊的亡灵就隐伏在我的门外。

我依然想，罪孽。

14

芙雯只有在奸夫的胯下幸福呻吟的一刻，才会忘记你们父子。她走了四年，却没有走出一个阴影。和儿子最后的一吻留在唇边，那温热甜蜜带着奶香的醉人滋味，服装商人放射烟臭的大嘴一万遍也不能够覆盖。那是她最初生下的一条小小生命，唯一的一条，那一夜她仰躺在西湖边做了奇羊的土地，让他在上面淋漓尽致地耕耘和播种。那件陌生而又奇妙的事情立刻吸引了他们，记忆中那第一次酥软战栗的感觉，有时竟使她与他的继承者服装商人相比，这时候奇羊便又回到了她的身上。

四年里奇羊七次带你去她娘家，每次不出三天她便得知消息。奇羊说我悔不该打她一个耳光，赌气四个年头也算平了，并非必须讨还我妻，而是要为号哭的孩子找回生母，如能母子相见，我便死了也罢。这声音通过她妹传入她的耳中，芙雯忍不住落下一滴泪来，她向那奸夫哭求，求你收下我的孩子，我一定再为你生下一个！服装商挥起一掌击在她的嘴上，鲜血染红了他冷硬如铁的手。

这一掌远比奇羊凶狠，她便咬牙闭了血口。老实的奇羊以为她是因那一个耳光而走，其实唯有她心明白，是那偶尔相识的服装商迷了她的心窍，她看不懂奇羊的诗，却能认得商贩的钞票，给一万她愿背叛丈夫，再给一万儿子也愿一并扔下。然而逃到中途预约的小镇，那人却空手死搂着她说，骚女人呵以后什么都是你的。

最后的一次在竹林的落叶上，欢乐中她平躺的眼睛里突然出现了奇羊的倒影，接着在与那人的仓皇奔逃中又听到奇羊倒下的声音。她惊魂不定，不知她疯癫的丈夫卧倒在竹林要做什么。当晚有一个消息传来，奇羊死了，帅儿被外公找着的时候正睡倒在马路边，一觉醒来已成孤儿，他大哭号啕爸爸别死，却早已忘了还有一个妈妈藏在世间。

她觉得是自己杀死了奇羊。她还会杀死另一个人，自己的儿子。她不知是前生还是今生造下的罪孽。无父的孩子不能接着无母，如果他母还在，在黑暗里和一个与他毫无瓜葛的男人纠缠。负了奇羊的是她，而负了她的却是服装商人，一个远未料及的宿命的环，旋转着将她带进一条越来越深的隧道，看不见洞口的亮光，一路上寒风尖啸着一个字，那风声又好似来自她的体内，却听不清那个字是愧还是悔。

她想她如果不走。她想她如果回去。可是竹林里的那具尸体挡住了她，还有村人的目光和警官的狼狗，她已回不去了。还有那用铁掌扇她的奸夫。她只能继续在阴间般的暗夜中，偷听世上儿子的消息。

15

我仍为二十年前的那一顿责打深深痛悔，日日夜夜，时时刻刻。是那天他第一次带着十三岁少年的迷惑，带着哥哥的掌痕走上逃亡之路，那是一个开始。他受伤的童心直到长大也依然没能想出答卷，一个人因为生理的原因死去了，为什么另一个人因为性格的原因也得相陪，纵然是以别一种方式，纵然是在十年之后。我在想着，我想我若不对他责罚又会怎样，父亲若做一回替罪老羊又会怎样，所有的可能也许并不会悲惨于现在的结局，这结局是对死刑执行的艺术，缓期与立即之别，自绝与斩首之别。二十年前的弹伤日复一日已把他的人生溃烂成一盘残局，他自知再也对付不了冥冥之中的高手，便凄然一叹推棋认输。

以后本还有很多次的转机，性格却使他一次一次地失之交臂，因身世而被扭曲的性格。本是满盘生路他却只选择上面的一颗棋子，而那颗棋子已失而不回，他总结着自己的惨败，立誓要为你找回母爱，但在竹林中与人欢乐的芙雯决不成全他的苦心。此时你已一天一天长到六岁，他记得六岁是个学龄，再不可让你随他浪迹天涯，便带了你又返回家乡小城。家中的父母盼望游子已盼成一对七十的老人，昏花老眼看着你们父子恍若梦中，三十年的泪水一滚而下。

奇羊他叫了一声爸妈，说是不孝之子今天回来了，可是马上还得离去，留下的孩子以后就当是一个孤儿吧。老父老母满怀狐疑听不懂你说的话，而我却闻到了短命的消息，他是决定要死在他乡了。我决定奋起营救我的苦难的兄弟，以及他的苦难的儿子，我不许他抽烟酗酒，并拿出厚厚的一沓钱来，让他拿去任做什么，但有父的孩子决不许他成为孤儿，在家必得父子一起。他沉默着，泪眼向天，考虑了三日方才把钱收下，又过三日，小城突然没有了你父子的踪迹，他打定主意要用这笔足够的钱去寻你母了，心里想好是最后一次。

我心中的那个少年早已变了，随着累累心伤他已渐渐长成一个畸形的病态的疯狂的人。他拒绝悬崖上的一根吊绳，苦海中的一条小船，一双灰色的眼中再也没有回春的良医，昂首直向等待着他的灭亡走去。我挽叹奇羊的痴迷不悟，也挽叹自己，想到事情的因果必然我几乎快要获得了解放，但是不肯离去的悔好像沸油，它又从心的底层一阵一阵喧嚣浮起，告诉我在他性格的铸造中含了我一番有力的锻打，不可以为我开脱。

责任与罪孽，亲情与伤害，我试图分辨着它们的因果。我心困惑，一片混沌，计算不出金钱与掌痕的重量。我想假使没有那一沓钱，也许他不会有最后一次寻找芙雯的绝望，假使允许你父子那时分离，也许你父子不会永久分离，假使没有二十年前的那次责打……

我恨你，我恨，恨。日日夜夜时时刻刻，我听见奇羊的声音追踪着我说。虽然他没有理由，虽然他连自己也明知道没有理由。

奇羊的遗书现在就留在我的手里，他知道这是最后的字得用真心一笔一画地写成，字体是我早期略工的字体，信纸是我所住宾馆的信纸，上端印有如血的字头。遗书中没有对我一字的记载，想必我们手足之间的一本恩怨已算不清楚，何况他死在临头得拣要紧的事说，这个据说很精彩的世界所有大事不必一提，唯独一样苦苦不能放下，那就是你，帅儿。

你父一生不长的路将要走完，你父的父早已老朽在他千断百裂的路上，只有你崭新的路才刚刚开始，父死母失的孤儿在路上走着会遇见可怕的狼外婆吗？还有你长大后将以怎样的方式说话与笑？

全世界唯我能读懂他笔下的忧思，因为这个我必须要动身寻你。

这时我还不认识你，也不认识你那叛夫弃子的婊子亲娘。

16

四海寻踪要向芙雯悔过的奇羊在倒于竹林的那一瞬间，每日咬嗜心灵的罪感方才一扫而空。他愕然而又愤然，突然眼见的场景并非四年所想，关于一个耳光的悔此时转入竟然受了可耻的蒙蔽，罪感消尽的心里反而滋生出一种烈火般的仇恨，他不禁在心里扬言，要杀了她和骑在她身上作威作福的那个人，可是正当那烈火烧向全身的途中，他的意识却逐渐开始模糊，仇恨像杯水中的尘粒，缓缓地沉落下去只剩下漠然的平面，终于一切都静止下来，他的身体软软地倒在林中空地，一株竹笋被他压在身下发出一声折裂的脆响。

奇羊的悔原有更多。十三岁那个肃穆场面他何以因为陌生，因为新奇，因为脑子里冒出了荒唐的想象而忍不住笑。二十三岁何以要做那没有出息的浪漫诗人而不以正业谋生。三十三岁何以还不能悟破芙雯的淫心而去携子苦寻。开始是悔，一局一局的棋一颗一颗的子一步一步地错一着一着地臭，臭棋太多就输得太惨，当初若是悔棋而今便不会悔人了，但他宁做棋盘臭招的君子人生败局的愚人。继而是悔之不及，于是他不悔。他不能不悔，时时那悔宛如瘀血从心的旧伤中汩汩流出。最后想不到他却是为悔而悔了。

还有一悔他是一死也不可挽回的了。没有你时他糊涂着，懂得后你已在流浪中度过两岁的生日，精神病人是本不应有你的，从此他心惊胆战，害怕你长大重复他的故事。

他至死也在想是谁的罪孽，死也不明白地想着。

十三岁时的第一步棋他犯了什么规。

甚至不满一岁时他错在哪里。

17

你父缥缈的亡灵引领着我们，去往他与你母求签的地方。那个地方你务必要去，并且务必带上我的帅儿，空中的声音它对我说。它指名要去的地方那是黄龙洞，洞中有一位月下老人专为红尘男女指点迷津。七年前那老头儿把拜坛相逢的奇羊和芙雯用一根红线穿在一起，完成了一个千里姻缘。老头儿赐给奇羊的黄色签单，曾被他扎成一支飞镖放飞在游客的脚下，但是仰面朝天的神秘谶语仍然主宰着他的未来。三年的缘分已尽，红线断了，再过四年也就到了他的末日。

奇羊之死使我这个顽固的人开始信命，我牵了你的小手跪在紫红的拜坛，神情庄严一如七年前你的父母。我双手合十，两眼紧闭，口中念念有词，然后整衣起身，望向月下老人身边的女侍。

孩子和我想各问一签。

施主听好。

女侍便微微一笑，双手轻摇签筒，先后从筒中抽出两支签来，唱歌一般报了签号。我在心里记下哪支是你哪支是我，然后用两个十元从签房取来签单。黄裱似的长方形纸片一到我手，沮丧立刻伴之而来，六岁的帅儿你是一支下下签，和七年前你父的那支一样。丧父失母的不幸预言已隐秘闪烁在谶语之中。

委身勤求，北窗有忧。

我却是一张上签，它用子规啼血情车苦挽的暗示，应验了我此次的天堂之行。没有关于罪孽的惩告，下行却还有方方正正的八个字，那是你的福音，帅儿。

东风换颜，上苍可感。

于是我又付了解签大师一个百元，一脸悲壮把你牵出庙门。我抬起头来，凝视空中唯我能见的奇羊，有这张黄纸做证，我今发誓要把你带回京城，让你十年后长成一个堂堂正正的男子汉。我的心刚刚说罢，远天出现一片乌云，那乌云渐近渐低，顷刻间降下滂沱大雨。我一手托起你来，一手撑开雨伞，雨点嘭嘭打在伞上，像飞石击动天鼓。

当夜我们乘车北归，在流浪中你已长足需要买票的尺寸。我按一下被天雨溅湿的裤兜，仍然鼓着，你母的奸夫没打算抢走我在天堂为人看相挣来的钱，这使我打消了再去桥下冒险一次的计划，我们已有足够的盘缠返回京城。

三天以后，你从京城一所小学放学回家，我接过你的书包信手掏出一册，新书里印着一只大红公鸡，它胜利地看着你，爪子下面是一句注有拼音的字。

孩子你认识吗？我的眼睛问你。

你用老师教你的话回答着我，我什么也没有听到。

感　应

1

我曾经写过一个开电梯的女人，住在城市高楼的人群有一天会发现，这间冰凉的金属小屋其实比据说远亲不如近邻的邻居亲近，开电梯的女人就是我们的近邻。我的邻居是一对从事翻译工作的老知识分子，两个女儿都在香港，平时我们各自闭门造车，老先生造他的英汉大辞典，我造我的故国风云。有天深夜，惊慌失措的老太太突然来敲我家的门，说是老先生口吐鲜血不止，快不行了，我纵身下地，摸黑爬上二十一层，叫醒了睡梦中的开电梯的女人。

然后我把老先生从他床上背进电梯，又从电梯背上救护车。事后他们的女儿从香港回来，感激我救了她们的父亲。我说那天夜里如果没有电梯，凭着我的力气也能把他背下楼去，但是各层楼道的触摸灯在这之前陆续瞎了三分之一，下楼的时候我们会不会同归于尽，这个我没有太大的把握。

十多年前，同样是在深夜，开电梯的女人也是突然来敲我家的门，通知我的岳母死去的消息。事过不久，这个看起来身材比男人还壮，正值三十六岁本命年的女人也死了，同样也很突然。这种突然就像我小说中的女主人公，有出入的是她并非死在电梯里，同时也没有那么多悲酸的隐情，至少是我不可能知道的。

从那天起，我所居住的这幢二十一层塔楼的电梯里，就开始走马灯一般地调兵遣将。奇怪的是每次更换的司机都是女人，物业公司总爱把电梯和女人捆绑在一起，就像去年又发射成功的神舟六号飞船。印象第二深刻的是一个河南籍的年轻女孩，会说英语“锁锐”。在她任期满一个月的时候，她与她在外打工的男朋友里应外合，把我儿子刚买的一辆香蕉黄的跑车给偷走了。

这个会说“锁锐”的女孩并没有用锐利的器具撬开车锁，而是教她男友采取一种新的技术，身穿一件长长的风衣，用风衣下摆罩住的铁钩子吊起车的后轮，利用一只前轮滚出大门，再用另一辆车带着它倒行逆施到一个安全地带。

然后她也不对我的儿子说声“锁锐”，就在我们的塔楼神秘地消失了。

记不清又经过多少次更换，开电梯的女人才成了目前的这一位，这时候我们的塔楼因为连续被盗，已经安装了程控门。新上任的女人古道热肠，有时见我出外赴朋友的约会，她会批评我的衣服穿得太不讲究，或者乱糟糟的胡子也没有剃，说着她就亲自动手，在我上衣的某个方位稍稍整理那么一下，然后像拍西瓜一样拍拍我的腹部说，又起来了！她是抱怨我贪图美食，户外运动太少，态度一如关怀她的先生。

这些都是当众进行的，电梯里的人都笑，我也笑，虽然心里是哭笑不得。这次给我打电话的就是她，其实不是电话，是塔楼程控门外的对讲机。当时我正坐在电脑台前写一部长长的作品，闻声而起，走过去拿起挂在墙上的话筒，问了个喂。对方就说，这不，这不是在家吗？我听出是一个女人的声音，而且就是开电梯的女人的声音，她在对另一个人讲话，声音里充满了对这家主人知根知底的得意。

我问她说，谁呀？

法院的人按你家的门铃，你为什么不开门？

2

我不应该说我愣了一下，应该说我吃了一惊。我家的门铃年前就要换电池了，因为太忙，或者还因为有一点懒，于是一直都没顾得。我的朋友们到我家里来，一般都要经过预约，按时我会把门打开，自己提前站在门内恭候。偶尔有没来得及通知的朋友，进不了门就在外面给我打手机。这次没人这样做，本身就是一个意外，又听说是法院的人，我的喉咙里情不自禁地犯了一声嘀咕。

我对着话筒说了个对不起，我说门铃没有电了，人走了没走？

你不在人家还不走？幸亏被我给叫回来了，我说今天没看见你出门，肯定在家里，让我来试试看！果不其然，是在家里不是？开电梯的女人又充满得意地说，有一种成就感。

你请他上来吧！我说着打开了门，在门口等待法院同志的光临。

我听见我的心里打起了鼓，我迅速回忆自己近来是不是做了坏事。

在我再次下楼的时候，我就成了楼前遛狗女人注视的焦点。她们看我，她们屁股后面的狗也看我，可能在她们和它们的目光里我是一个未来的囚犯，其中有一只狗还冲我跑来“汪”了一声。我一概不予理睬，依然像平日的晚饭后一样穿过楼前的斑马线，沿着地铁的线路大步如飞。

这是“非典”以后我为自己定下的制度，目的是降下已经超额很多的血脂，多个朋友一致嘱咐我要这样，说是坚持数年，必有好处。

女法官的名字叫作赵静，很早的时候她还叫过梅兰，名副其实的芳名。脱去法官的制服，脱去刚刚开始与国际接轨胸前有一道红条的法袍，如果不看她的名片，我无法把她与一位威风凛凛的女审判长挂起钩来。她原本是一个女人味十足的女人，披肩发，爱笑，笑的样子不会让人想到森严的法庭。

她做了一个梦，她说那个梦是他托的。从去年夏天到今年春天，或者可以说这十年以来，她在陆续而反复地做着这一个梦。梦中她总是看见一条金色的小龙，带着一身水珠穿过云层，最后跟天空融在了一起。不对，消失前小龙依依地看着她，用眼睛对她说了一声再见。

醒了以后她发现窗外是白颜色的，跟梦中透明的天空一模一样，只是没有了那条满身是水破云而出的小龙。她分明地激动起来，她相信他在那个世界里正把她看着，一直都这样把她看着。

她突然想做一件事，用这件事抚摸自己疼痛的感应。

3

我是在地铁里看到你的文章，她说，当时正好身边有一个乘客在看报纸，完全是无意间的，我眼睛往过一斜就看到了那个标题：一个七岁男孩儿的梦！接下来就是崔震的名字，就是他的故事，我的眼泪一下子流出来了，把那个看报纸的乘客吓了一跳！

她讲的是十年前，那篇文章是我写的，刊登在发行量几百万份的《北京晚报》上。这是北京人差不多家家都会订阅的一份报纸，因此被她看到不能算是偶然，偶然的只不过是在地铁里的“眼睛往过一斜”。文章没署我的名字，署的是石晓，这是我随手写下的一个化名，它的原意是北京市石景山区师范学校附属小学，她的儿子和我的儿子读书的那所小学的全称。

是这所小学的校长李建华请我写的文章，用鲁迅的话说，这叫遵命文学。

崔震是一九八八年月十二月十五日到我身边来的，一九九六年六月二十一日离开的我，你写得对，他总共只有七岁半，赵静说。她说她的儿子属龙，因此小名就叫龙龙，生下他后我们到八大处古寺去游玩，也学别人的样子买了一束香签，像是游戏，回来按照全家人数焚了三支。香签烧完之后，每一支的纸灰上都留下了八个字，儿子那一支的纸灰特别清晰，它写的是：困龙得水，青云直上。

这八个字是从《易经》乾卦的两句爻辞中演变过来的，乾卦第四爻的爻辞是或跃在渊，无咎，第五爻的爻辞是飞龙在天，利见大人。受过困厄的周公当初对天下万物的阴阳变化所下的智慧断语，暗示人在什么时机才能去做什么，用在三千年后一个属龙的小孩儿身上，纯粹只是一种巧合。

他的军人父亲高兴地说这是一支上上签，可是我偏不这么认为。看着眼前渐渐分崩离析的纸灰，我什么话都没有说，只听见自己胸口的内部咯噔响了一下。

我的这条小龙只有三岁，远远未到跃渊和飞天的时候，他应该是潜龙无用，见亩在田，长大了才会有大的作为呀！

女法官感到了自己的荒唐，为自己的居然当真笑了起来。

然而事情就真的是这样巧，一次高烧，接着就查出儿子的病了，是最后让他永远离开我们的那一种病。

可是我的儿子他不知道，是我们瞒住不让他知道。他一天到晚都念叨着上学读书，还说长大了想干什么，还想干什么。

4

那一年也是我三弟的死期，死于他的狂躁和偏执。他写诗，诗人总是喜欢为自己制造比现实更大的恐怖与绝望。更早些年，我的一个名叫戈麦的同事把他的一包诗稿沉入北京大学的粪池以后，自己也纵身跳进了万泉河。我曾经叹息，对着那具从水中打捞起来的变形的尸体流过眼泪。但是很多年后我明白了，这件事在他们的身上迟早都要发生，没有人能管得了的。

不过另外有一件事，他不管了必须有人替他来管。三弟留下了一个六岁的孩子，这一年应该上学了，没人管这孩子会四处漂流，最后老天爷才知道他流向何方。正是在暑假酷热的日子里，我乘车从杭州把他接到北京，这是我平生第一次见到我的侄儿。

五日五夜，凌晨两点多钟回到家里，妻子穿着睡衣起床，用一双验收的眼光上下打量这个不速之客。孩子当然是不像我，也不像他父亲，据他自己说像他的娘，那个我永远也不认识的女人。我对妻子说我要收养他做我们的儿子，身穿睡衣的妻子听了一笑，没有反对，她对我下定决心要做的事情从来都不反对。当然也很少有支持的时候。

洗澡，换衣，吃饭，天亮。儿子起来了，我介绍他们两个握手相认，看见他们兄弟二人站在一起，我感到一片铺天盖地的幸福向着我们全家涌了过来，天哪，我们竟有了两个儿子！几天以后他们就能手拉着手，早上一道上学，晚上一道回家了！

侄儿的深夜到来天色一亮就成了本楼遛狗女人的话题，她们兴趣盎然，才华横溢地展开推理，却并不把结论及时地告诉我，而宁可告诉给开电梯的女人。从此没有城府的开电梯的女人一见了我就神秘兮兮地笑，看看我的儿子又看看我的侄子，有一天她终于忍不住开口说了，她说真像是一个模子刻的，怪不得人家说你在外面还有一房呢……

我断定消息来源于遛狗女人，一笑了之。我索性就把他们打扮成一个模子刻的，按照儿子的装束，我给侄子购置了同式同色只是尺寸不同的衣服和皮鞋，连头发也理成同样的侧分，然后，又去买了一只同样的书包。

可是我所在的小区派出所并不打算配合我，理由在我们的独生子女证上。派出所的所长亲自站起来告诉我说，侄子不能成为我的儿子，他还得回到他的户口所在地去上学。

要是选择北京，除非交很大的一笔钱．那笔钱的名目叫赞助费。

5

我硬着头皮走进开学第一天的学校，试谈这个没有北京户口的适龄儿童可否上学。学校就是我刚讲过的石景山师范学校附属小学，校长就是我刚讲过的李建华。我坦白地向李建华校长咨询，交多少钱可以让我的侄子在这里读书？

然后我向校长行贿的全部礼物，是我刚刚出版的几本新书，扉页上写了他的名字和我的名字。他站起身来把门关上，告诉我说，如果交钱，这几本书的稿费加在一起恐怕都还不够数。他说我们把这孩子当成你的孩子不就得了，事实上以后他不就是你的孩子吗，是你的孩子你还交什么钱呢？

十年了，校长退休了，侄儿早已离开了这所学校。但是至今，我还没对校长谈到三弟的死因。太复杂了，是另外的一本书，每晚睡在床上都想写它，但是每天醒来以后都觉得无从下手。总想再沉淀十年，沉出一泓清水能够照见已逝历史的真面。

这所小学有几个我记忆中不能忘却的年轻女老师，关于我有两个孩子的消息在她们之间迅速传开，她们在暗地里揣测着这件事情背后的秘密。那一年我的儿子刚升上二年级，学习不错，还会弹琴和吹黑管，在各种比赛中给班级和学校争得了一些殊荣，是他们班主任老师王裕手上的一张小小王牌。新的一年级有两个班，两个班在接收新生的时候，王裕指使她的好朋友王燕把我的侄子要去，她说那是我儿子的弟弟，想必学习也不会差。

这所学校还有一个漂亮的女老师，跟王裕和王燕一样姓王，又跟李建华一样名叫建华，她就是一年前崔震喜欢的班主任。几个月后，在我的文章《一个七岁男孩儿的梦》中，有一段话是这么写的："校长李建华拉响了校铃，班主任王建华登上了领操台，两位有着一样的名字，共同建设中华教育的好老师满脸泪痕，语不成声地讲述了一个七岁男孩儿做梦都要戴红领巾的故事。"

令我惊讶的是帮我向校长陈述这件事情的女副校长，一位名叫李幼真的大姐，她对我讲了自己一段类似的经历，然后神情悲哀地望着我说，你的心是好的，可是我有一种感觉，有一天你可能会想到放弃……

我坚决地说我不会。我承认当时我说这句话的时候是个人英雄主义的思想作怪，脑子里想到的只是夫妻关系和家庭经济，没有想到空气中的那样东西。

七个学期以后，我发现李大姐是一个英明的女巫。

6

赵静说感应是生命中最奇异的东西，在她的感应中儿子并没有远去，他还在她的身边，只是像玩捉迷藏的游戏一样把自己调皮地隐了起来，不许有谁发现他，尘世间只有妈妈一个人除外。当他希望得到妈妈的感应时，他就让自己像做第八节广播体操一样，来它一个欢天喜地的跳跃运动，以期引起法官妈妈的注意。

她告诉了我这所学校的最新情况，崔震的班主任老师王建华现在是主管教学的副校长。而我儿子的班主任老师王裕，又成了她女儿崔艺的班主任老师。我儿子当年是班上的学习委员，她女儿现在是班上的班长。她就是通过她们两人，打听确凿了我居住的塔楼和楼层以及门号，她们还记得我的儿子，记得学校请我写的那篇文章。

一切都像是一个缘，一个圆。上苍用十年的时间画了一个圆圈儿，让人依稀又回到过去的地方。无论是记忆，还是生命。

只不过对她而言，这个生命由名叫崔震的儿子，变成了名叫崔艺的女儿。

我对她讲了我与这所学校的关系，也算是建立这篇文章的基础吧。她脸上的表情是轻轻一愣，让我感到她此前并没在二位女老师那里闻听此事。我望着她笑了一下，说这件事情的本身又是一篇文章。

十年前的那一天，儿子放学回家送给我一样东西，打开看了，是一本红色的优秀家长证书。儿子说这是区里发下来的，每个学校只评一个优秀家长，他们学校评的是我。我感到万分的惊讶，因为我知道我不优秀，我甚至于心有愧。儿子的学习我基本上从没过问，每天晚饭以后是他自己把自己关在一间小房子里，出来撒尿的时候我才有机会看他一眼。因为他们的王裕是女老师，班上的家长会也多半是他妈妈去参加。

而我全力以赴对付的侄子，却平均每天按时按点、保质保量地把我气得死去活来。我求过他，也揍过他，这都不是一个优秀家长应做的事情。我猜想学校评我优秀家长，是把我儿子自己应戴的桂冠换个名堂安排在了我的头上，便于完成他们上报的指标。

这真是叫作张冠李戴，对我而言这是一顶光荣而不合理的高帽子。不过我还是乐意戴它，只是告诉自己以后注意不要打人。同时我把优秀家长的内涵往崇高和博大处拓展了一下，使其不再狭义地解释成只为自己的孩子做了些什么。

7

同年的又一天，儿子放学回家送给我第二样东西，这次是一盘黑色的录像带。儿子交给我时开口对我说了，这里面有一个比他只大一岁的小男孩儿，病魔夺去了他的生命，校长和老师说这是一位坚强的小英雄，他们全校学生都应该向他学习。儿子说完这段话后加重了语气，说是他们校长把这盘带子带给我看的目的，是想请我给这个小男孩儿写篇文章。

我问儿子校长要我写他什么？儿子说你一看就知道了，校长说他生了病还在努力地学习，精神非常可嘉！

从儿子的语气和眼光里我明白了他们校长的意思，他请我写，不仅仅是为了纪念。

我向儿子采访说你认识崔震吗？儿子说不，说在他上学的前一个学期崔震就已经离开了他们。二年级的儿子使用了“离开”两字，我想这是来自校园气氛中的一种惋惜，还有尊敬。十年后的清明节前，他的法官妈妈给我看了一首当年全校学生献给他的长诗，开头就是，我们的好伙伴崔震小同学，已于一九九六年六月二十一日凌晨离开了我们……

当天晚上，我放下侄儿的作业不管，与妻子一道坐地铁赶到长安商场，花四千二百元钱买了一台松下牌录像机。我们不是不知道那一年录像机已经过时了，北京人的电视柜下有一种名叫 VCD 或者 DVD 的时髦电器代替了它。但是为看录像，录像机必须要买。

看完录像我感动了，一个大老爷们儿为一个七岁的男孩儿。我觉得我有责任完成校长布置给我的这道作业。

这台录像机买了以后总共只用过几次。除了反复阅读崔震的故事，还录制过一部我由编剧的电视电影，这部电视电影是由我以侄子为模特儿写的一篇小说改编的，在中央台电视电影频道播出的第二年，这篇小说又被人改编成了广播剧，原著也被翻译成法文在巴黎出版。这是我为侄儿牺牲了七个学期之后，重新提笔写的第一部文学作品。

我的侄儿没有看到，这时候他已经离开了我。很多次我在深夜里想起他来，我想假如他在街头某个小商亭的电视机里偶尔看到这个影片，发现是我写的并且写的是他，他会给我打来一个电话吗？

至于那盘记录着崔震故事的录像带，赵静一提起来就有些心疼，她说她去学校问过，说是李建华校长退休以后，现在已经找不到了。

8

震震，在他三岁的时候我还是叫他龙龙吧。龙龙是个超常的孩子，虽然我们都把他的病情隐瞒着他，但他还是朦胧地感觉到了。那年春天病魔第二次向他袭来，我们送他住进了复兴门的儿童医院，医生说三岁以上的孩子不许家长陪床，只有周二和周日的下午才能探视。那个周日我去医院探视他，他见了我说妈妈我觉得真烦！我说龙龙你怎么烦呀？他说我不清楚，就是想跟人嚷嚷！

那一刻我的心要碎了！我想起来，儿子看见过小区里有人大声嚷嚷，那种歇斯底里要与人拼命的痛苦而又愤怒的样子，想不到怎么竟种进了他的心里！他说他想嚷嚷的那个人他未必认识，儿子太小，就像他自己说的那样他不清楚，可是他的妈妈我该知道，那个人或许就是他想象中的可恨的病魔！

又想起为他抽的那一支签上的字，我觉得他真的是一条困龙，被困在病房里一张冰冷坚硬的铁床上。我祈求上苍帮助我可怜的儿子摆脱困厄，然而我又想起《易经》乾卦的爻辞，三岁的孩子就是潜龙，即便受困也应该潜伏下来，困龙出水并不是什么好话。龙是水中的灵物，龙是不能离开水的，而青云直上简直就是一句不祥的谶言！

我曾经后悔死了，想起《易经》里说的那句亢龙有悔，我不是龙可我是龙的亲娘。我后悔不该给我的儿子取名龙龙，虽然他降临人世的那一年是个龙年。

但这又是命中注定的事，当知道有一条龙进入一个平凡女人的身体，我除了感觉到一种前所未有的惊喜和激动，还有一种无可名状的恐怖和痛苦随之而来，简直要五马分我的尸。这是我有生以来的第一次，我不知道别的女人是不是这样，他闹得太厉害了，一点也没把我当作生身母亲，像是要借用我体内这块练兵场操练他腾云驾雾的飞天本事。

这种要命的感觉对于女人似乎又有些熟悉，恍若是前世今生，梦里忆中。我不能预知即将降临的是吉是凶，是齐天的洪福还是塌天的大祸，只能俯首就擒，承受上苍的恩赐和折磨。那些日子我整天地狂吐不休，特别想吃酸的，但是只往嘴里喂进一瓣橘子，立刻就会把苦胆都吐出来。吐得我实在受不住了我就这么想着，我想他是龙呀，他要冲出龙宫，推波涌浪，倒海翻江，憋足了上一辈子的劲儿，要出来干一番惊天动地的伟业！

女法官用一个软皮的小本子记录着她这十年来的心灵独白，有时下雨，有时飘雪。也有天气和心情一道晴朗的日子，于是这天晚上，坐在灯下，她就忍不住回忆一段儿子的故事，那些故事真是可笑极了。那一次他尿床了，跟他住在一间病房的妈妈的同事故意逗他，崔震，这是谁尿的呀？他说，王阿姨！王阿姨说，可是我的床在这儿呀？他指着自己尿湿的床说，不，这才是你的床！

你听，三岁的时候他就有了偷梁换柱的本事，这是多么好玩儿的逻辑！

9

还有一次他发现了我脸上的阴云，他说妈妈，你怎么还不高兴，你还在生爸爸的气呢？我说没有啊，他说不对，你在撒谎，我都看出来了！他说我教给你一个办法，爸爸骂你的时候你别理他，等他骂完了你再骂他，我就这样！

我的眼泪像下雨一样流得满脸，但我笑了，多么有计谋的小家伙！这家伙长大了他一准会研究孙子兵法！

在儿子面前提高掩饰的水平，学会喜怒哀忧不形于色，就是从这一天开始的。

听护士阿姨说了“病魔”这个词儿，他就大声地喊叫着，要他的军人爸爸把这害人的病魔抓住，交给他的法官妈妈进行审判，关起来，拉出去，把它枪毙了龙龙不就能好了吗？又听医生叔叔说英雄要跟病魔做斗争，他就闹着要爸爸给他买一把宝剑，剑柄上系着红穗子的那一种，他好拿着它去把病魔一个一个全都杀死！

他懂得爱美，喜欢红色、红旗、红领巾、宝剑的红穗子。我穿一件红色的风衣骑着车子带他出去玩儿，他大声地表扬我说，妈妈你穿红衣服真漂亮，我长大了也给你买红衣服……

看见两个漂亮阿姨用优雅的动作吸一口烟，然后用优雅的动作吐出来，两缕淡蓝色的烟雾悠悠飘入空中随风而逝。最讨厌有人吸烟的儿子惊讶极了，用他的思维和语法悄悄问我，妈妈妈妈，这两个抽烟的阿姨怎么看都不像不好的阿姨呀？

爸爸从颐和园里给他买来了一把飘着红穗子的宝剑，抽下剑柄上的一根红穗子拴住他的小脚趾，说是要牢牢地拴住他，不许他动，嘴里像是逗笑，内心却充满深刻的用意。然而鬼使神差，就在他走的前一天，他怎么就把红穗子给解开了，说是缠着他的脚不能走路上学。边说边从大床跑到小床，冲着来看望他的阿姨伸过小手，向她要一本什么名字的书。

第三天阿姨给他送了那本书来，儿子的病房却已经空空荡荡了……

十年前的那篇文章没有写下这些，那一年我不认识他穿红色风衣的法官妈妈，我只认识一盘黑色的录像带。录像带里记录着这个七岁男孩儿的庄严葬礼，不仅他的脖子上戴上了他做梦都想戴上的红领巾，而且他的胸前还覆盖着少先队的队旗，跟一个在战斗中倒下的英雄没有两样。

在她对我讲述儿子的故事时，我觉得她在享受着弥漫在天空中的那种气息，那种名叫感应的东西。她说只要她一闭上眼睛，深吸一口，立刻就能回到十年前的快乐时光。她说你知道吗，只要是骨肉亲人，互相的心灵是可以有感应的，不管多远你的意念只要轻轻一动，他立刻就会来到你的身边。

10

接下来的好几天里，开电梯的女人都用一双担忧的眼睛打量着我，顾不得再关心我身体的外包装以及胡子了，似乎觉得只要不传进法院去做被告，这些方面都是不重要的。白天我出门去，她每一次都会谨慎地问我去哪？听说不是法院，她才把一颗多管闲事的心放进了肚里。

她并不知道我是干什么的。在她的印象中只是经常有人找我，乘坐她开的电梯来到我住的这一层楼，电梯快要停的时候向她打听我的门号。这些人手里提着一些东西，而我衣装不整，毛发蓬乱，并不像是当官儿的人，而且她从没见我上过班。她对我的事情有些琢磨不透，后来就把她得出的结论告诉别人说，这个人好，都喜欢来找他。

好人经常不得好报，可千万不要惹官司呀，她的心里一定是这么想的。

赵静找到我以后的第二个星期，传达室给我打电话，通知我下楼去取一份材料，说是北京市中级人民法院的一名女法官要他交到我的手里。我应声下楼去取，又看到了站在楼前的那些遛狗女人和她们的狗。穿过她们和它们狐疑而兴奋的目光，我去传达室签字取了，是一包崔震十年前留下的旧物，其中有叔叔阿姨写满了赠言的宝宝册，他自己写字画画的作业本，一张刊登着我那篇文章的《北京晚报》和它的复印件，还有一首当年用二十四针打印机打印的，小同学们集体创作献给他的童真稚气的诗，纸的颜色已经黄了……

我们的好伙伴崔震小同学，
已于 1996 年 6 月 21 日凌晨离开了我们，
我们悲痛，我们流泪，

……

再一次谢谢你，在你的影响下，

我们将会更懂事，更坚强，

再见了，亲爱的伙伴，

……

我在留言本上看见了一个个熟悉的名字，李建华、王建华、李幼珍、王裕……

这些名字都是我两个孩子的校长和老师。比诗中记载的那个日子晚七十天，我的儿子走进了这所学校。再晚一年零七十天，我的侄儿也走进了这所学校。纪念和学习崔震的后来的本校小同学中，自然包括有我的两个孩子。

接着还有叔叔和阿姨，同班同校的小同学，那些留言全都是对崔震的赞美和鼓励，小同学们则个个表态要好好学习，天天向上，以崔震为自己发愤读书的榜样。

突然我理解了赵静，如同她理解了七岁儿子生命的价值。

11

在远洋山水的楼群之间，我认识了赵静同样七岁的女儿苗苗，曾经是我儿子老师王裕现在班上的小班长崔艺。在她心里，她有一个在她出生以前去了美国的哥哥，她一直期待着某一天能跟这个哥哥惊喜相逢，在北京或在美国。随着女儿渐渐长大，提出的问题渐渐刁钻，女法官编造的童话也渐渐变得捉襟见肘，她决定在自己终于回答不上最后一个问题之前，把十年前的事情真相告诉女儿。

她说对不起过去她说错了，龙龙哥哥不是去了美国，而是去了天国，一个好人最后都会到那里去的极乐世界。她说有人把那种遥远的旅行叫作死，就是说哥哥已经死了，苗苗永远也不可能见到哥哥了。

她说哥哥死的时候只有七岁，跟现在七岁的苗苗正好是一般大。她说不过苗苗就是龙龙，如果龙龙不去天国，世上就没有苗苗，你们兄妹两个是融在一起的，都是一个妈妈身上的肉，而你是你哥哥的灵，因此你们是一个人。

她说龙龙要苗苗专心上学，长大了做他想做的事，做他想做后来没有做成的事。

七岁的女儿一时懂了一时又不懂，一时信了一时又不信。最后她大声地嚷叫起来，骗人！凭什么哥哥不去天国世上就没有我呀？凭什么，凭什么呀？

女儿到底听懂了，可她听懂了不等于想通了，她说我是我哥哥的灵，那我自己呢？我自己到哪里去了？不行，我要做我自己！哥哥是男孩儿，我是女孩儿，妈妈要再生出一个小弟弟，那才能跟哥哥是一个人！

苗苗说的才不行呢，国家只许生一个孩子，法官妈妈凭什么能犯法生两个孩子？

女儿呼哧呼哧地出气，她更加地想不通。远洋山水楼群之间的空地上，有人在穷凶极恶地吵架，就是龙龙当年说的那个“嚷嚷”。苗苗一溜小跑过去，不一会儿又一溜小跑回来，呼哧呼哧，她说妈妈我想出你能生两个的好办法了！

她只是笑，不说话。妈妈的轻视激起女儿越发要把她想的办法说出来。

刚才我去听人吵架了，是一个人借了另一个人的钱，本来说好了十天就还，可是过了八个月还不还，连人都跑得不见影儿了！后来这人把那人找到了，要他还钱他还是不还，你说他赖皮不赖皮？你说他坏不坏呀？妈妈你是法官，要是你把这样的坏人都抓起来枪毙了，世上没有坏人了，只剩下好人了，人不就少了吗？你不就能多生一个了吗？

傻女儿，借钱不还法院会让他还，可是不能为了多生孩子就把他们抓起来，全都枪毙了呀！

12

你又老想着我哥哥，你又不生个哥哥变的小弟弟，你连门口那个卖凉皮的都不如，那个卖凉皮怎么能生两个呀？一个小姐姐帮她妈妈洗碗，一个小弟弟帮他妈妈收钱……

女儿说的门口那个卖凉皮的她认识，那是一个进城谋生的乡下女人，带着一双儿女，收钱的小男孩儿大约七岁多，跟她的龙龙走时差不多大。她从没在那个凉皮摊上买过凉皮，但她每次经过那里都会把小男孩儿多看一眼。多好的儿子啊，多好的一家人啊，她羡慕她们，甚至妒忌，暗中想着这个卖凉皮的乡下女人其实比自己幸福美满得多！

这时候，她的记忆又回到了十年前。在儿子刚刚离去的悲惨世界里没有天塌地陷，但是暗无天日，为了消灭有关儿子的信息碎片，她把自己密封在圆明园边的那座学府，拼命地钻研法律，攻读外语。接着又把自己驱逐到遥远偏僻的地方，她到了西藏，到了新疆，到了那些人烟稀少、地老天荒的去处，尽情领略生命的孤独。从那里走过一遭回来的人，她想就可以脱胎换骨，重新回到从前的自己了。

可是儿子要来找她。七岁儿子离去的第八年，她发觉自己又怀孕了。那天夜里她做了个梦，奇怪的是梦里看不见人，黑暗中却能听到说话的声音，那个声音清晰得像在朗朗读书，他说妈妈我要回去了！她猛然惊醒，翻身坐起，越想那越是儿子的声音，越想那越是儿子在对自己说话！

她快疯了，从早到晚心里都在喊着，走了八年的儿子在想我了，他就要回来啦！

甚至她翻出儿子满月以后穿过的红布小棉袄，准备着物归原主，到时候还给他穿。只当是寄存在妈妈这里的东西，知道妈妈不会丢的，她在心里有先见之明地想着，幸福和儿子的小棉袄把她的脸染得红彤彤的。

她把儿子就要回来的喜讯告诉丈夫，那个同样疯了的军人，像发出冲锋号令似的做了一个巨大的手势：要！要！

几天以后，她忍着眼泪走进了医院。她是法官，不是卖凉皮的乡下女人。

女法官忍了一天的眼泪在夜深人静的时辰夺眶而出了，她在泪光里偷偷写起了很多天没有写过的日记，只写一行字就写不下去了，她写的是可恨的计划生育！这行字一出来立刻被泪水打得透湿，同时把她自己吓了一跳。

穿着内衣，她体验着一个女人的血肉之身，这个身子永远失去了由它孕育和产生的儿子。

13

我对校长只说了孩子，孩子的父亲我想等一等再说。等我把这件复杂的事情写在了书里，再像上次那样签名送他。那会是一本很厚的书。

而在我的心里，我已经把我的侄子认定是三弟的化身，认定在这个小身体上有他死前就已分化依附的灵。这样想的次数多了，有时就像邓丽君唱的那样，连他们父子的名字我都叫错。侄子现在的名字叫海涵，是他父亲取的。

不过据他说他起初叫诚，还有一段日子叫帅，紧接着又叫了一些别的什么名字，连他自己都记不住了，统统都是他父亲的作品标题。

我的眼前出现了一幅意象，从儿子的出生到自己的死，他的父亲一直在以诗人疯狂般的激情，为自己创作的这首浪漫主义诗歌前仆后继地取着标题。也许作者从没想过，这会是一首失败的诗。

海涵，我不明白最后定稿的这个标题含有一种怎样深刻的含意。他究竟想要他的儿子原谅谁，儿子的父亲母亲？他的父亲母亲？他的父亲母亲不该生下他来的那个时代？

得承认人的确是死生有命，的确是这样的。命不好的三弟在他出生之后，母亲把他送给了一户没有儿子的贫农之家。不料多少年后，贫农有了亲生的儿子，因此他又回归我们的家中。但他归来的只是一具少年的肉身，他的灵己扭曲，神经错乱，对传说中曾经抛弃了他的母亲，他赶不走从小蓄存在心里的怨恨的影子。

他喝了酒，当着母亲的面，唱着一首经他恶意篡改的歌：没有花香，没有树高，我是一棵没人肯要的小草……

侄儿在我儿子就读的学校读完七个学期，这些日子我进了炼狱。我停止了一切写作，白天上班，晚上施展全部的解数跟他斗智斗勇，然后教给他做他千方百计不做的作业。

最大的工作量是测谎。为了逃避作业他假话连篇，反侦破的能力往往令我目瞪口呆。明明上了新课他说还是旧课，明明挨了批评他说受了表扬。上学他不跟哥哥一道走，放学他不跟哥哥一道回，远远落在后面的打算是为了潇洒倜傥地自由玩耍。晚饭一毕，鼾声即起，推醒了问他作业，他一个劲儿地摇头。终于发现从他嘴里出来的没有一句真话，事情早已是昨天的了，要补做旧的作业，新的作业又得积压。

我与他的王燕老师合作发明出了第一个办法，在一个特制的小本子上，每天她给我写一段话，写他在校的表现，每晚我给她回一段话，写他在家的情况，往来传信的使者就由他本人担任。这个办法试行了将近一个学期，有一天我的海涵侄儿一进门就对我高喊，王老师今天不给我本子了，她说她太忙了！

活动就此就结束。我以为事情真是这样，而王燕那头等不到我的回话，也怀疑我决定不再为他影响自己的写作。至于那个来来去去的小本子，天知道他把它扔进了回家路上的哪只垃圾桶里。

我独立发明的第二个办法，是要他给我提供十个同学的家里电话，以便我向他们及时核对老师布置的作业。他给我提供的十个电话有九个都打不通，或者根本不是同学家的，只有一个电话对上了号，那位却和他包揽了全班的倒数第一和第二，每天跟他一样不做作业。

太有才了，我认为将来他可能是曹操一流的人物。

14

实在想不明白的时候我就会想到上苍，它用鞭子抽着一个七岁的男孩儿读书，被这个男孩儿视为刑役；另一个七岁的男孩儿渴望读书，它却一鞭子把他抽到了另一个世界。

侄儿海涵是在我写罢崔震的故事之后来到我的身边，在这所学校读了一年，这一年他的年龄正好赶上崔震。两个七岁男孩儿的身世颠了个个儿，一个是父母还在，孩子去了，父母有了另外的孩子；一个是父母已走，留下孩子，孩子随了别人的父母。

两个孩子都跟我有关，一个在我书中，一个在我家里。

赵静说儿子渴望读书的原因，全世界只有她这个做母亲的知道，是他早在五岁的时候就住进了中国最有名的一座学府，这叫耳濡目染，近朱者赤。那一年她在北京大学博士楼复习考研，儿子的病情好了一些，她把他接出医院，接到她住的博士楼里。

妈妈早上起来，儿子还在睡着，她把他的一份早餐买好，放在那里让他起来后吃。上完两个小时的课回到宿舍，她的两只眼睛都瞪圆了，他像他的军人父亲一样，把床上的被子叠成一个方块，碗里没吃完的饭菜他用另一只碗盖着。她以为是隔壁同学的见义勇为，但是一问，儿子却说，妈妈妈妈，你不说自己的事自己干吗？

他说龙龙什么时候来考研呀？龙龙要做妈妈的同学！

这个问题提得有意思极了，她在博士楼里读书背英语，儿子偎着她的身子写字画画，母子二人不是已经做同学了吗？

那是她这一生中紧张而又快乐的一段时光，晚上她把睡着的儿子搂在怀里，享受着灵与肉的最亲密的接触，她有一种自己创造的生命重又回归自己体内的感觉。

她还是狠心把儿子送回给了他的军人父亲。快乐没有了，只有紧张，紧张之余苦苦的思念。好像是存心考验自己，也考验他们在家的父子二人，她为自己制定了一条法律，三个星期给儿子打一次电话。熬哇熬哇熬过了三个星期，她可以给她的儿子打电话了，电话里的亲生儿子听出是她，却懒洋洋地问她说，龙龙在写字画画，妈妈你有什么事吗？

一句话把她推进了三九天的冰窟窿里，她的身子从里到外都凉透了。才二十一天，博士楼中那个要做妈妈同学的灵与肉没有了，变成了一个陌生、遥远、生硬、冰冷的声音。她说妈妈想龙龙了，龙龙就是妈妈的事！

她的法律像被八月洪水席卷的沙堤，稀里哗啦一下子就崩溃了，从此她脑子里住满了这个埋头写字画画懒得接她电话的儿子。很多年后她仍在想，假如让儿子待在家里自己学习，不用做老师布置的作业，他能不能够侥幸躲过那场劫难？

她立刻就回答了自己说，那是不可能的，儿子太喜欢上学了，不让他上学他会更烦，更要跟人嚷嚷！

15

她说是儿子把她引领到了佛的面前，九华山、五台山、八大处，她喜欢上了佛学，喜欢上了净空法师的讲经说法。辽远神秘，博大精深，佛经对生命的诠释使她看见了一个未知的世界。同时也悟出了儿子这个幼小的生命个体匆匆来去的答案，生命的尺度不在长短，在于完成，当他完成了上苍赋予他的意义，他就可以拂袖而去了。

七岁儿子的意义是演绎了一个生命短暂而又无常的故事，以此忠告活着的小伙伴们珍惜时光，健康体魄，并且知恩图报，博爱向善，以拳拳赤子之心抚摸世间有灵的万物。

知恩和博爱的何尝没有她这个母亲。不仅儿子的校长、老师和同学，还有她的校长、老师和同学。考研时带着儿子，读研时失去儿子，因此她太多的难处都在他们悲悯与慈爱的帮扶中悄然扫除。她有肺腑之情如鲠在喉，只能倾吐在投给北大电台的广播稿里。

一年多前，一对中科院的老人因为一桩诉讼案来到法院，道理在他们这一边，只因拿不出有力的证据，最后败诉的反倒是他们。女法官没有办法保护这对法律应该保护的老人，临别只能赠以法律之外充满人情的温暖吉言。这对老人记住了她，不知从哪里听说蛇肉能够辅治儿子的病，打通医生护士的关节把他从儿童医院接出去，接到自己家里给他吃专门请人烹炙的蛇肉。

空军总医院里丈夫的战友们，听说有益治疗的不是蛇而是螺蛳，这些身穿白衣的威武军人又把这种好吃好看又好玩儿的小东西送到病房，用拿手术刀的手剔出壳里的螺肉，轻轻喂进儿子的小嘴里，眼看着他一点一点地吃进去。

在病房里举行了佩戴红领巾的仪式，电台一位录像的记者姓名都不留下，他把兜里所有的钱都掏出来，放在我儿子的面前。这是一位非常年轻的记者，也许他还没有孩子，他对我们这对失去孩子的父母实在找不到更能安慰的方式……

相框里的照片是儿子住进医院以前拍的，睁得圆溜溜的两只大眼睛黑得像两颗漆珠，痴痴地看着眼前这个神秘的世界，那眼光让人想到渴望。一个属龙的龙龙，长得却虎头虎脑，谁看了都说像军人和法官的儿子。说不清为什么要提前翻出这张照片，为什么还要放大，是不是因为儿子最后一个晚上看她的表情，总之她说不清。

过去儿子看她的表情，容易使她想起“妈妈我真烦，真想跟人嚷嚷”。但这一次不是，他的怀里抱着一本他平时爱看的书，动了五下的口型好像是说“我还想读书”。儿子向父亲要完那把与病魔作战的宝剑之后，再想说话已经发不出来声音，停在喉咙里的那个声音全世界只有妈妈一个人能够听到。

她已预感到这是儿子最后的一个晚上。奇怪的是这晚她竟没有了一滴眼泪，或许已经干涸，或许开始往心里流了。突然她觉得自己正在变成一个残忍的女人，眼睛从儿子败菊一样暗黄的小脸上移了开去，望向白色窗外高渺的天空。她对着西边那一片耀眼的天光祈祷，她说老天啊，您别再折磨他了，要么您就显灵让他明天就奇迹般地康复如初，要么您就立刻带他走吧！

这时候她认识了佛，在心里说完这句话后，她感到自己一下子轻松起来，一种类似愉快的心情从内部托举着她，让她回到了很久都没有过的那种欢乐之中。

老天同意了她的第二个意愿，黄昏再次到来的时候，儿子走了。

她是笑着目送她的儿子上路的，恍然看见一条龙形的白光破窗而出，进入西边天际那抹灿烂金红的晚霞以后，就暂时把自己调皮地隐藏了起来。

16

第八个学期到来之前，副校长李大姐的预言中了，我决定放弃侄子。

为了成功地逃避作业，他早已开始在我与老师之间制造谎言，以期引起双方的误会。我累得倒下，老师责备我为什么不管，我气得打他，老师又责备我为什么这样。二十岁的小女老师打电话把我请到学校，召开小范围的现场批判会，说是一个作家，怎么能够动手打一个七岁的孩子？

我觉得自己坐在审判庭的被告席上，黑红着脸为自己辩护说我不是作家，二十岁的小女老师们问我是什么，我说我是母亲，她们哗的一声全都笑了。我说别笑，我给他洗脸洗脚洗澡剪指甲，给他洗夜里尿脏了的床单和棉被，给他擦了屁股以后又教他以后如何才能把拉完屎的屁股擦干净，而这一切业务都不是作家应该做的，甚至不是每一个父亲愿意做的，世上默默干这脏活儿的只有一个人，那个人就是他生身的母亲！母亲被自己的孩子气得要死实在忍不住打了他一下，你们真的要送我去受两个星期的拘留吗？

二十岁的小女老师们在一分钟之内被感动了，长长短短地叹一阵气，但是接下来还是要批判说，可别忘了，你还是本校唯一的优秀家长！

我后悔被小女老师催得一路小跑，没有带上那本儿子为我挣来的红色证书，不然我会把它还给学校，情愿做一个不优秀的允许犯点错误的家长。我说你们以后也会结婚，也会生孩子，但愿你们一下也不打他，像一些浅薄矫情的伪教育学家坐在电视里对亲人以外的观众说的那样，从小到大，每一秒钟都做孩子的小朋友吧！

何况这是一个什么样的孩子你们知道吗？

这天晚上我做了一个梦，梦见侄儿从我家里逃走了，过几天有人在京城某个公园的角落里发现一具儿童的尸体，很快两个肩扛摄像机的电视台记者就找到了我。情形酷似十年以后，记者们按我家门铃不响，开电梯的女人带着他们来的。采访完毕，当晚的电视新闻里出来一个满脸深沉的记者，他用抑扬顿挫的标准普通话说，电视机前的观众朋友们，你们听说过一个作家……

我被吓醒过来，冷汗如洗。等到天亮我拿起电话，打给一个在京打工的我做知青时的朋友，我提出支付他一笔劳务费，请他把我的侄儿送到我的父母身边。因为在这之前，我的离退休在家的老父老母出于对我这个长子的同情，对三十年前被他们送走的三子的愧疚，还有对这个无父无母的孙儿的怜悯与思念，一直写信要我把侄儿给他们送去。

朋友问我什么时间出发，我怕自己万一还会改变主意，咬咬牙说，今晚！

17

儿子上学前的宝书是一本读图的唐诗，正如儿子陪她在北大考研，那时候她是儿子在家的陪读。书中的第一页画着一只曲项向天歌的大白鹅，儿子喜欢，书中的第二页画着一条背上骑着牧童的老黄牛，儿子更喜欢。不仅喜欢画，也喜欢图画下面的诗。

清明时节雨纷纷，路上行人欲断魂，借问酒家何处有，牧童遥指杏花村。

当时她曾有过一丝困惑掠过眉梢，唐诗千家，经典三百，何以要给上学前的孩子选这一首，他们懂得什么是清明节，行人为什么欲断魂吗？

太小的孩子们会以为这个节日也类似放鞭炮的节，吃元宵的节，吃粽子的节，吃月饼的节，全国人民都要在家欢乐庆贺。儿子更不会想到当他把这首著名的唐诗背得滚瓜烂熟以后，这个节也就成为他的节了。他会不会借问那个世界的牧童，到杏花村去寻找酒家呢？

儿子在他一周岁半的那个端午节里，就喝过大人筷头上蘸的雄黄酒了，大人都说这孩子长大了会是一个喝酒的好汉。说起他第一次看见牧童和牛，那是得病后她带他到山西太谷去看佛医，在路边他认识了那些农民最忠实的朋友，黑的黄的，田里地里。回到北京以后他就不愿去小时爱去的动物园了，他说动物园里只有不干活儿的野牛，没有帮人干活儿的水牛和黄牛，它们也是动物，也该住在这个大园子里呀！

几阵子倒春寒的小风吹过，清清明明的清明节又来了。北京城里的清明节不跟南方一样只有一天，而是外延到清明节的前后数日，去往墓地的行人能拥断路面的车辆，天上却也不跟南方一样飘下纷纷的小雨。

清明节前一天的中午，赵静来我家里取走了崔震的全部遗物，这一次她总算是说服了她的军人丈夫，决定明天把这一切送到他的灵前焚毁。十年来儿子的骨灰盒一直放在家里，丈夫以他军人的作风命令她不许埋掉，他舍不得，他要每天每夜地看着儿子。

她给我看明天要烧给儿子的东西里，还有昨天深夜她写的一封信：

亲爱的震震：

妈妈的宝贝儿子，久违了！

饱受病魔的折磨长达五年之后，你永远地离妈妈远去了，这是命！但凡活着的人没有谁能说清这一个命字！也许只有你，只有已去的人才有资格诠释出这其中的秘密！

然而你又永远地留在了妈妈身边，哦，你知道这是为什么吗？这是因为我们母子的灵是相通的。

另外，《一个七岁男孩儿的梦》是野莽老师于 1998 年 6 月应你们学校李校长的要求写的，妈妈认为，它揭示了你生命的意义，因此妈妈今天特意把它带来，也送给你。

妈妈赵静

2007 年 4 月 3 日

18

我看见我的侄儿在一个遥远的地方皈依佛门，已经，或者正在，此时正在诵经打坐，其形其态酷似当年在课堂上。我也学会了感应，非常奇妙，一种此前未被开发出来的生命本能。我感应到了这个孩子命中注定的未来，脱胎换骨之后，某一天会来按响我家的门铃，对我说明当年他为什么要让我那样伤心。

与他，以及与他父亲，在局外人看来，加缪创造的局外人，他看我们之间有一个谜。而我自己知道得当然更多，其实是有一个结，一个劫。

我怀念起了退休的副校长李大姐，十年前我遇到的第一个女巫，当时她说的是感觉，其实那是感应。她说的时候有一种她的经验在应答，那个声音来自她的心灵，而我当时还没来得及有那一种经历，我的心灵被另一种巨大的悲伤和喜悦所包裹，我听不到那个声音。

我的心情突然透明起来，如同窗外四月的天气。有阳光，清风，是女法官带给我的，本来她感谢我十年后再次答应写她母子的文章，现在我反而还要感谢她。

侄儿离开我第三年的一个晚上，我接到从老家打来的紧急电话，说我母亲病危，目前正住在一家名叫太和的医院里抢救。老家不通飞机，当晚的火车也没有了，一夜不眠，翌日我就仓皇登上回乡的列车。在太和医院我除了看见床上奄奄一息的母亲，看见已给母亲写好悼词的父亲和围坐在母亲床边的兄弟姐妹，还看见独自躲在墙角浑身发抖的侄儿。他的身子抖得有些夸张，像只寒冬腊月从冰河里爬上来的老鼠，想起过去在京的时候，我判断不出他的身子是自己要抖，还是他要他的身子抖给我看。

四十多天以后母亲死里逃生，我才听姐姐的女儿偷偷告诉我这场大难的真实起因，果不其然原来又是他，怪不得见了我他会怕成那个熊样。他转到老家学校故伎重演，母亲气得要打他一下，他跑出屋外猛按门铃，一鼓作气按得母亲的心脏病复发栽倒在地。那天催我赶紧回去的电话里，可没人说是因为这个。

母亲出院以后侄子离开了老家，依然是我做知青时的那位朋友，替我把他送还给他的母亲。

又想起了事情的根源，想起了三弟，他以死报复了丢弃自己的父母，他的儿子又以另一种方式报复了丢弃自己的他，但是他的父母他儿子的祖父祖母要报复的又是谁？他们又该怎样才能报复？

我愿意回到侄儿做了和尚的感应。少林寺也好白马寺也罢，总之没有流浪，总之还能读书，能够读懂经书那真是人生莫大的造化。

19

开电梯的女人终于又开始关注我的衣服和胡子了，她表扬我说今儿这一身挺好看的，胡子就是要刮，不然显老。经过一个月的观察和判断，大概她觉得我并没有惹下什么案子，或者要有也是一个小案已经结了。这天我们见面的时间是十一点钟，地点自然是电梯里，人物两个，开电梯的女人根据历史的经验知道我是出去与人共进午餐，她问我又到哪儿去撮啊？我说喜相逢，她问谁请啊？我说就是上次按我家门铃不响，你帮她用对讲机叫我开门的那个女法官。

她发出一声惊叫，随后就对我肃然起敬了。过去她也对我起敬，但不肃然，就是说还没敬到听说法官请我吃饭的程度。中国人民怕官，对法也心存警惕，对于两个字加在一起的人更会油然产生一种自己将被误抓的恐惧。电梯在落地的中途停了一次，开电梯的女人忘了开门，我帮她开了，乘客进来的时候我的手还搭在按键上，这人一脸凶相地看着她，认为她没有忠于职守。

楼前的遛狗女人已经看也不看我一眼了，只顾着在自己腿间钻来钻去的狗。对我至今不去法院成为被告，她们表现出了一种深切的失望。

喜相逢酒店首层大厅的一角，赵静穿一件红色的羊绒衫坐在那里等我。这件衣服是她儿子喜欢的颜色，因此她也喜欢。这次的喜相逢是因她的儿子引起，而且春天来了，她就特意穿上了它。同去的还有儿童教育中心的王博，就三个人，研究出版一本与崔震有关的书。那天我们都喝了酒，身穿儿子喜欢的红羊绒衫嘴里不断讲述儿子故事的赵静，酒后回到了十年前的年轻与漂亮，当晚她在日记里写道，这件事终于落实下来了，我真是欣喜激动不已！

苗苗上学去了，今天是七岁的苗苗戴上红领巾的日子，她没有带苗苗来。当年的震震也是七岁戴上的红领巾，同样的学校，同样的老师，不同的是哥哥躺在白色的病床上，妹妹站在金色的阳光下。

她说儿子在天国注视着自己的小妹妹，祝福她成功地实现了一个七岁女孩儿的梦。

儿子在天国也关注着自己的母亲，看见她因为死去的人的死而明白了活着的人的活，明白了死去与活着的意义，以及两者之间真正的分界。所以也祝福她。

如此说来他的目的已全部实现了，这些人生深刻的感悟，是他为了报答母亲而留给她的思考题。十年以后，母亲把这道题目做出来了，她做得是多么好啊！

儿子读过的那首唐诗今年不灵，今年北京的清明节没有下雨，这一天的天气好极了。她以阳光的心情走进墓地，送走了那只伴她十年的盒子，然后点亮火光，给他念诵了她写的那一封信。回来的路上她身轻如燕，她听见自己的体内有一种声音在嘶嘶作响，那是淤结十年的心结被解开的声音，正如书上说的那样，此时她的感觉像要飞翔。

女法官深情地呼吸着，她又闻到了人间四月的味道。

20

我忽然想起我家的门铃，实在应该换一对电池了。

立　碑　记

1

嫲嫲对我和对我的饿哥是一样的，就连问这话的时候都是一样："我要是死了，你们会到我的坟上来看我不？"

她把重音落在"死"字上，像一缕阴风在我耳边嘶嘶地响，听得我的身上发冷。我不回答，是觉得这个问题问得古怪而多余。我的身边却有一个坚定的声音像呼喊口号一般喊了起来："你不会死，你是天上的神仙下凡，神仙咋会死呢？"

嫲嫲的名字中有一个"仙"，取自当年的一位算命先生，为此她的东城角娘家被那人背走了三升糙米，也不知这个字有何禅意。二十年后饿哥的名字也非这位先生莫取，但那一年他已无米可背，取完这个饿名这个给人算命的瞎子自己也饿得一命呜呼了。

"我要是死了你们来看我不？"已在病中的嫲嫲对我的沉默表示失望，不过也不满意饿哥喊的口号，她坚持要问个水落石出，这一遍她把重音落在了"是"字上。"要是"二字在我的家乡，和语文课里的"如果""假如""倘若"是同义词。

我的饿哥只好又坚定地喊道："我们就给你立一个碑，年年去给你烧纸！"

我仍不回答，我甚至对这个古怪而多余的问题产生了反感。嫲嫲用她正在昏暗下去的眼睛，发现我双眉间皱起两根短浅的竖纹，竟至于深叹了一口气说："白养了你这个没良心的东西！"

这声音立刻被淹没在门外的脚步声里了，直到十天以后才在我的耳边再次响起，我追认它是嫲嫲这一生中最后的声音。

嬷嬷是我的保姆，把我从出生带到上了小学。那年我十五岁，初中毕业。我的饿哥二十二岁，在一条危险的公路上做挑石工。

十天以后嬷嬷真的死了。我没想到她真的会死，如能想到我就不会进南山去学木匠，如能想到我就会像我的饿哥那样坚定地回答她。我的声音比我尖嗓子的饿哥粗壮得多，我如那样答了，嬷嬷就不会在她临终之前叹出那样一口气，并且说出那样一句绝望的话来。

她的东城角娘家的一个兄弟，饿哥叫舅舅的，用一口金匣将她潦潦草草地葬在屋后不远的一块荒地里。所谓金匣，就是未曾上漆的薄棺，由六块浅黄色的木板钉成，木板上面时而会有一只睁开着的黑色的眼睛。这是我事后听说的事，从咽气到下葬，我都不在她的身边。后来过了很多日子，黑夜里我被饿哥引导着，在一支手电筒的照耀下找到一堆砌成坟样的乱石。

我违背了饿哥的誓言，饿哥本人也是，我们都成了言而无信的不孝之子。那个时候，我们已穷得没钱买火纸，也没人卖那种黄色粗糙不能写大字的纸张。我们只在坟前站了很久，我依然沉默。饿哥用他的尖嗓子小声说：“妈，莽娃来看你了！”

我仿佛听到一只秋虫的叫声，身子从内到外一颤，怀疑这虫子是嬷嬷的魂魄变的。

又过了一些年，我从京城回到老家，看望了我的父母，第二天又去看嬷嬷的坟。这一次不仅我有了买火纸的钱，小城里也多处都是卖火纸的摊点，东城角的拐角处就有一个，家乡人以响应国家提倡孝道文化的名义，轰轰烈烈地为死去的亲人烧起纸来。我的饿哥不在家里，他又去了另一条公路干活儿。夜色下我独自一人来到东城角的拐角处，买了足够的火纸提在手里，去寻找埋了嬷嬷的那块荒地，却无论如何也找不到了，那堆砌成坟样的乱石不翼而飞。我猜想或许饿哥多年不去祭扫，那个名叫坟的土石堆上应该长满了草，就循着有草的地带一通乱走。然而仍没找到长草的坟堆，只发现了一道过去没有的石坎，坎上零星种着十多棵铺地白菜，坎下是一块斜坡，有几行青皮萝卜栽在坡上。

我就明白，这片荒地已被人开垦出来，嬷嬷的坟成了这道石坎的一部分。我实在认不出究竟哪里是它们的分界，转来转去，最后只能把手里的一墩火纸解散，几张一沓，折成锐角，沿着这条石坎码出一条黄色的长龙。我用火柴点着了它，让它自始至终地燃将过去，亲眼看着那条长龙渐渐地由黄变红，变黑，变灰。一阵夜风吹起，悄然将一片片纸灰吹向石坎，落在坎上的白菜和坎下的萝卜地里。

我的心也随之落下，这会儿居然觉得完成了嬷嬷生前的问。

但一走出那片被石坎一分为二的坡地，我便顿时又感到不能安生，嬷嬷的坟呢？她说的是到她的坟上看她！

2

再一次回到老家，听说饿哥也回来了，住在西关外的一处廉租房里。因为离家日久，小城变化也大，我已不认识去那里的路径，托人带信请他过来见一个面，说说嬷嬷的坟，顺便就在我家吃饭。带信人转告我，他知道我回来了很是激动，还问我长变了没有？

吃饭时他并没来，害得我们的饭菜都等凉了，直到饭吃罢了才听有人敲门，梆梆梆梆发出惊心动魄的声音。我料定是他，开门一看果然就是，比分别的时候自然老了很多，穿得还算干净利索。他那只还没落下的手边就是门铃，想必他是激动得忘乎了所以，要么就不认识。他用这只敲门的手和我握着，另一只伸进口腔里面剜着牙齿，似乎是证明自己已吃过饭了。他的手像铁钳一样坚硬，而且冰冷，我明知道这是因为常年在外打工，来的路上又被风吹的原因，但我依然觉得我们兄弟多年不见，彼此已经陌生得厉害，不单是他的手，也不单是他满脸的皱纹和半头的白发。我拉他坐下，沏一杯茶给他，他举到嘴边就喝，我担心把他烫着，又夺下杯子放在他面前的茶几上。

饿哥颇有些不自在了，两手平放在膝盖上面，过会儿又换了另外一只伸进口腔里面剜着，而且越发地下功夫，连上半个身子都偏向了一边。

“你去看过了吗？”我接着托人带给他的话又问他说。

“看什么呀？”他反而惘然地问我。

“嬷嬷的坟！都被人家砌在石坎里了！”

“哦……这些年我一是没有回来，二是回来事情也多，我都……唉……你去过了……？”他的神情黯淡下来，嘴里含糊其词地回答我说。

“我还是上次回家去看过的，那天晚上又黑，都没认出坟在哪里，这次我想能不能给嬷嬷重新砌一个坟，再立一个碑……”

他先是直着眼睛看我，接着就把头低下去，在地上四处地打量着，像是寻找砌坟立碑的砖石。

“能不能啊？”我又追问了一句。

“这事，我得回去和你嫂子商量一下，还有你侄儿……”他不得不回答了。

原来我有嫂子和侄儿了，我没想到，我应该想到的，他今年已是四十出头的人。我记得嬷嬷在世的时候最害怕他将来找不到媳妇，不能把他家的香火延续下去，因为饿，他身材矮小，发育不良。嬷嬷的丈夫死得早，他们家是三代单传。

“啊，我都忘记问你了，你快带我去看看嫂子和侄儿！”我在心里祝贺着他，眼睛就在屋里搜索亲友们送我的礼物。

他的身心暂时获得了解放，迅即起身，带我步行去西关街后面的一条小巷。他人矮腿短，却在前面走得飞快，路上又转弯抹角，我必须紧跟着他才不会掉队。走到一扇木头发黑的小门前他站住了，人在门外就对着门里尖喊了一声：“莺儿，添儿，叔来了！”

一个身子能把他装进去的女人应声而出，身后跟着一个十岁左右的男孩儿，男孩儿直着眼睛看我，长相像饿哥小的时候，眼神也像饿哥听说我要给嬷嬷立碑的时候。女人福态的脸上笑出一抹红晕，她一定无数次听说过我的名字：“这就是妈带过的莽娃吧？今儿可算是见着人了……”

“嫂子好，侄儿长这么大了我都不知道，真是罪过！”我的嘴上这么说着，心里想的却是嬷嬷的坟没有了饿哥都不知道，这不也是他的罪过吗？

名叫莺儿的嫂子给我搬来一把竹椅，转身又要给我沏茶，我用手拦住了她：“莺嫂你也坐下，刚才我和饿哥说想给嬷嬷重新砌一个坟，再立一个碑，嬷嬷本来是有坟的，被人家砌在石坎里了。饿哥说这事需要回来和你商量一下，还有添儿，添儿上学了吧？”

“给叔说，读三年级了，在外面读的．才转学回来……”莺嫂毫无准备地愣怔了一下，利用和添儿说话的工夫，抓紧考虑着我前面的话。

添儿大概不想鹦鹉学舌，望着我迟迟不说，还把身子往后退着。我就主动拉了他的手问：“三年级了？好！见没见过奶奶的坟？”

“快给叔说，连我妈都没见过，我哪里见过……”莺嫂害怕添儿仍然不开金口，让我受了怠慢会不高兴，就又替他说了一句，一边继续考虑着。

这句话无意中把她的男人出卖了，我听出来，饿哥至少有十年没有去过嬷嬷的坟上。因为按照老家的规矩，如果他去上坟的话还应该带上自己的妻儿，嬷嬷生前想疯了的儿媳和孙子。

“哦……”我后面的话是：所以就被人家砌在石坎里了！

“你刚才和我说的那事，可能嫂子有点儿为难，这些年……，莺子你给他叔说！”饿哥递给莺嫂一个眼色，不小心正好被我看见。

“这些年你哥在外打工都没挣到钱，又成家，又租房，又得添儿，添儿小时候还老得病，这一上学又要学费，七七八八，倒过来还欠了人家一屁股账！给奶奶立碑，好倒也是一个好事，可好事是好事……”莺嫂已考虑好怎么说了，说到这里却又停住，似乎懂得此时无声胜有声。

“这个不用你们来管，刻碑的钱，砌坟的钱，还有……总而言之所有的钱吧，都是我的，你们只负责找到那块地的主人，让他同意把嬷嬷的坟从石坎里分出来。”

饿哥和莺嫂迅速地对看一眼，两张脸上的肌肉立刻就松动了，连站在两个人之间的添儿都像是吐了一口气，望着我想要弥补刚才没答的话。我能理解这一家人，世事艰难，原因都出在“这些年你哥在外打工都没挣到钱”。莺嫂又想起来为我倒茶，再次被我挡住，饿哥的两只手干巴巴地互相搓着，神态毕竟是有些不自在：“真是的，害得你，唉……好，这个好办，我今晚就去找人！”

“我也今晚就去找人，找个刻碑立墓的师傅。这次我回家还待三天，走前一定要把这事做了，再也不能拖下去了！”我的口气坚决得和他当年回答病中的嬷嬷。

“那是！”饿哥和莺嫂也同样坚决。

“另外，嬷嬷的碑文谁写？还有墓柱上的一副对联？”我忽然想起一些应有的规矩。

“不就是……我们几个的名字吗……？对联……？”从他的愕然中我发现他没有想到这个细节。

“碑文是对人一生的总结，必须有的，对联也很重要。那这样吧，都是我写，你只告诉我嫂子和侄儿的大名，嬷嬷出生的地方和生卒的年月日，别的都不用你管了。”我垂下眼皮，不想再看到他为难的样子。

“你嫂子大名叫李贤莺，贤惠的贤，夜莺的莺，侄儿大名叫钟继开，就是继往开来的意思，我大名叫钟承启你知道的。嬷嬷是民国七年出生，肯定是生在东城角，那里现在叫东风村了。死是‘文革’开始的第三年，正月间吧，哪一天我得再回忆一下……”说到具体的日子他还是为难了。

“那你回忆起来了再告诉我，按老规矩碑文上连生卒的时辰都要有的，某月某日再不能少了！而且还要换算成一种历法，如今是共和国了你还写民国？挂历上都没有阴历了你还写阴历？就是选择阴历也得统一都是阴历才行，不能阴阳混杂，刻在碑上害子孙后代都不好记！……你不会算让我来算吧，民国七年不就是公元一九一八年？‘文革’第三年不就是一九六九年？阴历正月不就是阳历二月到三月之间？”看着他苦思冥想的样子，我再一次感到于心不忍，也害怕他耽误了我返京的时间。

事情就此定了下来，我出钱，饿哥出回忆，当然我们还得共同出力。走出他在西关街租住的房子以后我回头看了一眼，是想记住门前的标志，回京以前好来向他们告别。他们一家三口排成纵队走出门外，莺嫂和添儿是一种送客的仪式，只有饿哥怀着当年的兄弟之情。他一人把我送出很远，临别又用坚硬的手和我握了一次，像是为自己刚才的表态负责，同时也希望我一言为定。

其实这事在我心里谋划已久，他便是出外打工挣到了钱，挣到了很多钱我也会这样。不是为他，也不是为嬷嬷，而纯粹是为我自己的心能够从此安定，这是我多少年来一个未了的心结。

3

回家路上我急不可耐地打听哪里有刻碑立墓的师傅，街边有一个摆摊儿的修鞋匠，我请他修了一下正好有点炸线的皮鞋，鞋匠收了钱指给我说，前面那家铺子就是专门干这行的。我顺着他指引的方向走进那家铺子，见那一间不大的门面房里，左右两方顺着墙根儿摆满了或长或扁的石料，墙上悬挂着两排玻璃镜框，框中全是墓碑的各式图样，与下面的石料形成对应之势。迎门的柜台后面坐着一个小伙计，年龄比添儿要长几岁，身边有条汉子双腿跪在地上，背对着我，正用一块抹布给石料抹灰，抹过的石面上光可照人，兴许已照见了我向门里东张西望的影子。

“小师傅好，我想定做一副墓碑，连工带料，再把坟砌起来，总共要多少钱？”我希望这话能进入一个隐藏着的老板耳中。

“那得看是要好的，还是要次的，要齐全的，还是要简单的。”跪在地上的汉子回答。

“当然是要好的，齐全的……什么是好的和齐全的？”

“最好的是花岗石，最全的有七大件，中间一个碑，两边两个柱子，顶上一个帽子，脚下一个座子，墓前一对石头狮子，标准尺寸，标准材质，城内免费送货，总价是三千三，碑文和碑联由客户自己提供。不过说清楚了，这里面不含砌坟的钱。”

“加在一起呢？”

“把青砖、水泥、沙子，还有挑夫的运费，砌匠的工钱加在一起，大概还得两千多，这只是个大概，我们也是在外面雇人干活儿。”

“知道了，老板有名片吗？”听他回答得滚瓜烂熟，我确定他就是管事的老板，想回去找人打听一下，价格如果靠谱的话就打电话把这事定了。

汉子手上的动作缓慢下来，坐在柜台后面的小伙计这次抢了个先说：“你没看见门口的牌子？”

小伙计说这话时下巴对着门口翘了两翘，证明那里有个类似名片的东西可以回答我的问题。由于我进门的时候直奔主题，根本没向门的两边张望，现在我按他的指示退出门口，才发现铺门的右边挂着一块黑漆招牌，上面用白漆竖写着“马神凿”三字，“马”是繁体，乍看像“鸟”。这三个字的前一个应该是姓，后两个大概是绰号，类似于梁山好汉在江湖上流行的称谓，区别是它在姓氏的后面而不在前面。

“哦，马师傅……马大师！凿功肯定了得！”根据我已有的知识，墓碑上的字是用凿刀凿上去的，无论是大理石还是花岗石，不仅凿刀要有好钢火，而且匠人更要有好手艺。于是我力所能及地讨好着他，衷心希望这位姓马的神凿手使出浑身解数，把嬷嬷墓碑和墓柱上的每一个字，每一个笔画都凿好，让有缘从此路过的人认清她的名字，记住她的功绩，这些年我欠嬷嬷的真是太多了。

“不是吹，往年我师傅做这行就靠一把凿刀，咔！咔！咔！稳！准！狠！凿出的字笔画分毫不差！近些年时兴电脑刻字，机器作业，他才把手艺扔了，改成搞整体设计！”男孩称马神凿为师傅，为有这样的师傅而骄傲着。

“哦，根据时代的发展，你师傅已经与时俱进地变成设计师了！”我出口成章地又夸了一句。

他师傅突然扔下抹布站起身来，偏着脑袋对我进行观察，眼睛盯在我的一头长发上：“我看你是个艺术家吧？画家？导演？演员？演知识分子的？你是不是下来体验生活来啦？电视剧里有个八路军被日本鬼子给打死了，你们要给他弄个立碑的镜头？”

“都不是，我是给我小时候的保姆。”

“保姆？她自己没有儿女？”

“有个儿子，叫饿哥……”

“嗬，你这个饿哥莫非是饿死了，连他娘的坟都不砌一个？”

“原来有坟的，是他这些年一直在外打工，坟被人砌进石坎里了……”

“哈哈，我说得不错吧？凿碑要有眼力，看人更要有眼力！到底是下来体验生活，体验好了去拍戏的！亲生儿子看着娘的坟被人砌进石坎都不管，倒让你这个保姆带过的外人来管，为了突出一号角色？”马神凿得意非凡地发出大笑。

“不是，真的不是，我是……”

“我说的不是那你就说是的吧，你说的那个平了你保姆坟的人是谁？世上还有那种人吗？那人还叫人吗？灭人祖坟是伤天害理的事，不天打雷劈断也得断子绝孙，哪有你们这样编电视剧的，如今的文艺作品还要不要真实性了？”

我暗自吃了一惊，想不到在自己老家小城偶尔遇上一个刻碑立墓的老板，居然还懂创作，还懂文艺与现实的关系！我想让他从心里相信我的话是真的，以便早些言归正传，不要误了眼前的大事，就把小时候我的保姆如何带我，死前如何问我，死后多年因为什么我竟不能完成她这卑微的遗愿，还有她的亲生之子饿哥又是如何生活不易等等前因后果，向他这位误以为我是演员的人诉说了一遍。

“想不到还真有这样的事噢？阿忠，将来我死了，你会不会也这样对我？”马神凿彻底地相信我了，并由此事产生联想，转过去对叫他师傅的小伙计说。

“那是必须的，碑文我就请这位先生写！”小伙计阿忠对答如流，让我想起当年的饿哥。

“妈的！等老子查出那个鬼东西来，就把他妈的一凿子给凿了！”

我为他骂出的这句下流话而欢欣鼓舞着，庆祝自己又结识了一位性情中人，嫲嫲的墓碑看来有了保证。接下来我郑重其事地告诉马神凿，这次我在老家还有三天时间，临走之前我想亲眼看到保姆的新坟，用相机拍张图片带回京城。因此我请他现在就开始准备材料，等我回家把碑上的文字和墓柱上的对联拟好给他送来，他好尽快安排刻字，刻好之后运往墓地，砌坟的时间越早越好。

“还不如就坐在这里写，免得你跑回去，又跑回来！”马神凿对我刮目相看，亲自给我搬来一只凳子，又拿来一张纸和一支笔，让我把他的柜台当作是写字桌，自己就站在我的身后，偏着头看我如何下笔。看我许久也写不出一个字来，挥手让阿忠去给我倒一杯水，似乎还懂得文思如泉，用水来冲开我的思路。

我端起杯来喝了一口，开头第一句就被一个数据卡住，赶快打电话问饿哥，问他说嫲嫲生卒的准确时间想起来了没有？谢天谢地，饿哥说他想起来了，嫲嫲生日是阴历七月初七，那天是牛郎织女相会的日子，算命瞎子说宋朝有个名叫秦少游的大文人，写了一首词叫《鹊桥仙》，所以就在她的名字里取了一个“仙”字。嫲嫲忌日是正月十六，头天元宵节她连汤圆也不能尝了，第二天城里学校开学，舅舅送他老大去报完名，回家时顺路来看她一眼，刚一进门人就咽了气。

饿哥说的仍然是阴历时间，现在的碑文已通用阳历，我想把它们前后统一起来，试问马神凿懂不懂得换算。阿忠一听立刻接口，说他师傅有一本名叫万年历的书，平时给人刻碑就用这个，说着顺手从柜台下面抽出一本册子递到我的手里。我如获至宝，很快做完这几道算术，然后正式来做语文，把碑上的文字起草好了，再花一会儿工夫作了墓柱上的对联，一并交给这位对我另眼相待的人。

我决定不再回家找人咨询价格，一来我的时间太紧，二来我已完全信任了马神凿，后者是更主要的因素。依照订制行业的规矩，我请阿忠给我列一张价格单，同时我也要预付一笔订金给他。阿忠盯着我的手伸进衣服内兜，张嘴刚要报出一个数来，我的肩上突然被搭上一只手，接着“啪啪啪”拍了三响，他的师傅大声笑道：“你讲义气，就不许我讲义气啦？这七大件，我只收石料钱，石料是我花钱买人家的，工钱我一分也不收！”

“那怎么行？工钱你不也要付人家的吗？而且你还要雇人送到那里……”

“老雇主了，我只需管他们一顿酒席！”

“酒席不也要花钱……”

“这你就别管啦！”

“那订金？订金一定要收的！”

“啰唆！难不成我刻完了字你不要了？那会是你做的事情？”

“这让我以后怎么报答你呢？”我不能够再啰唆了，只能把感激存在心底。保姆对我有养育之恩，他和我却只有一面之缘。

“我徒弟刚才说了，你会写碑文，将来也给我写个碑文！”他在我的肩上又拍了一掌。

“师傅说什么哪，我说的是一百年以后！”阿忠的话又让我想起饿哥当年对嫲嫲喊过的口号。

4

离开马神凿的铺子回到家里，我就专等饿哥转告那人的一句话了。饿哥说过去叫东城角的地方，现在已改名叫东风村，我认为这是天意，所谓万事俱备，只欠东风，指的就是这件事。做这件事是积德行善，我想没有人从中进行阻拦，至于说破坏了那道石坎的完整性，把坟砌好以后再从后面补起来便是，不会为坎主造成损失。更何况如果较真的话，他把别人的坟砌在了自己的石坎里，那块荒地原本不属于他，这件事最初倒是他做错了。

我在期待中度过了一晚，几乎彻夜未眠，中途几次开灯看表。第二天清早刚一起床，就听得电话铃一阵乱响，意料之中是饿哥打来的，我去接了，他却情理之外地长气短叹，最后简直奄奄一息地向我报告：“找了一个晚上我才把人找到，你猜是哪一个？”

“别卖关子了好不好？难道会是你的舅舅不成？”

“舅舅要是还活着就好了，舅舅要是还活着就能治住大歹娃子！”

“大歹娃子是谁？世上有这样的名字？”

“昨天我对你说起过的，妈死的那天舅舅送他老大去报名上学，大歹娃子就是舅舅的老大，取这样的贱名是为了小时候好养。歹娃子就是歹包子，歹包子就是呆子、傻瓜，他还有一个弟弟叫小歹娃子。生大歹娃子时舅妈没有奶水，妈花钱给他买代乳粉……，只怪舅舅舅妈一死我们之间断了往来，陡然一见面人都变成那个样子了！”

“变成哪个样子了？他不是嫲嫲的娘家侄儿，你的舅老表么？就算往来断了，亲戚关系还在，给姑妈砌坟立碑也是他该做的，这事按说好办了，你还叹个哪门子气呢？”

“唉，他要是这么想就好了，可他偏不这么想，他提出了三个条件！”

“条件？还三条？……钱？”

“大歹娃子倒是没说要钱，他说第一，只许立碑，不许重新砌坟，砌坟又要占地；第二，只许贴着坎子，不许动坎上一铲子土，土一铲白菜就会露根；第三，只许从沟里走，不许从地里走，地里种的都是萝卜。正说着小歹娃子来了，钱的事是小歹娃子说的，说那是心里美的萝卜，上次有个放牛娃子的牛踩了，一个赔了一百块钱！”

“呸，还心里美！绕这大一个弯子，最终不还是钱？”

“唉，是啊……”

我在电话里为难很久，最后只好退一步海阔天空：“看来是惹不起他们，不得不听他们的了，谁让你有这样一个舅舅，谁让你舅舅有这样两个歹娃子呢？他们可不是什么呆子和傻子，明明是两个起了歹念的歹徒！到时我让马老板做事时小心些，别让他们有话可说！还有，他们还记得嬷嬷的坟砌在石坎哪一截吗？”

“大歹娃子说不记得了，小歹娃子说还记得，那块地是他嫂子逼着他哥挖出来的，砌坎时他来帮的忙。”

“他不会不指给你吧？”

“记得也不指给我，那他的心不是太歹了？”

饿哥的口气是嫌我想得太多，他这两个名字叫歹的表弟虽然名副其实地歹，但是再歹也不会歹到那种程度。

我不能再说什么，换了个话题让他到家来吃早餐。饿哥说他吃了才给我打的电话，我从电话里听出一种异样的声音，想必是他又把一只手伸进口腔里面剜着。我让他吃了早餐也来一下，来了我带他去见马神凿，当面了解这事的进度，以便让他心里有底。

坐在柜台后面的阿忠知道了他师傅对我的态度，老远看见我就站起身来，热烈鼓掌表示欢迎，急于报告我一个好消息说：“我师傅说碑文和对联都刻好了，帽盖和底座也打好了，上面是两朵云彩，下面是一朵莲花，现在就只差两个石狮子了。”

“哎呀，到底是马神凿，他在哪里？”

“你不是封他设计师吗？在石场上，昨天夜里忙了一个通宵！”

饿哥代表墓碑主人的亲生之子，走上前去和阿忠亲切地握手：“多谢小师傅，我就是墓碑主人的儿子，往东城角运碑的时候我在前面给你们带路。”

“东城角？东城角是不是东风村？”阿忠有点紧张地问。

“是啊，‘文革’中改的名字，那里是我妈的娘家。”

“你是说我们要把这些东西运到那里？还要在那里……砌？”

“是啊，不算远的，拐一个弯儿，再……”

“别别别，我们不是怕远，再远只要在城内我们都去，我们是怕东风村！”

“嗬，东风压倒西风？那是文革，何况你又不是西风你怕个什么？”我以为阿忠在说笑话，便也逗着他笑。

“那里有鬼！我们是怕那里的鬼！上次我师傅派去的人就在那里遇上了鬼……”

“别吓人了，你师傅是神，我嬷嬷是仙，合起来还斗不过一个鬼吗？昨天你师傅还说要查出那个把我嬷嬷的坟砌进石坎的鬼东西来，把他妈的什么一凿子凿了！你们的石场在哪里？带我们去看一看，把这里的铺门给锁上！”我希望他不要再开玩笑了，时不我待，让我们马上进入正题。

“不是吓人，上次两个抬碑的差点儿被鬼打残了，害得两个人回来要我师傅赔偿，这是真的！我师傅对你这样好，你也别给我师傅为难了！这次我做个主，我们只管刻碑，不管立墓，砌坟的事就让东风村的人做，钱多钱少你们两家自己商量！”

我被他说得晕头转向，虽然我不信鬼，但我也不相信他会骗我。饿哥的思维另辟蹊径，直用手指头捅我的腰，吸引过去我的眼光，又把大拇指和食指互相搓着，压低了尖嗓子说：“是不是姓马的老板嫌这个少了，自己不出面，让他的徒弟娃子……？”

“根本就不是钱多钱少的问题，马神凿老板是个讲义气的人，他还说只算我的石料钱，连预订金都不肯收，必定是那地方真的有鬼！阿忠，我听你的，你们只管刻碑，不管立墓，砌坟的事我们去找东风村的人做！”阿忠刚才有一句话起了作用，他说他师傅对我这样好，我也别给他师傅为难了，这话有力地打动了我，我怀疑其中必有不能说破的隐情。

说完这句话，我拉着饿哥向门口走去，又回过头来对阿忠说：“谢谢你告诉我们这个，你是个忠实的徒弟，请转告你师傅，让他悠着点儿，别累坏了身子，明天一早能把东西送到就行！”

阿忠千恩万谢地把我们送出门外，双手握拳，又朝我们弯腰作了个揖。

出门走在回家的路上，我才对饿哥说：“那个小徒弟说的鬼，我感觉是人！”

“你说鬼变成人了……？”饿哥仰脸看我，不相信这话是从我的嘴里说出来的。

“东风村你还有没有其他认识的人？”

“我除了大歹娃子就是小歹娃子，别的一个都不认识。”

“这就没办法了，看来你只能再去找他们一下！”

我听到身后的脚步停了一会儿，接着又拖拖沓沓地走动起来。

5

饿哥一日之内去找了三次，大歹娃子都不在家，他都急出幽默感了，说他的这位表弟成了东风村的一个名流，每天的关注者不在少数，问起这人，有说和几个酒友在某个小馆子里喝酒的，有说和一群牌友在某个桥洞下面打牌的，还有说一大早就去帮某个寡妇打糍巴的，说完对他挤眉弄眼，神秘兮兮地笑。前两种说法都让饿哥扑了个空，按后一种说法他却不敢擅自登门了，只会在电话里问我怎么办。根据他提供的情报我大致分析了一下，然后当机立断，白天不再到处找了，等到天黑，那人不管是喝酒是打牌还是打糍巴，天黑以后总得回家睡觉，我让他在老家人习惯的睡觉之前，带我一道出发，去和大歹娃子见一个面，我还一直没见过他的这位名流老表。

吃罢晚饭饿哥就提前来约我，这次没有把手伸口腔里面剜牙，或许是记住了这样做会让我看着难受，或许已经在门外剜痛快了。我留他坐下稍等一会儿，等到天黑动身，这样把握更大一些，免得站在门外招人嫌疑。饿哥同意了我的策略，两手平放在膝盖上耐心等到天色黑定，才一马当先地带我出发。

我随着他往前走，拐一个弯，再往前走，再拐一个弯，进了如今已改名叫东风村的东城角，眼前出现一户灯火辉煌的独家小院。我看见他站了一下，我就也站住，对这院子的外围进行观察，想象着这个外表豪华的院子里面是否土气。不料他又走动起来，走到一处黑灯瞎火的破旧房子跟前，压低了尖嗓子说："门开着，回来了！我前面走，你跟着我，他家为了省电晚上不开灯，昨夜差点儿摔我个大跟头！"

"我还以为他是刚才那一家呢。"

"他？那一家是小歹娃子，小歹娃子比大歹子混得好。"

"这里我好像有点印象，不会是在做梦吧？"

"你有记性，这是我舅舅活着时盖的房子，小时候我经常带你来。"

"看来你这老表是个大懒虫，他会自己动手给嬷嬷砌坟么？"

"先不让他做，先让他帮忙找个人做。"

"他做我也付给他钱，马老板说连工带料大概要两千多块，那还是做一个坟，挖土填坑再加砌砖圆堆，而嬷嬷的坟他只许在前面立一块碑，其他三方都不能动，就这样我一分钱都不少他。"

"那可沾大便宜了。"

“让他沾去，只要能把这事做成。”

这处没有开灯的破房子也没关门，走拢看敞开的门口像一个黑洞，让我想起一个久违的词叫夜不闭户。饿哥一边摸黑走进洞里，一边叫着他的各种名字：“大歹娃子，大歹，赵大歹，你睡了吗？”

我听到从遥远的角落发出“咔啪”一响，屋里应声就亮起一只黄乎乎的电灯泡，像是装了萤火虫的猪尿脬悬挂在半空中。后一种照明工具又勾起我的回忆，小时候饿哥指导我这么干过，那是我童年时代迷人的游戏。一个干瘦的人影在昏黄的灯光下由坐着到弓着，再到慢慢地往起站着，扭着一根细长的颈子看着我们向他走去。

“你咋又跑来了哇？”他认出是饿哥了，或者他知道是饿哥了，不用认他早就知道，他料定了饿哥今夜还会去找他。

“不来能行？我妈的墓碑都刻好了，可师傅说东风村闹鬼不敢来做坟，只同意把东西运来，让我们找东风村本地的人做，你能不能帮我找个做坟的人？……这位是我的表弟赵大歹，这位是小时候我妈带过的莽娃，你该叫他表哥……”

赵大歹翻我一眼，黄光下那对眼珠子是白的，不叫我也不给我和饿哥让座，只顾得自己坐下说话：“到哪里去找这个人？哪个人愿意做这个事？这个人可不好找，你怎么不让做碑的把这事一起做了……”

饿哥站在地上听他叫苦叫难，我走累了，也想坐一会儿，就自己动手去找椅子。但满屋里找遍了都找不着，后来才在墙角找到一只小矮凳，刚一坐下就后悔了，因为裤子被黏在了凳面上。我按住两条凳腿抬起身来，双手垫在二者之间，勉强克服坐着，发现这个家中只他一人，随口问道：“你家媳妇和孩子哪里去了？”

赵大歹又翻我一眼，眼珠子仍是白的。饿哥趁着灯光昏暗，又用手指头捅我的腰，抢在他回答之前打岔说：“我去上一个厕所，你去不去？”

我说了声“去”，起身跟着饿哥往后门走，走到半途，饿哥对我说了句悄悄话：“哪里去了？昨夜我都问过他了，媳妇子嫌他好吃懒做还连抽带赌，跟人跑了！儿子也想跟去那人不要，就天天在街上要着吃！”

原来饿哥是用上厕所的策略，替他老表回答不便公开的话。我倒是真的想上一个厕所，嘴里应着，走出后门，看见门边有一个围着栅栏的矮棚，像厕所又像猪圈，更像厕所和猪圈的合而为一，里面并没有猪，却脏得像地上拉满了猪屎。饿哥对着合而为一的矮棚解开裤口，我也照他样子这么干着，在哗哗啦啦的放水声中，我觉得屋外的月光仿佛比屋里那个形似猪尿脬的黄色灯泡更加明亮，照见棚子下面不远处有一道石头砌的坎子，坎上坎下有几点零星的绿色。

“啊，那不就是砌进嬷嬷坟的那道石坎？”我可算是认出来了。

“还真是的噢。”饿哥应和着，听口气此前他并没有发现。

“说他好吃懒做，他怎么还知道开荒种地？”

“都是他媳妇子干的，他媳妇子临走给地里撒了菜籽。”

“是他自己对你说的？倒是一个说实话的懒汉！”

我又随着饿哥回到屋里，顺手从后门上撕下半截对联，垫在那只黏裤子的凳子上，然后坐下听他们谈判。

“你说我妈的坟没有人做，那你就做了吧？”

“这几天我在做一笔大的生意，十好几万哪，我可没那个闲工夫。”

“你做了吧，我妈不也是你的姑妈？你小时候还吃过我妈买的代乳粉……”

“嗬，你要是说这个，我小时候还给她背上抓过痒痒呢！好，看在你妈也是我姑妈的份儿上，我帮你找个人做，你打算给多少钱？”

“你说个合适的价？”

“那我就说了，说多了你拿不出，说少了人家不会干，把所有的东西都运到我指定的地方，八千二，八千二咋样？要不把二百去掉，八千整。”

饿哥被他吓得身子一弹，扭过脸来看我。我的身子虽然还能沉得住气，心里却也吃惊不小，想起马神凿说过的数字，他的工程还不到四分之一，价钱反倒翻了四番！

“你是不是说错了，二千八吧？”我笑着对他进行纠正。

“二千八？好，你去给我找个只要二千八的，让他来给我做一个坟，谁个愿来做谁个来做！”

“你不是还没死吗？”我仍坚持笑着。

“没死也让他给我做一个留着，到时把我往里一倒，人总是要死的……”后面这句话他是模仿一个大人物的。

我还想笑着问他，你的老婆都跟人跑了，你的儿子都沿街乞讨了，到时候还有谁把你往里面一倒了？但我想起老家人挂在嘴边的一句话是揭人莫揭短，打人莫打脸，我怕他被我揭短打脸之后动身去拿菜刀，就只是笑着，不再问他。

他以为他辩论的水平在我之上，于是更加来劲，还从鼻子里哼出一声：“哼！要不是我老表找我，要不是我姑妈的坟，就你？八千八都别想让我去找人！八万八都……！呵——哧，我瞌睡来了，我要去睡觉了，今天谈了个大生意，人都快累死了！”他的身子又由坐着到弓着，再到慢慢地往起站着，打了一个呵欠，又伸了一个懒腰，做出一个准备上床去睡觉的样子。

“那你把我嬷嬷坟的位置告诉我，我真的去找别人来做。”我和他打心理战，量他这样的歹货一辈子也不会有大生意来找他。

“说什么？再说一遍？我告诉你？别人做坟凭什么要我告诉你？谁个接活儿谁个自己去找！我一没拿你的钱，二没欠你的债，再说了，我怎么知道你嬷嬷坟在哪个位置？”他索性不说“我姑妈”，索性就说“你嬷嬷”了，说完用手拍拍屁股，随着一股尘土的扬起，拍过的裤裆由灰色变成了蓝色。

然后他真的去睡觉了，把饿哥和我晾在这里，一个坐着，一个站着，替他守这两间夜里不用关门的破屋。

6

我和饿哥铩羽而归，饿哥一路低着头不说话，鞋底把路面磨得沙啦沙啦地响，走不多远就落在了我的后面。我听出他想努力地跟上我，但背后忽然一声踉跄，回头看他，路上的一小块石头把他绊得险些摔倒，气得他重新站稳之后狠狠踢它一脚，石头翻个跟头又不动了，他脚上的鞋子却差点儿飞了出去。夜光下我发现他的那双人造革的鞋子破了多处，鞋带也散开来，我让他系好再走，不然路上还会出事。

他听我的把鞋带系好，我们又并肩往回走着。我问他怎么办？他反问我什么怎么办？我生气了，说嬷嬷的坟怎么办？他竟然也生气，说你不是亲眼看到了吗，你让我怎么办？他的口气像是我交给他的任务他没有能力完成，求我不要再逼他了。我把这口气咽进肚里，心想亲生的儿子都如此麻木，我还这样生气我生得着吗？但再一想，他也的确是不能怎么办，别说他一个从小饿大发育不良的人，换了我又能把那个歹人怎么办？要么挨宰，要么放弃，刚才我们已经较量过了，头一个回合我就败下阵来。

因为又气又急，又无计可施，返回时我们走错了路，走到一个通往公共墓地的路口，饿哥发觉的时候我已经站在了一块广告牌子下面。广告牌子的四边嵌着闪亮的灯管，我无意间看到牌子的绿色背景上印着一串白色的数字，它像一道闪电照亮了我的眼睛，我问饿哥："呃，能不能把嬷嬷的坟迁走？"

"迁？你想往哪儿迁啊？"

"公墓，以后大家都去那儿，亲人们还可以在一起。"

"埋得好好的，为什么要迁啊？"

"是埋得好好的吗？你说为什么要迁？八千，都是八千，为什么不让嬷嬷住在公园里，而要住在别人厕所和猪圈的后面，还被人砌在石坎当中，就像遭到绑架一样？"

"就迁一个地方怎么也要八千块钱？"

"什么叫作也要？我宁可把这笔钱交给公墓，也不交给乘机敲诈你的那个歹徒！坟落在他的手里，保不准以后还会有什么事！"

"迁葬，那还得选个日子，重新装殓……"没想到他还懂得这个，我倒是不懂得的。

"好，那就再买一副棺木，也不要你出一分钱！你只管跑路，别让人再讹诈我就是！选日子的事也别啰唆了，我走之前必须搞定！"我立刻做出这个决定，心想如今再不会有当年葬嬷嬷的那种"金匣"了，这次把事情做彻底些，自己的后半生也会过得更好。至于不许他选日子，并非不尊重中国的神秘文化，而是担心夜长梦多，我走之后事情有变。

又没想到，这有口无心的一段话让他觉得至少五处受伤：不要他出一分钱，他只管跑路，别让人再讹诈我，一个"再"字说明有人已经讹诈过我了，这一处伤相当于两处，好在讹诈我的并不是他。接下来，让他选日子的事也别啰唆，又一个"再"字说明也有人啰唆过，上次是原地立碑，这次是买地迁葬。最后还说，在我走前必须搞定，听口气简直是向他下一道军事命令。他的表情越来越差，出气越来越急，终于他回答我的话了，口气竟和我一样硬。

"那就两边都不做了，就让我妈住在那里算了，这些年都过了，入土为安……"

他像他那个歹老表一样把称呼都变了，不过不是"你嬷嬷"，而是"我妈"。这一下让我受到的伤害比他更大，他或许是对我的报复，受伤之后故意伤我，也或许是心里一急，一串没来得及细想的话脱口而出。但是这句话在这个时候被我听来，分明在提醒我是个局外人，我几乎愤怒起来，同样也有一串话脱口而出："入土为安？说得好！你妈死了，人死如灯灭，什么都不知道了，你说她安就算她安了吧，可她连个坟都没有，连个后人烧纸的地方都没有，她安你能安吗？每年一到清明，一到她的忌日，一到别人挂青祭祖的时候，你这个做儿子的真能心安理得吗？”

我也不说“我嬷嬷”，而说“你妈”，吐词清楚，一字一顿，用两道前所未有的目光怒视着他。我这一招果然把他给吓坏了，他的身子像怕冷一样打了一个哆嗦，从嘴里断断续续抖出一些零零碎碎的话来：“我什么时候，说过我心安了？我是在想迁坟，不是一个小事，得回去和你嫂子，还有你侄儿……”

后面肯定又是“商量”。我发现他对我的话既不拥护又不敢反对的时候，就找借口说回去和我嫂子侄儿商量一下。我那个侄儿才不过十岁，嫂子倒有三十多了，却连她公婆的坟都没有见过。这个老实人倒也有狡猾的时候，他是想给自己创造一个缓冲的时间，和他们统一口径之后再用他们的话替他表态。我知道这次他和我嫂子侄儿商量一下的结果又是什么，虽然他生得矮小瘦弱，但他也是一家之主。

“你要是明天一早才告诉我嫂子和侄儿不同意，还不如今晚就告诉我这个决定！最好现在就告诉我，免得我今夜睡不着觉！我再给你表一个态，买墓位的钱仍然是我出，还有买棺木的钱，迁葬费，我全包了！”我用这话把他逼上了绝路，伤就伤了。

我看见了他可怜巴巴的脸相，再也不像刚才那样和我硬来，却提心吊胆地暴露出了另一个顾虑：“我不是怕自己出钱，也不是怕你出钱，我是怕迁坟……”

“停！你别说了！我看出你的心事了！你是学你表弟他们东风村的人，怕挖断了龙脉，破坏了你家的好风水，害你今生当不了员外，儿孙后代也当不了大总统！”我把他的害怕夸张放大，进行歪曲，简直带着一种诬蔑和污辱。幸亏今夜在通往公共墓地的路口没有行人，不然他们听到会觉得荒诞而又滑稽，可笑到了极点。

“你你你，你这样说还不如把我一棒子打死算了……”

“我敢打你？我还怕你打我呢！我只求你站在这里摸着胸口说一句话，行还是不行！”

我这么一说他就把嘴闭上了，他的两片嘴唇闭上之后快速地颤动着，证明里面的牙齿还没有咬上。

“你只说一个字我就不再逼你了！”我说不逼，其实比逼还逼。

“好，我听你的，说行！这下该行了吧？”

他实在惹我不起，狠着一条心向我投降，被逼出口来的像一句气话。我明知道这不是他真实意愿的表达，却也不相信他会迷信迁坟影响当官发财，他只是盲目地觉得此事非同小可，担心冥冥之中将要发生什么意想不到的灾难，让人事后想到和这有关。毕竟他是出生在母子两代取名都要请人算命的人家。

还真被我看穿了他的肠子，说完这句话他叹了口气，像是有些后悔的样子，嘴唇试着张了一下。我防止他又变卦，趁他目前还没来得及，就一鼓作气把这事落到实处："那就这么定了，今天太晚，公墓那里晚上也没人值班，这样的地方恐怕早就没有人了。我们还是分个工吧，明天一早我去联系买墓位，你再去找一下你的那个大歹娃子，也得一早！你就说不请他砌坟了，也不让他请别人砌坟了，我们把嫲嫲的坟迁走，从今往后永永远远不到他的白菜萝卜地里去打扰他了！谢谢他这个舅老表！"

饿哥抬起头来把我望着，广告牌四边的灯光映着他一张为难极了的脸。他不说话，只是长期地望着我，像央求我看在他这张脸的份儿上，再宽限他一点去见大歹娃子的时间。他看见的是我一锤定音的决心，发现说也无益，也就不好再说回去和嫂子侄儿商量一下的话了。他点了个头，只有我看见他在点头。

我们共同走了一段就分手了，约好明天中午在我家见面，说说各自分工操办的事情，然后我回我的家，他回他的西关街廉租房。走了几步，我转过脸去看他一眼，莫名其妙地总觉得不放心，我看见他正在转脸看我，因为一边仍在走路，他的脚下又绊着了什么东西，身子突然一个踉跄，好在没有摔倒。我想到他的人造革破鞋和散过的鞋带，打算喊他一声，再赶过去扶住他，把他送到家里，但我忍住了。今晚我们终于有了好的开端，我担心见了嫂子又节外生枝，就装做什么也没看到，赶快回头走自己的路。

第二天一早我去了公墓的规划管理院，用八千块钱顺利买到了一个墓位。我对规划管理院一位姓刘的院长说好，如果刻碑的人愿意立墓，就不另外付他们钱，如果刻碑的人只负责运送那七大件，立墓的工钱和材料费，包括买砖块、水泥、沙子等等的钱我一并付了。我试问了一下如果另付该是多少，刘院长说连挖坑带砌坟，大约是两千出头，三千不到，这个报价与马神凿说的基本相符。我就更加相信了马老板的诚实和义气，同时也更加确定了第三者那个大歹娃子的贪婪和歹毒，因此我不无骄傲地认为，在迁墓这件事上我做得太英明了。

姓刘的院长看我说话干脆，掏钱爽快，便也代表公共墓地的组织慷慨决定，一切都按我说的办。接着他亲自动步，带我登山爬坡，去看了墓位所在的地段，那里无非是一个庞大墓群的边缘，如同排队进入车站和登机口，后来者按照次序往前方顺延。我觉得留给我嫲嫲的这个位置很好，坐西朝东，视野开阔，容易让人联想到一部电视剧的主题歌，早晨迎来朝阳，黄昏送走晚霞。从明天起，我的嫲嫲四面都有邻居相伴，相比被人在头上挖土浇粪，不知道要好多少倍了。而且，以后每年清明和忌日前来祭扫，不用踩踏人家的白菜和萝卜，也不会连坟头都无法找到。

临走时我们双方留了电话，刘院长问我什么时间迁葬，同时从兜里掏出两支烟来，一支叼在自己嘴里，一支递到我的手边，又掏出火机打燃了火。我迎着墓群之中的一点火光，伸手谢绝了他，却在他的肩膀上坚定地按了一下："明天。"

接着我又补了一句："要是没找好迁葬的人，刘院长在这里熟门熟路，还请你帮我介绍一家吧！"

"好的！"刘院长心里一百个愿意。

7

这一次我正吃中饭的时候门铃响了，我预感到兆头不好，饿哥来过两次之后，已经学会了按门铃，他没像此前一样挨到饭后才来，想必是他分工去办的事情出现了意外。我放下饭碗起身把门打开，门外站着的瘦小人儿那正是他，他望着我又不说话，只是翻来覆去地搓着两手，从手心到手背再到手腕，像是三九寒天从冰水里捞鱼出来冷得厉害。

"进来，别急，吃了再说，喝不喝一点酒？"我假装镇静，害怕这样下去他会把手搓烂，拉他进屋里坐下，盛一碗饭给他，转身又去拿酒。其实我口是心非，迫切地盼他快说，心里已做好了各种准备。

"事没办好，还好意思喝酒？再说我又不会喝，沾酒就上脸……"他双手接过饭去，用筷子剜了一坨，要往嘴里喂时又退出来悬在空中，像是觉得事情没有办成，无功不能受禄。

"别急，慢点说，他的原话？"我的心里还是吃了一惊，没法再镇静了。

"他说迁坟可以，但是不能动他的石头坎子……"

“岂有此理！他把嬷嬷的坟砌在他的石头坎子里，不动他的石头坎子怎么能迁走嬷嬷的坟？”

“是啊，我就是这么说的……”

“他怎么回答？”

“他不跟我说这个了，死活他就是一句话，谁个敢动他的石头坎子，他就让谁个竖着来，横着走！”

“还想动武？那你和他商量，你不是很会商量吗？就说拆了再给他砌起来。”

“是啊，我也是这么说的……”

“他又怎么回答？”

“他说他拿根棒子把我的胳膊腿打断，再给我接起来，问我干不干？”

“真是太岂有此理了！一听这话你就打道回府？”

“我不回府怎么办？说，我说不过他，打，我打不过他，我还能把他身上的肉咬一坨下来不成……”他又质问起了我，眼睛都瞪圆了，连手带胳膊带上半个身子都直发颤，筷子剜起的那坨饭至今没有入口，一抖一抖随时有可能掉在地上。我赶紧结束追问，否则他和大歹娃子没打起来，倒要和我打起来了。

“唉……吃饭，你快吃饭！”我强忍心头怒火，快速吃完之后催着他吃。

他一旦吃起来比我还快，只见他手里的筷子上下舞动，其间只夹了两次菜，明知道吃完我们会有一场争吵，他却想着宜早不宜迟，不能耗费我更多的时间。我看着他这可怜的样子，实在不能再逼他了，只是小声地自语说：“早知是这结果，我就不会白白花那八千块钱！”

“你、你真的买了？”他提前结束了这顿午餐。

“说好的事还能是假的不成？我对刘院长说了明天迁葬，后天一早我就走了！”

“那、那你得去向他要回来呀！”

“为做这笔生意他陪了我半天工夫，还递我一支烟，到嘴的肉他还会往出吐吗？”

饿哥心疼得直咂嘴，刚要把手伸进口腔，赶忙又退出来，像另一只那样平放在自己的膝盖上。他望我一眼低下头去，牙棱骨那里好像咬了一下，不知道是恨向他要钱的大歹娃子还是恨要了我钱的刘院长。

想到昨天和他说好的事，忽然间我记起另一件事来，嘴里叫了一声，起身就要开门出去。饿哥一边随着起身，一边警觉地问："你要干什么？你可打不过大歹娃子，你别看他瘦得像个猴娃儿……"

"笑话，我还不至于到那地步吧？君子动口不动手，何况一个连小人都不如，连姑妈都不认的畜生！我是担心马神凿那头派人把碑运到东风村了！昨天走的时候我不是和他徒弟这么约好的吗？砌坟的事还没有定下来，他们把碑运去放在哪里？被你那个大歹老表看见了怎么办？"

"是啊，是啊……"

我冲出门外，想打一辆出租车，半天没有车来，饿哥见我额上渗出了汗，提出要不我们走路过去？正在这时听到车响，眼前奔来一辆可载两个人的电动三轮，我一招手让它停下，推着饿哥钻进车厢。司机一听马神凿，说全城无人不晓这个名字，一路风驰电掣，转眼就停在那家铺子门前。我飞身下车，付了车钱，看见坐在柜台后面的小伙计，两眼望外看着街景，我跨进门里，叫了他一声阿忠就问："你师傅呢？"

"走啦，把你的东西都运走啦！"阿忠认出是我，双手抱拳又作了一个揖。

"唉呀，运到哪里了？"

"不是你说的运到东风村吗？"

"唉呀，怎么这早？"

"不是你说的要早，立完墓你好走吗？"

"唉呀，你不知道，情况变了，等我回来再给你说！"我一手向他仓皇地摇着，一手抓住饿哥的手转身出门。

我还想坐刚才我们坐过的电动三轮，司机收了钱已及时地开走，后面一时还没有新的车辆开来。饿哥一如既往地提出走路，我低头看他脚上那双人造革的破鞋，裂口的地方虽然没有补上，鞋带却比昨夜系得结实，我说了声"那就走吧"，跟着他一起朝他这几天去了又去的东风村走去。

沿途我们紧张地关注着运送碑石一类物资的车辆和人，我让饿哥负责往左边看，我负责往右边看，以防在路上错过了马神凿，如果那些东西还没运到，就叫住不要他们再往前运了。其实我要把嬷嬷的坟迁到公墓的心并没有死，我还在想，有没有办法扼止住那个歹人，他所叫嚣的拆坎者竖着来，横着走，我不大相信会在光天化日之下成为事实。

再往前走一点就是东风村，我看见了村委会的牌子，但是还没看到有人往那里运送碑石，这意味着他们要么走的另一条路，要么这时已运到了。饿哥的眼睛比我还灵，有可能是他从小经常去他舅舅家，对这一带的地形比我熟悉，他的手朝着村委会的对面指了一下，用尖嗓子叫起来说：“你看，那条路上是不是他们？”

那是一条从村委会通往对面的小路，路口停着一辆小运货车，有一行人背对着车头，正顺着那条小路往前走动，其中有两个人肩上抬着一样什么重物，还有几样东西体积小些，由其他几人各自驮在背上。小路的侧边是一小块斜坡地，坡地中间横着一道石头砌的坎子，还有一个人蹲在石坎下面，被我认出是马神凿，另一个站着的我不认识，壮得像一头水牛，正对这一行肩抬背驮的人打着手势。

我完全明白了是怎么回事，小声对饿哥说：“蹲着的那个是马老板，真是怪了，他们怎么知道是在这里？”

“你没见小歹娃子在指挥？你没见过的，那个就是小歹娃子！”饿哥也看明白了。

“他怎么会让他们来？他不是不让人来做坟吗？”

饿哥又糊涂了，伸出手去抓头，几根灰白色的头发被他抓了下来，随着飘下的还有雪末一样的头皮屑。他这么一抓，俨然抓出了一些陈年的记忆，说这个小歹娃子的鬼心眼子比大歹娃子多，个子也大不少，兄弟两个打起架来，大的总是打不过小的。今天马老板带人来送墓碑，大歹娃子不在，在的倒是小歹娃子，还指挥着人运到石坎下面，指不定又想搞什么鬼。

“从小这就是个鬼东西！”他用人看从小的观点，教我怎么区别这兄弟二人。

他连着说了几个“鬼”字，让我忽然又想起阿忠说的那个鬼来，更加怀疑那个鬼就是人，是东风村类似这两个名叫歹娃子的人。我对饿哥说：“马老板今天亲自来了，肯定是提防运碑的人又遇到意外，我们得去让他也提防着！”

马神凿并没发现我带人正在向他走来。小歹娃子也没有看见饿哥，他的嘴里嚼着一个什么东西，不像是口香糖，而像一根从石坎上拔下的草，因为他用一只手捏着。另一只肥大的手掌向上，伸到马老板的面前一上一下地簸动：“我把埋死人的地方指给你，你给我多少钱？”

“你把我们带来就是想要这个？”马神凿问。

“两千，两千行不？”他把上下簸动的手掌变化成两根指头。

“对不起。”马神凿摇头说。

“要不一千？”他把指头扳倒了一根。

“对不起。”马神凿又摇头说。

“五百？再少你就别想了！”他又变回了最初的手掌。

“对不起，你想错了，我们只管做，管运，不管砌，砌坟的事你想做留给你做！”马神凿抓住他那只手握了一下，带着运送碑石的人离开这里，见小歹娃子迅速挡在了前面，他就又转过身子，像是想换一个方向走下斜坡。

我想追赶上去道一声感谢，把他坚决不肯先收的钱付给他，那次叫预订金，这次就该叫货到付款，我至少得遵从他的说法，付他在采石场上购买石料的钱。但是正好在我叫他的时候，突然一声猛虎般的吼叫覆盖了我：“姓马的，你给老子站住！今天你不给钱，休想打过老子的手板心！”

8

下面我看到的就是小歹娃子纵身上前，从背后一把抓住了马神凿的衣领，马神凿一个回身挣脱了他，他又迎面一把抓住马神凿的皮带，这一下马神凿无论怎么也挣不脱了，被他牢牢地控制在了手中。我对着那人大喊一声：“放手，你想干什么？”

小歹娃子扭过脸来一看，见我走过的路上没有停放小车，身后也没有三五随从，只有一个身材矮小的人紧跟在我的身边，骂了一句“关你屁事”又扭过脸去。马神凿这下认出我来，却顾不得和我招呼，趁小歹娃子略一分神的时候刚要挣脱，又被他第二次更加有力地抓住。我急得推了一掌饿哥：“他不认识我，你赶快得喊一声哪！”

饿哥就用他的尖嗓子也大喊了一声：“小歹娃子！小歹！赵小歹！你不能这样！马老板是给我妈送碑来的人！”

小歹娃子听出是他表哥的声音，这次连脸也不扭了，害怕被他抓在手中的马神凿又要趁机挣脱，就面朝着马神凿对饿哥笑一下道：“怎么？你也跑来帮他啦？你这个小矮子帮得了吗？我就这样怎么啦？他给你妈送碑来我不知道？今儿我就要抓住这个给你妈送碑来的人！他送碑就送碑，可他为什么要踩我的萝卜地？我这可是心里美的好萝卜，上次被一个放牛娃儿的牛蹄子踩了，一个萝卜赔了我一百块钱，这次他是明知故犯，一个萝卜要赔我一百五十块！”

我听这话似曾相识，关于牛踩地和赔萝卜的事，那次饿哥从大歹娃子家里回来对我说过，我知道这位讲义气的老板为了对我表达义气，今天遇到大麻烦了。我寄希望于他带来的几个抬碑扛石的汉子见义勇为，一扑而上，把他们的雇主从那个歹徒手里解救出来，但我看到的只是几个争先恐后仓皇离去的背影，马神凿也在向他们看，但他看时那些背影更小了，接着就完全消失在了这个是非之地。

饿哥见自己的喊声不但不能制止小歹娃子，反而让他火上添油，吓得发起抖来，身子也抖声音也抖："我看要出人命了……"

"这样，我保护马老板，你赶紧叫人去！"

"去……叫……谁呀？"

"还能有谁？派出所的人，也叫他的那个徒弟！"

饿哥转身就跑，没跑两步一个跟头摔倒在地上，这次既不是破人造革鞋的鞋带散开，也不是脚底被石头和土块绊着，而是慌乱中踢着一个心里美的萝卜，倒地后打了两个滚儿。当他爬起来正要接着跑的时候，对面挡着了一个身子，大歹娃子双手紧握钢枪一般，握着一把砌匠使的大铁锤，偏着头站在他的面前。那锤子是开山破石用的，青砖砌坟用不着。

我已顾不得饿哥那一头了，只是快马加鞭地奔向马神凿，一心要把一个好人从一个歹人的手里解救出来。但我一见到那只抓住对方皮带的肥大手掌，就知道这是一件难以实现的事，我改用和平的方式，对这个歹人作自我介绍说："我是小时候被你姑妈带过的，这位老板是我请来为你姑妈刻碑的，他是个好人，今天带人来是帮我，他连运费都不要我出，连碑钱都没有收我的……"

后面的话还没有说完，他就将我一声吼断："你他妈的是我姑妈带过的，你们他妈的假装做好人好事我不管你们，可他他妈的不该踩我地里的心里美萝卜呀？我的萝卜招他啦？惹他啦？长到他的眼睛窝子里去啦？"

马神凿几次不能挣脱，索性养精蓄锐地闭上两眼，反而奉劝我说："你走吧，你一个读书人跟他讲这个不是对牛弹琴？不是教狗识字？有人连狗都不如，还别说牛，就是条吃人的狼！可惜呀，今天我身上一分钱都没带，本来还说请几个师傅喝酒，一看没钱他们都走了不是？……"

"我带钱了！正好我还没付你钱呢！我给他吧！……赵小歹，我随我饿哥叫你一声小表弟，你要他赔多少我都赔你！还有，砌坟的钱我也给，大表弟不是要八千吗？另外再加上你的五百指坟费，我也一起给你！不过你们可得砌好，怎么说她也是你们的姑妈……”事到如今我决定听古人的话，退一步海阔天空，干脆一次性退后三步。我想这样一来，马神凿也解脱了，嬷嬷的坟也不迁了，大歹娃子的石头坎子也保住了，原地就能立碑造墓了。当然最划算的还是，明天我就可以按计划离开家乡了！

小歹娃子刚才吼过我的那张嘴的边角上，这时出现了两道弧形的笑容，他友好地看着我，从我的脸上一路直下看到我的手上，看着我的手真的朝着衣服兜里伸去，不由得还向前探了探头。但这时候马神凿睁开了眼睛，冷笑着对我说出一句话来：“原来你很有钱嘛，我还以为你是个穷文人，给了你一个免工费的三折价！既然你钱多，那你就先付足了我的钱吧，总共是七大件，在前天的价上翻上两番，你一算就知道了！”

我略微愣怔一下就听懂了他的话，几乎在求他了：“马老板你听我说……”

“别叫马老板，你叫我马老歹，刚才我给自己改的，就是人歹我也歹的意思！有人怕鬼，我不怕，我一个给人刻碑的人，还怕有人把我刻的碑给砸了不成？”马神凿望着小歹娃子笑了一笑。

“真的吗？马老歹？”小歹娃子也冷笑着追问他说。

小歹娃子问完了不等回答，那只手在他的皮带上动了一动，像是要松开的样子，突然又紧紧抓住，冲着下面的大歹娃子喊：“哥，听到没有？他说没人敢砸他的碑，你去砸着试试看，听说是花岗石的，硬得很？”

“好咧！”大歹娃子想也不想，一掌把饿哥推倒在地，手握大锤走到石坎边上，对准那碑就是一锤，只听得一声闷响，碑没有了，地上多出一堆形状各异的碎石。

“哈哈，这不是砸了吗？”小歹娃子得意地鼓掌欢呼着。

马神凿趁机脱开身子，赛跑一般冲到了被砸破的碑前，弓身捡起一根长条形的石渣，大歹娃子以为他要对付自己，抡起大锤又来砸他，马神凿对着大歹娃子一扬手，一支飞镖向他头上掷投去。大歹娃子随即尖叫一声，双手捂脸蹲在了地上，从手指缝里漫出一股血来。我发现这人的血与众不同，几乎是棕黑色的，流动在土黄色的人皮上像一条扭动的蚯蚓。

随后的情况更把我吓傻了，小歹娃子嘴里直喊着“哥”，奔跑下来捡起地上的大锤，双手握着要去砸碎马神凿的头。连我也没有想到的是，饿哥一个翻滚从地上爬起，尖嗓子一路哭喊着“还我妈的碑”“还我妈的碑”，扑过去趴倒在了大歹娃子身上，张嘴要啃吃他头上的肉。这时候空中的那把大锤掉转一个方向，直着向饿哥砸了过来，马神凿又弓身捡起第二根飞镖，一扬手凿中小歹娃子的眼角，那人的眼前立刻模糊一团，同时手上也减轻了力量，锤身带着木把自行脱落，掉下来落在了饿哥的头上。

我冲过去双手抱住饿哥，见他已经晕倒过去，奇怪的是他的头上并没有出血，可能因为大锤是小歹娃子受伤之后自己掉的，掉的时候又有点偏，如果准确砸中只怕脑袋早已炸开了花。我看见他的身上却黏着一块像血一样湿乎乎的东西，顺着湿处看去，源头是在小歹娃子的脸上。让我感到惊讶的是，从那张脸上流下的血也是棕黑色的，父精母血，证明这兄弟二人的确是一母所生。

9

饿哥和小歹娃子两个人被救护车送往医院，他们一个还在昏迷之中，一个右眼已经失明。另外我们三人被警车带到派出所，马神凿毫发未损，大歹娃子脸上被飞镖划破一个多边形的口子，因为皮厚肉粗，棕黑色的血很快就止住了。我是五个当事者中唯一没有动手的人，因此我首先接受了审讯，当我带着保护马神凿的强烈感情讲述完事情的前因后果之后，半信半疑的派出所所长亦庄亦谐地向我问道:“听你这么一说这个老板还是一位见义勇为的英雄，不然你那个名叫什么哥的早就死了？”

我无比坚定地回答他说：“事实的确是这样的。”

但是鉴于大歹娃子完全不同的说法，马神凿本人还得留下来接受审讯。只有我被批准暂时离开，到医院看我那个名叫什么哥的，然后随时听候他们的传唤。

出门路上仍没有救急的车来，我一边不断向人打听医院在哪里，一边放开大步往那里奔跑，行人都停下脚步对我观望。在我快要跑到那栋画有红十字的楼房时，迎面走来了一个看似有点眼熟的人，慌忙中我一时想不起这人曾在哪里见过，他却首先站住，扬手和我打起了招呼：“这不是上午去过公墓的那位先生吗？我正要打电话告诉你，你说明天给你的保姆迁葬，我已帮你联系好了砌坟立碑的人，订金都替你交了！”

“哦，还是刘院长！我也正要打电话告诉你，我嬷嬷的坟迁不成了，我还想把她的那个墓位退掉……”我想起他是谁了，只好也站住，硬着头皮说出这句有失信用的话来。

“你说什么？退……？那怎么行？怎么还会有这样的事！别说是买墓的钱退不了你，就连做墓的钱你都得给，做和不做都是一样，是我替你交的你得还我！”刘院长的脸上勃然变色，语气有些不客气了，但他的手还向兜里伸去，看样子又要给我掏烟。

“对不起，这事以后再给你说吧，现在出了一件人命关天的事，我急着要去医院，真的对不起啊！”我像闯关一般将他推开，朝着医院快步跑去。

我听到他在我的背后大声喊道：“你想退掉墓位那是不可能的！不还我替你交的钱那也是不可能的！这是已经通过组织的事！”

莺嫂老远没看见我，我却在同样的距离看见了她，她的怀里搂着添儿，紧张地站在重症监护室的门外，先是哇哇大哭，一个护士推门出来对她说了一句话，哭声顿时降低下去。我冷静一下走到她的身边，喊了一声“莺嫂”，接着又喊了一声把头靠在她怀里的添儿。母子两个听到声音同时向我看来，添儿看我的眼神还像那天夜里一样，莺嫂的表情却一下子全变了，看上去像一个陌生的女人。

“怎么办？你看怎么办？本来我们一家人过得好好的，你偏要让他去……”她止住哭声，响亮地吸溜一下鼻子，把两条闪闪发亮的鼻涕吸了回去，脸上由刚才的悲伤和害怕，转化成了责备和怨恨。

“对不起莺嫂，这件事的确是我引起的，饿哥怎么样？医生怎么说？”我迫切想知道饿哥的情况。

“他要是死了你管我们……”她也迫切想知道我的态度，先问我而不先回答我。

“你不要老想到他会死好不好？”我不是盲目地宽慰她，而是一直都在计算着锤子落在他头部的位置和重量。

“他要是死了呢？他要是不死不活，成了一个活着还不如死了的植物人呢？添儿还这么小……”她说“要是”两字的时候，让我又想起嬷嬷当年在病中问的“我要是死了你们会到我的坟上来看我不”，我心里的难受又多了一份。

“真要是那样我肯定管，我会和你们一起追究凶手，决不放过他们兄弟两个！”我理解了她的意思，对她做一个小声的手势，又顺便指一下重症室的门。饿哥躺在一门相隔的室内，昏迷中的人未必都会失去听觉和记忆，这点知识是我在一本医学杂志上无意中读到的。

“那我们孤儿寡母以后就指靠你了……添儿，快说谢谢叔叔！”她把怀里的儿子扭了一个方向，让他的小脸转过来对着我。

这一次添儿愿意重复她的话了，大概是到了关键的时候：“谢谢叔叔！”

“还有，我听人说你在公墓那里给添儿奶奶买了一个墓位，可你要把她的坟从东城角迁走，那不得好死的兄弟两个又不许动他们砌的石头坎子，那个墓位你能不能……”她剩下一部分话让我自己理解。

“不能退，也退不掉的，刚刚来的路上我还遇到那里的刘院长，他不仅不让我退，还要我付他替我联系做坟的钱……”后面我想说不退就不退，等解决好了大歹娃子的石坎问题，再把嬷嬷的坟迁到那里不迟。

“退掉干什么？为什么要退掉？你饿哥这次要是挺不过来，就让他……”她一口接了过去，但她又和每次一样不把话说完。

“你不要老想到他死好不好？好不好？我刚才已经说了，让你不要老这样想！我告诉你，他这次一定挺得过来！”为了杜绝她再这么想，我破例地为他打保票了。

“能挺过来那是最好，我说的是万一挺不过来，凡事都有一个万一！不过就算他这次挺过来了，以后老了也总要到那一天的，人谁能保证一辈子不死？那就等我们死了以后住到那里去吧，免得到时候我们也和添儿奶奶一样，连个埋坟的地方都没有！……添儿，你对叔叔说，叔叔给奶奶买的那个墓位就让给爸爸妈妈吧，爸爸妈妈以后死了合葬在那个地方！”她终于一次性把话说完了，这是我叫她莺嫂之后前所未有的事。

我只稍微愣怔一下，在添儿张嘴之前就答应了，有些奇怪她怎么会在这样一个时候，产生这样一个念头：“我太同意莺嫂的想法了！老天保佑饿哥这次能挺过来！我说过了他一定挺得过来！”

莺嫂立刻破涕为笑，鼻孔下面趁机又出现两个亮点，她猛的一吸，让它们及时地缩了回去。

重症监护室的门再次推开，刚才出来过的护士这次出来告诉莺嫂，你的男人已经醒了过来，看来没有事了，一睁开眼睛他的两手就在床上乱摸，嘴里直喊“杯、杯、杯”，是个什么杯子这么重要？莺嫂又惊又喜，却回答不上什么杯子，我的脑子里灵光一现，突然明白了说：“不是杯子的杯，而是墓碑的碑，他是去撕咬打碎嫲嫲墓碑的小歹娃子时，被大歹娃子手里的大锤掉下来砸昏的!”

护士听不懂什么是大歹娃子和小歹娃子，也不知道我和伤者是什么关系，集中精力和莺嫂一人说话，让她赶快去缴费处，缴付前面的急救费和接下来的住院费，伤者的病房和床位，在接到缴费通知以后再由住院部安排。莺嫂看了我一眼又问护士：“你不是说没事了吗？没事了怎么不让他回家？”

“回家万一有事就别再来找我们了!”护士威胁她说。

“那不还是有事吗？”莺嫂又看了我一眼。

“听他们的，我去缴费。”我对她说，僵持下去对刚醒过来的饿哥不好。

我按照空中悬吊的一个个指示标牌来到缴费处，等小窗口里的人验单对号报出一个数字，不由得吃了一惊。这次回家我带钱不多，家乡又是一座小城，因此我也没带信用卡，买完墓位以后钱已所剩无几，如果再付完马神凿就没有了。我得赶紧回家一趟，反而去向家里借支，出了院门我又一路快跑，两天来连着走过几次，对于小城的街道多少熟悉了一些，为省时间我抄了一条近道，竟然一眼看见挂着“马神凿”招牌的那个铺子。

铺门开着，坐在迎门生意台后的小徒弟也看见了我，箭一般地射出门来：“订碑的那人，你到哪里去？”

“回家去一下，阿忠你去看你师傅了吗？”我记起了他的名字。

“哪里顾得上去看他，我师傅为你的事都要坐牢了，可你连我们的墓碑钱都没付！你是不是觉得墓碑被人打破了，你就可以不付钱了？”阿忠上前一步把我拦住。

“我怎么会这样想？”我推开他。

“你怎么不会这样想？”他抓住我。

“我欠你师傅的情义比应该付他的钱要多得多!”我再次推开他。

“那你就先把应该付我们的钱付了！他不在，我做主，现在跟我一起去现场清点付钱!”他也再次抓住我，像小歹娃子抓住他师傅一样，一只手牢牢抓住我的皮带。

我不能再次推开他了，阿忠一手抓我，一手打车。这个家乡的小城，在我想打车的时候没有车来，他一招手车就来了。我只得跟他一起坐上车去，听他对司机说了一声东风村，只见那司机身子夸张地抖了一下问道：“那个闹鬼的地方？”

10

付了阿忠的碑钱之后，我身上只剩下了两百多块钱了，马神凿原来只让我付他买石料的成本，阿忠却按全价另收了他们的凿工和运送的费用。不过这都是应该给的，原本是马神凿出于义气坚持要为我免单打折，这么一付我的心里反倒得到安慰，现在我欠他的只有他因为我而被带进派出所了。

小歹娃子如果没被马神凿的飞镖凿伤，如果不因砸碑斗殴被带到派出所里，如果仍在这条他帮大歹娃子砌的石坎上下，我会把这笔钱全部给他，再给他打个欠条，保证还他另外的一半，请他把他的姑妈我的保姆本来的坟指给我，究竟是在这条石坎的哪个部位。然后我把马老板领人送来的七大件，一件一件地搬到嬷嬷的坟前，把它们按照规矩码好，像小的时候嬷嬷教我码的积木，再跪下来告诉她："嬷嬷，我到您的坟上来看您了！"

我尝试了一下，在二十步以内，这几块石头我还能够搬动，除了那一块体积最大的碑。但是那一块碑已被她娘家侄子打破成了几块，我可以一块一块地搬到他娘家侄子指定的位置，再把它们拼接起来，使之大概成为一块碑的样子。那上面有我和饿哥并列的名字，下面才是莺嫂和添娃。

可惜这个歹人不在这里，便是在这里也未必会成全我的节节败退的愿望。现在我力所能及的事只是来到东城角拐弯的那个卖火纸的摊点，把剩下的钱全都买成火纸，还像几年前的那次一样，把它们解散，几张一沓地折成锐角，沿着石坎码成一条黄色的长龙。我点燃了它，眼看着它自始至终地燃将过去，渐渐由黄变红，变黑，变成灰色。一阵风来，那一片片纸灰被吹向石坎，落在坎子上下的白菜和萝卜地里。

我的心却不能落下。我转身向家走去，嬷嬷的儿子我的饿哥在医院里等着我，他已经醒过来了。

祭　燕

1

我常常会想起燕子。在黄昏，在阴天，在微风细雨的日子，我的心情常常会突然地变得忧郁，然后我就想起了燕子。

我曾经写过我老家的房子，那是我的父亲和我用了三年的工分，请人用黄土、椽木和泥瓦盖起来的。别人干活，我们父子也干，并且在清晨别人没来的时候，我们父子就预先忙碌在土场里，用锋利的铁锄切碎挖下的土块，又用清水洒湿拌匀，甚至把细碎的潮土装进土筐，等待着帮工们的到来。而干到天黑，别人走后，我又捡起地上一团团的黏土，塞进土墙上留下的小圆孔里，拿拍板把它们拍平。

我有幸在十五岁时，就饱尝了创业的艰辛和喜悦。房子盖好，我当仁不让地自己写了一副对联，对文当然也是自己作的，用煮过米饭的浆水贴在崭新的院门上，我的右派父亲用竹竿挑起一挂鞭炮，点燃了噼噼啪啪地炸起来。

那一年父亲的幺弟，我那又咳又喘的四叔还活在人世，他是全力以赴支持我们盖房的人，不仅送粮，送菜，还送了一角我们盖房需占的地基，这可是最金贵的，换了别人花多少钱他也不卖。此时四叔就咬着一只玉石嘴的旱烟袋，咳着喘着奔到我的身边，要听我念对联上的字，那些字他大多都不认识，但他懂得这是新居落成典礼的重要一环。我看见了他脸上喜庆的笑，笑里有几朵闪闪的泪花，这一刻我分明觉得，四叔的神情与燃放鞭炮的父亲是如此相似。

四叔自己家里也有好事。这年春上，四婶娘家的一个兄弟，决定要把女儿许配给四叔的儿子，也就是小我一岁的堂弟。因为男女双方都小，就先领着来过一个门，算是订婚的意思，等过些年两个人都长大了，再正式成亲不迟。四婶死于堂弟刚满月的时候，是突然发作的急症，她的娘家觉得四叔人好，想把这门亲事再续起来，老家人所说的亲上加亲。

新房盖起的那个秋天，一天清早，推开窗户，我发现一个小小的黑影从空中往下一跃，越过我家的院墙，像箭一样径直飞到我家的屋檐下，翩然如古书中的侠客。我看清了，原来是一只燕子，小小的黑色的身子像把剪刀，剪开晨空来到我的面前。燕子在我家的屋檐下来去地飞着，漆黑的眼睛总是斜望着门头上的墙壁，莫非是想在这里筑巢吗？这一定是一位勇敢的燕子，为了它的南归的家族，义不容辞地做着探路的先锋，它是要跟我们一样来盖房了。我的心里倏地一喜，记起《诗经》里的句子“燕燕于飞，差池其羽；燕燕于飞，颉之颃之”。你振飞着长短不齐的羽毛，忽高忽低随风而来，一定是看上了我们这一户善良且正派的人家。我曾听人说过燕子，即便风餐露宿，也断不会到品行不端的人家去做窝，燕子无视人间的权贵，燕子也不嫌人间的贫贱，燕子只会以它的灵气，透过空气知悉这户人家的心地，它才确定自己是否在此栖身。

可惜燕子望来望去地望过一阵，却默默地飞走了。我的心里复又一憾。难道在这个年代，这么清纯的燕子也感到了筑巢的危险，明知道这家人好，也不能与其为伍吗？燕子或许还懂得“城门失火，殃及池鱼”的人间古训，若是有人来抄家毁物，自然不会顾忌屋檐下的燕子窝的。我叹息一声，原谅了它，转身去收拾下地干活的农具。

不料只过了一会儿，这只燕子又飞了回来，依然在我家的屋檐下来去地飞着，眼睛斜望着门头上的墙壁，神情执着，不肯离去。突然间我明白了过来，记起小的时候看燕子做窝，主人是要在屋檐下面钉一块窄而小的木板，燕子才能把衔来的泥一粒一粒地垒在上面，宛如人间一座大厦的基石，若是没有这个依托，泥是不能垒在墙壁上的。惊喜重新填满了我的心中，我看了一眼仍在绕门飞翔的燕子，竟断定了我想得没错，事情必然是这样的了，它是看准了我们这户人家，比较来又比较去，觉得还数这里合适，决定要把自己寄托在这里。不过唯一的困难，是主人全然不解它的心愿，不肯在门头的墙上装上一样东西，助它一臂之力，它要以它反复地来去，不倦地飞翔，提醒这家粗心的主人。

我自信我是破译了它无声的语言，心中窃喜，放下手里的农具，飞快地去寻来两颗盖房剩下的长钉，又寻来一块同样是盖房剩下的小木板，搬着一架楼梯搭上墙壁，测好在屋檐与门头之间，用一把小锤子将长钉钉进墙里，墙外露出两寸的长度，小木板就平稳地安放在钉子上面。燕子看我做着这些，懂事地停止了飞翔，找个清静的地方默默地站着，待我把事情做得妥帖，它就纵身一跃，像箭一样放心地飞走了。

这天晚上我收工回来，急切地看那门头上钉着小木板的地方，我吃惊地发现，沿着小木板的边缘，一粒一粒蚕豆大的泥点，已垒出了一个灰色的三角，距离完整的燕子窝大约是五分之一的工程。却没有看见燕子，它一定是辛苦了一天，既做实地的勘测，又做空中的运输，飞来飞去飞得累了，稍微休息一晚，蓄些力量明早再来的吧。那晚我有些激动，晚饭吃罢又去看了一次那个三角，半夜起来又看了一次，心情竟像自己盖房的时候。

我测算的工程居然是精确的，第五天的晚上放工回家，我看见了屋檐下一个几乎完美的燕子窝，它酷似一只老式的锡茶壶，颜色深灰，身子浑圆，中间以下的部位像一只兜子，往上逐渐收缩，到了顶端就只剩一个缺口，比锡茶壶的壶口还小，只能容进半只拳头。那个缺口且不是向上的，而是开在一侧，我踮起脚来往里看了一眼，里面并没有住进燕子，我明白这是为什么了，缺口还不太圆，它并不是燕窝的门，燕子是要把它家的门做得更加美观一些，才肯隆重地住进去。

从此在禽类中，我就敬重起了燕子。在老家人的心里，鸦雀和老鸹是一对会说的角色，不过是一个说得好听，一个说得难听，但都只有嘴上的功夫，却懒得好好做窝，叼几枝枯草和败枝做建筑材料，乱七八糟地架在树上，竟在里面生蛋孵儿，大风吹过，暴雨袭来，往往窝破蛋打，稀里哗啦。老家人贬作某户人家的媳妇懒得连头也不梳，便说她的头上是一个鸦雀子窝。老鸹是乌鸦的土名，本是讨人恨的自不必说了，不讲整洁由它去吧，鸦雀的官名叫作喜鹊，它应是一种素质高些的鸟，历来担任着报喜的天使，但也如此地令人失望。而麻雀则连窝也不架，胡乱在墙上寻一个洞，就把身子钻进去呼呼地睡觉。唯有燕子，简直是一名勤奋的工兵，靠着自己一点一滴地衔来香泥，造出一座结实而又艺术的堡垒。

我觉得燕子就像是我，用志气创造自己的家园，并且我还窃窃地幻想着，自己将来若是有了女儿，我就给她取名燕子。古往今来，世上叫燕的女子原已不少，但有几个真正懂得了燕子呢？而且燕子是一种吉祥的鸟，它能为人带来福音。我幻想着我未来的女儿给我惊喜，幻想着我的女儿给我惊喜的未来。

燕窝垒起来的第二天，天上下起了小雨，那时候我冒雨也要出工，一出自然也是一天，黄昏时候收工回家，刚进院门就吃了一惊。一只燕子落在我家的小院子里，它的小小身子淹在地面的积雨中，翅膀往两边张开着，头朝向屋檐的方向，眼睛是睁着的，像一对黑色的宝石，却分明是已经死了。我认出了它，心就猛地一沉，它是在我家屋檐下做窝的那只燕子！我把肩上的农具扔在雨地里，蹲下身子，猜想它的身上应该有一处致命的伤痕，果然是的，我拉动一下它的翅膀，立刻看见了它头羽下的一小片血迹，它的头被一件体积很小的东西击破了，从里面流出鲜血和其他的液体。我猜想是有人用弹弓包着一粒圆圆的石子，在燕子即将飞进窝去的那一瞬间，从对面击中了它的头。这是一个神弹手，我知道在我家附近的村子里，有许多孩子是这样的神弹手，他们打麻雀，也打燕子。

2

那时我望着自家的屋檐，常常会望得发呆。屋檐下那只终于垒起的燕窝，从它垒起之日就成了一只永远的空巢，我担心着总有一天，爱占便宜的麻雀会乘机无耻地住进里面。如果真是那样，我更会为死去的燕子感到不平，我就无端地愤怒起来，有一次真想把那只燕窝戳了，但一想到死去的燕子，我实在是下不了手。接下来在很多个日子里，我的心都这样地矛盾着。却又万万没有料到，曾在我家屋檐下做窝的那只燕子，虽然在雨天被空中的弹子打落，但它选择我家的事情本身，却仍然印证了民间的那个说法，它真的给我家带来了福音。

那一系列重大的喜事，都发生在这之后的几年里，我的右派父亲平反昭雪，我也回城有了工作，人去屋空，我们担心自己亲手盖起的房子无人看管，会被风雨侵蚀，正谋划着是否租给人住，恰在这时有人提出想买我家的房子，我们便以极便宜的价格卖给了人家，自然，连同屋檐下的那只空空的燕窝。

而就在父亲和我搬走之前，我那又咳又喘的四叔的儿子，比我还小一岁的堂弟，去年跟他的表姐成亲，喜得了一位千金，兴冲冲地跑来，请我给她取一个名儿，以为我有倚马可待之才，人就垂着两手站在我的面前。我坐在那里苦思良久，搜索枯肠，实在想不出既能入俗且能脱俗，重点是要堂弟和弟媳满意的名字，抬头看看做了父亲的堂弟，垂在下面的两手已经开始互相搓着，看形势是等得急了。我也就急起来，汗都要出来了，突然间我想起了存在心中多年，准备留给我的女儿的那个名字。

“叫燕儿吧，大名就叫黎燕。”我说。我没有把秘密告诉堂弟，这名字本来是我的女儿的呀。

“黎燕……”堂弟试着念了一遍，觉得还很顺口，接着却又憨憨地一笑，似乎有些不好意思，“这名字的含义是……”

“燕子是一种又聪明又有志气的鸟，”我看了一眼门外我将离别的屋檐，讲给他说，“燕子自己给自己做窝，还做得这样完美，换了别的任何鸟就不行。尤其是天色刚亮的时候，燕子出来衔泥的姿势是最美的……”

“那就叫黎燕吧，麻烦五哥儿了！”堂弟总算是完成了一件大事，慢慢地站起身来。他叫我五哥儿，是把我们父亲那一辈几个弟兄的儿子们，也就是我们这一辈的堂兄弟排在一起，按照年龄顺序叫下来的。这样可以显出我们这个家族的团结，就像是一家的亲兄弟。

于是在父亲和我离开老家以后，一个名叫黎燕的姑娘，在那里一天一天地长大起来。

3

父亲和我离开老家以后，关于燕儿的事情，只能从堂弟偶尔进城，或者我们偶尔回乡知道一些，总之是从小就懂事得很，上学读书也知道发愤。特别是当她又有了妹妹和弟弟，她就极早地承担着长女的责任，帮着她娘挑水、洗菜、做饭、打猪草，给弟弟洗尿布，辅导妹妹的作业。她有了一个妹妹和一个弟弟，弟弟还穿着破裆裤，从那大大的缺口里露出一根小小的红雀雀，妹妹上一年级，燕儿上二年级，我计算着燕儿的年龄，那次到堂弟家，燕儿应该是七岁了。模样儿显然是随她娘，细条条的身子，红扑扑的小脸，只是害羞得很，低着头总不说话，别说见了生人，见了我竟也无端地脸红，笑笑地，怯怯地喊一声“五伯”，转过身子匆匆地走开。

她是去取一只白瓷茶杯，杯子本来是干净的，却又用开水烫了一遍，然后才给我沏上茶，双手捧着，再次过来的时候步子迈得极碎，害怕不小心开水洒在地上，更怕烫了我的手，直到把茶杯成功地递进我的手里，她才如释重负，又喊一声“五伯”，转过身子匆匆地走开，之后就再也不出来了。在我临走的时候，堂弟和弟媳把我送出门外，我故意有些夸张地偏着头，眼睛看向他们的身后，堂弟和弟媳知道我是想看燕儿，忙把身子闪在两边，两个人几乎是同时骂着她说：“没出息的女子，只敢躲在人后头，五伯要是没看见你，还当你这女子没礼貌呢！”

骂完又笑，燕儿就也笑，更害羞了，低头猛跑几步，奔到我的面前，不得不扬起脸来，想着刚才被爹娘骂过了两句，那张小脸已经红得流血，叫声“五伯”，接着又说了声“下回来玩”，头就又低下去，用手卷弄着自己的衣角。我伸手摸摸她的头顶，其实我是为她下台，笑一笑说：“你要我下回来玩，下回我来可要看你的作业啊！”

我看见她又扬起红得流血的脸，望着我，慎重地点了点头。

到堂弟家，来去都要路过我跟父亲盖的房子，我并不想以留恋的心情进去怀旧，我静静悄悄地绕开那里，隔着一堵当年那只燕子曾经凌空飞越的院墙，我的眼睛只是斜着一扫，扫向屋檐下的那只燕子窝。房子既然卖给了别人，也就不再是自己的了，若再进去，别人或许以为当初我们卖得过于便宜，如今反悔还想要回来呢。然而我回老家，堂弟那里是必须去的，这其中不能没有想看一眼燕儿的心理。这是我的女儿的名字，我把我的女儿的名字送给了她，她就应该是我的女儿了。

燕儿对我说的“下回来玩”，我答应了，还说下回要看她的作业，她也答应了。没有想到我下次再回老家，却整整是十年以后。这十年里，我不断地改换工作，转移城市，最后在北京安营扎寨，娶妻生子。为了免去每年一度的春节奔波，同时又尽孝道，我把离休后的父母接到北京，直到他们实在思乡心切，坚持落叶一定要归根时，我才只好答应送他们回去。这些年里，家乡的消息像风中的落叶，偶尔也飘一两片过来，其中最沉重的一件是父亲的四弟，我那又咳又喘的四叔还不到他最难熬的冬天，突然地就离去了，好在儿子和媳妇当时都在身边。丧事是附近村里最热闹的，堂弟请了歌师，停棺三夜，带着妻子儿女披麻戴孝，把他厚葬在屋后的一座小山包上。

父亲自知老之已至，也跟母亲一样坚持要回家去，想必是要看看他四弟的坟，只是嘴上不肯说出。我知道人到风烛残年，离天远离地近的时候，就会越发怀念亡故的亲人，我决定成全父母，时间就选在这个夏天，由我护送他们回家，哪怕再忙。回去的前一天我想到燕儿，而在回去的第二天，我推掉了小城所有亲朋的宴请，让一位当官儿的老友安排一辆小车，送我的父亲和我到我真正的老家，到堂弟家去看看他们。我的心里忽然一愣，燕儿今年是十七岁，高中快要毕业，应该考大学了吧？忽然又一喜，如果是分数高，考到北京的任何一所大学，那她就不虚其名，真是一只飞得远的燕子了。

4

车子开不进去，停在了马路边，父亲和我下车往堂弟家走，远远地路过我们父子盖的房子，父亲的眼睛就直往那里看。其实我也这样，只不过我是斜着眼睛。我看见我家当年那只燕子凌空飞越的院墙，现在已经是残破不堪，上面的瓦片被风吹得七零八落，下面的泥土就被雨冲得东坑西洼，院墙里的房子比院墙本身好不了多少，而屋檐下面，门头墙上的那只燕子窝，却连影子都不见了。

只有弟媳一人在家掰着苞谷，听人在外面喊了一声，正要起身开门，门从外面开了，弟媳一脸的愕然，及至认出父亲和我，便是一声惊喜的喊叫："啊呀，还是三伯和五哥儿！"接着就慌乱地拍打手和身子，端椅让座，递烟倒茶，自己则拉开木格的窗子，探出上身朝着远处张望，又大声地喊着："燕儿！燕儿！燕儿你快回来一下！你看家里哪个来了！"喊罢略微停了一会儿，仿佛等着对方的消息，确定是听清了她的叫喊，才把自己收回屋来，急步奔到我们面前，歉意地解释说："不晓得三伯和五哥儿要来，上学的上学，干活的干活，做生意的做生意，亏得还有一人在家！三伯和五哥儿怕有十年没回来了吧？"

弟媳是个极贤惠也极伶俐的女人，依着堂弟叫我父亲三伯，也依着堂弟叫我五哥儿，开始还说是"来"，以后就说成了"回来"，完全是自家亲人的口气。我听她说"上学的上学"，以为这句话里包括的有燕儿，就想燕儿上学的高中，怎么会在窗子的后面呢？就一边坐在椅子上喝茶，一边问着谁个干活谁个做生意，才得知堂弟在帮人进城去销售茶叶，这时就听到门外一阵急促的脚响，转眼一看，一个脸色黑红的大姑娘卷着两只裤筒，打着一双赤脚，咚哧咚哧地走了过来，不正是比十年前放大了一倍的燕儿吗？若不是她娘就站在我的面前，那身条和模样，真要让人认成了刚跟堂弟成亲时的弟媳。

我故意地不叫燕儿，只是望着她笑，等着她来认我。原以为她至少要认上一阵，谁知道这十年燕儿变成了大姑娘，我却并没有变老，没有变得让燕儿一眼认不出来，她一口就叫出了“五伯”，然后再叫“爷爷”。大约她从她娘在窗口的那一声喊，那样的语气和腔调中，已经悟出是我们来了。我看见燕儿叫着我们的时候，十年前的害羞是少得多了，但是根子仍没去掉，脸仍红着，看我的眼光仍还是胆怯的。燕儿从小就不把我的父亲叫作三爷，当我的四叔她的爷爷还在世时，她就把他们兄弟二人都叫爷爷，似乎认为她爷爷的亲哥哥，也应该是她的亲爷爷。我又一次想到燕儿这个名字，她就是我的女儿，是我十七年前，连名字带人都送给了我的堂弟。

我盯着燕儿的赤脚问她：“今天怎么没有上学？是星期几？你们的高中学校在……”

燕儿把头低了下去，十年前那样用手卷弄着衣角，又用一只脚去搓另一只脚，一副手足无措的样子。弟媳把话接过去说：“五哥儿你不晓得，燕儿三年前就没读书了！”

“没读书了？”我的眼睛一下转到燕儿的脸上，想从她的脸上得到证实。为什么没读书了？

燕儿仍低着头，又换了那一只脚来搓这一只脚。仍是弟媳接过去说：“她说妹妹读书，弟弟读书，一家三个都读书读不起，她要跟她的老子一道做活儿，多挣点钱供养两个小的读，就这样儿她把初中读完，咋儿说也不读了，高中本来都考取了……”

“这孩子是太懂事了！”我的父亲感叹着，“三个都读也不是不行，实在要是交不起学费，还可以给我们说啊！”

“从小过于懂事的孩子，往往也会把自己的前途误了！”我说的话却不是感叹，而是一种深深的责备，责备弟媳，也责备从小过于懂事的燕儿自己。

燕儿抬起头来看我一眼，两脚不再搓了，她的这一眼里含有一种吃惊的意思，她一定是为我说的“前途”两字吓住了，过去她或许没有想过它，或许没有好好地想过。

“妹妹和弟弟学习怎么样？”我转开了话题，反正燕儿的事情已经这么定了。

“华儿学习倒好，在班上数一数二的，最会写作文，尽得老师表扬，只是田力差点儿……”

燕儿的妹妹名叫华儿，弟弟名叫田力，两个字加在一起是个“男”字。这都是在我走以后，堂弟自己给他们取的。堂弟是个纯朴得少见的男人，渴望有一个继承香火的儿子，却没有同样渴望让儿子将来离开土地。

听着弟媳介绍华儿，燕儿的眼里重又焕发出了光彩，注意地看着我的表情，我知道她是想看到挂在我脸上的责备没有了，换上了一种喜悦，甚至惊喜。但是我脸上的责备丝毫未减，她似乎感到有些失落，竟不知道应该怎样才好，这时她才猛地想了起来，我们到家只顾得坐着说话，还没人给我们沏茶来喝，她就好像身心得了解放，一转脸迅速地去拿瓷杯，随后就听得一阵哗哗清洗的水声。

弟媳坚决要留我们在家吃饭，说是晌午以前，堂弟肯定会从城里赶回来的，田力再过一会儿就放学了，学校就是燕儿读书的那个初中。可惜华儿今天回不来，华儿是高中，在校寄学。弟媳安排燕儿坐在父亲和我之间，好给我们往茶杯里添水，端出一些板栗和核桃给我们吃，主要是看守住我们不许走，人要走了就找燕儿负责。这样子安排已定，她才急着去地里拔菜，又去鸡笼捉鸡，一个人关闭了厨房的门，在里面发出各种各样的声响。

我分明看出了燕儿的不安，要在平常没有我们的时候，她是断不会这样闲着，听着她娘一人在厨房忙的。但她今天重任在肩，得一刻不停地守着我们，不然万一我们走了，娘的一切都等于白做，她也不能向娘交代。所以她又是紧张的，像是面临着一场考试。其间父亲偶尔起身，到她家屋后的猪圈转转，我去门前看看稻田里的秧苗，呼吸几口乡间的空气，她都要感到一阵恐慌，担心我们是脱身之计，就此想走，便会飞快地跟过来陪着，并且把身子挡在靠外的一方。她是听父亲说话中露了一句，小汽车开不过来，只好停在马路上，就怀疑我们跟司机已约好了开车返城的时间。燕儿还试着问了一次，要不要把开车的师傅也请到家里来坐，我含糊地回答等会儿再说，她捉摸不透这话的意思，以后就不敢再提，害怕她一动身，我们会乘机跟着她走，这么一来倒是她自作聪明，坏了她娘交给她的天大的事情。

其实我从她眼里看得出来，她内心的想法跟她娘一样，何尝不盼着我们在家吃饭，甚至住上三天才好，我有十年没有回老家了，这次又从北京回来，说不定这次一走，下次再来又得十年。父亲虽说回到县城，不在北京住了，但他已经是七十多岁的人，上来一趟也不容易。不过像这些话，换成别的女孩儿会说得很好，燕儿却一句都不会说，她只是不断地给我们的杯里添水，递给我们板栗，用一把小锤子在地上把核桃砸破，取出里面的仁儿塞进父亲手里，说：“爷爷，您尝一个！”

忽然她又进到一间屋里，听得那屋里的抽屉响了一声，然后她手里就端着一个本子出来，递到我的手里面说：“五伯，你看华儿写的作文！”

做这件事的时候她鼓足了勇气，涨红的脸上带着一丝的炫耀，似乎还希望通过这个本子，让我觉得她的不读是值得的。同时她又有些紧张，好几次小心地偷看我的脸色，害怕我的看法跟她相反。

“写得不错！写得不错！”我连着看了几篇，篇篇都有老师用红笔打的圆圈儿，篇尾的评价一次比一次高，我把那些打圈儿的段落再读一遍，发现的确是很不错的。

“她们的语文老师晓得你，课堂上鼓励华儿把作文寄给你看，还说希望她将来也当作家……”听我这样一说，燕儿突然活泼了起来，她的话也多了，这是因为说到她的妹妹华儿，就好像华儿是她，而她自己并不是她。

我的心里一阵感动，但也还夹着一丝难过，为燕儿，为她的真诚和善良，还有牺牲。这时候听得院门一响，是田力放学回来了，燕儿立刻跳起身子，跑去给弟弟摘下书包，拉着他手教他喊爷爷和五伯。我是第一次看见田力，觉得他长得酷似堂弟。老家人说儿子随娘，女儿随爹，这话可不适合他家的情况，田力跟堂弟是一个相，燕儿跟弟媳是一个相，我不知道华儿长得是个什么样子，会不会又像爹又像娘呢？

堂弟果然在晌午以前赶回来了，这时间跟弟媳说得相当吻合，白衬衣的扣子一颗都没有扣，就那么往两边敞着，亮出里面黑色的胸脯。衬衣的下摆在风中一飘一飘，把推车的两只手都掩住了，推的是一辆半新半旧的自行车，货架上夹着一只麻袋。他一定是在进门之前就从邻居那里听说我们来了，进门时的样子十分急切，满脸都是笑嘿嘿的。因为脸色晒得太黑，笑出的一嘴牙齿显得特别白，几乎占去小半个脸。堂弟来不及架好车子，胡乱把它往墙上一靠，扑进来就跟我们打着招呼。

“早晓得三伯和五哥儿要来，我就不到城里去了！我就在家等着你们！你看这，你看这……”他一个劲儿地抱怨着自己，觉得不该事先没有得到我们要来的消息。

“你还不快去洗一把脸！”弟媳从厨房冒出头来，对他嚷道。

堂弟憨憨地笑着，弟媳的话没落音，燕儿早已双手端了一盆热水走来，盆里漂着一条毛巾，弯腰放在她爹的面前，转身出去收拾那辆靠在墙上的自行车，把货架上的麻袋摘下来放进屋里。这么来来去去地忙着，我又想起我家屋檐下那只衔泥做窝的燕子，心情一下子回到当年为她取名的时候。

那个晌午我喝了不少的酒，脸都喝红了，吃饭时不断地说起燕儿的事情，问她不读书了以后，下一步究竟如何打算，是问堂弟和弟媳，同时也是问燕儿自己。他们也都说不出个明确的意思，你一句我一句的，只说帮着家里做一些活儿，让妹妹和弟弟多读点书，至于多读点书又干什么，堂弟和弟媳望我笑笑，还是说不出来。我想他们或许是有一个目标的，因为要实现它没有十足的把握，就商量着只把它埋在自己心底，即便是对父亲和我这样的亲人，最好也还是不要张扬。

堂弟一双眼睛看着田力吃饭，忽然放下筷子，叹口气说："恰巧这个儿子的学习不如两个姐姐，脑子好像有一点笨，不晓得将来长大了是个啥样儿！"

我总觉得燕儿的失学，虽说是为了妹妹和弟弟多读点书，如同苞谷地里的间苗，三棵里面拔去一棵，保证剩下的两棵长得更加壮实，但是心里想着嘴上不说的，却是他们要重点扶植田力这棵男苗。不然堂弟不会这样着急，这样叹气，这样连饭都吃不好。我就想出一句俗话安慰他说："俗话说天生一人，必有一路，将来饭总是有吃的吧，就是万一有个困难，两个做姐姐的是会帮助他的，特别是燕儿从小就这么懂事，又聪明能干……"

堂弟的脸上立刻就舒展了："五哥儿，你算是说到我心里去了，你让她娘说，我心里早就是这样想的！"

话题自然又扯到燕儿，仗着酒兴，我竟当了燕儿的面对堂弟和弟媳说："燕儿今年才十七岁，你们该不会给她早早地找个婆家吧？"

连我自己也听得出来，我的话里透出一种担忧，一种提醒，严格地说是一种警告，因为我依稀记得，弟媳第一次到四叔家来过门时，也不过十七八岁，而堂弟比她还小一岁。

燕儿的脸一瞬间红得快要流出血来，匆匆地笑了一下就很快止住，谁也不看，低下头去吃碗里的饭，速度慢得不像是吃，却像数着碗里的饭粒。她是要集中精力，留意听父母的表态。弟媳的眼睛直向堂弟看，堂弟却憨憨地笑着不置可否，我的父亲就一脸的严肃道："那可是千万搞不得，千万搞不得，让她大了以后自己考虑！"

“只要不早早地就找婆家，以后外面有了机会，还有可能出去找个事做。”我顺着父亲的话意往下说着。

这话可让堂弟和弟媳喜了一跳，堂弟笑咧着嘴说：“那还不好，做梦都想不到的，感谢五哥儿操心。”一边说着，一边起身把面前的杯子斟满了，要再敬我一个酒，又对身边的燕儿使个眼色，“燕儿，你也再敬五伯一个，五伯为你操着心呢！”

我还没见过燕儿喝酒的样子，就故意笑着等她先喝。看来燕儿是第一次喝酒，试着只抿一嘴就呛得直咳，从额头到脖子，连两颗眼珠都红透了，还有两汪泪水在眼里转悠，却不敢放下杯里的剩酒，苦咧着嘴，打算死也要把它喝下去。我看着实在是不忍心，对她摆摆手说：“不喝了，这份情意我领了，刚才我们说的话你都听见了，好好记着！”

“谢谢五伯！”吧嗒一下，燕儿的眼泪滚了下来。

5

返回北京的路上，我一直都在想着燕儿，想着她跟我分别时眼里流出泪水的样子。我想一定得帮她走出来，而且尽快。在老家那块黄色的土地上，女子长到二十岁还不找婆家，她就是一个危险人物，就会成为一个嫁不出去的老姑娘了，乡邻在背后舆论的方式过去是嘴，后来还有怪异的笑容和眼色。所以父母的紧张焦虑可想而知，这是一股无影无形的势力，像空气一样弥漫在天上地下，四面八方，清晨起来一吸鼻子就能闻到。我担心堂弟和弟媳终究抵挡不住这股势力，终究会在我们走后的这两年，给燕儿找一个他们认为合适的婆家。

那会是一个什么样的婆家呢？三间瓦房，几亩承包的土地，小伙子会开拖拉机，农闲时运些砖瓦到城里卖。而燕儿就在家喂猪、做饭、洗衣，这是她从小都会做的，还有就是也生三个孩子，儿子早早地娶个媳妇不用说了，女儿长到十七岁时，也给她找一个婆家……我又想起那只落在我家的燕子，想起那个没有落在我家的女儿，我是应该把取了我的女儿名字的燕儿，认成是我的女儿了。我不许她在老家的那块土地上，依然那样地周而复始，生生不息。

我有一个极好的朋友名叫阿明，原本是个政府官员，后来下海经商，在一座中型城市开了一家商贸公司，我给阿明写了封信，要他务必把我一个堂弟的女儿招收在他旗下，安排一个合适的事做。我对阿明讲了我跟堂弟两家三代的患难之情，让他知道这种关系非寻常人可比，应把燕儿视为我的女儿。我到底没有看错朋友，阿明没有给我回信，却给我打来电话，电话里说："你让那个叫燕儿的侄女来吧，告诉她我的公司在哪里。"

燕儿很快就去了阿明的公司，是她自己坐车去的。那天晚上电话响了，显示器上是阿明公司的号码，我拿起来，问了声"喂"，放在耳边却很久没有回音。我笑了说："阿明你在搞什么名堂？"

话筒里却出来一个女孩儿的声音，一抽一咽的，像是在哭。我吃一惊，大声问着："你是谁？"

女孩儿说："五伯，我是燕儿，我已经到阿明叔叔这里来了……"

我才转为一喜，笑着对话筒说："去了是好事情，哭个什么！好好工作，听阿明叔叔的话！"

燕儿说："我没有哭，我是在笑，五伯！"后面又抽咽了一下，接着真的有了笑的声音。

我知道阿明会在燕儿身边，就让燕儿把话筒交给阿明，按照情理，我对阿明表示了感谢，阿明立刻大着嗓子切断我的话说："干吗？干吗？再感谢我就要收你的感谢费了！老兄，既然你把燕儿当作你的女儿，那我也把她当成我的女儿，这样成不成？你还有事没有？没有我就挂啦！"

"你先别挂，让我跟燕儿再说一句！"我慌忙说。

话筒里我又听到了燕儿的声音，她又叫了我一声"五伯"，这次没有抽咽，是真的在笑。我说："燕儿，我再给你说一句话，以后要经常给我打电话啊！"她答应说"嗯"，然后又没声了。我说："就这样吧，今天刚到，晚上洗个澡早点睡觉，明天就要上班啦！"我故意说了一个上班，是要她产生一种全新的感觉。

以后我就常常盼着燕儿的电话，在家写着写着，电话响了，拿起来一听，却总是别人的，一周过去都是这样。我猜想燕儿莫非是不会打长途电话，那天的电话是阿明拨通了递给她的，如果真是，再过一天没有燕儿的电话，我就要打过去了。不料在第二天，我却意外地收到燕儿的信，白色的信封，厚得像一只烧饼，右上角贴了三枚邮票，信封上的字猛一看是机器印的，工整而又秀气。拆开一数，信写了八页半，密密麻麻，并且是正反两面，从头到尾也都是那样的字迹。我心一颤，暗自叹着，这个燕儿呀，现在谁还再写这厚的信呀，别说是写，看着都累，说打电话你怎么不打电话呢？

可是看完了燕儿的信我才明白，她听说长途电话的话费很贵，担心阿明叔叔的公司亏本，就不敢打阿明叔叔公司的电话，其实电话就在她的办公桌上，她的工作就是接听电话和招待客人。我用燕儿的逻辑进行推理，她不用阿明公司牛皮纸信封的原因也在这里，这封信的白色信封是在邮局买的，而写信的纸哪里是什么信纸，我算是到底认了出来，那是她过去读书没用完的作业本，她把它从老家带到城市，用小刀把里面的横格纸裁了下来。这个燕儿！

所幸的是，燕儿的八页半正反两面的信，每一个字都充满了欢乐，她在这封规模宏大的信中描写了她第一天上班的情景，阿明叔叔对公司员工的讲话，跟她住同一宿舍女孩儿的穿着，有很多精彩的句子，读起来像一篇书信体的散文。直到这时我才忽然发现，不爱说话的燕儿心里原来装了这么多的话，而且仅就她的语文和写作水平，比起她引以为豪的妹妹华儿，丝毫也不会差。这个燕儿！

6

秋天又来了，在北京我似乎从来没有见到过燕子，我见到过天空中扎成燕子形状的风筝，它们带着一根细长的几乎看不见的丝线，在一些闲汉的股掌之上起飞、翱翔、挣扎、栽倒，但我没有见到过真正的燕子。我怀疑这是一座没有燕子的城市，比肩而立的大楼，直插云霄的高塔，坚硬冰冷而又闪光的现代材料，而且是在北方，这里没有燕子的栖身之地。我常常想起老家，有一次在梦中回到父亲和我盖的那所房子，看见了屋檐下的那只深灰色的燕子窝，后来醒了，就睁眼望着窗外那片灯火辉煌的夜空，再也不能入眠。

阿明带着他的公司副总坐飞机来到北京，跟山西一位号称煤王的煤炭商洽谈一笔生意，住在一家五星级的宾馆，喝罢了酒，晚上让副总陪着到我家来，目的是想跟我说一会儿话。手机里他对我说，他要给我说说燕儿她们的事。我听他的语气，燕儿她们的事，那就是燕儿跟那个穿着时髦的同室女孩儿的事。不用说的，那个女孩儿一定会占燕儿很多的便宜，比方说打扫房间、擦窗、拖地、倒垃圾、烧开水，甚至洗小件的衣服和袜子，如果两个人关系友好，燕儿会给她包了下来。我的眼前已经出现了燕儿两手不闲、来去匆匆的样子，像她七岁的时候，像她十七岁的时候。

晚上他们来了，我关上电脑，走出书房，准备一个晚上不再写作。我对那个副总的印象不好，一口的大话，一脸的不老实，阿明问我什么事情，我对他们进行解答，而他却飞快地回答说“我知道我知道”，一边说一边把头扭过去东张西望，接着又站起身来，到我书房里去噗噗地翻书。既然你知道你就告诉阿明，你为什么不告诉阿明呢？

我仔细端详着他送我的名片，问阿明说：“你的这个副总怎么样啊？”

阿明说：“很有本事的，比我聪明，我叫明，但我没有他明。”

我一笑说：“大明若暗，防止聪明还被聪明误哦。”

阿明点头，接着却说：“商场上的事，人太老实也不行的。”

我不懂商场上的事，我就跟他谈燕儿的事。我问阿明：“燕儿跟同室那个女孩儿还挺好吧？”

“什么挺好？那个女孩儿太不像话。”阿明开始抽起烟来，一口一口抽得很凶。“每晚都把不同的男人带进房里，深更半夜还不走，害得燕儿一个人在街上溜达，真是太不像话，我听经理一说就把她给开了！”

“不会是燕儿告的状吧？”我寻思着问。

书房里噗噗的声音没有了，我突然想到副总在听我和阿明说话。这么说，刚才我对阿明说的关于他的话他都听见了。

“燕儿？燕儿还会告状？”阿明古怪地看我一眼，“那个女孩儿走时她还哭了一鼻子，还在我面前帮她求情哪！”

我想到书房里的副总，一时没有了合适的话说。

“怎么？我不该开？”阿明问我。

副总从书房里走了出来，手里拿着一本我刚出版的新书，朝我们一人看一眼说：“明总你们谈吧，我先走了，煤矿贾总那边等着我的电话。作家还没送过我书呢，签个字吧。”

阿明没有留他。我更希望他走。我在我的新书扉页上签了我的名字，送给他时顺便把他送上电梯。

“公司有公司的规章制度，局外人是没有发言权的，”送走副总回来我接着说。“我想知道现在公司少了一人，燕儿是不是一个人住？”

“想来的女孩儿把公司的门都挤破了，当天他就又介绍来了一个。”阿明从嘴里拔下烟来，空嘴朝门外噘了一下，自然是指他的副总，“上次那个就是他介绍来的，这次这个我没有要，你知道最后我要的是谁吗？量你猜一百次也猜不出来！”

“莫非是一个在美国学经理管理的女博士？”他说我猜不出，我就偏要往绝处猜。

“错，”阿明笑道，“是燕儿的妹妹华儿！”

我大吃一惊，立刻推算出来，华儿今年高中毕业，这么说是她没有考上大学。“华儿是怎么找到你的公司，你又是怎么知道华儿的呢？”我把这个问题提了出来，望着阿明。

“这个燕儿呀，为了她的妹妹，要她死她都情愿去死！”阿明把头点了又摇，摇了又点，“她怕她的妹妹受了打击，生出病来，就对我说让她妹妹来顶替她，她还是回家跟爹做活儿去。我说这又是何必呢，如果你的妹妹愿意，你们姊妹两个都在我的公司又怎么不行？燕儿一听高兴坏了，第二天就坐车回家，把她的妹妹给带了来。”

“这事你怎么不告诉我？”我抱怨他说。

“区区小事，何足挂齿。”阿明一脸的不屑。

“至少燕儿要告诉我一声啊！”我却仍然是想不通。

“是我不让她告诉你”阿明把责任都揽在他的身上，“我说你要敢告诉你的五伯，我就让你像你同室的那个女孩儿一样。”

这天晚上，我让妻子和儿子先去睡觉，剩下我和阿明坐在客厅，阿明看了一眼墙上的挂钟，主动说他今晚不回宾馆了，就睡在我家的沙发上。我们过去年轻的时候经常这样，不是我睡他家的沙发，就是他睡我家的沙发。说的是睡沙发，实际我们始终还是坐在沙发上，几乎说了一个通宵，一半是他的公司，一半是燕儿和华儿。阿明一根接一根地抽烟，一鼓作气抽了两包，抽得屋里云遮雾绕，天昏地暗，呛得我的眼睛都睁不开。但我闭着两只眼睛，继续坚持着跟他说下去，我是想多听一些关于燕儿的故事。

“不仅是善良，还贤惠得很，”阿明嗤的又撕开一包烟说，“为了省钱，她跟华儿不在公司食堂吃饭，自己买了一个铁皮炉子，就在上面做饭炒菜，做好总让华儿先吃，饭菜不够她就凑合。”

“还看书吗？”我关心的是这个。

“看！”阿明这次响亮地回答，“她给自己报了一个函大，一学学到半夜！”

我忍不住地笑着，这个叫我女儿名字的燕儿，她是想飞起来了。最后我跟阿明说到他的那个副总，我说：“为了燕儿你开了他介绍来的那个女孩儿，他又介绍来一个，你又让华儿顶了，以后他不会记恨燕儿和华儿，给她们姊妹两个小鞋穿吧？”

“他要是敢，我连他都开了！”阿明做了一个很有魄力的动作。

7

燕儿的命运跟阿明一道滑向低谷。我又看见了天空上飘飞的风筝，各种美丽禽鸟和昆虫的形状，斑斓的蝴蝶，五彩的蜻蜓，纯黑的燕子，全都拖着一根细长的几乎看不见的丝线，在风中忽高忽低，时起时伏。

阿明的公司遭遇到了灭顶之灾。总共是一百万元的煤炭生意，原本阿明要求货到付款，煤王要求款到发货，最后双方达成协议，甲方预付百分之三十的定金，乙方再发百分之五十的货，甲方补付百分之七十的货款，乙方发齐百分之五十的货，阿明是甲方，煤王是乙方，阿明的公司副总是甲方的具体操办者，乙方的全权执行人则是煤王的妻舅。这笔生意做成，阿明的公司可以赚够一百万。

但是阿明公司的副总，得了煤王妻舅百分之十五回扣的许诺，预先把一百万打到煤王的账户，款到数月还不见货来，副总知道大事不好，屁滚尿流赶到山西，煤王以及他的煤炭大本营却连影子都没有了。阿明一怒之下，应了那次在京对我说过的话，把他的公司副总开了。人虽已开，钱却是回不来的，阿明的公司濒临破产，连员工的工资都发不出去，反而要向我借一点钱进行周转。我不是大款，但我是他的患难朋友，我拿出身份证去到银行，把我尚未到期的一笔存款取出来交给阿明。可怜太少，杯水车薪，根本不能挽大厦之将倾。阿明为了消减负担，只好裁员，涉及燕儿和华儿，他犹豫再三，问我怎么办？我当机立断地告诉他说：“暂时不给她们造成精神上的恐慌，工作照干，工资照发，钱都算在我的头上，我让当地的朋友设法再给她们另外找个事做。”

燕儿毕竟聪明，这事到底还是没瞒过她，她从公司的紧张气氛中感觉了出来，顿时惊慌失措，吓得要命，又用印刷体的小字给我写来一封密密麻麻的厚信。信的结尾，燕儿可怜兮兮地问：“五伯，阿明叔叔怎么办？我怎么办哪？”

千里之外，我看见了燕儿脸上的表情，听到了她说话的音调，练习本做的信纸上面没有洒下泪痕，但她一定是已经哭了。刻不容缓，我当即就回信说：“坚持，等待，听我消息，锻炼你的时候就要到了！”

在同一座城市，有位年轻的作者想自费出版一本书，他采取的策略是给我写一封情真意切的信，暂且按下此事不表，而重点说他很早以前就是我的崇拜者，恨无机会能为我做点什么，日前惊悉我的侄女所在的公司倒闭在即，似乎天公有意，他哥哥开的三江酒楼亟须数名女服务生，倘若不弃，他将引荐她去面见胞兄，想必求职绝无问题，那里的月薪自然比阿明公司要丰厚得多。我与这位作者素昧平生，但我看他主动写信谈起，想必是真诚的，回信谢过了他，委托他去找燕儿面谈，待双方同意之后我再告诉阿明。

作者次日就去找了燕儿，自称是我的朋友，并当场给我打通电话，让燕儿亲耳听到我的声音。燕儿像我一样相信了他，随他到三江酒楼去见他的老总哥哥，事情顺利得有如春梦。这个时候，自知火候已到的作者方才对我说起出书的事，我是一个滴水之恩涌泉相报的人，何况素昧平生的作者有恩于我的不是滴水，而是燕儿一生的命运，即便压下我自己的书，也要让他的书如期问世。事情做毕，作者给我写来第二封信，说是他的老总哥哥答应燕儿，先到客房部去实习一段，然后再调整到大堂上班，我听着这话，觉得与当初的说法有些出入，但这终究是燕儿的又一个立足之地，况且还能调整，燕儿倒可以充分利用在这里的机会，继续读完她的函大，以后的人生道路，走起来也就宽阔了些。

我让阿明把华儿留在他的公司，而把燕儿送到三江酒楼报到，阿明知道我是为燕儿着想，同时也是为他，心怀歉疚，送走燕儿的时候差点儿流下了男儿泪。阿明说：“等着吧，等我今年渡过这场劫难，再次振兴之后我来接你回去！”

燕儿也哭了，燕儿说：“阿明叔叔，我等着你！”

阿明送走燕儿的当天晚上，又忙着跟律师商量起诉逃逸的山西煤王，很晚才打电话向我汇报。他说他对那个三江酒楼的老总，印象正如当初我对他的公司副总，虚头滑脑，不似诚信之人。我的心像一只突遭逆风的风筝，在空中挣了几挣，猛地一头向下扎来，半晌竟然无语。阿明却又一笑，安慰我说：“不过你放心吧，隔三岔五我会去看她，我说过既然你视燕儿为你的女儿，她也就是我的女儿，我岂有丢下女儿不管的道理！”

谁知三天不到，还没等隔三岔五的阿明去看燕儿，燕儿就自己离开了三江酒楼。那天我去邮局寄发一个特快专递，还在门外就听到屋里电话铃响，响声激烈而又持续，或许已经响过多时，我佩服着对方的韧性，鞋也没换奔进门来接了，竟是从不主动给我打电话的燕儿。燕儿听到我的声音，匆匆地叫我一声“五伯”，后面却没有续上话来，话筒那边有一丝杂音颤颤地响着，像一页随风呜咽的信笺。我吓一跳，急着追问：“燕儿你出什么事啦？现在你在哪里？是不是有人欺负你了？！”

燕儿整理了一下自己说：“没事五伯，啥事都没有，我在一个电话亭里给你打电话，下午我跟老总吵了两句，我已经离开三江酒楼了……”

“为什么？”我问的时候，眼前出现了自己曾经住过的宾馆，服务员擦桌拖地、铺床叠被、清洗客人用过的马桶，把手纸篓里的手纸小心地取走。我说，“燕儿呀，你刚去三天就走，是嫌累还是嫌脏，还是嫌……”

“不是的五伯，”燕儿慌忙地打断我的话说，急得有些喘不过气来，“啥都不是，我在家啥事都做，我是嫌，我是嫌……”

“说吧燕儿，”我开始怀疑燕儿的难言之隐，“怎么想的你对我说！”

“我是嫌，我是嫌……”燕儿下了极大的决心才说出来，电话那头的脸肯定又如血一样的红了，“我是嫌有的客人太坏了，他们要……”

我一下子就明白了，难怪燕儿这样毅然决然，义无反顾。我问：“为什么不向你们的主管，向你们的老总反映？”

燕儿由委屈变成了气愤，燕儿说：“主管也是一个女的，但她听着直笑。老总，老总反倒还批评我对客人不好！”

忍不住我骂了一句难听的话，但立刻就后悔了不该出声，更不该当着燕儿。我大声地表着态说：“好！离开就离开吧！阿明叔叔知道吗？”

燕儿说：“我没敢让阿明叔叔知道，我怕他知道了会去打人……他的事都够他烦心的了，我不能给他再添乱了。听华儿说，公司的人快走光了……”

事到如今，燕儿还在同情着阿明。我想起阿明上次来京对我说过的，燕儿是个善良的女孩儿。

“五伯，”燕儿的声音突然高昂了起来，“酒店的对面是一条时装街，昨晚我跟华儿去买衣服，有一家店面的女老板听我砍价，问我是不是从乡下来的，还问我愿不愿意帮她看摊卖衣服，每个月给我三百块钱……”

自己出去闯一闯倒也是好，不过我却又想起那位请我出书的作者，心里隐痛，如被蛇咬："燕儿你觉得，那位女老板可靠吗？"

"我看着她很和善的，"燕儿叙述着她们认识的经过，"她拿叉子取衣服给我们试，差点儿戳了华儿的眼睛，华儿嘴里不停地唠叨，我劝华儿没戳到眼睛就算了，人家又不是故意的。女老板说我心好，给我和华儿一人倒杯水喝，让我们坐在她装衣服的纸箱上面，坐着聊起天来，这才问我愿不愿意帮她看摊卖衣服。"

"这么说，我倒是认为可以干着试试，一边干一边再图发展。"我的担心小了一些，"不过你记住了，目前你主要是学本事而不是挣钱，生活有困难时你告诉我，你的身边有我很多朋友，他们随时会帮助你的。"

"我记住了，五伯。"燕儿说。声音里有了明朗的笑，她是觉得阴沉的天空一下子晴了起来。

"喜欢写信，以后有事就给我写信。"我又看见了她练习本上密密麻麻的印刷体的字。"学会不说客气话，别写那么长，一时没有收到我的回信千万不要着急，我肯定是忙得顾不过来。要有急事还是打电话给我，特别紧急就去找阿明叔叔。"

"五伯你也要注意身体，晚上不要写得太晚！"燕儿反而关心起我来，她一定是从阿明那里知道，我常常坐在电脑前面写到深夜。我惊喜着燕儿比过去有了进步，能够把心里的话说出来了，这都是在阿明公司锻炼的结果。

然而惊喜过后，我的心里突然又感到了一阵难过。

8

诈骗阿明百万资金的山西煤王从此失踪，阿明的副总则另立门户，在距离阿明公司不足百米的地段开了一家商贸公司，经营范围全都一样，连名字都跟阿明的公司相似，分明是报阿明开除自己的一箭之仇，公然与阿明竞争甚至要将他一举取代的意思。开业那天还请了市里的军乐队，而就在那震耳的鼓乐声中，不堪一击的阿明已经做好了公司破产的准备。

华儿是不得已离开那里的。阿明四处负债，八方奔波，房主乘机收回了公司办公以及员工住宿的房屋，在这之前，燕儿和华儿还住在过去公司租用的宿舍。燕儿托她的女老板在市郊找了一间破旧的平房，每月花一百块钱租下，晚上就跟华儿住在那里。白天吃饭少数是在街上去买快餐，多数仍是自己动手，这时候华儿就来替燕儿看一下店，燕儿便火速出去买菜，做好之后用一只饭盒提来，姊妹二人就坐在衣箱上吃。

这些我都是通过她们的信里知道的，从华儿离开公司开始，给我写信的差使换成了会写作文的华儿，那些信就写得更加生动有趣，也更令人感伤。华儿代替燕儿对我写道："五伯你知道吗，'遍天下'到'屎不吃'的公司里当了公关部的主任，每月工资是两千元，年终根据业绩还有奖金，她还专门坐着公司的小车到这里来看我姐，动员我姐到她们公司去干，保证月薪不会少于一千。我姐说，给我一万我也不去。'遍天下'眨着她的人造眼睫毛问，为什么？我姐说，这还用问？看你们'屎不吃'把阿明叔叔害成了什么样子！五伯你知道吗，'遍天下'就是原来跟我姐住一个宿舍，每晚勾引男人被阿明叔叔开除的那个女妖精！'屎不吃'就是原来阿明叔叔公司的副总，什么好处都占，什么坏事都干，除了屎不吃他可是什么都想吃呀！"

我为华儿的描述开心，我为燕儿的骨气自豪，而且她是这样的重情重义。我想那位时装店的女老板真是三生有幸，一竿子险些戳了华儿的眼睛，一句话却又意外地得了一个燕儿。

忽然我有了一个新的想法，父母离开北京以后，妻子把儿子送进了小区的幼儿园，由她上班时送，下班时接，刮风下雨都是这样，这就不免影响她的工作。今年这个夏天过去，儿子就要上小学了，虽然校园距离我家不足公共汽车的半站地，但一路上也有车辆往返，如果有一个燕儿这样的女孩儿能在我家，负责接送我的儿子以及管理家务，就不用我们夫妻再来费心了。燕儿住在这里有利于她读书学习，还能学习操作电脑，我家有三台电脑，一屋子书她更是一辈子也读不完，还有全国各地的朋友们每月大量寄赠的报纸杂志，在我家她真是书山有路勤为径，或许以后会有一个就业的机会。至于女老板的时装店，她正好可以移交给华儿看管，这就既没失去信用，华儿也就此有了事做。

等着下次来信，我在回信中把这个想法告诉了她们，差点儿把燕儿喜欢坏了。燕儿说她曾经晚上做梦，梦见她坐火车到北京来了，看见了她的小弟弟，可是早晨醒来她就知道这是个梦，却没想到她真的能来北京。燕儿很快就买票启程，火车是当日午夜时分到站。我担心她会出错站口，提前在电话里告诉她说："下了火车你千万不要动步，站在那里等着我来接你！"

那晚我早早打了一辆出租车，去车站买了站台票，一直进到铁轨旁边，等待火车鸣着汽笛徐徐开来，最后一节正好停在我的面前。在奋勇奔走的人流背后，远远地我看见了一动不动的燕儿，手里提着一只旅行包，正站在那里望着站口的方向，神情有些紧张，想必是害怕万一跟我错过。我赶快叫她一声，燕儿循声朝我望来，然后惊喜地奔向了我。

我把燕儿带回家中，时间已是第二天的凌晨，儿子白天玩儿得累了，仰面朝天正打着与他年龄不符的呼噜。父母住在北京的时候，儿子是跟我们睡一张床的，父母走后我们就锻炼儿子，让他一人睡在父母住过的那个房间，现在燕儿来了，我们又把儿子挪回我们的床上。妻子早已睡过一觉起来，提前开了灯等着要看燕儿。燕儿进门见了她不知道叫什么好，憋了很久才叫出一声“五妈”。妻子在灯下笑笑地打量着她，打量够了说出一句心里话道：“嗯，比我想象的要洋气，我都听说了，她的这个名字原本是你的女儿的！”

我就也笑了说：“什么我的女儿，我那时候如果有了女儿，如今就没有你的什么事了！”

妻子点头承认道：“那倒也是！”说了又忙着跟燕儿打招呼，“我去给你开热水，先洗个澡换身衣服，带没带衣服？没带我这里有，我看燕儿的个头比我矮不了多少呢，但比我胖，穿我的衣服肯定合适！”

燕儿带了衣服，打开旅行包在里面找着，拿出几件妻子都认为不好。妻子站在客厅里发愣，接着一转身走进卧室，在衣柜里呼呼隆隆地翻着，翻出一条重磅真丝的白裙子递给燕儿，要她洗完了澡穿着试试。燕儿眼睛望着她递来的裙子，脸上刚刚露出一点为难的表情，很快就笑着接了过去，用两只手抱在怀里。妻子送出的礼物受到重视，高兴得在屋里忙来忙去，开了煤气热水器，试了水温，又收拾毛巾拖鞋，把洗发洗澡的东西一样一样地指点给燕儿，催着她快进去洗澡，洗完了好好地睡一觉，明天正好是双休日，全家人一道去公园里玩儿。燕儿不好意思地笑着，把妻子给她的衣服抱进卫生间里去，插了门半天没有动静。

妻子索性不再睡了，就坐在客厅跟我说话，问燕儿在老家为什么失学，又问她后来怎样去了阿明的公司，听我说到阿明的公司被人骗了，燕儿宁可给女老板看店卖衣服，也坚决要离开三江酒楼，坚决不跟同室女孩儿去投靠那位坑害阿明的副总，妻子沉思很久，叹了一口气说：“是个又懂事又有志气的孩子！”接着又叹了一口，“可惜生在那么个地方，如果生在北京随便一户人家，也不会真的让她不读书啊！”见我脸色阴郁，一言不发，她赶快又换上一个乐观的态度，“不过命运这个东西也很难说，年龄又小，机会总会是有的！”

燕儿洗完了澡出来，容光焕发，身上穿着妻子送她的重磅真丝的白裙子，我们看着都觉得漂亮得很。妻子正得意地夸着自己的眼力，燕儿却不好意思地冒了一句：“五妈，我还是穿我自己的衣服吧。”

“为什么？”妻子的脸上一下子露出不高兴来，“这是我从上海买回来的，我只穿了一个夏天，觉得还是做学生时穿着好看，可我现在已过了穿翻领裙子的年龄，你别嫌……”

妻子这句没有说完的话是，“你别嫌它是一条我穿过的裙子”，燕儿用她的眼睛听见了，她发觉自己刚才的话遭到了误会，急得不知道应该换个怎样的表达方式，结结巴巴地说：“我不是嫌……我是怕……我……”

“怕我送了你我自己没穿的了？”妻子激将她说，“柜子里多的是哪，你来了可算是帮了我的大忙，这样的衣服捐给灾区的农民也不合适，哪天闲了我再给你收拾一些！”

“我不是怕你自己没穿的，”燕儿鼓足勇气说了出来，“我是怕我穿得太好，人家看见会说我的闲话……”

妻子不可思议地看我一眼，我就大声笑道：“放心吧燕儿，这里不是我们老家，各人忙各人的事还忙不过来呢，谁有工夫说你！”

燕儿就不再说什么了，她可以怀疑我妻子的怂恿，但她相信我的判断，因为我也是从老家那片土地上走出来的。

9

在水上公园的门口，妻子让我看住儿子，她带燕儿去排队买票。燕儿一眼看见售票口张贴的票价表，才第一次知道进公园去玩，一人要花好几十块钱，吓了一跳，想来想去也想不明白，忍不住小声向妻子提出一个问题说：“这里不是叫公园吗，怎么人想进去还要给那么多钱？”

妻子说：“城里都这样，也是应该的，因为建园管园都要花钱，它又不是你们老家的庄稼地。”

燕儿笑了一下，她是觉得妻子把公园跟庄稼地比，这个比方实在新鲜，她那一笑在脸上停顿了一会儿，接着就消失得无影无踪了，似乎有了满腹的心事，一双不安的眼睛四处观看。买票的队伍不断地调整着，前面裁掉一截，后面又接上更长的一截。眼看着她们就要移到窗口了，燕儿突然从队列里跳了出来，扭头就要往后面走，嘴里说着："五妈你只买三张票吧，我不进去了，我在这里等你们出来。"

"谁说的？"妻子眼尖手快，一把就抓住了燕儿，"这里人山人海的，出来我们到哪里去找你！"

"那，能不能只买张半票，反正我也不下水……"燕儿想了一下，觉得这的确也是一个问题，就又提出一个方案。十有八九她是在坐火车的时候，听说还有一种半价的车票，以为公园也是这样。

"傻孩子，"妻子扑哧一声笑了出来，"你怎么尽想这些怪事儿！"

最终还是买了四张门票。燕儿一路心事重重地跟着我们，几乎一句话也不说，临到水边，看见那么多半裸的男人和女人嬉笑着，旁若无人地在她面前走来走去，又一个一个扑通扑通跳进水里，眼睛一下子瞪得很大，脸都红了，慌得低下去看着脚下，双手紧贴着下面的腿，两腿却迟疑不决地缓缓往前移动着，像是害怕一不小心会碰上那些男人女人的身子。

我们自己带了游泳衣裤，燕儿没有，妻子去给她租了一套，领她进更衣室去一道更衣。燕儿恐惧地往后退着，脸上一阵红又一阵白，死活也不肯跟她进里面去。妻子竟拿她没有办法，眼睛直向我看，我就真的生了气，想大声训她却又不敢，担心因此招来众人的围观，燕儿会更加不好意思，就压着嗓子却发力地说："封建！落后！昨晚我是怎么对你说的？到了这里就要听我们的，以后不许再这样扭扭捏捏！"

燕儿的头丧气地垂了下去，默默地跟着妻子走了。

这天我们全家玩儿得非常开心，儿子身上套着一只充气圈，嘴里狂呼乱叫着，不断地往燕儿身上撩水。燕儿也往他的身上撩水，她撩的水远不如儿子的凶猛，稀稀落落的在空中划一道很短的抛物线，中途就掉进了池里，只有少数的水花浇到儿子身上。我看懂了，燕儿是生怕呛着了他。

从中午一直玩儿到天黑，我们才尽兴地离开水上公园，出来时经过一个专卖纪念品的工艺美术商店，逢店必逛的妻子走进去看来看去，看中了一只黑色的十字架，她把它买了下来，顺手递给燕儿。十字架的颜色十分奇特，对着光线它黑得发亮，放在暗处它又闪着白光，像是一块精心琢磨的宝石，交叉的两个笔画粗而短促，放在掌心又润又滑，凉飕飕的，一根红色的丝线从十字一端的小孔里穿出来，上下线头打成一个死结。燕儿痴痴地欣赏着它，她以为妻子是给儿子买的，就提起丝线往他的脖子上挂，妻子在身后叫住她说："是送给你的，他一个小男孩儿要这个干什么！"

"那就五妈自己戴吧！"燕儿的手赶快缩回来，往妻子的提包里塞，见妻子一手捂包一手拦挡，看形势是塞不进了，竟把眼睛转向我说，"要不给五伯……"

妻子哈哈大笑道："他一个老男人要这个干什么！我就是给你买的，只有你戴配这条白裙子才好看！"

我从燕儿的表情看出她很喜欢，但她以为这件宝贝花了很多的钱，捧在手里想不好究竟该不该要。其实我知道它只是一件好看的工艺品，今年夏天北京的街头流行这个，年轻漂亮的女孩儿身穿白色的圆领衫，脖子上偏偏不挂金银珠宝的项链，偏偏要挂一只黑色的十字架，高低正好齐着自己的心窝，两根红色的丝线在胸前勾出一个窄长的倒三角，走起路来随着身体的摆动，心窝上的十字架一甩一甩，显得青春而又活泼。我见燕儿竟然为难成了那样，便信口开河地说："既然是五妈送给你的，你就把它挂着吧，五妈的意思是你把它放在心上，上帝会随时保佑你的！"

原本是一句戏言，无非是骗她接受妻子的一片好意，但我却清楚地看见燕儿听到这话，看了一眼我脸上严肃的表情，眼睛倏忽一亮，然后就听话地把十字架举起来，一手托着十字，一手拎着红线，极小心地挂在了自己的脖子上。她的身上立刻有了三种对比强烈的颜色，白裙子上垂着两根细细的红线，一只黑色的十字架坠在红线的一端，正好盖住她的心窝。燕儿低头用手轻轻地抚摸着它，眼里闪动着黑色十字架一样的亮光，她的心灵一定是为我的这句话深深地打动了。

10

燕儿受到的第一次惊吓，是一天深夜突然响起的警笛声。以往我们听到的警笛声都是随着警车的开动，由远而近然后再远，渐渐消失在一个相反的方向，而那天深夜的警笛声不同凡响，它从远处迅疾地传来，传到我们居住的楼下竟不走了，一直那么呜儿呜儿持续地尖叫，其间还夹杂着一阵紧张有力的跑步，给人的感觉是警察要包围我们居住的这座塔式大楼。几乎全楼的人都起来了，面朝马路的一个个窗口里，趴满了身披睡衣的男人和女人，还有一些胆大的跑下楼去，站在马路边近距离地观看警察的行动。

警察并没有包围我们这座塔楼，而是飞快地冲向距离我们不远的那家商场。开电梯的女人破例在深夜开动塔楼的电梯，把好奇的人们运下楼去。我们全家都穿衣起床，乘坐电梯来到楼下，燕儿用她的手拉着儿子，紧紧跟在妻子的身后，夜灯下她那张红扑扑的脸都吓白了，但她心里还是想看。这是一场发生在我们身边的战斗，燕儿不愿放弃这个机会。我带着他们跑到商场的大门前，这里已被警察用绳子拉出一道警戒线，只容许我们站在这条线外。

商场里灯光大亮，里面本来就没有关灯，新上任的总经理从国外考察回来，刚刚实施一项新的规定，为了满足上班一族夜间购物的需求，商场延长营业时间到凌晨一点。我依稀记得，这条消息几天前北京电视台曾经播过，身穿黑色燕尾服的总经理风度翩翩，酷毙帅呆，背后是迎风飘扬的五彩旗帜和跃跃欲试的大红气球，总经理欧式讲话的神采和语气使北京的电视观众眼睛一亮。然而这只是延长营业的第七天，商场的珠宝专柜就失去了两箱珠宝，还有三个如花似玉的售货小姐。

凶手是两个假装为女朋友挑选钻戒的年轻人，自称准备同日结婚的一对兄弟，十二点四十五分，两个人手里各自提着一只皮箱，匆匆忙忙走到柜台前。这时商场里的顾客已经寥寥无几，有经验的职员开始做着离店前的扫尾工作。他们请珠宝专柜的售货小姐拿出两枚钻戒，小姐把柜门刚一打开，一人从外面一刀捅进小姐的胸口，一人飞身跳进里面，将柜中的珠宝大把掳进打开的箱子。同柜的另外两个小姐大声叫着往外逃跑，里面的一人追赶上去，一刀一个也把她们捅了，趁这机会外面的一人又掳走一箱珠宝，两个人并肩奔出大门，门口的两个保安试图拦挡，又被他们捅倒在地。

这是一位吓傻过去的现场目击者清醒以后对警察的描述，两名警察皱着眉头要他重说一遍，因为这跟报警人的说法略有出入。警戒线外的人都充当了公开的听众，我觉得有人紧紧抱住了我的两只胳膊，回头看看自己的左右，一边是我的儿子，一边是燕儿。燕儿的脸上仍然没有恢复以往的颜色，甚至比刚才出门的时候还白得厉害。这是一个无风的夜晚，她身上的白裙子晃个不已，这说明是里面的身子在瑟瑟发抖。而当那三具血淋淋的尸体被六个警察抬出来，放在铺好的白布上时，我的一只胳膊突然感到了疼痛，同时还感到那里又热又湿，我再一次地回过头去，看见燕儿把她整个脑袋都埋在我的胳膊弯里。现在她的身子不是发抖，却是一下一下地抽动着，她已经忍不住哭出来了。

一星期后我们从电视上看到，警察抓获了其中一名凶手，另一名却携带珠宝逃往俄罗斯，目前正通过国际刑警组织，继续抓捕这名逃犯。

那天晚上坐在电视机前，我向燕儿提出一个问题："假如你是那位珠宝专柜的女孩儿，遇上歹徒你怎么办？"

燕儿看了我一眼，想也没想就回答说："我肯定是死也不能让他们把东西抢走！"

她的脸色平静，语气坚定，想起她在那天深夜的颤抖和哭泣，这回答使我感觉有点儿意外，至少在果断和迅速上。我又问她："可是那三个女孩都死了，珠宝不还是被歹徒抢走了吗？"

"那也不能眼睁睁地看着坏人抢东西呀？"燕儿的脸急得绯红，她竟真的设身处地，把自己假如进去了。

我想了想说："你的这种精神很可贵，你的这种做法却是愚蠢的。"

燕儿瞪大了两只眼睛，无比惊讶地看在我的脸上。

"你应该在保卫生命的前提下，尽力保卫财产，"我明确地告诉她说，"财产是可以用各种方式来保卫的，可以是勇敢，也可以是机智，还可以是放弃之后再夺回来。"

燕儿的眼睛始终这样瞪着，眼里的惊讶变成了怀疑。

11

除了妻子，燕儿成了儿子最亲近的人，从水上公园回来以后，儿子主动地叫她燕儿姐姐，这新鲜的称呼让燕儿激动不已。在老家，燕儿的父母叫她燕儿，妹妹和弟弟叫她姐姐，从来没有听人把这两种称呼放在一起叫，加上儿子那字正腔圆带着童音的北京话，使燕儿觉得自己简直来到了另一个世界。她极其负责地接送儿子放学上学，提前把闹钟定好时间，闹铃一响就立刻行动。妻子白天上班，我在家里写作，家里的清洁卫生她也兼管，有时还提出想买菜做饭，说她在阿明公司的时候自己做过饭的，说这话的时候她一定是当着妻子的面，脸红红的带着一丝羞涩和不安，留意看看妻子的脸。我从那一眼中看得出来，她对在我家做饭没有十足的把握，担心妻子嫌她做得不好。

妻子听了总是一笑，只说晚餐等她回家再做也来得及，这越发打消了燕儿做饭的勇气。倒是我为了燕儿的面子上能过得去，就鼓励她中午试着做做，因为妻子中午在单位吃工作餐，儿子的中饭也在学校食堂，中午家里只剩下我们两个。虽说是做中饭，其实我们的中午多半是吃头天晚上剩下的饭菜，在微波炉里一转即可。我的真心是要燕儿利用在我家的日子，多读些书，学会操作电脑，那年儿子的电子琴已弹得不错了，如果喜欢的话，还可以让儿子教她弹一弹琴，这些对她的将来或许有些用处。

我拨出一台旧的电脑给燕儿使用，先是让她学着开机关机，打字存盘，为此我把已经发表过的一些作品略做修改，让她重新再打一遍。燕儿到底是聪明的，给她一页五笔字型的字根表，没过几天就背熟了，白日里只要没事，就把自己关在分给她住的那间小房里，叭叭叭叭地打个不停。晚上全家人都回来了，她怕打字的声音会扰乱别人，儿子也要在她的小房里写作业，她就改做儿子的辅导员，跟小的时候在老家辅导她的妹妹和弟弟一样。作业写完了她就一个人坐在小房里静悄悄地看书。有时电视里有好看的节目，妻子笑得直叫燕儿，叫她快出来看看，儿子一听也飞快地跑去夺她手里的书，燕儿觉得再不出来就不好了，只好合上书本出来，陪他们母子二人看上一会儿电视，趁着他们换台的机会，赶快又回到自己的小房。

入秋后的一天，一家排印公司来人取我一部书稿的字盘，是计划给我出书的出版社派来的，来的是一位说话南方口音的小姑娘，年龄跟燕儿差不多。听到小房里燕儿打字的声音，我随口问那个小姑娘会不会打字，小姑娘说干她们这行不会打字还行吗，我问她一天要完成多少指标，小姑娘说三四万字吧，不仅要会打，还要错字率低，还要会造字会排版会网上下载，公司的要求越来越高了，她就是有些吃力老板才让她改做外勤，在外面跑腿联系业务的。小姑娘为了让我协助她的外勤工作，恨不得什么话都对我说，这时候我听见小房里的打字声没有了，接着我又发现小房的门有了一道缝隙，我就明白，燕儿在偷听着我们说打字方面的事。我装作玩笑的样子对小姑娘说：“回去告诉你们的总经理，我有个女儿电脑可好了，以后到你们公司去工作吧。”

小姑娘高兴地偏着头说：“好哇好哇，你的女儿来了你更得帮我们，往后我完成指标就更没问题了！”

我以为在后来的日子里，小房里打字的声音会更加快捷，因为小姑娘说的三四万字，已通过门缝传进燕儿的耳里，从此那便成了她奋斗的目标。但是情况却恰恰不是这样，从那以后燕儿的打字声反而变得稀少，燕儿常常把自己关在小房里，无声无息地不知道在做些什么。她还常常一个人出去，过很长时间才会回来，我猜想燕儿或许是被小姑娘的话吓怕了，根据她目前自学的水平，还远远达不到那个指标，更不用说造字排版和网上下载，这样一来她就不免受了挫折，再也鼓不起奋斗的勇气了。

有天清早我去会一个自远方来的朋友，走时对燕儿说吃罢中饭才回，嘱咐她一个人在家注意。吃完饭我急着往回赶，按了很多下门铃却没人开门，我以为燕儿正在午睡，睡着以后听不到铃响，直后悔走时没带钥匙，就转身又下楼去，到小区里的书店转转，心想等我转完回来燕儿就醒了。在书店大约转了一个小时，回来按铃仍没人开，我回忆着燕儿过去并没有午睡的习惯，往往是我逼着她睡，她也像是完成任务，睡一会儿就起来，这次怎么会睡这么久呢？突然地我感到一阵恐惧，会不会她中午做饭忘了关掉煤气，会不会家里来了窃匪，会不会……

我想到了拨打报警电话，我在心里决定再按三下门铃，如果第三下还没有人，我就立刻报警！我按了一下，又按了一下，每按一下心里的紧张都要增加一倍，正要按第三下时，猛地听得背后有仓皇的脚步声响，回头一看，竟是燕儿，她呼哧呼哧地喘着粗气，平素红润的脸色此时有些苍白，直说电梯坏了，她是从一楼爬上来的。

“你到哪里去了？”我已经不是埋怨，我已经是责备的口气了，“再按一下没人我就要报警了！”

燕儿飞速地掏出钥匙，打开了门，让我进屋以后她才低着头说：“五伯，我是去报名参加电脑培训班了，我没想到那么多人报名，害得你在外面……”

“哦。”我只听到这一句，心里的一切不满都烟消云散，其实我是不应该怨她，而是应该怨我自己的，出门为什么不自己带钥匙，真是长期地养尊处优，养出了一个臭毛病。我就改换了致歉的语气说：“还没有吃饭吧？快做饭吃！”

“五伯，”燕儿的呼吸平缓了些，脸上复又有了红色，望着我说，“报名的时候还要经过考试才行，老师见我打字打那么快，问我过去是不是参加过培训，还问我是不是直接报高级班……”

“报一个培训班要花多少钱？”我关心着燕儿的这个问题。

“连教材一起，总共是六百六十块。”燕儿说。

“六百六？还六六大顺呢！一个破培训班怎么会要那么多的钱？”我不禁起了疑心。

“校长说要学两个月，平均一天才十块多，毕业时还发证书，成绩好的还向要人的单位推荐工作……”燕儿说。

“而且还要让天上掉一个大馅饼下来！你把他们发的教材给我看看！”我冷笑道。

“教材要等我们都交了钱，开学一周后再发下来。”燕儿说这话时小心地盯着我的脸。

“你都交了吗？”我问燕儿。

“交了，不交报不上名呀。”燕儿说。

“这是一帮骗子！你哪来那么多的钱？”我觉得这个数字对于燕儿来说，无疑是一笔吓人的巨款。

燕儿听我说是骗子，一时顾不上回答我的问题，脸色唰地变得煞白，吃惊地看着我的表情。我知道我的话是对她致命的一击，不想让她过早地承受痛苦，接着又改了口说：“这些人有可能是打着电脑培训的幌子，专门来赚你们这样女孩儿的钱。”

“我交给他们的钱，都是在阿明叔叔那里的时候存的。”燕儿解释着这笔钱的来源，说完就低下头去盯着自己的脚，她是对我的前后两句话进行深思。这样子使我立刻想起她十七岁的那一年，我在老家看到的她，那一年站在我面前的是一双赤脚。

我暗暗计算了一下燕儿在阿明公司的时间，她的全部收入和大概支出，正负相抵得出的结果是除了吃饭，余下的钱都在这里面了。又想到培训班的那帮骗子，燕儿却对他们寄予了莫大的希望，我在心里感到难过，我担心事到头来她会承受不了，我说：“这笔钱我给你付了，等会儿我就给你！”

“不，不，五伯，不……”燕儿说，她的脸红得有些变紫了。

“什么不不不的？我说过在这里就得听我的，你要有负债感就只当是借我的钱，将来有工作了再还我行不行？”我这样说是为了让她心里轻松一些。

听我说将来有了工作，燕儿立刻就开朗了，不再坚持反对的态度。但她却又望着我问：“五妈知道了是你的钱，不会对你有意见吧？”

“不会，五妈喜欢你，不喜欢你她会送你这个玩意儿？”我指着燕儿挂在胸前的黑色的十字架说。

燕儿这才放下心来。但是只过一会儿，她的心情又沉重了：“五伯，刚才你说他们是骗子，你怎么知道他们是骗子？”

我又冷笑了一声说：“想想阿明叔叔的事吧，但愿我不是料事如神。”

燕儿不再说话，还在想着，忽然看了一眼墙上的挂钟，慌忙转身去洗手做饭，因为吃了饭她还要去电脑培训班参加培训，今天是报名后的第一次上课。刚才她还在想的一定是我说的那一句话，但愿我不是料事如神。

12

然而不久的事实证明，我竟真的是料事如神。一天中午我正在书房写着，听得外面房门有钥匙在锁孔转动的声音，断定是燕儿回来，心想今天怎么会这么早，就等着燕儿来向我汇报。等了很久没有动静，却听得外屋有人在小声地抽泣，吓了一跳，飞身出去一看，看见燕儿坐在客厅的沙发上，湿红着一双眼睛，眼泪正一颗一颗地往下掉，掉在她手里一本又大又厚的书上。那本书是她在电脑培训班上买的教材，漂亮的封面已经被眼泪打湿了一片，燕儿一手捉住全书，一手捏着其中的几页，发狠地往下撕着，动作做得很大，却不见真的撕一页下来。

顿时我就明白是怎么回事了，我问她说：“是不是你们的那个电脑培训班出了问题？”

燕儿不说话，眼泪流得更多更快。我走过去夺下她手里的书说：“撕它干什么？是人骗了你，又不是书骗了你，书还可以留着好好地自学，只当它是一本定价很高的宝书！”

燕儿这时才哭出声来，实话告诉我说：“自从交了他们的钱，总共我只去培训班培训了两次，第三次再去，人都不见了，电脑也不见了。我问看楼的老太太，老太太说他们欠交半年的房租费，被房主赶走了。我问他们搬到哪里了，老太太说不知道，可能搬到郊区县城，也可能散摊回家不干了。我问交的钱在哪里退啊，老太太说还想退钱，有钱退不就有钱交房租费了吗？”

这本书燕儿原是舍不得撕的，她明白它对自己的用处，只是无法表达极大的气愤，那些人都找不着了，除了把那些人发的书撕了还能怎样？听我刚才这么一说，燕儿不再撕书了，埋下头去又哭，哭一哭又抬起头说：“怎么人都成了这样！”

我知道她是由此联想到了阿明的公司，就顺势开导着她：“不就是六百六十块钱吗，只当是想买一个六六顺，结果买了一个六六不顺。已经不顺了怎么办？不顺就只能争取下次再顺。如果阿明像你这样，一下子被人骗走一百万，还不从那天一直哭到现在，此时此刻还在嗷嗷地哭啊！”

燕儿知道我想把她逗笑，但她却仍是哭，用手背一下一下抹着脸上的眼泪。最后我指了一下桌上的小闹表，吓唬她说：“还不快去洗一个脸，等会儿去学校接弟弟，别让他的同学喊你大花猫！”

燕儿这才不哭，赶快起身去洗脸了。

13

燕儿接送儿子异常地尽心，一路上两个人总是紧拉着手，用她的身子把儿子挡在人行道最安全的一边，从我家的门口一直走到校园的门口。有天清早天上刮着大风，他俩一出门就被大风刮倒在路边的花坛里，燕儿双手死死地抱着儿子的头，不让它被花坛的树枝划伤。晚上吃饭的时候妻子发现，她老是用手挡着自己的右半边脸，仔细一看右边脸上破了一块，问她怎么破的，她不肯说，儿子刚一张嘴，她用脚在桌子下面悄悄地踢他，后来还是妻子猜了出来，儿子立刻承认了说：“妈妈你怎么知道的？”

儿子和燕儿的关系很快就亲密无间了，两个人在一起总有说不完的话，有个周末吃罢晚饭，我们正策划着明天全家去哪里玩儿，儿子张嘴就说水上乐园，燕儿嘲笑他道：“你懂不懂啊，现在都是大冬天了，你还想去那里浇我的水啊？”

儿子冲她直撇嘴说：“你才不懂呢，冬天可以坐水上快艇，一人发一件水手服，特刺激！”

两个人就在那里辩来辩去，妻子开始是笑笑地听着，笑着笑着就走了神，忽然看了燕儿一眼，又看我一眼说：“等会儿我给你说件事儿！”

妻子的表情相当严肃，令人想起女教师下课以后要招她的学生谈话，这学生不是犯了错误的男生，就是受命管理他们的班干部，谈话的主题不容乐观。我的心情变得沉重起来，回忆她在看我一眼之前还看过燕儿一眼，感觉这件事儿跟燕儿有关，却又不好当着燕儿的面对我说。后来我想到燕儿报名去参加电脑培训，我出的钱，她受了骗，是否妻子从哪里得到了消息，心里有着双份的恼火亦未可知。晚饭后我连电视新闻也无心看，一直等着她在厨房里忙完了活，赶忙站起身说："陪我到外面去走一走。"

我们有很久没有一道散步了，今天的散步完全是一种形式。我故作镇静地问她："有什么大不了的事儿？"

"你说有什么大不了的事儿？"妻子不满地说，"说大也大，说小也小，可能你认为小，实际上大得你都想不到！"

"什么事儿你就直接说吧。"我还想着燕儿的上当受骗，觉得这事儿再大也没有她说的那么大。

"还记得上次去水上公园，燕儿死活都不肯下水，最后是你板着脸训了她几句她才下去，这事儿你还记得吧？"妻子问我。

"记得呀，我说她封建，落后，的确是这样嘛，训她一顿以后好多了嘛！"我才知道原来是这件事儿，这件事儿并不大，燕儿当时也服从了，难道她是当着我面服从，背后却向妻子诉我的苦吗？

"说起来不光怨你，也怨我，那天是燕儿身上来了，我们怎么都没想到！不过也怨她自己，她不该直到前不久才对我说，还是我先问起她这方面的话。"妻子说着叹了口气。

我吓了一跳，从来我都把燕儿当作小孩子，从来我都没有想到她已经是个大人了，她今年都快二十岁了！几年前我在老家以担忧和提醒，甚至警告的口气要堂弟和弟媳不要给燕儿找婆家，可是在老家乡下那片土地上，这个岁数的女孩儿多半早已结婚，早已生孩子了！四叔的妻子像这么大时，已生下了她的父亲，她的父亲她的母亲像这么大时，也已经生下她了！

"那她这样子了，以后会不会生病……"我提心吊胆地问。

"谁说得准，人要生病还得提前告诉你呀！反正你今后对她说话不能再那么武断，凶头霸脑，动不动就必须这必须那的，你是皇上啊？"妻子趁此机会狠狠地批判着我，过去她可没有这么大的胆子。

在这样的情况下，这样的批判我能接受。我但愿这偶尔的一次，不会给燕儿的将来带来疾患。她的父母不在身边，我和妻子就是她的父母，我们要为这个名叫燕儿的女儿负一切的责任。我对妻子说："你们的那些事儿我总记不住，以后你就费心记着点吧！"

这次难能可贵的黄昏散步，妻子还对我说了一些其他有关燕儿的事儿。她说燕儿非常想念家中的父母，还有妹妹和弟弟，我问她怎么知道，她说她发现一楼传达室的橱窗里，几乎每周都有寄给燕儿的信，最多的时候一天两封，信封上的字无非两种，一种落着我们老家的那个村子，写的是黎燕女儿收，一种落着阿明所在的那个中型城市，写的是黎燕姐姐收，这说明燕儿写给父母和弟妹的信是同样的多。传达室的老爷子说，燕儿每天都去楼委会里取信，不光是她的，全楼的信件报纸她都取回来，交给他又帮他一样一样放在橱窗里。

"这女孩儿真老实！真勤快！"妻子模仿河北口音的老爷子说话，听上去竟惟妙惟肖。

我大约算了一下，燕儿是去年夏天来到我家，在北京过了一个春节，今年冬天眼看又过去了一半，北京的春天跟秋天一样的短，号称是春颈子秋脖子，意思是说北京气候宜人的春秋二季就像人的颈脖，而酷夏严冬才长得像人身上主要的部分。年一过罢不久又要入夏，燕儿也就算在北京度过两年了。将近两年没有回家，一个自生下来从没出过远门的乡下女孩儿，这可实在是了不起的，燕儿嘴上不说出来，心里一定时刻都在想着，想着千里之外自己的家，自己家里的亲人。

我的眼前突然出现了这样一幅图景，在那个我曾度过青少年时代的老家，腊月二十几贴近年边的日子，堂弟和弟媳从早到晚地忙碌着，请村里的杀猪匠杀了年猪，把要熏腊肉的猪腿和坐臀高高地挂上灶头。猪头用红糖卤得艳红，颜色更红的是买好的对联和"福"字，还有一挂编成辫子的鞭炮。甜酒和糍粑是早就做好了的，香味已经散了一屋。读书的田力一放寒假就等着穿新衣服，在城里为女老板看店的华儿也给爹妈买了烟酒坐车回家，现在全家就只盼着一个人了，只盼着一个燕儿。盼着燕儿真的像只燕子一样，从遥远的北方飞回家去！

心头仿佛有一种东西在微微地震颤着，华灯初上，夜空如昼，就在北京车流如织的大街边，我做出一个不许自己再变的决定，燕儿今年这个春节必须回到自己家里去过。如果可能，我也带着妻子和儿子一道回去，回去看看我的父母。

14

我答应了以后对燕儿不再那样武断，那样凶头霸脑，然而还没过上一个月，就在春节快要到来的那段最冷的天气，也就是准备让燕儿回家过年的时候，我却对燕儿发了一次空前的大火。

燕儿又去邮局寄信了。我在家里写着，忽听外面有人按着门铃，一声比一声紧，好像有十万火急的事。我断定不是燕儿，燕儿出去从来都带钥匙，从来不要我为她开门，她把我的写作看得比她的一切都更重要，假若邻居要我花五分钟帮他挪动一下书桌，她宁可用五个钟头来替代我。我起身去开了门，门外站着一位染了红发的少妇，少妇双手抱着一只穿花衣服的小母狗，胳肢窝里夹着一只大的白色信封，大白信封的口上敞开着，穿过她的胳膊，我看见信封正面是几行打印的英文。我问少妇："是找我吗？"

少妇用尊敬的语调，选择着准确的词汇说："不是找您，是找您家的小保姆。"

我也用尊敬的语调回答她说："对不起，我家没有请小保姆，您是不是找错地址了？"

少妇略略愣了一下，嗓门儿立刻就变粗了："不对，您家有一个小保姆，每天去楼委会拿信的那个女孩儿！"

我笑了笑："您说的是我的侄女，找她有什么事吗？"

少妇用力地瞪着我："哦，原来是您的侄女，那更好，那我就向您这个做叔叔的投诉了，您看这事怎么办吧？"

我暗吃一惊，强作镇静，听着染了红发的少妇嘴里说声"宝宝下来吧"，弯腰把穿花衣服的小母狗放在地上，一手取下胳肢窝里夹着的大白信封，递到我的面前说："您认识吗，这是我先生从国外寄给我的，每次都是这样的信封……"

我说："认识，不是美国加州吗，老在我国推销牛肉面的那地方，灰秀花女士，您的芳名是灰秀花还是会绣花？"

少妇打断我的话说："我的话还没有说完呢，我先生每次寄信都是这样的信封，都封着口，唯有这次您的那个什么取回来的信是敞开着的，我怀疑里面有文件丢失，我先生喜欢在信里给我夹寄一些画片之类的东西，即便不是这样，我也怀疑我先生的信被人偷看了！"

燕儿去楼委会取信的事我知道，妻子说过，我也见过，那原是因为负责这个小区的邮递员偷懒省事，常常把几幢住宅楼的信件报纸一并丢在楼委会里，而楼委会所在的楼却不是我所在的楼，两楼之间还有一箭之地，楼委会的老太太遇见我们这幢楼的人从她们的楼前经过，就让他把我们这幢楼的邮件顺便捎带回来。燕儿每次去邮局发信经过那里，久而久之老太太认识了燕儿，带信的差事多半就交给了她。燕儿企盼着家里父母和妹妹华儿的来信，恨不得一天收到两封，恨不得早一秒钟收到才好，以后就把这事当成自己每天的工作，一到时间就积极主动地去取。不仅是信，还有书报杂志，取到手里首先拿出自己的那一封，剩下的如数交给本楼传达室的老爷子，又帮老爷子分好了放进橱窗。那晚妻子陪我在大街散步，说到河北的老爷子夸奖燕儿老实勤快，指的就是燕儿取信。

我为燕儿抱屈，替人取信没落得好，反倒落得人的怀疑。但我仍然强忍着说："我的侄女是不会拆看别人信的，何况，她也不认识英文，她只读了一个初中。"

少妇对我的辩解似乎已有准备，有一句反驳的话早就存在了喉咙里，她样子很怪地一笑说道："正是因为不认识英文她才好奇，正是因为只读初中她才素质这么低呀！"

"你凭什么肯定是我侄女拆了你的信？"我终于忍无可忍了。

"就凭看门的人证明，信拿来的时候就是这样！"少妇见我强硬她也强硬。

我撇下少妇，转身就上电梯，下楼去问传达室的老爷子。传达室的老爷子不在，隔着一层窗玻璃看见藤椅上坐着个小光头，我对他说话他听不见，一敲玻璃他才把窗户打开，两只眼睛把我瞪着。我冲小光头问："老爷子不在？"

小光头也是河北口音，说："我爹昨个儿回家了，叫我顶他几天班，师傅找他有事儿？"

我说："有事儿，我问你，刚才有位女士取信，她的信从楼委会拿过来的时候，信封是打开的吗？"

小光头把明晃晃的光头往两边快速地摆着："没有，没有哇，那女孩儿交给我时一封一封我都看过了哇！"

少妇抱着穿花衣服的小母狗，夹着敞了口的大白信封，紧跟在我的身后赶了过来，咄咄地逼问着小光头："刚才你是怎么说的来着，你不说信到你手就是这样吗？如果交给你时没有打开，那就是你给我打开的了！”

小光头发现了自己处在危险的境地，又快速地点着光头：“那就是我没看好，小女孩儿交给我时就打开了！”

“你还有没有一点是非原则，你到底哪句话是真的啊？”我瞪着油光水滑的小光头，这会儿怀念起了他的老爹，老爷子要不回家，是敢给他认为老实勤快的燕儿做一个证明的。

“这就是您的不对了，您的意思是不是要这小师傅做一个伪证？”少妇的嗓门一下子提得很高，她想让整幢大楼的居民都能听到，我相信她是这个目的。

小光头的两颗眼珠滴溜溜地转着，左一下看她，右一下看我，接着抬起手来摸一摸光头，又提一提裤子，装作去上厕所的样子，一路用河北话嘀咕着说：“看我这臭脑子，我咋就记不起来了嘞？”

我自认为看破了少妇内心的谋略，她是一定要把这件事情嫁祸于某一人了，如果小光头承认交他信时就是这样，那么这信就是燕儿拆的；如果小光头否认交他信时就是这样，那么这信就是他拆的。横竖总有一人要承担窥人隐私的罪责，小光头要是胆敢保护燕儿，她就能以此为由把他父子二人都赶出大楼。万没料到小光头替老爷子看一天门，竟会遇上这种怪事，他实在不知道怎么办好，只好提着裤子去上厕所。

事情看来会不了了之，我愿意违着良心，代表燕儿向抱狗的少妇致一个歉，还可以请她给她美国的先生打个电话，咨询信封中可曾夹有画片之类的东西，如有丢失，也愿做些适当的赔偿。越洋电话的话费自然是由我付，这样只求少妇不要再高声嚷叫，让全楼的住户都不得安生。

然而正在这时，我发现少妇的眼睛一下子亮了起来，顺着她的眼光看过去，我就看见了从邮局方向回来的燕儿。燕儿的两脚走得飞快，不时地还小跑两步，她是记着时间已不早了，别误了上学校去接放学的弟弟。燕儿并不知道这里刚才发生了什么，见我平常难得地站在大楼门口，走到面前还对我抿嘴一笑，正要进楼，却听少妇说了一声：“站着。”

燕儿左右看看没有别人，知道了叫的是她，便听话地站着，有些惊慌地看我一眼，很快又把眼光转向少妇脸上，自己的脸首先红了，并不明白站着要干什么，却像是真的做错了事情。少妇往燕儿跨了一步，穿花衣服的小母狗就在她的怀里跃跃欲试，向燕儿汪汪叫了两声．这狗刚才见了我并不是这样的，这下见了燕儿便猖狂起来，分明是看出主人的态度。我看见燕儿差点就往后退了，但是她一步也没有退，她警惕地盯着狗和少妇，红红的脸上忽然一白。

“我的这封信是你拆开的吗？”少妇把那只印着英文的大白信封递到燕儿面前，让她看那道拆开的封口。

“不是，我拿过来的时候是封着的，我记得特别清楚，因为跟别的信封不一样，它是用透明胶带封起来的。”燕儿的紧张表情立刻就没有了，她又比画着，说话的语气也放松了一些。

“是不是你觉得不一样，才想着要把它打开看看里面？”少妇又提高了嗓门。

“我为什么要那样做呢？”燕儿的口气仍然是温和的。

“既然你没那有样做，这封信难道是自己打开的？”听着少妇嚷叫，怀里的小母狗又汪了一声，在她怀里跃跃欲试地躁动着，想要跳下地来助阵。

“我只知道我没打开，是谁打开的我就不知道了！”燕儿的话也变得强硬起来。

“你、你……”少妇绝没有想到燕儿会这样地跟她说话，气得语不成声，最后把愤怒眼睛转向了我。

突然间我也愤怒起来，放开喉咙对燕儿吼道：“谁要你去拿的信？谁要你去做的好人好事？从今往后，除了你自己的信，你再也不要去给任何人拿信了！至于这封信，你让她看着办好了，她可以到法院起诉，我们等着！走！”

吼完这话，我恶狠狠地瞪了燕儿一眼，一转身就走了。

我听见了背后仓皇的脚步声，却没有听见有人说话，是燕儿毅然摆脱抱狗的少妇，默默地跟了过来。

15

“五伯，这次我回去，过了年我就不再来了！”燕儿嘴里再一次对我说着，头却低下去不敢看我。她回家的车票我已托人买好了，是明天上午十点的火车。

这句话她是第二次对我说。第一次是事件发生的当天吃晚饭的时候，全家人围桌而坐，她说她在老家上学的时候，老师说私拆别人信件是犯法的行为，同学也把这样的人当贼看待，这次在这里出了这样的事，虽然五伯心里明白，可是那个女人会怎么想，看门的人会怎么想，全大楼的人会怎么想，别人怎么想她不说，问题是还会怎么想我，别因为她的事害得我都高贵不起来了！燕儿低头看着自己的碗，一边用筷子拨拉碗里的饭，一边执着地提出这一系列的想法。从她的这些话里可以听出，她认为我在别人的眼中是高贵的，而她不是，在这世上我们原本是两种不同的人。

“我早就发现了，他们看我的眼睛是不一样的！”燕儿终于又说出了这样一句话来。

儿子睁着一双迷惘的眼睛，不懂事地瞪着燕儿，不知道燕儿姐姐说完这话之后会是一个什么结果。妻子却在下班回家时通过楼门口集结的一群闲人，隐隐约约地听说了这件事情。她当然是骂少妇不对，当然是为燕儿抱屈，但是她不许燕儿说回家不来的话。她教给燕儿一个办法，以后在楼里见了那个女人不理就是。

燕儿当时是不再说了，我们都以为她被说服，儿子高兴得大口吃起了鸡肉，想不到事情过去几天，在她回家之前她又说了出来。说明这句话她并没有咽下去，她只是把它硬憋在喉咙里，而在那根难受的喉咙下面，她的心里已经打定主意了。

除了少妇，也还有我。我知道我不该当着他人的面吼了燕儿，不该用这样粗暴的方式向羞辱了燕儿的人提出抗议，我知道虽然我是为了燕儿，但是我这样对燕儿的杀伤并不会小于少妇。我向妻子隐瞒了这件事情，因为想起了那天晚上我们散步，她对我的批判和我对她的承诺。我没有做到，我又一次地犯了。

少妇信件被拆一案是昨天破获的，不是破获，而是有人主动澄清，少妇楼下的一位老太太老眼昏花，认错了信封上的拼音，误以为是在美国念书的儿子寄给她的，拆开一看发现不是，赶紧把信放回原处。老太太在橱窗里放了一张纸条，对信的主人灰秀花女士表示了深深的歉意，可惜纸条被压在了这封信的下面，怒气冲冲的少妇根本没有看见。

我也低着头跟燕儿说话，不让她看见我的眼睛。我同意了她回家过完年后，再去她曾经住过的那座城市，找到我的朋友先联系做一些临时的事情，慢慢再图以后的发展。我说我会不断地打电话告诉她怎么做，教她千万要沉住气，只当在我身边一样。

对燕儿说这话的时候，我是胸有成竹的，因为山重水复的阿明最近有点柳暗花明，失踪几月杳无音讯，前天快半夜时突然打来一个电话，说他最近在外面做了几笔小的生意，又有了一些资金积累，目前形势已是小好，准备重振昔日雄风，山西煤王虽然仍在通缉之中，但他当年的那个副总却因涉嫌行贿，日前已被警方拘捕。阿明又说他的妻子与人承包了一座娱乐城，正在物色一个可靠的人去管理，当年燕儿离开他的公司他一直心怀愧意，这次如果燕儿愿意，到他妻子那里去干也算是回到了他的公司。

燕儿默默地听着我说，我看不见她脸上的表情，也猜不透她心里在想些什么，后来我抬起头来看她一眼，眼睛又很快地望向窗外。忽然我听她轻轻地叫了一声“五伯”，接下去又没声了。我转脸看她，发现她的眼睛正望着我的眼睛，她分明看见了我眼里的泪，但她眼里的泪却比我更多，它们已经溢出眼眶，顺着她的脸往下爬着。

这天晚上，儿子任凭我们怎么说他，也不肯去写作业，看着我们给燕儿收拾行李，他也凑过来，把他的一些破铜烂铁往燕儿的提包里塞，燕儿破涕为笑道：“去去去，快去写你的作业，谁要你的这些玩意儿，要送以后就送我三好学生的奖状！

儿子就跟她拉钩说：“说话算话，你也要送我你的奖状。那我就去写作业啦，明天我要送你！”

第二天清早，燕儿坚持再送一次儿子，儿子也要她再送一次，我看着他们两个人一道出门，说说笑笑的样子一如从前。从学校回来已是七点多，我要燕儿快吃早餐，九点我就要送她出门，北京的街道这一阵子堵车严重，我要留出送她去车站的足够时间。这是我和燕儿第二次走在北京的车站，上次是出站口，这次是另一个进站的通道。昨晚我和妻子给她收拾行李时说，明天上车不许她哭，燕儿记着这话，今早她坐在出租车里，一路上竟真的笑容满面，又不断地找些话说，简直不像是往日的沉闷。

然而我的心里却又有了另一种的悲凉，我想在燕儿心灵很深的地方，或许连她自己也未必知觉，我家的三间小房，我所居住的大楼以及整个的北京，在她心里一定是像一只笼子样的东西，她在公园里看见过的那种编织精美的鸟笼。现在她就要从这只笼子里飞出去，飞回老家的田野老家的房子了。

我送燕儿检票进站，上了火车，燕儿仍一如既往地笑着，火车马上就要开动，就在这一瞬间，我看见她的脸色陡然一变，眼泪大股地涌了出来，迅速弥漫了整张脸，泪光里的笑容渐渐淡去。她举起一只手，在眼睛上飞快地擦了一把，然后就隔着车窗向我挥动。她到底忘了昨晚我们说过的话，坚持到上车以后还是哭了。

火车开走了。我回到家，站在空空的小房子里，什么也想不清楚地想着。我听见房门的锁孔里有钥匙转动的声音，焦躁而又用力。我怀疑这是我的错觉，燕儿已经走了，如果在昨天以前肯定是她，然而从今天起，不会再有燕儿打开我家的门锁。

我振作了一下精神，看见房门开了，儿子满头大汗地冲了进来，他的背上没有书包，进门就疯了般地大声喊着："燕儿姐姐!燕儿姐姐!燕儿姐姐呢？"

"燕儿姐姐走了。"我惊愕地看着儿子。

"不对！你骗我！昨天你说好是十点半！"儿子瞪着我，一手指着墙上的挂钟，钟上的时间正好在十点半上，这是他在学校课间休息的时间。

"傻儿子，十点半是开车的时间呀！"我实在不忍心嘲笑他，看着快要哭了的儿子，我感动得也要流下泪来。

儿子突然大哭起来，跺着脚喊："我说好了要送燕儿姐姐，可我没有送成燕儿姐姐呀！"

16

即便是在开春的日子里，北京的天空也没有燕子，连扎成燕子形状的风筝也没有。甚至比北京小些的城市也没有，燕子只喜欢住在乡村，住在邻近泥田的农户的屋檐下。

燕儿在家里匆匆过完了年，却又来到了她曾待过的那座城市，跟着她的妹妹华儿一起。这期间她的弟弟田力又上了高中，家里的负担是越来越重了，堂弟随着年岁的增长，田里的庄稼和城里的买卖也日渐不能得心应手，而弟媳又患上了胆石症，一发病人就要疼得昏死过去，吃药开刀又得花不少的钱。燕儿觉得她是长女，有责任要为父母分担忧愁，离开北京以后，她给我写的第一封信，是请我打听一下，北京的大医院有没有能把她娘的胆石症治好的药。燕儿说她在家过年的时候，亲眼看见她娘发过一次病，当时她和弟弟妹妹都吓哭了，害怕有一天她娘会这样活活地疼死。

“要能把我娘的病转到我的身上，就是疼死我也情愿！”燕儿在信里这样说着，这行字的墨迹有些散淡，下面的信纸却黄了一块，那是被泪水打湿过的痕迹。

晚上妻子下班回来，我把燕儿的信拿给她看了，妻子叹息着燕儿的善良和孝心，说是自己如果有这样一个女儿，这辈子怎么也算值得的了。接着又说明天上班，中午休息她去单位附近的药店看看，看有没有燕儿信上说的那种药。第二天晚上下班回来，妻子带回两种能治胆石症的药，一种是消炎的，一种是排石的，要我马上给燕儿寄回去，附封信说让她母亲吃着试试，不行就建议去县医院里动个手术，把胆囊切除没有事的。我记着阿明那天半夜说过的话，知道燕儿恨不能立刻找到一份事做，在信上还让她一定去找阿明，千万不要有别的想法。次日一早我就去了邮局，把信藏在药里给燕儿寄了回去。

不料燕儿回信，说她找了阿明几次都没找到，后来她就索性不再找了，原因是她想起在三江酒楼的事，一听娱乐城就有一种本能的胆怯。燕儿还说她原本是从阿明公司出来，自己没有闯出一条路子，却又回到他的妻子那里，实在觉得脸上无光，就想先跟华儿一道在时装店的女老板那里干着，同时在劳务市场登一个记。如果能干电脑打字方面的工作是最好的，因为她在我家的时候一天就能打四万字了，而且那次在电脑培训班受了骗后，她下决心拿着那本教材自学，造字排版和下载之类的事她也都会了。我的眼睛不由得呆在了她的信上，想不到就在我的眼皮子下面，燕儿竟然独自学会了那么多的本事！难怪她有信心不依赖别人，甚至也不依赖我，完全要靠自己去闯出一条路子，真是一只有志气的燕子！

但我毕竟是不放心的，我换了一种方式，打电话给阿明，让他的妻子主动去找一下燕儿，试着谈谈娱乐城的事，燕儿愿去就去，愿意什么时候去就什么时候去，其他的事做不成了再去也行。我想这样能够保证万无一失，一旦找不到更好的工作，也不会给燕儿的生活带来危机。可是阿明第二天就给我回了电话，他说燕儿不去，他还说燕儿如果不是对他有了意见，就是有了更大的抱负。

“说不定将来是个女强人，要跟我的公司一决高低呢。”阿明的语气里明显带有一种讽刺的意味，一定是燕儿的固执伤害了他。

我在电话里叹了口气，又笑了说：“别这样想阿明，我给你讲一件你不知道的事，你一听就知道燕儿是个什么样的女孩儿了。”

接着我就讲了在阿明最倒霉的日子里，背叛他的副总开的那家公司的公关部主任，也就是被他开除的那个跟燕儿同室的女孩儿，找到燕儿动员她去他们那里，每月可以拿一千块钱，燕儿说一万块她也不去，女孩儿问她为什么，燕儿回答她说，还用问吗，看他把阿明叔叔害成什么样子！阿明听了久久不语，最后他说："明白了，我会在暗中关注燕儿。"

我再一次把燕儿托付给阿明。我信任他，如同信任自己。然而我和阿明都不曾想到，人的一生是一个奇怪的谜，这个奇谜预先设有两个谜底，它们中的一个可以捏在人的手中，另一个却永远藏在无人能够看见的地方，直到有一天从天上飘下一枚冥钱似的白色纸片，那上面赫然写着一个字，人到此时方才明白，原来手中的这个谜底残忍地欺骗了它的主人。

然而已经晚了，命运早就在向那个方向走了，只是世人都看不见。

我也不行，包括我自己的那个谜底。

17

我收到了一个包裹，燕儿寄来的，是一只盘着一条小蛇的方形的铅笔筒，笔筒的一壁用歪歪倒倒的童体写着"勿忘我"。我以为是燕儿写的字，用手一摸，那字涂在笔筒的刻槽里，一定是燕儿在商店里精心挑选的。我想起儿子属蛇，这一天是儿子的生日。儿子的生日我都差点忘了，可是燕儿记得，在另一座城市，她给儿子寄来了生日礼物，是儿子喜欢的铅笔筒。笔筒里装着两页折叠的信，她巧妙地瞒过了邮局的检查，把它偷偷塞进笔筒里面，两页信一页是写给儿子的，一页是写给我的。我就站在原地，一口气读完了燕儿写给我的那一页。

"五伯，告诉您一个好消息，找工作这事真有些怪，要么是一份都找不到，要么是一下子找到两份。我就是在一天里找到了两份工作，一份是在一家印刷厂里打字排版，一份是给一家公司复印文件，有时也从电脑里把要复印的文件打印出来。这都是我在北京时学会的呀，想起来真要感谢那个时候！还真巧了，印刷厂是白班，公司是白天黑夜两班倒，我就跟一个女孩儿说好了，每天都让她上白班我上夜班，她可是愿意得很！这样干累是累，一天只能睡三个小时，不过我从早到晚再累都是高兴的，我知道我天生没有人家城里的女孩儿命好，不奋斗就永远比不上人家，就是这样干也未必比得上人家，但是奋斗总比认命好，你说是吗五伯……”

我在心里说着是的，燕儿说的都是，做得更没有错，然而我的心却突然沉重起来，同时觉得一道阴影罩上头顶，燕儿她这样干身体经得住吗？而且尽管她每天只能睡三个小时，这三个小时她也未必全都用来睡了，她还想着她家里的亲人，日渐衰老的父亲和患胆石症的母亲，帮人看店的妹妹和还在读书的弟弟。还要想着我们，想着我儿子的生日，我捧着那只盘着小蛇的方形的笔筒，无端地感到那壁上的“勿忘我”三个字竟是一个不祥之兆。我不愿意顺着这个感觉往下想去，我得想些高兴的事，我得为燕儿的高兴而高兴。我得马上给燕儿回信，告诉她我此刻高兴的心情，但是我还得对她说，一天只睡三个小时是不行的，至少得睡六个小时，这个月干满了最好放弃一份工作。另外还得保护好自身的安全，现在的社会复杂得很，到处都是骗子和歹徒，有些人的好坏一个女孩子的眼睛往往是看不出来的。

信写好了，刚刚寄出，我在信中说到的事情，居然就发生在了燕儿的身上！

这天北京下雨，我打了一把雨伞去宾馆见一位朋友，陪他吃罢晚饭我才回家，还在门外就听见儿子在哇哇地哭。我错以为是趁我不在家时，他们母子之间关于饭菜的问题产生了冲突。开门而入，却看见桌上摆着的饭菜都没有动，他们坐在桌边的沙发上，儿子的手握在妻子的手中，两个人的关系是和睦而友好的。我将吃惊的眼光投向妻子，她让我先镇静一点，然后有一件事情要告诉我。我就知道了她要告诉我的不是一件好事，那一定是一件很坏的事情，我顿时就没有了问她的信心，我只是等待着，这一刻我想到了我的远在千里之外老家的父母，还想到了她的北京的父母。我又看了哇哇大哭的儿子一眼，就默默地在他们母子身边坐下，看着妻子的脸。

那个连哭带喊的电话，是今天中午燕儿的妹妹华儿打来的，打到家里没有人接，就打到妻子的单位，说昨夜燕儿在那家公司上夜班时，两个披着雨衣的歹徒冲了进来，他们以为柜子里有很多钱，屋里的女孩儿都吓得乱叫乱跑，只有燕儿手里倒拿着一根拖把，一边跟他们搏斗一边喊叫来人，一个歹徒身上挨了她一拖把，恨得抓起一把椅子砸在她的后脑勺上，警察赶来的时候人已经昏迷不醒了。华儿记得她听人说过一件事，说人在昏迷中听到一个最亲的人在她耳边呼唤她的名字，她就能奇迹般地醒过来。华儿哭着喊着，要我快些赶去救她的姐姐：“要快！要快！一定要快呀！”

怎么就出了这样的事！怎么就跟那次我们全家看见的惨案一样！怎么就

让忠实的燕儿遇上了那两个该毙的歹徒！燕儿，在那次珠宝被抢的案件之后，在那晚看电视的时候，我不是告诉过你保卫生命是最重要的，而保卫财产除了勇敢还有机智，还有放弃之后再夺回来吗？何况你那公司的柜子里不是珠宝，复印文件一夜能有多少收入，公司又能要你赔偿多少损失，就是因此把你解雇那又怎么样，更何况一个有良心的经理怎么会这样做！

妻子告诉我说，华儿的电话是中午打过来的，现在已经到了晚上，那个不大的城市没有机场，唯一的交通工具就是火车，而从北京乘坐火车赶到那里最快也要一天一夜，也就是今天此时立刻出发，明天的此时才能到达。

华儿给我留了一个医院急救室的电话号码，我按照那个号码打电话过去，电话里急切而又短促地啵啵响着，我一直打，一直啵啵地响，后来那急切短促的啵音变成一声从容的长响，可是无论我再怎样地“喂”也没人接听，我就挂了又压，压了又挂，一个晚上就在做着这同一件事，忧心如焚，还有悲痛、恐惧、愤怒。我的愤怒不知道用什么方式进行发泄，然而正当此际，有人接电话了，一个从冰冻室里出来的冷而硬的声音：“你找谁？”

“我找……你好，请问，我是长途，对不起，我想问今天上午……”我语无伦次，生怕好不容易接听的电话又给压了。

“你这人怎么这么啰唆！你快说你找谁吧！”冷硬的声音不耐烦道。

我的愤怒一触即发了：“我就找你！你是医院急救室的值班人吗？你为什么长期不在？我要找今天上午送到你们医院的一个女孩儿的急救医生，还有她的妹妹，我是那个女孩儿的家属，我现在就要跟他们说话！我要了解她现在的情况！”

冷而硬的声音消失了，电话并没有挂，我听见有个东西重重地一响，可能是话筒本身撂在桌上。接着又是皮鞋在地砖上拖沓的声音。再接着过了很久，电话里突然忙乱起来，又突然安静，一个苍老的声音在发狠地抖着：“是……五哥儿……吧？”

我的堂弟。想不到他就到了，我想起老家离那座城市原本只有半天的车程。我说：“是，燕儿呢……她能不能听我对她说一句话……”

堂弟努力把他的哭声控制成一句成形的话，好几次中途被哽咽打断：“不行了五哥儿……医生说，医生说已经不行了……五哥儿你不要伤心，这都是命……前辈子定好了的……”

如今我已记不起来我对堂弟说了一些什么，堂弟又对我说了一些什么。

后来换成了华儿，仍然记不起来和华儿说了一些什么。我看见燕儿回到了家乡，去到了一个冥冥的世界，我的鼻子能隐约闻到一股呛人的火药味道，耳边一阵鞭炮的声音从远处传来，其间夹杂着华儿悲伤的呼唤和田力惨烈的号叫，弟媳哭得死过去然后又活过来，她的哭声陡起陡落，是一句句对天的呐喊。唯有堂弟，他在用他刚才那样坚强的声音安抚弟媳。

我看见燕儿仰面躺在堂弟的怀抱中，一脸的疲劳，一脸的歉意，她终于能够睡一个好觉了，再不用担心睡过时间会失去两份工作。睡着后的燕儿什么也听不见，什么也看不见了，她不知道此时我人在哪里，我的心又到了哪里。

这天晚上儿子睡了，我和妻子通宵未眠。妻子坐在床上看着墙上的一道裂缝发呆，发够了呆她就一个人唠唠叨叨："好端端的怎么要给她买一只十字架呢？而且是黑颜色的，还正好吊在胸口上……那只十字架还真有些怪，在阳光下它是黑的，拿到暗处它又是白的……"

我小声地安慰她说："这跟十字架没有一点关系。"

妻子问我："那你说跟什么有关系？"

我想起堂弟在医院里对我说的话，我也想说是命，但我嘴里出来的话却是："世道！"

燕儿是被歹徒杀死的，当然是因为世道。

18

父亲参加了燕儿的葬礼。父亲在电话里告诉我说，说燕儿为它献出生命的那家公司，老板送了燕儿一千块钱，是派人送到医院的。抢救费总共花了三千多，不够的钱都是堂弟变卖的出产。村里的人都骂那家公司的老板不凭良心，又叹息燕儿死得不值，说是像那样的公司那样的老板，让强盗把钱全都抢光，再放一把火把房子烧了才好，极力主张堂弟告状，给燕儿要一笔赔偿金，可是堂弟却说他告不出口，人又不是老板杀的，人家平白无故地遭受损失，也算是尽到心了。村里的人就恨铁不成钢地责备堂弟，一致认为他过于忠厚老实，不要白不要啊！

电话里父亲还告诉了我一件事，他说护送燕儿回家的是一个男孩儿，年龄跟燕儿差不多大，看样子非常伤心，说他是燕儿的男朋友，把堂弟和弟媳叫伯父伯母。男孩儿说他和燕儿已经认识很长的时间了。我分析那个很长的时间应该是燕儿还在阿明公司的时候，可是燕儿从来没有告诉过我，要么是记着在老家时我曾当着她面，反对堂弟和弟媳早早地给她找个婆家，要么就是她跟这个男孩儿还没正式成为那种关系。用老家人的话说，燕儿的心太深，就像她深深藏在笔筒里的那两页瞒过他人的信，只有在最好的时候，才能告诉最亲的人。

燕儿的突然离去，她家的亲戚邻居说法很多，无不惋惜，其中惋惜得最多的是一些女人，有的说燕儿真是个死心眼，坏人来了抢钱，那是人家公司的钱，又不是她家的钱，别人都知道跑，她为什么就不跑，为什么要身子死死地趴在柜子上面，嘴里还要喊快来人呢？城里人有的是钱，犯不着一个乡下女孩儿拿命去换啊！还有的说如果当初燕儿不走，就在家里跟爹做个生意干个活，帮娘做个茶饭喂头猪，找个好的婆家，嫁个好的女婿，现在连娃娃都有了，说不定都有第二胎了，像燕儿那样的好人才，日子肯定是好过得很！

护送燕儿回家的男孩儿悲哀地望着她们，听着她们没完没了地发表看法，他的脸上现出万分痛苦的表情，默默地走了开去，后来再也没有看见他的影子。

父亲把这些都告诉我时，我不禁也在暗暗地反思，如果当初燕儿不走，情况很可能就如那些女人所说，虽然在我的心里，那样本不应是燕儿的归宿，但是燕儿毕竟活着，而且那些女人的预见英明极了，在她还没看到外面的世界，还没看到自己另一个未来的时候，日子肯定是好过得很！这么说原来是我错了，是我害了燕儿，这个降临人世因为叫了我的女儿的名字，于是就把我的话当作父亲的话来听的燕儿，原来是断送在我的手里面了！

从此我就常常这样地想，这想法像一片永远都无法消散的阴影，它悄悄地潜伏在我心的一角，貌似已被其他的情绪覆盖，却随时会破土而出，黑云压城一般向我压来。尤其是在黄昏，在阴天，在微风细雨的日子里，我的心情会突然变得忧郁。我会把时间推回到三年以前，像做一场不可能的试验，同样在燕儿十七岁的那一年，同样我陪父亲去看望堂弟和他的一家，但那一次我没有喝酒，抑或酒后没有用担忧提醒以至警告的语气，多管闲事地发表不要给燕儿找婆家的荒唐讲话。

我想如果那样就好了，燕儿就还活着，当我下次再回老家的时候，她会怀里抱着胖胖的孩子从婆家赶来看我，会教给站在她背后的忠实厚道的丈夫接我到她家去，去尝尝她家自己田里种的新米和菜园没打农药的黄瓜，说这在北京是吃不到的……

坐在临窗的写字台前，从一叠打印稿中下意识地翻出半本信纸，是我过去给燕儿写信，给外地的朋友写信用剩下的，以后燕儿来到我的身边，我跟外地朋友的联系又多半改为上网和打电话，因此剩下的这半本信纸一直没有再用。我想在上面写点什么，写给此刻已在九泉或者天国的燕儿，生前她最盼望收到我的信。然而一个笔画也写不出来，觉得信纸在手心下面变得有点潮湿，又觉得手背上面凉飕飕的，抬眼一看，是从窗外随风飘进的雨丝，天上在下雨了，正好又是一个阴天的黄昏。

我站起身子，想把微风细雨关在窗外，一伸手却把窗户全打开了。我站起身，望向风雨中的灰蒙蒙的天空，忽然我看见了几只黑色的小鸟，它们迎风展翅，在天空斜着身子上下地翻飞，尾巴像一把把剪刀迅疾地剪断雨丝，那亲切而又熟悉的影子，轻捷而又安详的姿态，使我一下子认出那是燕子。在北京我终于看见了燕子，跟三十年前曾在我的老家，曾在我的父亲和我用自己的工分，用黄土、椽木和泥瓦盖成的屋檐下衔泥做窝的燕子一样的燕子！有一会儿我发现它们中的一只斜着飞过一圈儿之后，竟然直直地向我窗口飞来，似乎它也看见了我，看出我正痴痴地看着它，想飞到我的面前啼叫一声，证明它已懂得了我的心事。

这时我就怀疑它是当年越过我老家的院墙，最后落脚在我老家屋檐下的那只燕子了，虽然连我自己也觉得这种怀疑是荒唐的，但我此时的心情是宁可这样荒唐地怀疑，也比相信现实的好。我把窗户小心地开大了一点，满心希望它真的能飞进来，飞在我的掌中，让我抚摸一下它的黝黑润滑的羽毛，可是就在这轻轻一开窗户的时候，这只燕子却惊恐地一个转身，又飞向远处的风雨中了。

重新坐回写字台前，那半本信纸的最上面一页已被雨水飘湿透了，抬头的一行红字变得更红，好像一抹鲜血染在上面。

19

我又回到了老家，我又去看望堂弟了。

这次想看一眼父亲和我盖的房子，那里却已成为废址，当年以极低的价格买去我们房子的那户人家，父子二人前年去河北一个煤窑给人挖煤，煤窑塌方砸断了父亲一条腿，儿子向人索赔只要到三百块钱，一气之下把那人的腿也打断一条，被法院判了七年徒刑。父亲外伤未愈又加内伤，大年三十死在自家的床上，儿媳妇一人带着孙子过不下去，娘屋的人又给她另找了一家。黄土、椽木和泥瓦盖成的房子长久没有人住，风吹雨淋，屋漏墙破，去年夏天下过一场大暴雨后，半夜里“轰”的一声就倒塌了。

这是堂弟告诉我的。堂弟家依然是那几间旧房，小院子却收拾得很干净，家里人知道今天我来，竟一早就在家里等着，这一次缺的只有侄儿田力，在华儿以往读过的那所高中，田力正在努力复习准备高考。弟媳说他去年考过一次，只差一分没上了大学，同学中还有差几十分的，后来交几万块钱还是把大学上了，他们家里没有那么多的钱交，就只好让田力再读一年。弟媳比那年红胖了一些，堂弟却显得更黑更瘦，几年前失去长女的悲伤，已经存入他们脸上一条条的皱褶里。我知道那是暂时的，就像庄稼地里永远也根除不尽的草，随着季节，随着天气和雨水，说不定在某一天，某一个时辰，它们突然又会从那些皱褶里爬出来，大面积地重新占据过去的地盘。

堂弟还记着那年我寄给燕儿的药，提起来就感激不已，说是弟媳吃过后只好了一段又不行了，最后还是下决心割了那个要命的胆囊。弟媳就又接过去说，县医院的医生心黑，割一个胆囊把卖一头猪的钱都花了。华儿跟我是第一次见面，燕儿十七岁的那年她在高中寄学，我只看了她被语文老师夸奖的作文，没见到她，以后也只跟她通过信和电话。我发现华儿长得跟燕儿并不挂相，不大随娘却有些随爹。华儿说那个开时装店的女老板由于长期进货不付货款，开春被批发商告到法院，法院把时装店算成货款判给了原告，主人一换，她也就不能再在店里干了。

“有个中学时的同学约我到广州去看看，他说那边能找工作，五伯你说我去不去呢？”华儿用洗净的白瓷杯给我沏了一杯茶来，不等我喝一口就急切地问我，问了又看一眼她的爹妈，好像问这句话已征得了他们的许可。

这是华儿跟我见面说的第二句话，第一句是我刚进门时她欢喜地叫我，她比燕儿能说，也不像燕儿那样见了人就羞答答的。我一时没有顾上回答，我的手里捧着茶杯，眼睛却看着对面墙上的一只相框，整个心思都在相框里。相框里是燕儿跟我们在水上公园的一张合影，就是那个夏天，她刚到北京，她不能下水我却逼着她下水的那一天，妻子穿着一件红色的泳衣，我和儿子光着膀子各穿一条泳裤，唯有燕儿穿着妻子送她的那条重磅真丝的白裙子，她坚决要把租的那件泳衣换下来，最后她就换下来了。白裙子上没有红丝线和黑色的十字架，我回忆了一下，照这张合影是在进园之后，下水之前，而买十字架是在回家之前，出园之后。公园门口的一个工艺品商店，我们进去的时候头发都是湿漉漉的，而这张合影上燕儿的头发还夹着发卡。

没想到燕儿会把这张合影寄给他的父母，我以为她会寄一张在天安门的，不过在天安门的那张没有我的儿子，原因是找不到合适的人帮忙，儿子就自告奋勇地给我们三个人拍了一张。我想着燕儿选择了这一张水上公园的合影，一定因为上面有我的儿子，我们是完整的一家人，她是急于让父母看看她在北京的样子，看看她们没有见过的她的五妈和弟弟。

我就又开始后悔起来，那天她不能下水我硬逼着她下水，接着又替妻子后悔，不该好端端地送她一只黑色的十字架，用妻子那晚的话说那只十字架真有些怪，在阳光下它是黑的，放到暗处它又是白的，不管是黑是白它都发出闪闪的亮光。进而我还后悔着，燕儿十七岁的那年我在她家，也就是眼前的这间堂屋里，我喝了酒，对堂弟和弟媳说不要给燕儿找婆家。他们都听了我的话，燕儿也听了，如果他们不听就好了！我后悔的事实在太多，这些年来一有机会，我就这样没完没了地后悔。

“五伯你说我去还是不去呢？”华儿以为我在为她慎重地思考，等了一会儿又小心地问。

“你要到哪里去？”我的眼睛从相框上滑下来，转移到华儿的脸上。华儿的脸比燕儿要宽，要白一些，那年的燕儿也就是她这么大的年龄，只是比她羞怯，没她话多。

“我有个读中学时候的同学，约我到广州去找工作，我想不好去还是不去。”华儿这次说时脸上一红，她发觉此前我并没有想她去不去广州的事，连她的话都没有听见。顺着我刚才的眼光，华儿扭过头去看见了墙上的相框，她或许便猜着我的心思全在那里面了。这是真的，我是在想着，当年的燕儿紧紧地站在我的身边，而今她却只能站在我对面的墙上，远远地无声地看着我了。

我想起已经失去一个女儿的堂弟和弟媳，想起那年从医院电话里传来的堂弟苍老发哽的声音，料定他们是不同意的。现在我已学会了圆滑，我问华儿：“这事给你爹妈说过了吗？”

“都说过了。”华儿说。

“说了就得听他们的。”我说。

“他们让我再听听你的意见。”华儿看了她的爹妈一眼说。

“我的意见是，”我想来想去还是慎重点好，未曾表态也看了一眼堂弟和弟媳，发现他们也正把我看着，眼里的亮光一闪又一闪的，像是里面聚足了水分。我把这种眼光错误地判断成了乞求，乞求我说服他们还剩下的一个女儿留下来，留下来找个婆家，像老家乡下大多数的女孩儿一样，像为十七岁前的燕儿曾经做过的打算一样。我说，“我的意见是不要去了，出去以后，很多事情都是无法料到的……”

害怕伤着了华儿，害怕重新勾起堂弟和弟媳的伤心，我没有提起燕儿，没有说出无法料到的燕儿的结局。

我看见华儿的脸上立刻露出了惊慌的神情，低下头去，用一只塑料凉鞋的鞋尖搓着脚下的地面。燕儿当年也是这个样子，也是站在这个地方，是弟媳从窗户里大声喊她，她从屋后的田里慌慌张张赶回来的，脚上没穿塑料凉鞋，红着脸就站在我的面前，用一只光脚搓着另一只光脚。

“五哥儿，”我听见坐在门边的堂弟叫了我一声，然后他说话了，他说得吞吞吐吐，含含糊糊。“华儿出去打工的事，我跟她娘是这样想的，我们想她要是不去，我们也不逼她去；她要是去，我们也不拦她去，她去就让她去，反正……”

我惊讶地看着他，又用同样的表情看着弟媳，想起堂弟听医生说燕儿已经不行了后，在医院的电话里对我说过的话，他说这都是命，前辈子定好了的。我有些不相信地问着他们：“再让华儿出去，你们还放心吗？”

“不放心又咋儿办呢？就算是命，也不能，也不能守在家里听天由命哪！”堂弟望着我笑了一下，看着像是苦笑，“五哥儿你说得对，我们也反复地想了，是不能早早给她找个婆家，得让她出去闯一闯……”

“再说田力今年要是考上大学，也不能指望地里的庄稼，也不能指望喂猪……”弟媳把话抢了过去，算是把他们共同的意思表达完整了。

“五哥儿你刚才看墙上的相框，我就晓得你是在看燕儿，”堂弟接着又说，看了弟媳一眼，“你弟媳不要我把相框挂在墙上，说是一看见燕儿她就忍不住要哭。可我心里是这么想的，我想让华儿跟田力多看看燕儿，多想想自己，燕儿是为他们读书才自己不读书的，他们往后要晓得努力……”

我的心里有了万千的感慨，望着堂弟，一时竟不能说出话来。

20

燕儿的坟砌在她家屋后的一个黄土冈上，冈上原本有一片黑森森的松树林子，松树间用石头和黄土砌满了坟，在我和我的父亲一道劳动的时候，那里不叫黄土冈，也不叫松树林子，而叫老坟院。我的爷爷奶奶就曾经埋在那里，四叔和很早就逝去的四婶也曾经埋在那里。后来上面来人命令砍树种粮，他们的坟就跟松树的根一道被刨了，还没腐朽的棺木被转移到更高的荒山，烂了的就筑在土坎下面，成为梯田梯地的一部分。但是那里偏偏就长不出一颗粮食，种稻子没有水，用水泵把水抽上山冈，却全都渗进地底，种出的麦子像秃子头上细而且稀的毛，最后它就渐渐成了一个荒冈。有人试着让这里重新变成坟院，把新近逝去的亲人悄悄葬在这里，想不到竟也没人阻拦，燕儿的坟就是这样砌上去的。

我发现燕儿的坟前有一棵小树，十几根细小疏朗的树枝，极柔韧地往下垂着，形成若干个互相交叉的弧，有些像从别处牵来的藤子。细细一看却又不是，突然我认出它是一种花的枝条，那种花开出来后是金黄色的，花朵极小却极美丽，它密密地开满着弧形的枝条，本身就是一个个天然的花环。最美的是它跟别的花儿不同，它往往开在别的娇嫩花儿不去的地方，土冈之上，乱石之间，并且别的花儿怒放之时它不退避，与那些姹紫妍红的浓艳相比，它淡金黄亮的颜色高贵而又自信，而别的花儿尚未来得及绽开，在料峭的春寒中，它早已独自染黄了一个它的世界。

但它是偏僻的，孤独的，寻访它只能来到它花开花落的乱石丛中。

我想起燕儿，我想她会复活成一棵乱石丛中的花树，向来过这里的人证明在不久以前，它也曾忘我地开过一次，而且明年的春天还会再开。

红　　米

1

一天中午我从朋友那里回来，看见门外坐着个人，屁股下面垫张报纸，却把一个小纸箱子抱在怀里。走拢一看，眼睛是闭着的，人竟然睡着了，仰着个头，张着个嘴巴，一根口水从嘴角牵下来，亮晶晶的垂到胸脯前面。我向他走过去时身子带着一股风，那根口水晃了一下被震断了，衣服上的颜色立刻深了一块。我看一眼他怀里抱的小纸箱子，以为是一个搞推销的，劳累过度睡了过去，就掏出钥匙哗啦哗啦地抖着，又大声问，你找谁？这人身子一炸醒了，猛地睁开眼睛，一手撑地急切地往起站，怕我把他当成坏人，嘴里吐出一句普通话说，我找一个名叫野莽的作家！我从这话里面居然听出了家乡的口音，再看他人，就觉得长得也是家乡的像，颇为面熟。与此同时，这人从地上一纵就起来了，放下怀里的小纸箱子，用一双手抓住我说，你不就是的吗？哎呀你不记得我了？我是汤大水，读初一时我俩还同过桌呀！

我顺着他的话想，终于把他想起来了，读初一时我的身边确实坐了一个名叫汤大水的，不过那时好小，他哪里是现在这个样子。我说，我记得你，你怎么到这里来了？你是来找我的？你从哪里找到了我的地址？汤大水一张老实人的脸上，露出故作的诡秘说，京城不是有个同乡会，那个联络图上不是有你的地址吗？我说，快进屋去，儿子一人在屋里面。他听我提到儿子，就说，你儿子好狠，你不在家，说到天上他都不让我进门。我知道是儿子把他挡在门外了，就好笑道，现在城里的坏人多，有一种人专门冒充大人的朋友，上门来找小孩下手。我把门打开，当着他面换上拖鞋，以为他会换上另一双的，但他根本没有这个概念，见我进门，他也就跟着进了门。

儿子迎门站着，看看他又看看我，想起把他拒之门外的事，笑一笑转身又走了。汤大水快步赶过去，伸手想摸一下他的脑袋，忽然觉得这手在地上撑过，就又缩了回来，冲着儿子的后背表扬说，这孩子，警惕性真高！我让他把怀里的东西放在地上，去洗个手脸，然后坐下歇着。他很快就从洗手间出来了，胡子上挂着水珠，模样却年轻了十岁，然后坐下来，眼睛开始满屋子打量。我指着地上的小纸箱子问，这是给我的？看老同学还兴拿这个？他立刻向我解释，话说得相当流利，听得出早已存在喉咙里面，并且还预习过了。正因为是老同学，他大着嗓子说，我才从老家给你送点子特产来，又没花一分钱，是本地出的，你猜是什么？我保险你猜不着！我就去研究那小纸箱子，上面画着香喷喷的麻辣牛肉面，总共十碗，不由得笑了说，老家也会生产这玩意儿了，是汤师傅牌的吧？他一听就兴奋了，觉得我上了一个大当，快速地拍着腿说，你看看你看看，我说你猜不着吧？说着又急切地起身，不打算浪费时间，容不得我再猜了，奔到桌边去把那个小纸箱子打开，从里面拎出一个透明的塑料袋子，一只手在下面兜着，一只手提到我的面前来说，你看这是什么！

袋子里装的是红米，下面坠成紫红的一团，越往上面米越稀薄，迎着从窗口透进来的阳光，接近袋口的地方就淡成粉红，一粒一粒像小石榴籽，又像胭脂涂在了珍珠上。一刹那间，我想起小时候吃过的红米饭，一股香气扑了过来。红米饭颗粒胖大，嚼在嘴里又糍又糯，味道特别香甜，老家人做饭和北京不同，喜欢先把米煮熟了，从水里捞起来再蒸一遍，用那煮出的红米水浆洗衣服，白衬衣捞出来就成了粉红色的，穿在身上散着红米的香气，好鼻子老远都能闻着。三十多年了，好东西吃得多了，我几乎把红米忘了个精光，想不到这个突然出现的汤大水，把它从我的记忆里拎了出来。

他看我的样子痴迷，半天不语，确实得意得很，觉得这个东西送成功了，脸上泛出红米那样的光色，死盯着我说，你没有想到吧？我揣摩着他此行的意图，照直问他，你是不是想到北京来卖红米？他一拍腿说，就是！乌山县的粮食局就要垮了，职工都下岗了，局长想了一个点子，他想着北京人白米白面都吃腻了，给他们换个吃的，我们那里有红米，又好吃，又好看，北京人尝都没有尝过，说不定会觉得稀奇，要派人到这里来打市场，谁都不来，我说没有人去我去，所以我就来了。

装红米的塑料袋子外面，印着几行黑字，上面四个大些的是“皇家贡米”，下面几百个小些的是讲的一个故事。说是乌山方圆五百里，只有一亩二分水田长这红米，乾隆年间京城有人来贩山货，见这红米稀奇，就捎了一袋回去，献给乾隆皇帝，皇上吃出了味道，赐名“珍珠红”，从此年年点名要吃乌山的红米。乌山县令就年年派人进贡，因为路途遥远，不通车船，送米的挑夫苦不堪言，有的就在路上疲累而死。县令怜惜民苦，却不敢抗令，乌山有个秀才就向县令献了一策，说是再送红米之时，可尽选脖子上长瘿包者，皇上若问为何一人脖子上吊个大肉袋子，就回答说因为吃了红米，所以这样。皇上爱美，自会撤了贡令。县令依计而行，果然从此以后，皇上不要乌山的珍珠红了。

我看后大笑，夸他这个故事编得不错，他眼珠一瞪严肃起来，说这哪里是他编的，县志上明明白白地有着记载，那年县委书记送了你一本县志，不信你翻开看看。我仍半信半疑道，真是这样，你何不在中央电视台里做个广告？汤大水的脸皱得像条苦瓜，说，我的个妈，听说那里黄金时间的广告一秒钟要一万块，要有那么多钱，粮食局还会垮，职工还会下岗，我还会背着红米带着老婆，到这里来搞推销吗？我一愣道，你把老婆也带来了？他说，不瞒你说，局长这次全指望我了，他说粮食局垮了，他的局长自然也当不成了，我要是把北京攻下来，等于救了单位也救了他。因此我就豁了出来，在这里租了间平房住着，白天两个人都往外跑，晚上回来自己做饭吃。反正儿女大了，都成家了，我就不用三天两头往回跑了。

正说着话，听到锁孔里响，原来是妻子下班回来。我对他们做了介绍，妻子草草和他握一个手，说声你好，然后把目光放在他的脚上，意思是责备他没换鞋。汤大水这下意识到了，看看我们的脚又看看他的，身子往门边退了一步，又一想退也来不及了，就红着脸，硬着头皮站在那里傻笑。我怕他尴尬，就转而对妻子说，晚上多炒几个好菜，留我这个老同学吃饭，他可是从老家来的啊！汤大水一听吃饭就惊慌起来，摇头摆手，又大着嗓子叫道，我不吃了，我来时就已经吃过了，今天能找到老同学就行了，我还得早些回去，等县粮食局的电话。走时局长说了，批准我在北京请一次客，凡是乌山的同乡都来，帮我出出主意，明天，明天我再一个一个地来请！说完他就转身出门，逃也似的奔了出去。

2

晚上我把县委书记送我的那本县志找了出来，在灯下细细翻着，竟真的翻到了那个典故，原文是：“乌山产异米，色红。有京贾至，携于宫，乾隆令岁贡。夫苦，秀才某与令窃谋，使瘿者面君，遂免。”我才彻底信了汤大水的话，一夜都在想着，照这么说，珍珠红米应该是有销路的。

第二天一大早，汤大水就打来电话，说是昨夜向局长请过示了，今天就请同乡们聚一聚，他租的小平房不远有家餐馆，他马上就动身来请人。我想着那样他太辛苦，路又不熟，还得花钱坐车，就建议别上门了，一人打个电话，订好时间地点，到时大家都自己去。他说这样太不礼貌，还要坚持按他的办，我说北京都是这样，上门打扰人家反倒觉得麻烦。他又争论了几句，最后终于听了我的。

下午五点半钟，大家陆续找到他说的那家餐馆。这家小餐馆并不知名，极不好找，来的同乡都吃够了苦头，想着是家乡来人，又要出主意宣传红米，不好推辞，再苦也都认了。汤大水租的一间小平房，还在餐馆往里一站多地的死胡同中，每月给房主三百块钱，他是提着红米四处推销时，见这家餐馆价格便宜，才决定订在这里。他的老婆也来了，和他一道在餐馆门前迎客，一人把着一方，好像夹道欢迎似的，看见来人就问是不是乌山的同乡，是的就扑上去握一个手。汤大水的老婆看着比他还老，头发是灰的，脸上的皱褶比核桃浅些，皮色却差不多。我过去对她打了招呼，就直接入席，剩下这老两口子继续守在门口。

同乡还算都来齐了，一桌子人都亮了名片，处级局级的有好几个，最牛的一个在部里干事，还有个开公司的叫王大款，把部里的牛人喊张首长，推他往上席坐，张首长也不说推辞的话，屁股一趔就坐上去了，身边是王大款和一个局级。汤大水和他老婆坐在最下边，端菜送汤都从这个位置，买单也最方便。酒菜端上来了，两口子分了个工，他老婆负责斟酒，他负责劝菜，大家都动作起来，眼睛盯在那酒瓶和菜盘上，吃喝都不怎么积极。张首长把手里的杯子端了一下，又放下了，拿起筷子在一盘菜里拨来拨去，最后只夹根黄瓜条放进嘴里，懒心懒意地嚼着。王大款看在眼里，就向小姐横一眼说，你们就这个水平？小姐说，先生要的是什么水平？王大款说，总要对得起部里的人吧，这样像什么话！说着转眼看汤大水一眼，下巴往上一扬道，换一家子，我来做东，你别管了！汤大水急了眼说，这怎么行，这怎么行？小姐比他还急，尖声叫道，你们不能够走，你们已经吃了！王大款冲她笑笑，从兜里掏出两张票子拍在桌子上说，够不够？小姐就不叫了，看着一桌子人开始起身。

大家一边埋怨王大款，一边跟着王大款走。走到餐馆门外，我发现汤大水和他老婆没有跟上，就回头去找，却见他向小姐要了几只泡沫盒子，正把桌上的菜往盒子里扒，差不多都扒了进去，又要了两根塑料绳把盒子拴着，一手一串儿提了去赶队伍。看见我来，好像是为了说服我，嘴里嘟哝着说，钱都给了，不吃划不着！他老婆也在后面补一句说，就是划不着！

王大款另选的一家气派就不同了，老板给了一个包厢，酒菜都不是刚才可比。汤大水提着白花花的泡沫盒子进来，大家都看着一愣，等明白了里面装的是什么，就互相望着笑笑，也不问他什么话。汤大火把东西找个地方搁了，重新入座，和老婆坐的还是那个位置，只有我和他们推让了一阵，别人都不怎么理会，由他们坐在哪里。

这餐宴会就由王大款张罗，他一举夺得主人的资格，代价是花了一千八百块钱。结账的时候，汤大水看得眼都大了，本来还想抢着来付，价格一报他就成了傻子。这个标准，老家的局长肯定是批不准的，一百八十块还差不多。张首长这次才吃好喝好，圆脸像太阳一样闪着红光，接受汤大水的敬酒时，一口答应帮他推销红米。汤大水感激涕零，一连敬了他三杯酒，张首长只抿了一口，汤大水却觉得不喝对不起人，差点儿连杯都吞进肚子里。喝了又喊来老婆，同样也敬张首长三杯，老婆没有酒量，只喝一杯脸就红得出血，站在那里想打退堂鼓。张首长说，喝！喝！汤大水也说，喝！喝！老婆心一横说，喝就喝，大不了死在老乡首长的面前！说完把余下两杯连着喝了，人就当场趴在桌上。一桌子人鼓起掌来，张首长嘿嘿地笑，依然只抿了一口。

吃好喝足，王大款起身挥一个手，带领大家往歌厅走。我不想去，但又不行，除了汤大水和他老婆，所有的同乡都激将我，其中张首长的挖苦最为激烈。他拍着我的肩膀，俨然首长对待部下，说，歌也不唱，舞也不跳，你还能当什么作家，遇到有关的娱乐场面，你怎么去描写他们的生活？我承认他说得很对，几乎达到了文艺批评家的水平，可是我仍然不想按他说的办，主要是感到这两个人不对我的脾胃，就像第一家小餐馆达不到他们的要求一样。后来王大款动了绝的，招手叫来一位小姐，命她负责把我弄进厅里，走了就不付她们的钱。

汤大水和他老婆站在桌边，恋恋不舍地看着一桌子菜，觉得小餐馆的剩菜都打了包，大酒店的剩菜如果不给带走，就相当于在小路上捡了芝麻，而在大路上丢了西瓜。夫妻二人互看一眼，意见真是惊人的一致，就由汤大水叫来小姐，把桌上的剩菜也装进泡沫盒里，这一来行李就又增加不少，两个人的四只手都不闲着，和进车站一样进了歌厅。歌厅里已经唱了起来，张首长的嗓门大得吓人，王大款搂着一位小姐为他伴舞，肚子贴着肚子原地踏步。汤大水的老婆看着害羞，却又觉得新鲜，悄悄用脚踢我一下，问我说，那样有意思？我说，有意思，有意思。很快临到我唱歌了，我不知唱什么好，看着身边坐的汤大水，忽然想起他此行的使命，想起他带的乌山红米来，就说，我唱一首老歌，歌词是“红米饭那个南瓜汤哟咳罗咳，挖野菜那个也当粮来罗咳罗咳”，歌名我给忘了，小姐你帮我查一查吧！歌厅小姐翻着眼睛，无从查起，这时王大款跳累了，放开伴舞的小姐，抄起话筒对查歌的小姐说，别查了，你是什么时代的妞妞，哪里知道这个歌子？不如我和作家同乡来共同清唱一首！

大家都啪啪地鼓掌，我俩就唱起来，我听着王大款唱得和我不同，我唱的是“红米饭那个南瓜汤”，他唱的却是“白米饭那个王八汤”，下面的掌声就又响起来了，雷鸣一般，还夹杂着快活的笑声，并且叫好。一遍唱完又重复一遍，我下了场，对王大款说，你把歌词改了？王大款哈哈笑道，不改怎么行，如今谁还吃红米饭南瓜汤？毛委员要在肯定也不吃了！张首长忍不住插一句说，你改得也不行，王八汤是可以的，但是白米饭又过时了，现在“黑五类”吃香，黑米饭才是最时髦的。说着乐曲响了，他就去和小姐跳舞，换了王大款来唱流行的情歌。

汤大水和他老婆坐在黑暗的一角，唱也没有他们，跳也没有他们，眼睛瞪着霹雳闪烁的七彩灯光发呆。我递给他们一人一杯水说，又在想卖红米的事吧？汤大水突然紧张地转向我问，刚才他们说如今没人吃红米饭了，那我们这红米，会不会是，没人买了？他说话的声音急促起来，问到后来四个字一句，不然气就断了，虽然是一个人问，他老婆却也竖起耳朵听着，表情比他还要着急。我安慰他说，那也不一定，比方是我，我就喜欢吃红米饭，还有一些老红军、老八路、老解放军战士，他们对红米饭是有感情的。汤大水说，可是你说的这些人都……他很快地住了口，又很快地换了话说，这些人已经不多了哇！我进一步安慰他说，虽说不多，但他们一个顶一万个，这些人活着的都是大人物了，一人说好全北京都听，别怕没人买你红米！他的脸上才又有了血色，转着两颗眼珠子琢磨着说，哪里去找那些大人物，只有靠张首长了……

这次聚会很晚才散，王大款和张首长玩得最是开心，临走时都要用车子送汤大水。汤大水承受不起，坚持要带老婆去坐公共汽车，抢着和同乡们说了感谢帮忙的话，提起两长串泡沫盒子就走。老婆在他屁股后头紧紧跟着，害怕距离拉开一尺人就丢了。夜光下面，这两口子手里的泡沫盒子一甩一甩的，白得刺眼，王大款扭脸看看张首长，两个人相视一笑，张首长说，挺不容易的，咱们能帮就帮帮他吧。

过了两天，汤大水给我打来一个电话，高兴得语不成声。说是张首长在部里打通了关节，叫他在元旦以前，送五百斤红米去，部里要慰问各位领导，这次不送别的东西，一人就送一袋红米，看来那天的六杯白酒没有白敬。又说王大款自己也要买三百斤，让公司的人都尝尝，吩咐他一家一家地送去，别说是自己同乡，就说是一个卖米的。我骂了王大款一句，想想又觉得毕竟是帮了忙的，也应该感谢人家才对。我替汤大水高兴，夸他马到成功，胜利在望，说是自己一没有权，二没有钱，可以写篇文章，发表在报纸上面，号召全中国的人都吃红米。汤大水就更加高兴了，当晚向他们的局长汇报，要他用卡车迅速运三万斤红米来，他和老婆分头出去推销。一冬的时间，如果把它推销出去，除了报销房租，还可以得到三千块钱的奖金。

3

只过了三天，运送红米的卡车就到了，十斤一袋，十袋一箱，总共是三百箱。汤大水当天又到我家，这回他有了经验，晚上吃完饭才来，这样我和妻子都在家，不会被儿子关在门外。进门还没坐下，他就向我打听，哪里有旧自行车卖。我一下就明白了这个老实人的意思，他是要拿它做运米的交通工具，为了节省成本，所以要买旧的，越旧越好，因为在价格上成着正比。我想推翻他的方案，就问，你用自行车驮米？你一次能驮多少斤米？他也明白了我的意思，胸有成竹地说，我先用自行车驮着试试，有人买，我就回头再驮，买得多，我就雇辆平板车送去。我思考着说，这个做法倒是稳重，就是太笨，只怕销路一好你就来不及了。他一听销路好就高兴了道，刚开始就这么将就着，以后我是要置辆平板车的。我告诉他，离那天吃饭的酒店不远，就有一个旧货市场，那里别说旧自行车，旧摩托车旧汽车都有。但是买时千万要注意，别买黑车。他问黑车怎么不行，他又不是年轻女人，总是驮米，只要结实，管它是什么颜色呢。

妻子坐在一边看着电视，本来不想介入我们的谈话，这时听着实在好笑，连儿子也嘿嘿地笑了，两个人一道纠正他说，黑车可不是黑颜色的车，是贼偷去卖的，你买去要是被车主认了出来，你可就成偷车的贼了！汤大水吓了一跳，赶快摇头，说原来黑车还是这个说法，一块钱一辆他也不要。我忽然想起一件事来，问妻子说，几年前我扔了一辆车在地下室里，要是还在就让他骑去，反正我上班有班车坐了。妻子见他这回进门换了拖鞋，心情舒畅，就欣然同意说，还真是的，送给他还省了每月的存车费。汤大水感到意外的惊喜，连口道谢，但紧接着又说，不过我还是要去买辆旧车，我要和我老婆分头行动呀！

当晚他就把我的旧车骑走，说是明天去旧货市场，给老婆再买一辆。我把他送出楼外，又送上马路，要他小心别出事故，在北京骑车可不比在乌山。汤大水严肃地点头，为了证明他的小心，把车推着走了几步，左右前后都看好了，才把一条右腿往车上跨。他骑车的技术实在不行，可能也是有些紧张，因为是在北京第一次骑车，车把乱晃，右腿跨上去了又搭下来，反复几次，好不容易跨了上去，还想着回头和我礼节性地打个招呼，腾出一只手来一挥，车子又剧烈地晃动几下，我赶快对他吼一声道，快走吧你！

回到家里，我想着答应给他写文章的事，想起《京报》副刊一位姓姜的女编辑，年前就向我约稿，因为忙着写长篇，我一直没有顾上。这下正好，就写红米，既帮汤大水做了宣传，又完成了姜小姐的任务，于是就想好一个角度，一个晚上写了出来，重点讲了乾隆年间关于红米的那个典故。本想第二天发“伊妹儿”过去，但是睡在床上又想，决定还不如亲自跑一趟，把汤大水送我的那袋红米转送给姜小姐，不是送礼，而是让她对红米有个感性认识。

第二天清早，我的兜里装着稿子，手里拎着红米去了。姜小姐见我亲自送稿，眉开眼笑，野老师野老师地叫个不停，当场打开稿子先睹为快。但只看到一半，就愣住了说，哎呀野老师，您在给米厂做广告呀？我说哪里哪里，是我一位老家的朋友来京卖米，我得帮他呼吁呼吁。姜小姐说，呼吁不就是做广告吗？您知道在我报发表一篇广告文章，要收客户多少钱？我也愣住了说，多少？能不能拿稿费抵消？姜小姐笑我迂腐，伸出一根指头吓唬我道，您就是一个字一百块钱，也不够一百万的广告费吧，而在我报发上一个专版，至少要付一百五十万。我从她的表情上相信了这是真的，就咧嘴说，我哪里懂得这个规矩，早知这样，我就不对朋友吹这个牛了！说完就低头不语，露出无限的后悔和感伤。

姜小姐见我真的为难成了这样，心肠一软，眨着善解人意的小眼睛说，野老师您真是个讲义气的好人，那我帮您想个办法，把文章的标题改了，内容也要再动一动，争取瞒过总编的眼睛，把它刊登出来，只是我来改您的文章，您不会有什么想法吧？我一听就赶快道谢，说是什么想法都不会有，只要不用交钱文章能够出笼。说着想起拎来的那袋红米，就把它双手捧给姜小姐说，你看这红米长得和你一样漂亮，就好像是模仿着你长的，长出来专让你吃，我替我的朋友送给你了。姜小姐一枪戳穿我的假话，白眼翻着我说，明知道我长得不漂亮，偏说这话讨我的好！接着又不客气道，帮了您一百五十万元的大忙，只送这点儿小礼行吗？我趁机就说，不行，非请吃饭不可。姜小姐说，吃饭也不行，得经常给我写稿，当然不是这类广告。

文章很快刊登了出来，还排在醒目的位置上，题目和内容经过姜小姐的处理，已经不大看得出广告的痕迹。除了姜小姐寄我的一份样报，我又在报摊上买了十九份，一并装在包里，做好晚上给汤大水送去的准备。目的是让他出去推销红米时，带着这份报纸，人家知道报纸是国家办的，一看就有了信任感，就掏钱买他的红米了。

找到他租的那间平房很不容易，因为太闭塞了，它就在一个转弯抹角的死胡同里，墙边靠着两辆旧自行车，我认出了其中一辆是我的，便断定那是他租的平房无疑。房门有些显破，门扣上挂着一把大铁锁，目前那种铁锁在北京已经绝迹，想必是他从老家带来的，真是一个有心的人。我推门进去，迎面就见屋里堆满米袋，屋角那里挤着两个人。这时已是晚上九点多钟，屋顶坠着一个油乎乎的吊灯，猪尿泡似的，照见屋角的两个人正是汤大水和他老婆。他们还没吃饭，他的手里拿把破蒲扇，瘦屁股撅成一个直角，趴在蜂窝煤炉子下面发狠地扇火，老婆则站在窗台前面切菜，菜也没有什么好的，无非是一堆白菜帮子，叶子可能上顿吃了。

听到门声一响，两个人从两个方向扭过头来，同时认出是我，就一个放下蒲扇，一个放下菜刀，嘴上亲热地打着招呼，眼睛一边朝我看着，一边满处寻找坐的东西。这屋里实在没有东西可坐，找了半天只找到一只马扎，木架子上绷着两条帆布，可以自由展开和收拢，修皮鞋人坐在大街边的那种。大概房主是个修皮鞋人，或者有个修皮鞋人曾在这里住过，搬家时忘了把它带走。他老婆抢了个先，把马扎递到我的手里，要我自己找个地方落脚。我勉强坐下，望着窗台上的白菜帮子问，就吃这个？他老婆不好意思地笑，他却早已端出几只泡沫盒子，都是白花花的，一只一只打开给我看道，你看多少好吃的，再吃十天也吃不完！边说边用指头捻起一片，放进嘴里吧唧嚼着。我又认出来了，还是那天在小餐馆打的包，张首长和王大款嫌不好吃，他们全部拎了回来，想不到吃了几天还剩这多。分明是舍不得吃，不然依着他的肚子，一顿也就收拾光了。

由于我的光临，他们临时改变方案，原本计划先用白菜帮子炒菜，再煮一锅面条作晚饭的，现在改为先煮一锅面条，再把泡沫盒子里的肉掺进锅里，做成臊子面吃。因为有我在锅边看着，这一顿就把盒里的肉用去不少。汤大水一定是饿狠了，或许早晨和中午都没吃饭，那副吃相让我看着难受。他老婆毕竟是个女人，端着一碗面背开我吃，但是只听呼噜几响，就又转身来舀第二碗了。一锅臊子面经不起这几舀，眨眼就被吃个精光。

我把买的报纸掏了出来，递给他说，明天再去推销红米，可以把它作为宣传品了。他一听我这话，明白是我为他写了文章，接过报纸两手就开始发抖，还没找到那一版，眼里首先溢出水来，在灯下玻璃碴子一样闪着亮光。他说，你可是帮了我的大忙，一字值千斤，一字值千斤哪！我问他们这几天来卖出去了多少，他老婆自己不说话，却把他望着，他就如实告诉我说，开始不行，我才出去两袋，老婆一袋也没出去！我安慰道，万事开头难嘛，形势很快就会转好。他说，谢你吉言，我也是这么想的，等着形势一好，我就不这么干了，我就在米市租个摊位，或者索性在这门前开个米店，让老婆守着，我一人出去联系业务。

4

从张首长那里传来一个特大喜讯，非常鼓舞汤大水的人心，说是已经离退的部长是个将军，自从尝了红米做的饭，竟从长年躺着的床上坐了起来，以后顿顿嚷着要吃红米，一碗不够，要吃两碗，稀的不行，要吃干的，吃了还要喝一碗南瓜汤，喝完就拍着肚皮哼歌，把个儿媳妇吓得要死，怕老公公吃出问题，暗地里把碗换了，换成比茶碗还小的盅子。老将军居然明察秋毫，坚持还要用老碗吃饭，并且号召儿孙全家都吃。吃了一顿，儿孙们都不大喜欢，觉得味道怪怪的，又说有些粘牙。老将军几乎要发脾气了，吧唧吧唧嚼道，粘什么牙？我这假牙都不粘，你们真牙倒还粘了？

汤大水竟懂得营销艺术，希望去见一下老将军，送他两袋红米，分钱不要，只求老将军写两个字，将来把它印在塑料袋上。他特意又到我家，征求我的意见说，你看写两个什么字好，是写“红米”，还是写“好吃”？我想了想说，两种都好，但是只写一种就不好了，如果写“红米”，写了等于没写，谁不知道这是红米？如果写“好吃”，写了也等于给别人写的，谁知道他说的是什么好吃？汤大水拍着腿说，你说得对，那我就缠住他，请他写四个字！说着说着他激动起来，仿佛看到了未来的远景，脸上泛出红米那样的光彩，忽然又着起急来说，那乾隆皇帝的事不就印不成了？我一笑说，你就不能两样都印，一面是过去的皇上，一面是现在的将军，证明从古到今，从君到臣，从王到将，从文到武，都是喜欢吃红米的。汤大水又拍着腿说，你说得对！

但是张首长却感到为难，说他在部里干了快三十年，只在电视里见到过一次老将军，现在老将军老了，退了，病倒在床上了，却要带人上门，还要讨字，这事只怕是做不到的。汤大水有些失望，情绪低落下来，最后张首长答应可以试试，又表态说过年的时候，争取让部里再买五百斤红米。汤大水便又振作精神，感恩戴德，当天又送了几袋红米到张首长家，作为对他联系工作的谢酬。他在电话里对我说了这事，问我这样做合不合适？从他的态度上我分明发现，都是乌山同乡，他却把我看成比张首长更亲近的人了。于是我就站在他的角度上说，合适，合适，商品经济时代，如果不是同乡的话，你还应该给他提成，送几袋红米有什么不合适的呢？

大约过了几天，一个晚上我正在电脑里写着小说，门铃响了，我料定是找我的人，就起身去开了门，一看却又是汤大水。手里拎着一袋红米，这次外边没套装方便面的小纸箱子，在门口熟练地换了拖鞋，精神抖擞，迎着我妻子的目光走进屋来。我盯着他的手说，那袋还没吃完，怎么又送一袋，你是那天听我说送张首长合适，就把我也当成张首长了？他把手里的红米往地上一放说，别哄我了，你根本就没尝一颗，你把它全都送给报社的人了！别说你帮我写了文章，就是一字不写，我们是同乡又是同学，我也得让你尝尝味道吧！我一愣说，你听谁说我把红米送给报社的人了？他说，谁也没听说，我到报社去亲眼看见的，就放在一个女编辑的桌子腿边。我又一惊说，你到报社去干什么？他说，他们宣传我的红米，我也得去道声谢呀！我哭笑不得道，你哪里是去谢人家，你这是去害人家呀，人家要是受了主编批评，往后不恨我才怪了！他不明白这里面的道理何在，我把报纸刊登广告要收钱的事对他讲了，他才一下子傻在了那里，后悔得直说哎呀真是，用手做了一个打嘴的动作，手到嘴边却没有打，又归结到腿的责任，就在腿上拍了几掌。我说，应该拍你的头！

因为晚饭已吃过了，这晚他在我家待的时间久些。在客厅坐了一会儿，喝了杯茶，吃了个苹果，他见我妻子和儿子都迷在电视里，突然提出要到我的书房看看。我把他带到书房，他一进来就把门给关了，脸上诡秘地笑着，有些发红，小了声音告诉我说，我给你说个事情，你看我到底怎么办好！我看他神情怪异，就笑了说，坐下说吧，莫非你还有了艳遇不成？不想他却睁圆了眼睛，冲我说道，你还别不相信，今天我真的遇上一个女人，她对我有意思呢！我笑出声道，这女人是干什么的？你又是通过什么判断出来的？他说，她是一个东北女人，米市的个体老板，起先是看上了我的红米，接着就连我也看上了，她说她的老公死了，一个人在北京做大米生意，买了房子，也买了汽车，折子上还有一笔存款，就是缺个合适的男人，这些年都没有找到。她要我下回送米别到市场，可以直接到她家里。你说，一个女人都说出这样的话了，还不能证明她有那个意思吗？

我又问了那个女老板的年龄、相貌，他说比他老婆年轻，也比他老婆漂亮，我就问他说，她知道你有老婆，而且老婆也在和你一道卖米吗？汤大水说，她没有问，我也没有说。不过下回她再不问，我就得主动对她说了，不然她要真打我的主意，我老婆知道了该怎么办？我又想了想说，不过据我分析，她是看你人老实，她又寂寞得慌，只想跟你睡一睡觉，并不打算跟你做夫妻的。现在的女人，贼精得很，你一个外来人，又没身份地位，长相也只那个样子，人还老大不小了，可以说是要什么没什么，她随便嫁谁不行，何苦要把自己嫁给你呢？他好像自尊心受了一点儿打击，脸又一红，却又认为我分析得有理，就不像刚才那样激动了，冷静下来问我，那你说，她要是这样我怎么办？我笑着说了一句粗话道，东西在你自己身上，你想怎么办就怎么办。他听明白了我的态度，反而慌了神说，那可不行，我怎么对得起我老婆，再说儿女都那大了，做那样的事终究是不好的。说了直拿眼睛向我刺探，好像希望我批评他，嘲笑他，建议他按照女老板的意思办事，这样他就可以既把事情做了，到头来又落下个被我动员的名义，良心上一点儿也不觉得有愧。我看破了他的狡猾心理，故意表扬他说，你可能是二十世纪最后一个贞节男人了，那个女老板真是把你看走了眼！

两个人回到客厅，好看的电视剧还没结束，妻子和儿子对他的来去都无动于衷，就像家里没来这个客人。他又坐了一会儿，决定要告辞了，我并不留他，把他送出门外，送上电梯，用手在他肩上搭了一下，然后回家继续写我的小说。可是写了很久才写十几个字，我才发现心思都已转移到他的身上了，手上敲着小说里的人物，脑子里却总想着那个勾引他的女老板，想着那个女老板到底是图他的人，还是图他的米，还是要连他的人带他的米，连乌山所有的红米都掳过去独家经营呢？要是这样，那女人就不是一个一般的女人，就是一个气度非凡的女人了。

我总觉得在红米的身上，早晚会有一个传奇的故事，这个故事又和汤大水的命运连在一起。我信任家乡的红米，如同信任我几十年前小孩子时的感觉。

5

自从听说了他和女老板的故事之后，我对电脑里正写的小说就兴趣索然，恨不得马上结束，换上下一篇关于汤大水的。但我自己明白，当我真的来写汤大水时，身边若又有新的故事发生，我的兴趣还会转移。这是我的老毛病，多年以来都是如此，喜新厌旧，浅尝辄止，它影响我不断地分散精力，在艺术上永远达不到应有的高度，从而不能成为伟大的作家。从这方面上来说，是汤大水害了我，就像他一腔热情闯进报社，却害了帮他刊登红米文章的姜小姐一样。我花了一个晚上的工夫，把电脑里的小说草草了结，寄给一家杂志，然后空出心来，好好想想他的故事。

我虚构了一个名叫阿水的老实人，做生意亏了本不敢回去，因为他的老婆实在是太厉害了。阿水在城里流浪着，后来见一家面粉店要招男工，他就去应试了。女老板看中他一身的好气力，要价又极便宜，除了管吃，一天只给十块钱，就想把他长期拴住，最好连十块钱也省了，于是让他夜里是她的一个男人，白天是她的一头牲口。阿水觉得日子比过去幸福多了，人也富态起来，不出一月就长了十二斤肉，平均一天四两。小说的结局我初步想了三种，一种是阿水老婆有天进城来买面粉，把自己的男人认了出来；一种是女老板发现店里的面粉少了包数，原来是阿水偷偷地运回了家里；一种是后来女老板被车撞死，面粉店成了阿水的，他就让他的厉害老婆来当了女老板。

我甚至还准备了第四种结局，那就是什么结局都没有，一切只是一个过程，阿水在女老板那里一直这么幸福地生活着，天一黑就是她的男人，天一亮就是她的牲口。

不过我总觉得，有点儿对不起汤大水的老婆，硬把她的男人从她怀里弄走，去做另一个女人的男人和牲口。同时也对不起汤大水，虽然有吃有喝也有睡的，最后还捡了一个面粉店，但他毕竟白天黑夜都在付出，那玩意儿一般人的身体都吃不住。我满怀愧意，一边写着这篇小说，一边等待汤大水的最新消息。我已经把现实和文学融为了一体，把握着它们变化的速度，希望它们能够齐头并进，勇往直前。既然从汤大水的故事里生长出了一个阿水，那么阿水的故事也将对汤大水形成一种对照。在北京，在最近的这段日子里，关于汤大水的消息我只能从三个方面得到，一个是他自己送上门来讲给我听，一个是我去他那里亲眼看到，还有一个就是那天一起吃过饭的，乌山同乡们的偶尔传说。

奇怪的是他从那夜之后再没来了，同乡们也几乎忘记了他，大家都在忙着升官发财的事。据我所知，张首长真的当了首长，虽然是个局工会的主席，但是对于汤大水来说，也是玉皇大帝身边的天官，对于推销他的红米更加有利。王大款新近注册了一家股份有限公司，已经吸引了两亿多元的国内资金，正在向着国际，向着无限发展。我等不住了，我得主动去打听一下，汤大水那里既没有电话，更没有手机，要去只能直接去他老窝，他租的那一小间平房看一看。

墙边靠着两辆旧自行车，其中一辆是我的，门扣上挂着一把打开的大铁锁，两扇显破的木门开了一扇，屋当中那个猪尿泡似的吊灯亮着，这些症状都说明屋里有人。我走进去，两个人中却只看见一个，没有他老婆，只有他在小马扎上坐着，两眼盯着红米箱子发呆。和上次来相比，米箱似乎并没减去多少，还是码了大半间屋，像山一样。汤大水听到响动，扭头看见是我，慌忙起身，把发呆的脸上弄出笑来。他说，你来了？我问，老婆呢？他不及时回答，过了一会儿才说，坐吧，坐下我给你说。他把这间房里唯一的坐具，他刚坐过的小马扎递到我的屁股下面，自己就坐在一只米箱子上。我意识到他的家里出了问题，反而不急着问了，就坐下来听他说。小马扎上的帆布热乎乎的，想不到他身上这么瘦，还有这么高的温度。

他在心里又酝酿了一会儿，才开始给我说了，他说的时候勾着个头，眼睛也不看我。就为那晚我给你说的那事，那个女老板的事，老婆知道了，生我的气走了。他说，声调居然还很平静，面前的水泥地上有根猪骨头，可能也是上次从餐馆带回来的，把肉吃了，剩下骨头扔在地上，没有时间打扫。他把一只脚踩在骨头上面，擀面似的一滚一滚，好像用这个减轻心里的压力。其实我跟那个女老板也不会是真的，那晚你分析得对，她是因为没有男人，觉得我人老实，而我呢，也想利用她一下，利用她买我的红米，所以我们就那样了。说到底怪我不该，不该那晚事情做完又回来了，要不回来屁事没有，第二天就说车子轮胎破了，晚上没有人补，就在街上倒了一夜。可我想着老婆一人在家害怕，怕我出事，才睡了一觉又往回跑，女老板抱都没有抱住。谁知老婆不领我情，抓住我就逼问，又浑身上下地搜，那个女老板真是该死，天知道她是怎么想的，把装套套的塑料皮塞在我的裤子兜里，这就给她搜出来了。

我听他从头讲着，生动而又形象，有行为动作，还有心理活动，就和小说一样，很是符合事物的逻辑。我相信了这是真的，扑哧笑出来说，你这个蠢人！接着又说，你老婆也是个蠢女人！想了想又说，只有那个女老板聪明，不是聪明而是阴险，她怎么要把那个东西塞在你的裤兜里呢？汤大水也一直为这问题困惑着，他把女老板往坏里猜道，莫非她是故意想让我和老婆闹翻，好长期跟她鬼混？我想起我正虚构的小说，竟认了真道，这样的女人你不能要，就是把你红米买完也不能要，你还是得把老婆找回来，两口子好好地过日子吧！汤大水苦着张脸，叹口气说，这回她可是气坏了，只怕是找不回来了，你不知道那夜她的那个凶样，哪里是我老婆，简直是条母狼啊！

汤大水说着身子抖了一下，发了疟疾一样，仿佛心里还有余悸。他突然从米箱上站了起来，先是解开上衣，让我参观老婆在他身上撕抓的爪痕，还有咬下的牙印，接着索性把裤子也褪下去了，亮出裆里的那个物件，又红又肿，却垂头丧气地往下吊着，挨近大腿的地方皮都破了，紫一块黑一块的，一看就是受过大的刑罚。我看着直是想笑，同情心毕竟又占了上风，就移开视钱，摆着手说，不看了，快扣上，乌山有句俗话说得好，这都是它给你惹的祸，让它尝点儿苦头是应该的。汤大水看我一眼，没想到我不为他打抱不平，反倒还这样说，就乖乖地把衣裤扣了起来，重新坐在米箱子上，反省似的不再言语。我看出他有悔过之心，就问，想不想我帮你做做工作，打电话或是写信，把你老婆给请回来？他的眼里闪出一种可怜巴巴的光，回答我说，那还用问？你要是能把她说动，我给她磕一个头，给你磕两个头。我说，一言为定，你给我指天发誓，她回来你不能再气她了。他没有用手指天，却指着自己的裤裆说，我指它发誓行不？往后我要再跟那个女人鬼混，我就把它一刀剁了！

6

汤大水的老婆没有回来，他自己倒出事了，而且一出就是一连串的。起初是那辆他买的旧自行车，骑着去推销红米，路上和人撞了，两个人都倒在地上，红米撒了一半，他没敢找那人麻烦，那人却揪住他不放，把交通警察引了过来，问明情况，判那人违章，罚款十块，因为那人是逆行，汤大水遵守的是顺行规则。那人不服，指控汤大水的自行车没有车牌，警察一看，果然没有，就又罚了他十块，命他把车子扶起来推到路边，咔嚓锁了，钥匙交给警察拿着，等他挂上车牌来取。那车是他在旧货市场买的，又没商场的发票，到哪里去上车牌，他苦苦要求警察饶他一次，撒谎说是本来有车牌的，后来被人偷了，下次骑车一定小心，保证不再撞人。谁知和他撞车的那人一心报仇，站着不走，从他说的话里听出破绽，冷笑一声，对警察嚷道，才是怪了，只听说过有人偷车，还没听说过有人偷车牌，他这车子八成是偷别人的，到手就把车牌给销毁了！警察觉得那人说得有理，想起派出所里最近以来，时常都有丢车的人去报案，当即便打了一个手机，让所里派个人来，把他连人带车给带走了。汤大水被带到派出所里，真理在胸，赌咒发誓，说这辆车子绝对不是偷的，而是花五十块钱在旧货市场买的，警察不说相信，也不说不相信，只是要他提供证据。他哪里提供得出，就这样被关了七天，罚了两百块钱，比一辆新车还贵，旧的车子也被扣下，等着报案的失主前来认领。不过警察还算实事求是，无法查出车上还剩下的半箱红米也是偷的，就还给他，让他背走。

紧接着，七天以后他放出来，回到平房一看，两扇破门是虚掩着的，门扣和铁锁扔在地上，屋里码着的米箱少了一半。他听见脑袋里面嗡的一响，眼前冒出几排水泡，浮上去又降下来，降下来又浮上去，人好像栽进一条深水河里。这时他才知道老婆不是他的敌人，女老板也不是他的敌人，甚至那个卖给他黑车的人和那个诬赖他偷车的人，都不能算是他最大的敌人，他们一个是欺骗他，一个是报复他，而眼前最大的敌人，却是万恶的偷米贼！在无限的委屈、悲伤和愤怒之中，他又感到深深地后悔，悔不该和女老板有半夜之欢，由此气走了老婆，他一出事，平房里连个看门的人都没有，真是一失足成千古恨哪！幸亏米还没有偷光，并不是偷米贼做事不绝，而是带的运输工具太小，或者是天要亮了，贼才适可而止，见好就收，不然他的损失就更惨了。他想起关过他的派出所来，跑步前去报案，警察觉得这个案子不大好破，黑着一张脸教训他说，米被盗了怎么不及时来报，一点法制观念没有！汤大水忍气吞声道，你们把我当贼抓去，今天才把我放出来呀！警察这才没了话说，牵着一条警犬，跟着他来侦察现场。

又紧接着，北京的大米市场出了问题，黑心的米贩子为了突出自己的米好，想出一些损招，在米里掺进工业用油，把米变得油汪汪的，有人觉得营养丰富，又漂亮爽眼，花高价钱买回去吃了，上吐下泻，把人吃出病来。与此同时，又有米贩子在米里添加色素，要么把米变黑，冒充黑米，要么把米变绿，冒充绿米，在米市里扯起嗓子大叫，勾引买米的人来上当。后来有记者打入内部，摸清真相，在电视里和报纸上给曝了光，头戴大盖帽，胳膊别牌牌的人就行动起来，严厉打击不法米贩。那天正巧发现了汤大水的红米，认定这红米也和绿米黑米的性质一样，是用色素染过的，就把他又带了去，要他坦白从宽，抗拒从严。

汤大水既不坦白，也不抗拒，而是举出我在报纸上发表的文章，请胳膊上别牌牌的人找出来看，证明这是真的红米。别牌牌的人说，作家都是胡说八道，随便编个故事糊弄人的。汤大水又举出乌山的县志，并且半文半白地念了几句，别牌牌的人说，县志也是秀才写的，古时的秀才不也是如今的作家嘛。汤大水有理说不清，要他们坐车到乌山亲眼看看，看到底有没有那一亩二分水田，水田里是不是长的红米？别牌牌的人伸出手说，行哪，你给我出差旅费？汤大水没有差旅费出，他凡是卖红米的钱都寄回了县粮食局，还有一些没有卖完，局长说要等卖完才能发他奖金。他在这里吃饭都快成问题了，很想回一趟老家，把气走的老婆给找回来，但差旅费都凑不够，哪里还有给警察出的，只好听天由命，等着专家化验出来结果，水落石出，真相大白，那时再为他平反昭雪。

不料正这时候，部工会主席张首长突然传来一个消息，说是就在今天中午十二点钟，老将军吃过红米做的饭后，正哼着歌，突然脑袋一偏就睡了过去，等儿媳妇发现不对劲儿时，老将军已经与世长辞了，终年八十四岁。家里人正痛恨着在米里掺工业用油的米贩子，这下就把问题找到红米身上，说那红米里面掺了色素，看着漂亮，闻着也香，就是吃进肚里有毒，年轻人身体好，一年半载还挡得住，老人家抵抗力弱，不出一个月人就死了。尤其老将军是当场死亡，更能证明这个问题，不然为什么早也不死，晚也不死，刚一吃完红米饭就死了呢？直闹着要追查贩卖红米的人，由此把张首长也牵连了进去。一位记者因为私访油米有功，这次再接再厉，把将军之死和红米之谜结合起来，写了一篇报道登在报上，立刻全市都轰动了，汤大水的名字和老将军排在一起，记者称他是害死老将军的黑心米贩，将要把他绳之以法。

汤大水只觉得天昏地暗，日月无光，一下子就吓倒了，当着张首长的面，看着看着裤裆湿了，人被带走的时候，裤腿下面还在滴水。老将军的死，他的心里除了惊恐，还有一些难过，京城一千多万的人口，唯有老将军是红米的知音，当然也是他的知音。他还以为他们有缘，还指望着再过几天，让张首长带他去拜访老将军，求他写“红米好吃”四个字呢，这下可是写不成了。

他第二次蹲进派出所里，这次性质严重，非同小可，老将军比一辆破自行车可贵得多。七天早就过了，还没有一点儿放他出来的迹象，看形势有可能长期住下去，直到最后判他抵命。审问他的还是上两次的那个警察，问他北京有没有亲人？他不肯交出可怜的老婆，何况老婆确实被他气走了，就摇头说是没有；又问他北京有没有同乡？他觉得已经连累了张首长，再不能连累我了，一咬牙又摇头说是没有；警察忽然冷笑着问，不是有个帮你写文章骗人买米的作家吗？他这下子瞒不住了，不得已把我供了出来，却跪下向他们求情道，我求求你们，求求你们，文章是我请他写的，他一颗红米也没有卖，可不能把他也抓来呀！警察铁青着一张脸说，抓不抓不是你说了算，你先把他的电话告诉我，我通知他给你送些钱来，还有冬天衣服、生活用品，准备在这里过年吧你！汤大水一听慌了，怕的不是他在那里过年，怕的是他们在电话里也像吼他那样吼我，就死也不肯说出我的电话号码，像个坚强的革命战士，一口咬定他给忘了，问能不能给我在信上说？警察想了想说，行，但在为了防止你们串供，信得经过检查，你把要钱要物的话写在明信片上，交到我的手里！

7

我曾经骂他是个蠢人，但那是骂着好玩，当时无非觉得在女老板的问题上，他处理得不够聪明，并没认为他是真蠢，真蠢怎么还能搞到女人呢？谁知他竟蠢到给我写明信片，把自己的隐私都写在上面的程度。如果老实他就应该老实到底，把我的电话号码告诉警察，光明磊落，让他们给我打电话，要钱要衣要物都行，发火训人我也认了，要我前去受审我去就是，只要能够帮他渡过难关。打电话这边只有我一个人能够听到，顶多旁听的还有老婆孩子，孩子不懂事我能蒙哄过去，老婆面前我解释一下也就罢了，家丑还算没有外扬。想不到他宁可选择给我寄明信片，把派出所将他拘起来的事情，白纸黑字写在纸片子上，结尾还来一句对不起我这个同乡和同学，要我给他送钱物去。明信片落到我手的时候，全单位的人基本上都已传了个遍，上面脏兮兮的，指纹摞着指纹，叫人破案都无从破起。还有几个字被打湿了，可能有个别平时和我不对劲儿的，认信的时候看我笑话，不小心从嘴里掉下了一滴口水。我接到信时吃了一惊，虽然恼火他这做法，但是毕竟为他着急，当即就提前回家，连夜准备他要的东西。

同时我通过乌山县粮食局，电话里找着了他老婆，说是她的男人出事了，要她马上来北京一趟。他老婆在电话里咬牙切齿地骂道，该，出得好，这个老挨刀的，我早知道他要出事，跟那个女妖精狗扯羊腿，他不出事才是怪了！我说根本不是这事，他已赌咒发誓，永远跟那女人断绝关系，这次出的可是大事，一位大干部吃他卖的红米，中毒死了，他被派出所里抓了起来，你不快来看他一眼，晚了只怕见不着了！他老婆一听也不骂了，电话里面静了片刻，突然哇的一声，哭声把我吓一大跳，手里的话筒险些掉在地上。只听他老婆边哭边问，明天一早我就坐车来，你说还能赶得上不？我说争取吧，越快越好，给他带点儿他平时喜欢吃的东西，尽个夫妻情分。他老婆回忆着说，那就是老家的霉豆腐乳啊，可这黑天巴地到哪里给他弄去？

第二天我打了一辆出租，专程给他送东西去，走进派出所的大门，打听一个名叫汤大水的关在哪里，把门的说，不打算再关了，所长正跟他谈话。我听了一惊一喜，直奔所长办公室，果然看见一个不戴帽子的警察，和他面对面地坐着，脸上表情不错，时而还笑一下，说是问题已经搞清楚了，经过化验你的红米并没有毒，老将军的死和你没有关系，但是派出所作为执法机构，接到举报应该抓人，问题搞清就应放人。等等等等。汤大水愣愣地听着，好像不大相信有这好的事情，突然他的眼泪流了下来，望着所长，两片嘴唇一抖一抖地说，感谢领导，感谢……看样子他还想把这话重复一遍，但是嗓子一哽，后面再也说不出来了。

我听着心里特别难受，人家错抓了他，无论按理还是按法，本应该向他道歉，向他赔偿，然而事实却是，他反过来去向人家流泪，向人家道谢，如果嗓子里面畅通，他还会说出多少感恩戴德的话来。我直想走进办公室里，对所长阐明道理，让他还汤大水一个应有的公平。但是这时所长站了起来，接着汤大水也站了起来，两个人松松地握了个手，他就转身朝我走出来了。看见我手里提着一个大包，他的脸上一红，知道是寄出的明信片起了作用，就急步走到我的面前，双手抓住我的膀子，嘴唇直抖，什么也不说地把我看着。最后还是我说，我们走吧。

我依然打了一辆出租，要司机送我们回他住的地方，一路上谁也不先开口说话。快要走进死胡同的时候，我发现了那家他曾请我们吃饭的小餐馆，想起一件事来，就问他说，你饿不饿？他回答说是不饿，但是声音软塌塌的，揭发他说的是假话。我对司机说声停车，下来付了车钱，拉着他就进去吃饭。汤大水顾不得讲客气了，饭菜吃的都是那天的几倍，我吃得不多，主要是看着他吃，怕他噎着，不断地劝他慢些。汤大水吃到后来，突然住了筷子，抬头望着我问，你给我老婆打电话了？我说，不打行吗？他又问，你都对她说了？我说，不说行吗？不说她能再来？他不问了，低头吃了几口饭菜，速度明显地降了一档，眼睛不停地眨着，过了一会儿忍不住又问，那她说什么时候到？我看看表说，要不晚点，我们到家她也到了。汤大水吃速就又快了起来，三扒两下把碗里的饭都吃光，盘里的肉却一片也不动了，又抬头望着我问，我们走？我从他的眼睛里看出了他的心事，站起身说，叫小姐把这些都打包，带回去给老婆吃。他的眼睛立刻亮了，对我笑道，你怎么知道我老婆小气，舍不得在车上买饭吃？

走出餐馆，他身上明显地有了力气，一手提着泡沫盒子，一手前后甩着，焕发了青春似的，带我大踏步地往前面走，一直走进那条死胡同里，到了他的破门前面，打开门上的铁锁让我进去。这次他的运气真好，在派出所里蹲了半个多月，屋里的红米一颗没少。

天快黑时，他老婆仓仓皇皇赶了回来，背上背着一个大蛇皮口袋，还没进门就看见我和她的男人，身子一下子定在了门口。他们双方都不说话，互相大眼瞪着小眼，冷了一阵子场，最后还是我先开口。我对他老婆说，我没骗你，你男人是进去了，不过事情搞清楚了，人家又把他放出来了，刚刚落屋。他老婆又定了一阵，猛地把蛇皮口袋往地上一扔，扑过去就在他的身上捶打着，开始时拳头落得相当有力，没两下就软了下来，呼哧呼哧地响，就跟给他拍灰差不多，衣服上立刻扬起一层尘土，使得猪尿泡吊灯越发昏蒙蒙的。汤大水闭着眼睛由她打，等她拳头停了才说，打累了吧？快做饭吃，盒子里头有菜！睁开眼睛又说，我们都吃过了！

他老婆却不忙着给自己做饭，她解开大的蛇皮口袋，把里面的小塑料口袋一个一个往出拿，都是汤大水的东西，有吃的，穿的，用的，在拿出吃的那个小口袋时，她的两只手格外小心，但还是发现袋里的煮鸡蛋破了几个，散开的蛋黄沾在一个小瓶子上，瓶子里红稀稀的呈浑浊状，分明是老家的霉豆腐乳。这个女人，她到底把老家的霉豆腐乳给男人带来了。

8

汤大水的自行车被没收了一辆，还剩一辆，他拿不准是买还是不买，买辆新的钱要得多，买辆旧的又有风险。想到新车他的心里嗞嗞地疼，局长说的奖金一分没发给他，他个人的成本却已花去不少。但一想到旧车，他的身子不由自主地打了个寒战，好像刚撒完尿时那样。最后他确定自行车无论新旧都不买了，下一步红米销路打开了，要买就索性买辆三个轮子的平板车，车上把红米装足，蹬到哪里卖到哪里，免得像这样一趟一趟地跑。目前就让老婆在小平房里守着，他一人骑着车去推销。前段时间他做过对不起老婆的事，现在独自辛苦一些是应该的。实在吃不住时，老婆可以偶尔替换一下，市场情况若有好转，她还可以扛箱红米去坐公共汽车。他甚至还对我流露出了远大的理想，说是这样再干几年，连三轮车都淘汰了，买辆小面包车，他学着开，托我到管理部门给他办个执照，允许他的车子两用，不运米时还能载人。

可惜他的销售情况好不起来，从县里运来的三万斤红米，张首长和王大款买走一些，被贼偷走一些，小平房里至今还有一万多斤。北京人认的是东北大米，东北什么东西都比南方的大，无论是人还是大豆高粱，雪白饱满的大米也是如此。汤大水过去从没来过北方，对东北大米缺乏足够的认识，他太迷信红米，迷信县志，迷信乾隆皇帝下旨要吃红米的传说，完全是在这个基础上，他才做出北上的决定。想不到他的乌山红米和各地好米一样，还是败在东北大米的名下，京城人真是没有口福，有眼不识珍珠红。汤大水的信心日趋低落，由埋怨变得有些忿忿然了。

恰恰在这个时候，他们的局长要来北京，汤大水心里明白，说是考察首都的粮食市场，其实是来检查他的红米销得怎么样了。他想起小平房里码着的米箱，立刻感到心虚，自从搞了贩米的女老板，气走自己的老婆，这些日子他人又被抓，车又被没收，米又被盗，工作的步伐其实已经停顿下来。刚刚上马还没几天，以前的事情还没敢向局长汇报。那都是些丑恶的事情，他本来不想汇报，可是不汇报不行，因为那些被盗的红米无处交代，卖了应该有钱，不卖应该有米，钱也没有米也没有，难道是他自己煮着吃了？想起他此番来京的使命，汤大水不禁着起急来。

他硬着头皮，又去找到张首长，请他想法再要些红米，哪怕再要五百斤也行。这次张首长却面有难色，说是部里的老干部们先是听了老将军话，顿顿要吃红米饭，还要喝南瓜汤，但是老将军一死，谣传一起，立刻吓破了胆，都把吃剩的红米扔进垃圾桶，还怕被狗吃了，又掏出来，用塑料袋子包上三层，亲自交到清洁工的手里；后来谣传平息，听说老将军死于脑出血，如果不吃红米，可能一个月前就出了问题，等于是红米让他多活了三十天，遂又掀起一个争吃红米的高潮。但是部后勤司的人吃了东北人的回扣，这次慰问选的是东北大米，老干部们想吃红米又不想花钱，这个法子他就实在不好想了。

这天吃过晚饭以后，汤大水又来找我，进门就扯着嗓子要我救他，把我妻子吓得够呛，我也愣了一下，以为又有人因吃红米而失去了生命，急着问道，又出事了？他说，事倒没出，就是我们局长要来了。妻子气得翻他一个白眼，用手拍着胸口，扭身就进了卧室，把他扔在客厅再不理睬。我也生了气道，难道你们局长是狼，你是羊，而我是猎人，他一来你就喊我救你？他慌忙摇着手说，我不是这个意思，我是说我们局长来要检查我的工作，我的工作没有做好，你得帮我说说话呀！我问他说，我又不是他的上级，我说的话他听？他认真道，怎么不听？你是名人，帮我说一句话，顶我自己说一万句！我们局长在家是狼，出门是羊，见了你们这样的名人，他就还没有羊屎球球硬了！我笑出声道，如果真是这样，我自然是要帮你说话的，我在北京生活多年，北京人的确还不认识乌山红米啊。

果不其然，他们的局长不久就到了北京，为了答谢在京同乡为汤大水，也是为县粮食局和全体职工，以及他这个当局长的做了工作，他在下榻的饭店为我们举办了一个宴会。我第一次看到他们的局长，发现是个猴脑壳，鸡脖子，以下的身子瘦得要命，我怀疑他是刚从乡下的穷教书匠提拔上来的，不然长年累月的酒肉都到哪里去了。去的人自然少不了张首长、王大款，两个人仍然坐着上席，瘦局长坐在下首主人的位子，中间一边是我和一位在京同乡，一方是汤大水和他老婆。相互敬酒时，汤大水不断拿眼睛看我，眼光里透着提醒，我便记起他请我救他的话，端起酒杯，和局长碰一响说，局长，喝了这杯酒，我要求你一件事。局长翻着眼睛看我脸上的颜色，发现不是玩笑，惊慌起来，吱儿地把酒喝了，一抹嘴说，作家不要这么说，有什么事需要我办的，只管吩咐我办，只要我能够办到。我说，你肯定能够办到，汤大水是我的同学，你的手下，因为响应你的号召，到北京来推销红米，不幸连续出了问题，以至于没有完成你下达的任务，我求你原谅他这个老实人。

局长的猴脸一点一点地变化着，低下头去严肃地吃菜，用耳朵听着我说。我把汤大水如何为了省钱，在旧货市场买辆旧车，驮米路上和人相撞，被警察扣车抓人，回家又发现红米被盗，接着张首长的单位死了一位老将军，有人说是红米有毒，汤大水第二次被拘的过程，原原本本说了一遍，只是隐瞒了他和米市的女老板鬼混，回去被老婆揪打了一顿的丑事。局长听完又吃了一会儿菜，才抬起头来，叹口气说，汤大水呀汤大水，你叫我怎么说你呢？算了算了，看在你老同学的面上，我就不说你了吧，但是你出了这么大的篓子，总要有一点儿表现才行，不然我原谅你，全局职工也不会原谅你呀！汤大水哭丧着一张苦瓜脸说，局长你说，你要我怎么表现，我怎么表现就是了，我向你发誓……！局长左右为难，最后才说，你得在年底前，把所有的红米都推销出去，你要是做不到，我就没办法不开除你了！汤大水急促地喘着粗气，没有回答。局长死盯住他问，你说你能不能够做到？汤大水出气更粗更急，还是没有回答。局长又问一句，能就说能，不能就说不能，你总要开个口哇？

满桌的人一分为二，一半看局长，一半看他，有些发急地等着后事。汤大水突然一端酒杯，站起身子开了口道，我能！喊完他把那杯酒往嘴里一竖，咕的一响喝进了肚里。

9

他们的局长在北京饭店住了五天，把首都要看的景点看了个够，又去邻近的秦皇岛开发区、承德避暑山庄、天津港口转了一圈儿，返回北京的次日清早，还去天安门补看了升旗，受了一次爱国主义教育，当天又去长城，当了一次中国的好汉，然后取道杭州和上海，返回老家乌山。我得知了他此次的行动路线，初算了一笔小家子气的账，三万斤红米全部卖完，基本可以支付他的一路费用。不过我并没让汤大水和他老婆知道，害怕动摇了他们卖米的军心。

大约又过了五天，我正在床上午睡，突然听到电话铃响，我跳下床去接了，不是汤大水，而是他老婆。声音是哭着的，里面夹着无限的恐慌，说是她的男人失踪了，请我快给想办法找。这次我冷静了一些，问她是什么时间的事？他老婆哭哭啼啼回答，说他三天以前，坐一辆拉米的车子走后，就再没有回来，车上装走了一万斤红米，很可能人家不想给钱，米一到手就把他给杀了，也有可能是为价格发生争斗，或者是人家给了他钱，回来路上下的毒手。总而言之，他已八成没有人了！他老婆没有什么文化，居然也懂推理破案，分析的三种可能都不是没有道理，我顺着她的思路想了一遍，追问他老婆说，你们最后一次在一起时，你记得他说了一些什么，做了一些什么？这时候电话断了，我猜想他老婆是在公用电话亭里打的投币电话，时间一到自动挂机，就赶快压了电话，等他老婆再给我打来。果然电话一会儿又响了，他老婆说，他走时没说什么，也没做什么，只叫我身上加件衣服，说是天气冷了。我想了想，心里好像有了点儿底，就对他老婆说，你别着急，我这马上就动身去找，我估计他还没死，等我找到就让他回去！我怕电话还断，他老婆还要花一个钢币，抢着又说一句她别着急，就主动把电话挂了。

其实我已有了感觉，可能他又去了米市，去找那个和他有过半夜之欢的女老板了。那辆运走一万斤红米的车子，极有可能是女老板的。本来他已表示和她了断关系，为此对我发过了誓，但他又要在年内把红米卖完，为此对局长也发了誓，看来任务艰巨，情况紧急，没有女老板他难如局长的愿，要如局长的愿他只好再找女老板，两个誓言发生了摩擦，他只好在其中选一个了。我自觉把握住了他的复杂心理，将他的痛苦矛盾洞察入微，决定顺着这个思路，去把他的失踪查个明白，借此体验一下生活，顺便也看看那个神秘的女老板。

那晚他对我说起女老板时，曾经提过米市的地点，我脑子里还隐约记得，第二天坐车直奔那里。米市里全是买卖大米的人，眼前一片白花花的，各种口音的叫卖声混杂一起，由此可见这个行业的竞争。不管是买是卖，男女人数都各占一半，我无法从中认出那个女老板，除非汤大水和她并肩而立。然而那是不可能的，因为他得防着老婆。困难中我想出一个科学的办法，从头一家米店开始，一家一家扫过去，看出哪家店里米是红的，顺藤摸瓜，就去找那和他有关的女老板。这个主意实在不错，刚刚扫到第七家，米店里就出现了几袋红米。一个十七八岁的女子，身子斜靠在米袋子边，一看就是给老板打工的人。

我见女子身后没人，过去抓起一把米问，这米好不好卖？女子说，可好卖了，这么漂亮，人见人爱，刚才还有人买走一百斤，说是回头再买一百斤呢。我把米又撒回米袋里问，三天前卖给你们老板红米的男人，现在他在哪里？女子说，想买米你就买米，打听人家干什么？我说，他的米库被人盗了，不找到他行吗？女子说，原来你不是买米的，你是他的什么人？我说，我是他的同乡，来催他收米钱的。女子立刻改了口说，收什么米钱，这米根本就卖不出去，什么皇家贡米，什么珍珠红米，自从上次发现米里有工业用油，还有色素以后，越是漂亮的米就越是没人敢要了。我说，刚才你不是说人见人爱吗？女子扑哧一笑，插开话去问我，你怎么知道他的米库被人盗了？我说，是他老婆告诉我，托我来告诉他的。女子愣了一下问道，他还有个老婆，他老婆长得是个什么样啊？我说，又漂亮又年轻，和你的年龄差不多的。女子“哇”的一声惊叫道，那他为什么还找我们老板……？叫着忙又掩口，可是已经来不及了。

我向女子要了一支笔，又要了一张白纸，蹲下来在膝盖上写了两行字，叠好交给女子说，等他来时，请你把这个交到他的手里，一定一定，拜托你了。然后我走出米市，回家等着他的消息。这个女子还算诚实，汤大水也听我的话，当天晚上，他果然找我来了，离上次聚会还不到半月时间，一见面我简直没认出他来。他穿了一身铁灰色的西服，里面还有白衬衣和花领带，连脚上的皮鞋也换了一双新的，以前乱糟糟的头发已吹顺溜，黑黑的向上蓬着，胡子也刮干净了，只是一张瘦脸黑里发黄，又像累的又像病了，还不如刚来北京时的样子。妻子和儿子看着他都觉得别扭，只有我知道其中的原因，当着妻儿的面我什么话都不说，我把他叫到书房，关了门才挖苦他道，这些天来日夜作战，人都搞得很憔悴嘛！他黑里发黄的瘦脸一下子红透了，望着我可怜巴巴地苦笑道，你都知道了，我就不说了，这都是不得已，不得已呵！

我直截了当地问，那你下一步准备怎么安排，是要老婆，还是要老板？他毫不犹豫地回答，当然是老婆，这辈子我不能丢了老婆，等我结完了账，钱一到手，我就跑回去，由她打我揪我都行。我继续逼问，那你今晚呢？他摇头说，今晚我还不能回去，那个骚女人，她还等着我哇！

他在我家坐了半个小时不到，就急匆匆地说是要走，从背后看他的身子轻飘飘的，走路有点儿东倒西歪，都是连日来在女老板身上整的。这次我把他送下楼去，送到门口，一直送到马路边上，我是觉得他要说的话没有说完，我要做的事也没有做到。我陪他走到公共汽车站牌下面，仍然站着没动，想的是劝他过马路对面乘另一辆能送他回小平房的那路车。这时一辆出租车从马路左侧飙了过来，我没想到他会对它招手，过去他可从不舍得这样，看来他是为了节省时间，只要女老板高兴，报销出租车票没有问题。我看他撅着屁股钻进车里，突然又想起对他老婆的承诺，一把将他扯出来道，你再想想，是人重要还是什么东西重要！司机不耐烦了，吼了一声，你到底走不走哇？他低头默了一阵，两眼泪汪汪地望着我说，你说得对，可是再怎么说，我得明天一早才能回去。我松了手，他又钻进车里，司机对我挥挥手说，对不起啊先生。

10

为了不让他老婆揪他下身，第二天一早我陪他回去，不要他说，由我来说。我对他老婆编了一个瞎话，写小说的人，编起瞎话不用吹灰之力。我说他上次自行车的案子还没有结，失主发现车子被撞坏了，提出再赔五十块钱，这样他又被派出所里传去，白白费了几天工夫。因为怕她操心着急，故意不让她知道。说完在他腰上捅了一下，他才勾着头说是的是的，边说边用脚在地上搓着。他的脚上又换上了本来的破皮鞋，身上也穿着自己的衣服，那套西装不知道他藏到哪里去了，头发又揉搓得乱糟糟的。他老婆不仅原谅了他，并且感动得哭了起来，边哭边骂那个丢自行车的，抓不着偷车的贼却来敲诈她的男人，骂完了丢车人又骂贼，说贼连警察都不怕，骂完了贼又骂警察，说警察连贼都抓不着，只会拿她男人这样的良民出气，实在是一堆臭屎无用的东西。

汤大水的那一大笔米钱，因此就没有拿到手，他不敢去见女老板，害怕一去又难回头。为了让自己死了这一个心，他求我去帮他收账，说我反正已去过她的米店，连给她卖米的女子都认识了，熟门熟路，去了就这样对她说，说他一回来便得了病，人都要死了，不能去看她了，只好把这事托付给我，请她念在他们的交情上，把这笔米钱结了给我。他说这话的时候，当然又是背着他老婆的。我答应了他，我不答应他就完了。

冬天说来就来，这对汤大水骑车卖米非常不利。因为北京的冬天风大，灰沙又多，如果碰上沙尘暴的天气，要去的方向又是逆着风的，那就实在要受大罪。我想劝他换个交通工具，比方说是三轮车，再一想三轮车的阻力更大，何况至今他仍买不起。又想劝他坐公共汽车，每天不过多花几块钱，同样地再一想，无论哪辆公共汽车都通不到米市，下车他还得扛着米箱走三两站地，吃的苦头不会小于逆风骑车。我总不能劝他乘坐出租，总不能劝他一个冬天不出门，缩在门窗漏风的小平房里，和老婆一道烤蜂窝煤吧。他亲口对他们局长发的誓，年底拿什么来做交代？

我当然生活在另一个世界，暖器吹着，在电脑里编着瞎话，想怎么编就怎么编，想编多长就编多长，编完了寄出去，过一段日子稿费就寄来了。关于阿水和女老板的爱情故事，已经变成了中篇小说，正在被人改编卖座的电影，而生活中的阿水原型，在女老板那里的一笔米钱，我至今还没讨到手中。我已经专程跑了三趟，每一次都被那个十七八岁的女子打发回来，连女老板的面也没有见着。

由于风大难行，汤大水已有很多日子没再来了，倒是他们的局长回去之后，接二连三给我打来几次电话，把我当作他指挥下级的联络员，要我随时出击，传达指令。有一次我心怀不满，问他为什么不让汤大水安部电话，或者配个手机，这样联系起来不就不用我了？可是局长告诉我说，这些费用都得从他的奖金里支出，我就什么也不能说了。开始局长对我还很客气，称我野老师，接着见我被用得得心应手，就慢慢随便起来，改为老野，嗓门提高到过去的三倍，误以为我也领了他的工资。看在可怜的同学面上，每一次我都为他办了。我觉得这是一种生活，我体验了，我会把它变成另外的东西。

我没想到它会变成悲伤，变成对一种灾难的永久记忆。腊月又过去了一半，国人爱过的大年快要到了，这一天外面的风沙很大，可以说是妖风四起，飞沙走石。我紧闭门窗，风声和沙尘仍能钻入缝隙，我的书房叫听风楼，雅名就是来自刚搬家的那个冬天。在岁末的日子里，一般我什么也不写，只坐在书房看看闲书。这是我多年的规矩，从农民那里学来的，勤扒苦做了整整一年，到头来得养几天身子骨，迎接明年春天的战斗。明年就是另一个世纪了，这个意义尤其非凡。

但是一个奇怪的电话打搅了我，开口就说他是本市某区某街的派出所，问我的父亲在不在家？我愣了一下，尽量把嗓子弄苍老说，我就是我孩子的父亲，如果你的电话没有打错的话，你问的是不是孩子的祖父？派出所一时没有弄懂我这句话的幽默含义，有些火道，管你是孩子还是父亲还是祖父，我问你，你家今早有谁骑着一辆旧自行车出去？我说，谁都没有。派出所说，我们查过车牌车号，这辆车的确是你们家的，我念给你听，车的牌号是……他对我熟练地报了一串阿拉伯数字，我竖着耳朵也没听清，因为他是个纯粹的北京大舌头。我如实地告诉他说，我听不清，也记不住，别说车牌，就连车子是什么样我都忘了。派出所立刻兴奋了道，那你家这辆车子是不是被人偷走了？我忽然产生了一个莫大的怀疑，汤大水该不会又和别人撞车，闹起事来，派出所再次把他当成偷车贼了？

想起他老婆一句气愤至极的名言，我不禁苦笑一下。为了把他解救出来，于是我说，我的车子几个月前借给了一位朋友，是不是你们认为他出了问题？派出所终于找到一条线索，在电话里吐口气说，不是我们认为，而是他真的出了问题，我给你一个地址，你放下电话马上到这里来一下！我对他的大舌头心有余悸，这次请他说慢一点儿，而且重复一遍，等我找支笔来记在报纸角上，然后才放下电话，撕下那个纸角塞在兜里，马上动身到那里去。北风呼啸，灰沙漫天，马路上的公共汽车半天才来一辆，自行车大多推着行走，而走路的人则以手蒙面，歪歪倒倒。一辆罕见的出租车开了过来，我招手让它停下，司机问我愿不愿出三倍的价格，我和他讨价还价，还到两倍方才成交。在车里我一直都在想着，这个老实人又出了什么问题，在卖米的过程中是打了人，还是遭人打了，会不会又和女老板有些瓜葛？同时好像觉得，派出所说的那个地址有些耳熟，再一想就想了起来，不就是那次他请我们吃饭没有吃成，后来我又请他吃饭的餐馆门口吗？那里离他租住的小平房不远，我便又想到他老婆，想到他只给我一人参观的暗伤。

事情不是这样。地上一辆倒着的自行车，车上一只裂开的纸箱，纸箱下一个趴倒的人，脑袋下面一摊鲜血，他的后背也是红的，从脊梁沟到后脑勺，却是从纸箱里流出的红米，比血色显得浅淡，珍珠似的透明的粉红。一些米粒从他背上滑下来，滚落在地上的血里，就染成了鲜血一样的颜色。而紧抵着自行车轮子的，是一辆小面包车的轮子，警察用石灰在地上划了一个圆圈，观众都站在圈子外面。不用细看，圈子里趴着的人是汤大水，没有穿白衣服的人现场救他，也没有穿其他颜色衣服的人把他抬走，他已经死了，可能早已经死了。天太冷了，我打了个大的寒战，心就紧缩了起来，随警察走到一个僻静的角落，一一地承认说，这车是我的车，这人也是我的朋友，这米是他驮去卖的。我指着前面那条出不去的死胡同，要他们通知他住在小平房里的老婆，然后还想知道凶手，我问，到底怪谁？警察木然地回答，不全怪他，也不全怪司机，怪只怪北京的风沙，他肯定是睁不开眼睛，人家车都停了，还闭着个眼往前冲……

呼的一阵沙尘暴刮来，警察的眼睛也闭上了，嘴巴虽还张着，后半截话却被吹到一边去了。

他老婆好几次哭死过去，又哭活过来，要把他的尸体运回老家，让儿女们看一眼，然后埋在他爹妈的坟边。我说这是做不到的，别说是我，北京市市长也做不到。我给他们的局长打了电话，局长说是来人，结果仍没有来，也没寄来应急的钱。幸亏是冬天，他在小平房里躺了三天，要是夏天早就臭了。平房的主人不能让他再躺，从房租钱里拿出几十块来，买了一个小小的花圈，后面跟着居委会的人，当天就要送他去火化。车子开到火葬场时，才发现没有缴纳的费用，在那里又继续停着，再打电话找他们的局长，接电话的人说，他们的局长已经换了人，过去的局长调到外贸局去当局长了。

我从家里取了钱来，决定垫付之后向他们的局里讨要，却在他身边发现了一个陌生的老女人，长着一张麻脸，头发黑得没有道理，远看像是真黑，近看像是染的，贴近麻脸从额头往上看去，才在黑发和红肉之间看见一层白皮，原来还是一头假发。老女人已把火化的费用交了，手里还捏着一沓子钱，朝着汤大水的老婆走去，眼也是红红的，用手抹了一把，麻脸坑里便储满了泪水，把手伸过去说，妹子拿着，这是你们的米钱，米还没有卖完，钱先给你们结了……汤大水的老婆立刻知道她是谁了，突然哇的一声大哭着，挥舞着双拳向她扑来，嘴里一边大喊，我打死你，我要打死你呀……！

我终于见到我一直想见的女人，汤大水对我说的那个年轻漂亮的女老板了，在北京的冬天，在一个沙尘暴的日子里，在火葬场。

黑　松　林

1

每次回老家我都会听人讲起黑松林的故事，最初我以为是长在小镇后面的一片松树林子，挨着那一座乱坟岗子不远，听到中途发觉不对，好像是一个人。于是就问，乌山有姓黑的吗？讲他故事的人立刻笑嘻嘻地反问我，要这么说，乌山有姓野的吗？我正要解释百家姓里并不是没有这两个姓，只不过目前还没发展到乌山来，对方紧接着又宜将剩勇追穷寇道，允许你有笔名，就不允许人家有绰名？好歹也是我们乌山家喻户晓的人物！

除了传说中的黑松林以外，小镇上绝大多数人都是懂得幽默的，他们能把绰号与诨名嫁接起来，说成绰名。讲他故事的人越来越多，这个这样讲，那个那样讲，有的讲着好笑，有的讲着摇头或者叹气。后来有一次我回老家，听到一个女人讲他讲得最是动情，讲着讲着骂起来了，骂黑松林如何对不起她的表妹，如何对不起她的表妹给他生的儿子，骂到激烈之时戛然而止，一看她从衣服兜里摸出一张餐巾纸来正在擦着眼泪。事后我向人打听，才知道她是黑松林媳妇娘家的姨表姐，这对表姊妹的娘是一母同胞。黑松林的媳妇抱着儿子离开他后，嫁给了一个做煤炭生意的河南人，河南人只要她，不要她的儿子，她跟黑松林的儿子一下子没个着落，就由她的姨表姐收养着了。

在老家的每一天除了喝酒，就是吹牛，到晚上酒也醒了，人也静了，想起从人们嘴里出来的这个七零八碎的黑松林，试着把他从头到尾地进行梳理，拼凑出一个完整的人生。然后睡下，却睡不着，无论睁着眼睛还是闭上眼睛，他都会胳肢窝里夹着两根很短的拐杖，把身子弯成一个直角来到我的面前，像是背负了很重的重物，也更像一个驼子或者侏儒，一声一声地喊着他的冤枉。

在野狐狸镇，甚至整个乌山，老百姓中还是以张王李刘这些排行榜上的大姓为多，黑松林姓刘，户口簿上的名字叫刘松林。在他出生的年代，这个镇子还时兴叫生产队，队里的男女老少被一个叫作队长的行政领导吆喝着一起下地干活儿。他在他娘肚子里长到七个月的时候，他娘还手拄一根竹棍在秧田里薅着稗草，那一天这个坚强的孕妇觉得情况有些不对劲儿，向队长请假说到松树林子里去解一个小手，一进林子就把他给生了下来。说起来松林这个名字还是姓李的队长取的，李队长说："日你的娘真叫利索喂，母鸡下蛋都没你快，就叫松林子吧，在家坐完月子再来上工！"

由于不足月份，这个松林子直到成年都瘦得出奇，瘦而又矮，头顶只齐着别人的耳朵垂子，并且生下地来就黑，这就为他日后的爱情和婚姻制造了相当的困难。小镇的人分析，是不是他娘怀他七个月还在大太阳底下干活儿，太阳晒透了她的肚皮，晒到里面的胎儿身上去了？所以叫他黑松林，这个绰名就此诞生。黑松林虽然黑、瘦、矮，性子却硬，像他一身黑皮包着的骨头，五次提亲都遭到失败之后，第六次的女方家里提出要一万块钱做彩礼，黑松林硬邦邦地对媒人发出了冷笑说："这么大个数目，老子情愿打光棍！除非她家也送老子一万块钱，双方一碗水才算端平！"

这话让小镇上的人笑了好几个年头：还想送一万块钱给你，还想把一碗水端平，你得了吧，这世上的水要看哪个来端，看着是平的人家的手只一抖……何况也不想想你那是一个什么破碗啵！刘家的二老爹娘最终为了传根接代，瞒着儿子从开煤窑的二表侄手里借了一万块钱，算是把儿媳妇娶进门来，这正好是他家第六次提亲，小镇人说的六六大顺。媳妇是小镇对面王家河的女子，叫王桂香，模样不丑，身子也还勤快，只是一张嘴巴死不饶人，当面背后都爱说自己千选万选，选了一个漏油灯盏，这话的意思是黑松林连做灯盏的质量都不合格。黑松林觉得这话很伤自尊心，每听一次，就免不了要憋一肚子火。

这样的火他不知道憋了几肚子了，伤他自尊的话几乎经常都在发生，有时候并不是人要伤他，是他自己要伤自己，多年来受伤形成的敏感，就像一到阴天老农不下地也会觉得腰疼。往往是两个人正在做着有意义的事，突然间因为王桂香的一句话，黑松林憋在肚子里的火又蹦出来了。拿夫妻行房事为例，事也做了，天也亮了，王桂香清早穿衣下床，手上一边煮着猪食嘴里一边唠叨说："昨夜可对得起你，咋说咋依！"这话要在小镇上有幽默感的男人听了，只会暗自往心里快活，或者趁机说对方仍然对不起自己，还有一样并没有依从，今夜得继续努一把力！可是受多了伤的黑松林偏生不像别的男人，加上他娘怀他七个月时还在田里薅草，他的胎教历史中除了李队长的吼声哪里还有什么幽默感哟，所以他就梗起一根细脖子跟王桂香辩论说："你说啥？你这叫对得起我？你对得起我我就对不起你了？做这个事天生就是男女双方……"

他把"我"字念得很重，接着又用同样的语气念那个男女双方的"双"字，意在坚持这个事不是一个人的事，而是一男一女两个人的事。从逻辑上讲这话当然是没有错的，哲学家一般都这么认为，但问题是世上有一些事不能听哲学家的，就像目前这种情况，一方要证明自己吃了亏，一方又不承认占便宜的仅仅只有自己，男女双方的矛盾就发生了。说句凭良心的话，王桂香清早煮猪食时的唠叨本来是半真半假，半说半笑，想学有情调的城市女人的撒娇，无非想活跃一下清早的气氛，一日之季在于晨的意思。现在被他这么一搅和，假的成分没有了，笑的成分也没有了，剩余的全都是认认真真的指责。她也就一不做二不休，索性以一个受害者的口气，骂他简直是头蠢猪，是头蠢牛，根本不把她这做女人的身子当数。

这下子可好，这个一点幽默感和情调都没有的黑松林，听到自己媳妇骂他是猪，是牛，而且还蠢字当头，越发不肯做那下贱的畜生了。双方辩论到了最后，王桂香扔下猪食铲子气哼哼地进到屋里，从门缝里放出一个冷笑道："好！好！照你说的倒是你吃了亏，从今往后，我要是再占你的便宜我就把我这个王字倒挂起来！"

"倒挂起来还不是个王？"黑松林还要火上加一瓢油。

"那我就不是王家河王家养的，该行了吧？"

王桂香也是个争硬气的女人，这两口子真叫作天生的一对，地配的一双，从今往后她记着自己说过的话，决不再占他的便宜。正好在前面的日子里她已有孕在身，行房的事后来基本上就取消了。

不过两个人的矛盾完全因为这个也未免太夸张了一点，我说老家小镇上的人绝大多数是懂得幽默的，他们的幽默就表现在叙事的艺术上，有时故意地忽略一些过程，强化一些情节，把一些紧要三关的细节无限放大，直到听者哄的一声笑破肚皮为止。其实如果隔一天再听下一人讲，肯定又能听到几个别的版本，黑松林跟王桂香之间的夫妻不睦，不出所料到底还是牵涉了其他的事，相比之下那些事的性质要严重一些。经过再三追问，讲故事的又扯出了另外一个人物，这个人物的出现是关键性的。

那人的爹前面有人提起过的，就是当年这个镇子还叫生产队时的李队长。李队长不当队长以后没过多久就去世了，据说是抑郁而死，临断气前还说了一句怀才不遇。他家的独生子叫李怀东，参军到北方当了个汽车兵，方向盘把握得还可以，转业回来给镇长开车。李怀东在部队学会了观察生活，对人说他经过反复观察，发现黑松林媳妇生的儿子没有一处长得像黑松林，说了一笑，就不说了，给人留下巨大的想象空间。这话像一股春天的小风吹开了这个名叫野狐狸镇的巴掌大地方一个冬天的枯燥和沉寂，带着红花绿草和蝴蝶蜜蜂的气息进入一只只耳朵，接着又从一张张嘴巴扩散出去，很快整个小镇上的人都传遍了。

要说还没传遍，可能只有矮、黑、瘦、硬的黑松林一人还是个死角，等到终于被他知道的时候，第二年夏季山坡上的小麦都成熟了。黑松林清早起来去磨镰刀，霍霍地磨，这是一把无齿的长柄的泼镰刀，直角形的，比起半月形的有齿镰刀宽大一倍，接触面广，割得也多，三尺以外的麦秆子都能撂倒，舞动起威风凛凛，气势汹汹。早饭时他一人闷头喝了二两烧酒，饭也多吃了一碗，他爹他娘以及他的媳妇王桂香都听到了他的磨刀声，以为他要奋发图强地去割麦子了，临出门他娘还追上来啰唆了一句：“晌午饭你是回来吃，还是你媳妇给你送啊？”

黑松林嘴里含糊了一声，三人都没听清内容，然后他握刀在手，走出家门。他没有走向那块金色的麦地，而是朝着那栋灰色的房子，那个叫作镇委大院的钢筋水泥建筑直奔而去。

2

喝了二两烧酒的黑松林大踏步地来到镇委大院，还在院子外面他就看见了院子里面的李怀东，院子里面停着几辆小轿车。李怀东面朝其中一辆红颜色的车屁股站着，刚把擦车的毛刷放进后备厢里，车盖往下一扣，他的身子往左一转，两只手同时集合到了裤裆前面，看样子准备去上一个厕所。黑松林听人说过，有经验的司机在开长路之前，往往要先放一泡尿，说明这个狗娘养的马上就要出发了，幸亏自己来得及时！

“姓李的！”黑松林大吼一声，把那只拿镰刀的右手的袖子往上挽了一挽。“今天你要是不给老子说清楚，老子就把你的脑壳一刀割了！”他一口一个老子，还在空中做了一个割麦子的动作，不想这么一割，挽上去的袖子又垮了下来。因为人矮胳膊也短，他的每件衣服的袖子都要长出一截，垮下来的袖子把他手里的镰刀掩盖得只露出一点刀尖，随着割麦的动作在太阳光下一闪一闪的，看着活像是京剧里的一个丑角。

李怀东猛一回头，两手从裤裆前面垂到了原处，他发现不远处竖着一个小黑影子，当他认出是镇上的黑松林时，脸上的颜色缓和下来，甚至他还咧了咧嘴巴表示在笑。他觉得黑松林目前的这个样子相当滑稽，刚才的吼声不像是从这人嘴里发出来的。

“说啥清楚？你是哪个的老子？——嘿，真是大天白日闯见了鬼哟，你干活儿干累了想进这里面来歇口气你就直说，想喝口水也没问题，有人赶你出去你就说是来找我的，你何苦要拿这个做由头呢？——嘿，真是的！”

李怀东的手又回到裤裆前面，一边急匆匆地转过身去，看来还不只是做出发前的准备，这泡尿真有可能把他给憋急了。

“你给老子站着！老子问你哪个是鬼？刚才你说哪个是鬼来着？”

“嘿，你也不趴到水沟沟里照照你那张脸，红得就跟猴子屁股一样，还老子长老子短的，老远闻着你一股酒气，你怕是喝醉了酒跑到这里来耍酒疯吧？”

“你算是说对了，今天老子就是喝醉了酒，老子就是要耍一个酒疯给你看看！看你一张吃屎喝尿的鸡巴臭嘴还到处乱说不，说就说了你还不敢认账，你才是你娘的个鬼嘞！”

黑松林本来忘记了自己是喝过酒的，他只觉得脑壳发胀，浑身发热，胸脯子里面有个烧得滚烫的红火球要蹿出来，经李怀东这一提醒，他才想起这都是那二两烧酒给喝出的效果。难怪说酒壮英雄胆，那么好极了，他要的就是这个胆量，要在平时他一遇见五大三粗的李怀东就感到自卑，好比他的二老爹娘当年莫名其妙地害怕土皇帝李队长一样。而现在站在他眼面前的这个穿一身黄布衣裳的人，不就是一个连枪都上缴了的臭老转，一个回家给镇长开车的破司机吗？

嘴里骂出那一句话之后，黑松林紧跟着一个箭步扑了过去，不过他并没有像他声称的那样用镰刀去割李怀东的脑壳，却是用那只没拿镰刀的手一把将李怀东牢牢地薅住。他的个子实在太矮了，胳膊得举高一些才能抓着李怀东腰上的皮带，像公交汽车上的乘客抓着吊环。

“嘿，你还真是来了劲儿哟！我说你啥了？”

“你说老子啥了你自己心知肚明！”

“我心也不知，我肚也不明，我只晓得我尿胀了我要去屙泡尿，屙完尿好我送张镇长赶紧到县里开三级干部会！”

“你说老子的儿子没有一处长得像老子，那他到底长得像哪个，你给老子说说！”

黑松林终于被他逼得自己说出来了，李怀东嘴里“噗”的一响，笑得差点儿背过气去。他在心里承认他是说过这个话的，有一天他闲得没事，看见王桂香抱着儿子到卫生所来打疫苗，他听说了那是黑松林的媳妇，就对人吹牛他在部队学过遗传学，一看那儿子就不像黑松林。黑松林黑，儿子白，黑松林瘦，儿子胖，黑松林矮，儿子目前太小将来有一米几还说不准确，但从骨节看跟同龄孩子差不多，这就证明至少还能当兵。而黑松林显然是当不上的，那年验兵他们两个一道报名，其结果是一个穿上军装走了，一个又戴上草帽在地里割起了麦子。还有一宗特别是与基因有关，黑松林性子硬，动不动就跟人梗脖子，儿子却一看就是个小滑头，刚才有人给他一根棒棒糖，这小杂种张嘴就喊了一声伯伯，那人是从四川赶来跟媳妇办结婚的。

他爹可没有儿子这么滑，李怀东跟黑松林一起长大，小时候家里穷成那样，过年都没有好东西吃，跟他家隔一道墙的张快活那时还是个单身汉，企图用物质引诱黑松林，教他喊一声爹给他一个芝麻饼子。黑松林抓起芝麻饼子吧唧就打在张快活的脸上，打得张快活一脸黑芝麻，连绰名都被人改了，一度叫成了麻子爹。张快活嫌这名字太难听，害怕有人误以为他是因为麻子才打光棍，求人千万别叫这个，退一步哪怕叫芝麻爹都行，于是后来就被叫作芝麻爹。

李怀东只在心里承认，嘴上他是不会承认的，毕竟在背后说人坏话不值得提倡，三大纪律八项注意虽然漏了这一条，但要是硬往调戏妇女们那一条上靠，把调戏换上污辱，不也多少能够靠点儿谱吗？

“闹了半天你还是为的这个，俗话说得好，养儿不像老子娘心里明白，我咋晓得你儿子长得像哪个嘛！你说我对哪个说的？哪个听到我对哪个说的？——嘿，真是的！”

“你今天要是不给老子说清楚，老子今天就饶不了你！”

“你今天要是不把那个说的人给我交出来，我今天还饶不了你呢！”

从这点看李怀东的修养还是不错的，虽然是个当兵的出身，可他正因为当兵才在部队受过几年教育，黑松林口口声声要当他的老子，他却一次都不这样说。他知道这个自称的老子是假的，网络的说法叫虚拟，别说虚拟为老子，就是虚拟为十八辈祖宗都没有任何现实意义。他只让黑松林把人交出来，这才是硬东西，这在法律上叫作举证，李怀东在部队上学遗传学的同时，他还学过法律。

黑松林交不出来那个人，关于他的儿子没有一处长得像他的谣言像天上的风，像地上的影子，人只能看见有东西在天上地上飘来飘去，风和影子又怎么捉得住呢？俗话说的捕风捉影，就是古人形容那些无根无据又捕捉不住的事。他也无法查明它的源头以及传播的渠道，到底吹过了哪些沟沟岔岔，落到了哪些村村院院，惹动了多少男男女女，逗出了多少嘻嘻哈哈，连老天爷都不知道，何况是他。

他能交得出来的只有他爹和他娘，那天夜里他一觉睡醒起来解手，听到二位老人还没有睡，还坐在外面屋里气呼呼地小声骂人，有一句话像刀子一样剜到他的心里去了。他爹说该天杀的李怀东比他老子还要丧德，说我孙娃子没有一处长得像我儿子！他娘说快莫说了快莫说了，让他们听到了可不得了！

他娘说的他们，是指他跟他的媳妇王桂香，现在让他回想起来，这话王桂香有可能都听到了，天底下只有自己一个人没有听到。但自己总不能把他爹他娘交出来为他作证，那句像风又像影子的话能够进到他爹他娘的耳朵，天知道已经过了多长的时间，经过了多少人的口舌！他爹他娘就算是说得出上家，上家的上家又怎么愿意站出来得罪李怀东呢？

黑松林虽然喝了二两烧酒，虽然努着力地要把李怀东看作是一个连枪都上缴了的臭老转和破司机，但他心里还是没有醉到那个程度。再说以上也只是自己个人的看法，小镇人的看法跟自己又不一样了，破司机一旦给野狐狸镇的镇长开上了车，不相当于一条狐狸也得相当于一条敢咬狐狸的狗。至于说手上没有了枪，如今要打死一个人还费得着用枪吗？

不过别人怕他，喝了酒的黑松林不会怕他，黑松林今天是豁出来了。

“老子日你亲亲的娘呃，你造了老子的谣反倒还说饶不了老子，老子今天倒要看看你咋个饶不了老子吧!”

黑松林就由动嘴到动手，先是用指头捣，接着用巴掌推，再接着用膀子撞，用拳头擂，用整个矮瘦的身子发起攻势。两个人的身子根本不成正比，黑松林不管怎么进攻都像一块石头撞在一方墙上，即便李怀东不去部队上当几年兵，即便两个人同样在家种稻割麦，李怀东的身子倒下去也能把黑松林撞个踉跄，他还得躲闪得快。结局果不其然，黑松林一个饿狗钻裆没有成功，李怀东一个老鹰抓鸡，顺手抓住黑松林的后颈脖子往相反的方向一搡，扑通一声，只见黑松林的身子向后，一个坐墩子坐在地上了。

李怀东没有马上转身，是防备地上这人还会从背后又扑过来。他看见张镇长手里握着一只真空保温杯，一边回过头去跟人说话，一边往台阶下面走着。张镇长也认出李怀东了，只是没认出地上的黑松林，矮瘦的黑松林站在地上目标就小，如今又坐在了地上，远看就像一只装垃圾的黑塑料袋，再加上刚才下台阶时有一辆货车挡在右侧，他还以为那袋垃圾是货车司机扔在那里的呢。张镇长看见他的司机李怀东正在活动着手腕，就顺嘴笑了笑说:“又练拳啦?”

“可不是吗，反正没事!”李怀东也没事一样笑了笑说。

黑松林这一个坐墩子坐得不轻，整个脑袋都是晕的，等他双手撑着从地上爬起来的时候，张镇长的红轿车已经飙出院门，飙上马路十几丈远了，他只能对着冒烟的车屁股一顿大骂。当过兵的李怀东力气真大，镇委大院的停车场又是青石板扣的，那家伙采自附近的一座石岩，小镇人用它刻碑修墓砌房屋地脚，比人造水泥要坚固得多。

青石板坚固这且不说，黑松林在倒地的那一时刻，一直举在空中吓唬对方的那把镰刀还紧紧握在自己的手里，随着他的倒下跟胳膊一道转到了背后，他的潜意识里可能想用这手垫住屁股，为的是避免它跟青石板的直接撞击，却忘了手里握着一件危险的工具。这一下子可没垫好，王桂香骂他蠢猪蠢牛他还不服，他要不蠢就该把镰刀果断地扔掉，或者把那条胳膊伸开也行，就这一个动作，他整个后半辈子的命运开始了大的转折。

幸亏镰刀的刀尖不是朝上，据小镇上讲他故事的人说，要不然正好剜进他的屁股眼儿，也就是《辞海》里说的肛门。他们说阴历的五月间天都热了，人都只穿一条单裤，黑松林又一年四季连个短裤衩子都不穿的，这也是王桂香瞧他不起的原因之一，那一刀进去真能扎穿他的肠子!

小镇人说完笑完，摇完了头叹完了气，最后用一句话总结他的此次行动说："这个人哪，还算是命大！"

3

黑松林的故事还没完，不是别人跟他没完，是他要跟李怀东没完。关于王桂香生的儿子没有一处长得像他的谣言，依然像春风一样在野狐狸镇吹拂扩散，为此他坚决要把跟造谣者李怀东的斗争进行到底。当我再一次回到老家，小镇上看起来一切依旧，只是听说王桂香已经带着儿子离开了这里，回到她的娘家王家河了。

他们说王桂香是一路哭着走的，走的时候是个冬天的大清早，腊时腊月还差三天就要过年，路过小镇的青石板街上，街边有个老私塾先生已经在写对子卖了。那天清早黑松林在家，公公婆婆也在家，黑松林并不拦她，公公婆婆想拦却拦不住她，王桂香用一条花披巾把自己的头裹得严严实实，而把儿子的一张小脸露在外面，嘴里一遍一遍地大声喊着，"我倒要让你们看看，看看我的儿子长得到底像哪一个！一泡屎不臭撩起来臭，我再不走，我再不走就要活活给熏死了！"

王桂香的这个口号要分上下两个部分，上半部分是喊给李怀东们听的，下半部分却是针对自己的男人黑松林。她所说的一泡屎不臭撩起来臭，是典型的乌山地域语言，娘家王家河人这样说，婆家野狐狸镇人也这样说，黑松林应该听懂。这是智者对世事的总结和对他人的规劝，意思说一泡屎本来不臭，如果有人用一根棍子把它撩起来，迎风一吹那就臭了。或者说一泡屎本来还不是太臭，一撩起来那可就更加臭不可闻。识时务者应该怎么办呢？应该视若不见，置之不理，小心地绕着走别一脚踩了它，让它独自一泡静静地躺在那里，时间一长自然会风干萎缩，减少臭气，具有这种心计的人才可以称为俊杰。俊杰一般会等到这泡屎变得像一节树根的时候，再用铲子把它轻轻铲到庄稼地里成为有机肥料，借用唐诗里面的话说，让它化作春泥更护花。

黑松林离俊杰的境界太远了，他知道这是王桂香对他的临别赠言，说是责备、指控、怨恨都算得上。就好比造谣的李怀东是狗屎一泡，不理它也就是了，可他偏偏要理，要拿着一把镰刀跑去撩它，一边撩一边还大喊大叫，这不就相当于向全镇人发出号召，都来看啦，都来看啦，李怀东说我儿子没有一处长得像我，老子今天要跟他拼命啦！接着又是动手，又是一个坐墩子坐在青石板上，又是自己的镰刀正好对着自己的屁股，全都是听着让人笑破肚皮的事！这么一来，既然他号召人都来看，人可不就真的都来看了，都来了解这泡狗屎的来龙去脉了吗？

其实在这之前，在公公婆婆害怕儿媳妇听到这个话的时候，儿媳妇早已经听到这个话了，她忍气吞声地瞒着男人，如同公公婆婆想方设法地瞒着儿子。王桂香瞒着黑松林的原因与其说是为他，不如说是更为自己，她知道自她嫁到这个小镇以来，小镇人都普遍认为，一个能说能做能生的黄花女，嫁给一个又矮又瘦又黑的光棍汉，不说是一朵鲜花插在牛的那个排泄物上，至少也是很不合账算的。于是他们就有了各种猜疑，是不是过去她在娘家有过什么事，跟过什么人，由于什么原因没成，没办法最后她才退而求其次地跟了黑松林，不然她怎么会看上这个人呢？只要往这方面一想，答案果然就出来了，那个跟她没成的人贼心不死，双方还藕断丝连，黑松林的媳妇是人在曹营心在汉，王桂香的男人是被蒙在一面牛皮鼓里，养着别人的儿子，花着自家的钱。

要是她的娘家不在几里路外的王家河，要是她也生在这个野狐狸镇，婆家对他知根知底，小镇人看着她从小长大，那么这些猜疑也就不会成立。或者，要是黑松林长得高大白净，一表人才，也没人敢在他的儿子身上来做文章。王桂香现在有些后悔了，那些抬高自己贬低黑松林的话，以前连她本人都直肠直肚到处乱说，说是千选万选，选了一个漏油灯盏。没想到她是说者无心，人家却是听者有意，把她说的话像零钱一样地攒在自己兜里，平时不用，一到时候随便花就是了。又等于她把手指头伸进人家的嘴巴，以为人家不咬，不料人家转脸就是一口。怪谁个呢？当然怪她本人，同时也怪长得太不像个样子的黑松林，鸡蛋本身要是没有破损，苍蝇又怎么能往里面叮啵？

过去小镇人对王桂香儿子的传说，只限于在背后私下进行，就好比是单线联系，说完要反复叮嘱对方不许外传。自从镇委大院的事件发生以后，人们都觉得没有这个必要了，黑松林跟李怀东的那次打架是在正午的阳光下，打架之前的双方对话，也从李怀东的嘴里知道了一个大概。小镇人讲故事有倒叙的天才，他们从二位打架开始讲起，首先讲了这一次的这件事情，相当于正说，其间插叙那一次的那件事情，相当于倒叙，为的是把两件事情的因果关系叙说明白，没有其一就没有其二，之所以有其二就必然有其一。或者讲的人只讲打架，逼得听的人反复追问为什么打时，才做出无可奈何和迫不得已的样子从头讲出打的起因，叙说者的立场，当然是在弱势群体黑松林这一边的。

这样的话万一传进黑松林的耳朵，想他也不会把自己当成李怀东来仇恨。更何况说，谣言的创始人在野狐狸镇的镇委大院，在张镇长的红轿车里，他射出了无形的冷箭，还稳坐在钓鱼台上。黑松林得集中有生力量去对付那个手握方向盘的李怀东，总不能拿起竹竿来扫一船，听到谁说就跟谁干，要那样他也真是蠢人一个，活该儿子长得不像他了。

王桂香差不多是单枪匹马，顽强地抵抗着外来的风言风语，随着镇委大院事件的公开，这些风言风语也渐渐开始公开化了。小镇人见黑松林撩了那泡屎，他们也跟着去撩那泡屎，有的竟敢当着王桂香的面痛骂李怀东，叹息黑松林，为王桂香打抱不平，说儿子长得不像老子的事在历史上比比皆是，不仅中国很多，全世界也不少，秦始皇长得不像异人就不说了，美国的小布什长得就像老布什吗？不像有什么可稀奇的！王桂香就只好随话答话，她说其实大家没有细看，细看都是像的，小孩刚生下来都胖，一抽条身上就瘦，吃娘奶时都白，一断奶皮肤就黑。说到个子高矮，性子强弱，人看从小马看四蹄虽说也有一定的道理，但说是那么说，真要定型最少也得长到十岁，等到那时再看，儿子跟爹就是一个模子刻出来的了！

有的人表面上被她说服，心里则不然，背地还是孜孜不倦地研究着她的儿子。这时候王桂香不骂人不行了，她骂说她母子坏话的人是狗，俗话说狗眼看人低，狗眼里的儿子也不像老子，只有老狗和小狗崽子才是一个狗相，吃屎的舌头伸出来都是一般长的。那些人全然不被她的骂所吓倒，继续研究如故，最后她使出一招撒手锏来，是张三说的，她就抱起儿子对张三笑道，儿啊，难怪你长得像你三哥，你弟兄两个是从一个衣包子里面掉出来的！是李四说的，她就抱起儿子对李四笑道，儿啊，我生你四哥时他也是你这白这胖，长大了才变成这个丑八怪的！

王桂香就这样打退了敌人的一次次进攻，白天在外面说了，骂了，笑了，晚上回家把门一插，却哇哇地哭成了一个泪人儿。她将长期以来所受的屈辱像扔破砖烂瓦一样全都砸向黑松林，一边大哭一边大骂，句句话骂在了他的心坎上："你这个三寸丁谷树皮，你这个卖炊饼的武大郎，你这个小矮子，俗话说惹不起躲得起，你倒是好，你非但不躲你还要去惹，你惹得起吧？你惹得下吧？你惹得赢吧？你惹得人家都敢当面扣你女人的屎盆子了，你倒是再去给我惹一个哇……！”

其实不用她骂，还要她骂个什么呢，黑松林在这件事上本来是有愧的，他自己的情况自己知道，一直都觉得愧对了自己的媳妇。但他觉得愧对的媳妇对自己这么一骂，他的有愧心情立刻又被她骂回去了，骂他别的什么也就罢了，骂他一声等于减他一分愧意，这不是骂他，这是帮他，帮他的大忙了。却不料这婆娘开门见山直奔他矮，三句话就像是三排子弹，一颗一颗的全都射中了他的穴位，那地方他已经是伤痕累累了！

轰隆一下，黑松林的心里燃起了万丈怒火，他照着王桂香的嘴一巴掌扇了过去：“好！老子矮！好！老子是武大郎！好！今夜你就去把西门庆叫来，你们两个合伙把老子谋死好了！人家说你生的儿子长得没有一处像老子，以前老子总不明白是咋回事嘞，现在老子可明白啦！你给老子滚吧，你不敢谋死老子你就给老子滚！滚！”

他完全用对李怀东的口气对王桂香，一口一个老子，在黑松林现在的眼里看来，王桂香跟李怀东基本上是一样的，都是拿嘴巴杀人的人，无非一个是男人，一个是女人，一个是外人，一个是家人，一个是暗中用阴火烧他的人，一个是明着用快刀捅他的人，都是要把他弄死了算数！好，既然是要他死，那他也不能要她活得好受，黑松林眼露凶光，吼声如雷，一句跟一句地命令她滚，这时候他的手里没有那把镰刀，不然的话他会一刀把她连她儿子都给劈了。不错，那是她的儿子，不是他的，俗话说得好，无风不起浪，凡事都有因，李怀东的谣言并不是没有一点道理！

王桂香突然不说话了，不骂也不哭了，她发觉她嫁的这个矮子原来还是这么厉害！她的身子往后退了一步，又退了两步，一直退到了门边站着，随时准备着开门出逃，嘴里也不再发出任何声音。一个夜晚就这么过去了，第二天清早，王桂香怀里抱着长得没有一处像他的儿子，听他的话真的滚出了他家大门。这一天离过年还有三天，她们母子路过小镇的青石板街上，街边有个老私塾先生已经在写对子卖了。

4

小镇人实事求是地评价黑松林，说他的秉性是得理不饶人，无理也不求人。我请他们举例，他们随口就举那天清早的例子，王桂香母子的离家出走，他爹他娘赔了儿媳又折孙子，伤心得一个要投河，一个要上吊，当事人黑松林却表现得相当冷静，或者说是理性也可以。他的理性大概是这样的：王桂香骂了他三句矮子以后，他就不欠王桂香的了，他打了王桂香一个耳光之后，王桂香也不欠他的了，两个人算是从此两清。她错了他不能饶她，她要走他又何必求她呢？世上的事都是顺理成章，理所当然的。

王桂香走了他不会觉得愉快，但他觉得轻松，走了好，原本她就不该来。她不来什么事都没有，没有儿子，没有谣言，也不会打架，还不会欠人家一万块钱的债呢！没有一处长得像自己的儿子满岁那天他才知道，老爹瞒着自己在外面借了一万块钱送给他老丈人，他老丈人才把女儿派到他家来做媳妇。是大舅的儿子他的二老表那天来喝喜酒的时候对他说的，二老表说："有就还，没有也莫太急，这个年底以前我咬咬牙还能扛得过去！"

他慢慢听出名堂来了，二老表说的是钱，再听是一万，再听是前年他娶王桂香借的，再听还有一分二厘的利息，比农村信用合作社还高那么一点点。为什么不到农村信用合作社去贷呢？因为在那里只有用于农业生产才能贷到，而媳妇又不是种子、化肥和农药。刚才这句让他们莫急的话，就等于农村信用合作社给他们宣布了还款时间，只差几个月就到期限了。二老表在山西当的是小煤窑的老板，空手套白狼，本身也贷着银行的款子。

黑松林的麻秆细腰扑哧一软，立刻感到肩膀头上压了一扇沉甸甸的石磨，他看老爹一眼，看老娘一眼，看他媳妇王桂香一眼，他们这时都顾不得看他，只顾得拿筷子往恭喜贺喜的亲戚家们碗里夹肉。他爹起身给二老表夹了一个油汪汪的鸡大腿说："表侄儿对我家有恩，往后等我孙娃子长大了，不给你当表叔的拜年你就拿擀面杖捶他的屁股蛋子！"

如今孙娃子跟娘走了，一万块钱义不容辞地落在了他的头上，用他的话说这也是顺理成章，理所当然的。只给当表叔的拜年，只让表叔捶屁股蛋子中什么用？要中用他情愿天天扒开裤子，撅着屁股蛋子让人家拿擀面杖捶！再说这个孙娃子哪年才能长大，长大了还回不回来，二老表等不等得到那一天，这都不能由糊涂老爹说了算，得由精明的债主二老表自己说。夹鸡大腿时没听二老表是怎么说的，他说他要咬牙才能扛到这个年底！

黑松林还没想到，在他身上还有花钱的事，要花的钱一万块还打不住！

小镇人说，那年五月，那把幸亏刀尖不是朝上的镰刀，没有从他肛门进去扎穿他的肠子，但这只是门外汉的肉眼观察和判断，医院大夫的残忍说法却把他肠子里的屎都吓了出来。大夫说正因为刀背朝上，他的尾椎骨就给顶坏了，这个部位在医学上属于骨科，比起外科肛肠科来，骨科的事不知道要复杂多少倍数。

黑松林到医院去看他的尾椎骨，是因为王桂香带着儿子走后的第三天，他的那个地方突然疼了起来，疼得他从床上不能下地，下了地又不能上床，只能一天到晚撅着屁股，动弹一下都像要他的命。在家坚持了几个日夜，实在难得坚持下去，他想起住在隔壁的芝麻爹，也就是在他小的时候叫过张快活的，没娶媳妇以前因为爱情的事腿子被人揍了，请木匠做过一对拐杖，现在可能早已不用，他就弓着身子去把那对拐杖借来。然后他在兜里装上卖苞谷的钱，胳肢窝下夹着双拐，撑船一样撑到了小镇医院。

小镇医院小得像个麻雀，五花八门的科室却肝胆俱全，而且一处比一处贵。黑松林狠心花六块钱，挂了一个骨科专家的号，进到门诊室里坐不能坐，躺不能躺，骨科专家让他半趔着身子趴在观察台上，拿起一把锤子在他的尾椎骨上敲来敲去。每敲一下他都疼得喊一声娘，骨科专家讽刺他说，你娘把你生下来时这里就疼吗？他说没有，骨科专家说还是呀，那你喊你娘干什么呢？男子汉大丈夫要坚强、勇敢、乐观、自信，既然不是生下来就疼那就证明不是先天性的，那就还有康复的希望，只要你听专家的话，你愿意听专家的话吗？他说愿意，骨科专家就让他到一个什么处去交一个什么钱，又到一个什么室去拍一个什么片子，拍完拿着片子回来，认准了还找这个专家。

黑松林这次花了一百多块，拍完片子回到原处，骨科专家指着上面一根透明的骨头，让他自己过目："尾椎骨是不是？损坏了是不是？三个月前臀部向下摔过一跤是不是？落地时有个硬物在这里顶了一下是不是？"

"我的个娘呃，专家你咋晓得，那是个镰刀背，可那阵子一点都不疼！"

"连这都不知道还是个什么专家！那天喝酒了是不是？"

"我的个娘呃，专家你是活神仙！我那一顿喝的足有二两烧酒！"

"喝酒之后人的骨头相对绵软，全身的神经系统也高度兴奋，容易被不痛不痒的假象所麻痹。一周过后应该有轻微的反应，不过你抗摔打的能力是比较强的，没有引起你足够的重视是不是？"

"我的个……是的是的，那我该咋办哪专家？"

"断了就得接起来是不是？再不接你就残疾啦，现在接都有点晚啦，先住院观察几天，带钱了吗？做手术可是要花不少的钱，你得提前有个心理准备！”

骨科专家从蓝墨水瓶里拔出一支长杆蘸水笔，在处方笺的上方一下一下地摇摆着，像是蘸着空气给他开药。黑松林听了骨科专家的话毛骨悚然，最悚然的是最后的那句话。他试着问骨科专家：“不少钱……是多少钱？”

“入院时先交一万，初步方案出来以后根据病情再加，别紧张嘛，健康的身体是第一位的是不……？”

黑松林张嘴差点又喊了一声我的个娘呃，骨科专家的背后，他的对面有一方大镜子，他看见镜子里的有一张脸跟专家的白大褂一样颜色，那是他的脸，汗毛子在他脸上一颤一颤的，好像三九寒天的庄稼地里下了一层白霜。他知道自己身上别说一万块钱，恐怕一百块钱都不够了，来之前他爹去卖了二百斤苞谷种，连挂号带拍片子，花得只剩下三十多块了。

“专家我出去一下，我媳妇在门外等着我的，我的钱揣在她身上……”

他急急忙忙地对骨科专家比画着，夹起一对拐杖就往出走。骨科专家不仅看尾椎骨是专家，看面部肌肉同样也是专家，一看他惊慌失措的表情就知道这是一个穷鬼，医院行话叫作逃诊。专家把长杆蘸水笔重新插回蓝墨水瓶里，转过脸说：“嘿，又是一个要钱不要命的……下一个！”

黑松林带伤逃出院门，那样子简直叫作仓皇，门外没有等着他的媳妇，他的媳妇王桂香抱着儿子回了王家河，不会在这里等着他了。他只能还跟来的时候一样，架着芝麻爹的双拐自己回家，一路走一路悲愤不已，回想着他本来好端端的尾椎骨是怎么断的。其实这个问题还用想吗？李怀东说他儿子没有一处长得像他，他拿着镰刀去找李怀东拼命，李怀东搡了他一个坐墩子，他身子往后一坐正好顶在手里的镰刀背上。事情的整个过程就像是亚里斯多德的三段论，有头有尾有因有果，只不过他当时喝了酒没觉得疼，想不到王桂香一走……

正想着猛听得背后“嘀”的一响，是一辆汽车在按喇叭，嫌他不该走到了马路当中。要是往常，短小精悍的黑松林身子一闪就能闪到路边的柳树下面，可他现在闪不动了，他架着拐杖一连挪了好几下子，也不过把身子往路边挪了一尺多远。只听得汽车嘎的一个急刹，有人在车里吼了一声“找死吧你”，黑松林吓得扭头一看，认出背后那车是辆红轿车，开车的穿着一身黄衣裳，这人不是李怀东是谁呢？旁边的副驾驶座上坐的是张镇长，张镇长的小脑袋像龟头一样往前伸着，看样子刚才差点撞着了挡风玻璃。

黑松林这一扭头，车子里的李怀东也认出了他，发现他的胳肢窝里夹着两支拐杖，李怀东的眼睛一愣，接着嘴里又嘀咕了一句，这次声音不大刘松林没有听清，看口型估计还是“找死吧你”。红轿车从他身边绕个弧形，呜的一声闷响飙了过去，黑松林像是一觉睡醒过来，揉揉眼睛，两眼瞪着车轮辗起的一阵尘土，突然朝着那个方向大骂起来：“李怀东，老子日你亲亲的娘呃，你造了老子谣言不说，还把老子尾椎骨给整断了！老子饶不了你，不信你给老子等着啊！”

车里的李怀东当然一句也不会听到，但是黑松林骂也没有白骂，他骂出这一声的好处是让自己更进一步地明确了目标，坚定了信念，饶不了李怀东的决心也更大了。

5

第二次来到镇委大院，黑松林的尾椎骨略为好了一些，他到底没听那个骨科专家的话，花一万块钱去搞什么住院观察，别说把家里粮食卖完也没有这么多钱，就算有这么多钱也得先还了二老表的旧债。他的心里这样想着，做人要有准则，凡事都得讲个先来后到，治尾椎骨也不例外。他只花五块钱买了两张狗皮膏药，先后做两次贴在患处，又花十九块五毛钱，干脆把芝麻爹的一对拐杖买了过来，每天夹在胳肢窝下练习活动。反正这对拐杖芝麻爹早就不用了，放在家里只是个摆设，也算不得什么古董，还容易引起当年不愉快的回忆。芝麻婶子说拐杖要值二十块钱，黑松林认为它的质地是杂木，一只拐把上面又裂了道缝，提出再降一块，芝麻爹可怜他都成了这个样子，两家又是多年的隔壁邻舍，就退一步减了五毛。

这时已经到了深秋的天气，沿路两边田里的稻谷都打罢了，黑松林家今秋的稻谷是请人打的，每人管吃管喝还得按天给五十块钱，因为他再也没有能力跟去年一样，亲自下田干这过去他不在话下的活儿了。出门前他多穿了一条厚裤子，并不是吸取上次的教训，想着万一又被李怀东搡倒在地，屁股上能多加一层保护，而是自从尾椎骨受伤以后，那个部位的气血也随之不足，还没到冬天就觉得冷，就像有一块冰凉的石头坠在后腰。

黑松林走进院门，先看见李怀东开的那辆红轿车，还卧在那个显眼的位置，只是不见上次刷车的李怀东。他的心里并不惊慌，想着只要车在，人就没走，指不定又上厕所屙尿去了，这是个懒牛懒马屎尿多的家伙，不光是懒，还是个坏畜生。黑松林刚一想到厕所，真就发现李怀东从厕所里走了出来，一边走一边拉着裤裆的拉链。李怀东也一眼看见了他，因为上次在马路上已经见到胳肢窝里夹着拐杖的黑松林了，这次并没为他这个样子感到意外，意外的是他怎么又来了呢？自从夏天两个人打架之后，黑松林再也没到镇委大院来过，李怀东以为他吃一堑长一智，不敢再到这里来骚扰了。

“李怀东我日你的娘呃，你还认得老子吧？”黑松林开口就来了这么一句。

“咋不认得？你不就是上次来打架的那个酒疯子吗？”李怀东的这句话回答得比他还绝，轻描淡写地把那天的事又回顾了一下。他还是保持着一定的修养，不给黑松林充老子，也不骂日黑松林的娘。

“认得就好！可你晓得老子为啥上次拿一把镰刀，这次夹两根拐杖吗？”

“上次你说要割我的脑袋，这次你还想打我一顿不成？”

“日你的娘，你把老子一掌搡在地上，镰刀背把老子的尾椎骨都顶断了，老子今天来除了问你为啥说我儿子没有一处长得像老子，还要找你给老子报销治尾椎骨的花费钱！还有，你害老子跟媳妇半夜三更打架，天一亮媳妇就抱着儿子跑了，这事你也得负全部责任！”

李怀东开头听着还有点愣，听到最后一句就想笑了，但他使劲忍着，听黑松林继续往下说。黑松林这时却住了嘴，在身上摸索摸索，摸索出几张大大小小的纸来，捏在手里像是捏着一个把柄，一张一张地揭给他看：“这些钱都得是你给老子出！这是上医院挂的骨科号，这是骨科专家叫老子拍片子的单据，这是买两张狗皮膏药的条子，还有买芝麻爹的这对拐杖，那天叫他也写一个他没找到笔……你都得给老子报销了，这事原本是你引起的，这叫冤有头债有主，还是那句话，你为啥说我儿子没有一处长得像我来着？嗯？你给老子说！嗯，你给老子说哇？”

“就算我说了你儿子没有一处长得像你，这话好像也没啥毛病呀？你说这话有啥毛病？你儿子的确是没有一处长得像你，你叫别个看也是这回事嘛，你黑，你儿子白，你瘦，你儿子……”李怀东这次一不小心，居然失口承认了他说过这话，上次他可是一口咬定没有说的，“就为这屁大的一点子事，你就喝了酒拿着一把镰刀来找我打架！俗话说得好，骂人无好言，打架无好拳，你是骂了又打连打带骂呀！你一打，我可不就得顺手一挡？我一挡，你可不就得一个坐墩子坐到地上？至于说你的尾椎骨叫镰刀给顶断了，那又是哪个叫你把镰刀放到屁股底下的嘛！”

“你不说那句王八蛋的话能有后面的这些事吗？世上的万事万物都不是无缘无故，都有个前因后果，老子跟你前世无冤今世无仇，为啥不找张三李四不找王二麻子，倒专门跑来找你这个李怀东？老子找你打架那是你不该欺负老子！老子一个坐墩子坐到地上那是老子没你气力大！老子的镰刀没拿好那是老子被你气昏了头！幸亏当时老子的镰刀口没有朝上，要是朝上的话老子连屁股眼儿带肠子都得扎穿了，更得找你给老子报销肛肠科的医疗费！你还害得老子妻离子散……”

“你就是家破人亡都怪不着我，还别说是妻离子散！我说那句话咋就成王八蛋了？不光是我这样说，镇上好多群众都这样说，连你媳妇自己都这么说，你媳妇是王家河的王桂香对吧？连她王桂香自己都说儿子小时候长得不像你，要到十岁以后才能跟你一样，我说这话咋就错了？我要是说错了那不是好多群众都说错了，你媳妇王桂香也说错了？你说你媳妇不跟你了抱着儿子跑了，说你混到妻离子散的地步了，是不是你把你实话实说的媳妇给打跑的？是不是明明你打跑了你媳妇却反过来咬我一口，要我赔你一个媳妇还是咋的……”

应该说他们两个人的这两段话，都说得行云流水，理直气壮，是经过了长期的思考和充分的准备。黑松林用亚里斯多德的三段论来表明事情的因果由来，李怀东则把小镇群众的看法和当事人自己的证言作为依据，一个要把对方逼到南墙，乖乖地负起应负的道德和经济的责任，一个要把对方推回原地，洗白自己跟这种种后果没有任何的关系。当然，有过一次经验的李怀东这次更加聪明起来了，要推开黑松林不是用手，而是用雄辩的语言。声称尾椎骨已经断了的黑松林双手扶着拐杖，再要是被他推倒在青石板铺的停车场上了，那自己就真的是不能脱身了。

单凭这两个人，肯定是不能得出结论的，尽管声音越来越大，距离越来越近，李怀东先后倒着退了几次，黑松林还是拐杖点地向他逼了过来。这个时候，要么是他们的声音惊动了屋里的张镇长，要么是张镇长出行的时间正好到了，反正是张镇长一边回过头去跟人说话，一边握着一只真空保温茶杯走下台阶，看见二人吵得难分难解，一声吼道：“呃？呃？你们两个在吵啥来着？”

两个人就应声停了下来，黑松林转过脸去想说原因，李怀东却抢了个先说："这是我们镇上的刘松林，小时我们老爱在一起玩，说起来他的名字还是我爹取的呢，我爹那个时候当的队长。上次为一个事他跟我闹了点子误会，他就跑来找我打架，也是在这个地方，撕扯时他自己没站稳摔了一跤，反赖我把他的尾椎骨摔断了，又跑来找我打架，一口一个老子，一口一个日我的娘，我考虑到在镇委大院里的影响，一直在给他做解释工作，想不到我越是讲，他越是来劲儿……"

黑松林截住他的话说:"张镇长你不能听他胡说!第一,这哪是闹误会嘞？他造谣说我儿子没有一处长得像我，讲得我媳妇跟我发火把儿子都抱走了！第二，也不是我自己摔了一跤，是他一掌把我搡倒的，上次我摔在地上你不正好也看见了？第三，他把我尾椎骨弄断了不是我要赖他，我有医院的挂号还有拍的片子……"

张镇长听着皱起了眉头，也截断他的话说："慢点说你慢点说，刚才你说你上次摔在地上我正好也看见了，我好像并没有这个印象啊？我是在这里吗？你不会记错吧？"

黑松林一听急了，他想往张镇长靠近一点，还想比画一下当时的现场，可是他刚一动弹就身不由己，打了一个踉跄差点摔倒，只好把自己固定在原地，大声地叫喊着："唉呀，张镇长，我咋会记错呢张镇长！我记得清清楚楚，那天你也从这个门里出来，也往台阶下走，手里也拿着一个杯子，好像就是这个杯子，对了张镇长，就是你现在手里拿的这个，那天是个大太阳，照得杯子一晃一晃的！你明明是看见我了你偏要装作没看见，还笑嘻嘻地问他说你又在练拳哪……"

听他说到张镇长笑嘻嘻的，张镇长倒没有笑，李怀东却扑哧一声笑了起来，边笑边对张镇长挤眉弄眼说："你听听张镇长你听听，这人就是这么个人，编鬼话编得有鼻子有眼的，遇上这么个人真叫我拿他没有办法，莫说我拿他没有办法，恐怕你张镇长都拿他没有办法，你说是不是张镇长？"

张镇长想笑一下笑不出来，脸上反而露出苦恼的表情，用手敲了一下自己的头部，忽然小声问李怀东："这人是不是……这里面有什么……问题……？"

李怀东飞快地眨巴着眼睛，也忽然小声地问自己："那次我不就觉得他这里面……"

"走！"张镇长当机立断地做了一个走的手势。

李怀东迅速打开车门，两个人迅速进到车里，呜的一声，红轿车迅速开出了镇委大院。

黑松林一心无二用，只顾着想他们小声说的话是什么意思，等他想明白后情况又跟上次一样，只见眼前车轮滚滚，车子已经跑到门外的大马路上去了。

“老子日你们的娘呃，你们说老子这里面有问题，你们是想说老子有神经病是吧？老子要是有神经病老子就不来讲道理了，老子直接下手不就是了？张镇长我日你娘，你眼睛瞎了没看见我摔在地上！李怀东我日你娘，你不得好死，你说我想赖你……”

最后一句还没骂完，黑松林因为气愤过度失去重心，胳肢窝里的拐杖在青石板上打了个滑，扑通一声，一个坐墩子又坐下去了。

6

接下来我有两三个年头没回老家，我把老家父母接到了我的身边来住，寒天冷冬我就不必再为团年的问题往返奔波了。这期间我并没有忘记黑松林，经常在电话里打听他的近况如何，每一次从老家得到的消息，综合起来给我的印象就像他扑通一个坐墩子的慢镜头，一截一截地往下降着，终于扑通一声落在坚固的青石板上，再也起不来了。当然这是我打的比方，是说他从那以后江河日下，一个打击接着一个打击。其实仅就那一件事而言，他第二次倒地之后还是又起来了，是镇委大院做饭的刘师傅扶起来的，扶起来后他连双拐也撑持不住，刘师傅说他们一个刘字掰不破，饭都不做了就要背他上医院，他说身上一分钱也没有，要刘师傅把他背回家里。

在这些日子里，首先打击他的是他媳妇王桂香，带着没有一处长得像自己的儿子走了以后，中途只回来过一次，是她独自一人回来的，回来跟他打离婚。小镇人向我说过他的自尊和性硬，因此他们这个婚就离得干脆而又利索，王桂香拿着本子正式回到王家河的第二个月，就嫁给了一个做煤炭生意的河南人。说起来这个世界还真是不大，河南人还认识黑松林的二老表，说是早先在他手下当过副窑长，后来嫌他给的钱少而跳了槽，再后来就自己单独出去干了。这些年河南人从事煤窑方面的地下工作，在黑暗的世界里拉黑屎，挣黑钱，心肠虽不见得有煤炭那么黑，却也不会比煤炭软，他跟王桂香签订的二婚条约，丑话已经说在前头，把黑松林的儿子哺养成人的工作，他是没有义务来担任的。

这个儿子就这么成了三不管的弃儿。也不是三方都不管，是三方都没有能力管。王桂香的娘家想管，但是他们提出一个合作的方案，一家出力，一家出钱，出钱的自然是黑松林家，黑松林家又恰恰没有钱，这个协议于是就没达成。黑松林的爹娘想管，但是他们再一想到两个人的岁数，一个属牛的明年就七十岁，一个属马的今年也六十多了，为养儿子做了大半辈子牛马，如今老牛老马还要来养孙子，只怕是心有余而力不足，力不足而养不动了，这个念头同样也被打消。

黑松林更想来管，他是儿子的亲爹，他怎么不管亲儿子呢？经过很长一段时间的思考，他差不多快要搞明白了那个一直困扰着自己的问题，儿子没有一处长得像他并不是儿子的错，同时也不是把儿子生成那样的王桂香的错。这其中的原因有可能是多方面的，一个是儿子还没长大，一个是养儿多半随娘，还有一个就是李怀东的故意夸大其词，从中进行破坏。但是黑松林目前的困难比他的爹娘，比王桂香的爹娘还大，他的尾椎骨是真正的很严重了，上次靠着两张狗皮膏药和一对拐杖，还能勉强坚持着下地走动，这次不上医院去做正骨手术，他只会成为废人一个，老子废了再把儿子要来，不是把儿子也废了吗？

最终是王桂香娘家的姨表姐，她娘亲妹子的大女儿把他们儿子要了去，王桂香的姨表姐嫁给表姐夫多年没有生养，夫妻二人一直互相抱怨对方的无能，有一次差点也闹到离婚的地步。这一下子，既解决了姨表妹和表侄儿的问题，也解决了姨表姐和表姐夫的问题，同时在客观上把王家的爹娘、刘家的爹娘，以及黑松林本人的问题全都解决了。小镇人替他们高兴，说这叫歪打正着，皆大欢喜。

这话对那三个方面的人来说是恰如其分，对黑松林而言是用词不当，简直应该反过来才对。他是被李怀东打歪了，这辈子再也不能正了，从此身心备受折磨，连小欢喜也不会有。媳妇变成了人家的，儿子也变成了人家的，只有疼痛的尾椎骨会永远伴随着自己，此外还有一天到晚长气短叹的他爹他娘。冬天来了，老牛老马难过冬的冬天，先是他娘病倒，接着又是他爹，双双一病不起，死得也不按个先来后到。他娘比他爹要小三岁，却早死三天，他爹比他娘要大三岁，却晚死三天零一个早晨。那天早晨他爹迟迟不肯断气，伸着一根手指头抖抖抖的，黑松林把那根手指头塞进被子，眨个眼睛它又伸了出来，还是抖抖抖的。黑松林突然看懂了它的意思，哭起来说：“爹呀，你是不是记着还欠二老表一万块钱？”那根手指头不抖了，得儿的一下垂了下来。

这时候他想起了两个人。一个是二老表，儿子满岁那天爹给二老表夹了只鸡大腿，要孙子长大了记着给表叔拜年，不然就拿擀面杖捶他的屁股蛋子。黑松林知道这是爹的缓兵之计，指望二老表吃了鸡大腿嘴软，受了感动能够放宽还钱的期限。没想到二老表吃了喝了嘴巴软中还是见硬，仍把还钱时间定在年底以内，期限过了没有归还，二老表一定向爹讨起了债。人家说是死不瞑目，他爹目是瞑了，可临死还把手指头伸出来一根。

一个是李怀东，他还记得他第二次去找李怀东算账，又提起李怀东说他儿子没有一处长得像他，说他在家跟媳妇打起架来，媳妇抱着儿子回了娘家，害得他是妻离子散！李怀东说：“你就是家破人亡都怪不着我，还别说是妻离子散！”这一张该死的老鸹嘴又说中了，他现在不仅妻离子散，而且真的家破人亡！不到一个冬天，死了两个老人，这事连隔壁邻舍的芝麻爹都心中有数，多么硬朗的一对老骨头，一个怀孕七个月还能下田薅秧，一个三天不吃饭还能上山砍柴，从前那么苦难的日子都熬过来了，这下子都是为什么死的啊！

黑松林把这所有的新仇旧恨，一笔笔都算在了李怀东的账单上！

埋了他爹他娘，家里已经是粮干米尽，连猪带鸡包括鸡蛋都卖了个精打光，黑松林伤心怄气再加劳累，尾椎骨疼得更加要他的命。家里没有了一个人跟他做伴，吃饭喝水不能到嘴，拉屎撒尿也难得挪步。他害怕他再这样下去会瘫在床上，有一天还会死在家里，趁着自己手还能动，他就赶紧用手啪啪地拍墙，边拍边喊：“芝麻爹！芝麻爹！”

他家已没有了别的东西可卖，他要求芝麻爹帮他卖掉一间房子，说他家本来有三间房子，过去他爹跟他娘住一间，他跟他媳妇母子住一间，另一间是用于吃饭打杂出来进去。现如今妻也离了子也散了，家也破了人也亡了，老两口子的房子空出来了，小两口子的房子一半空了，倒还不如索性都空出来，他把自己搬到那间白天吃饭的房子去住，省出两间夜里睡觉的房子卖掉，有了钱他好住院，出了院他好干活儿。黑松林双手按着屁股，坚强地说：“治好了尾椎骨我再挣钱盖房子，盖好了房子我再娶媳妇，生儿子，这叫留得青山在，不怕没柴烧！”

芝麻爹对他的战略思想表示赞成，在整个野狐狸镇里，只有一个人最适合买他家的房子，那就是芝麻爹。芝麻爹跟他家只隔着一道墙，在这道墙上开一扇门，一家人就能来到另一家，再把原本的一扇门给封上，另一家人就不能进到这一家了。芝麻爹说："你这房子破得都快塌了，五千块钱一间也没人要，看你屁股疼成这个样子，我们又是老邻居，老感情，出于人道主义我就买下来吧，我给你两万！"

黑松林眼前出现了他爹那根一抖一抖的手指头，心里算了个账，二表哥那里借的一万，连本带息恐怕要得一万五了，骨科专家说的一万，恐怕也得打出两千零头，又听人说那笔钱里并不包括吃饭，睡觉也还要另花钱买，他就忍痛还了个价："再加八千，要不就是疼死我也不卖了！"

芝麻爹长叹一声，又退一步："都几十岁的人了，还跟小的时候一样臭硬，那我就吃个亏让你占个便宜，加八千就加八千！"

听到吃亏和占便宜这句话，黑松林的小细脖子梗了一下，要在往常，要依他的秉性，要像他跟媳妇王桂香行房过后关于吃亏和占便宜的互不承认，他肯定又得跟芝麻爹发生争论。但是这次没有，他的脖子梗了一下又松弛了，担心芝麻爹反悔。

芝麻爹喊来他的儿子张小快活，父子两个用一架楼梯抬着黑松林，一溜小跑到了小镇医院。挂了号，进了骨科，骨科专家都不认识这个瘦得像猴子一样的人了。

7

得知黑松林坐牢的消息，是我护送在我身边住了几年的父母回去，下车走在青石板扣成的小镇街道上，我有些触景生情，又想起黑松林的镰刀和尾椎骨了，当晚急着向人打听，不料就打听出了这个结果，我不禁大吃一惊。小镇人说，判了三年，快出来了。我问为什么呢？回答说犯故意伤害罪，趁着人家屙尿的时候。我丝毫不加迟疑就猜中了被伤害者是谁，与此同时，眼前出现一辆红轿车和一个爱在出发之前去上厕所的黄衣司机。我问伤着哪里了？回答说哪里也没伤着，人家是干什么的人！人家是在部队当过兵的！人家屙尿时后脑勺子上都长得有眼睛！还没等他拐杖挨身人家就一个纵步跳出丈把远了！我问既然没有伤着那为什么还要判他三年呢？回答说只怪人家那一个纵步没有跳好，踩在一堆烂树叶子上，脚板一滑，一个坐墩子坐下去把尾椎骨给弄断了！

这次我稍加迟疑了一下，接着就大笑起来，有时候一脚没有踏好，也容易伤着自己的呀，这不是吗？回答说是的，不过总的来看好人还是吃亏多些，坏人占够了大便宜有时吃个小亏，这也只是个别现象。我问怎么是小亏？不同样是尾椎骨吗？回答说别说我们野狐狸镇，也别说我们乌山县，就是我们整个中国，尾椎骨跟尾椎骨一样吗？李怀东的尾椎骨断了，国家出钱，单位报销，骨科专家咔啪一下给他接起来就是，黑松林的尾椎骨断了老鸡巴理他！就该他流离失所，该他终身残疾，该他一辈子腰都直不起来！

看来这人多少受了黑松林的影响，开始说到李怀东一个纵步的时候还有一点幽默感，说着说着就较起了真，脸也红了，脖子也梗粗了，眼珠子也快要瞪出来了，简直有些义愤填膺。我怕出事，就叹息一声不再问了。隔了一天，又向下一个人打听，我问上次听说他妻离子散，家破人亡，这次怎么又流离失所了？他不是只卖了隔壁芝麻爹两间房子，还有一间没有卖吗？这人比昨晚那个老谋深算一些，回答说一万块钱就能治好他的尾椎骨呀？住进去就没有了，一块石头丢进水里响都不响，没办法只好再卖一间，还是卖给芝麻爹。不怪人家医院，人家医生也要挣钱吃饭啵！也不怪人家芝麻爹，人家花钱买房子天经地义！不光不怪人家还得感谢人家呢，人家花钱买了他的房子，还让他出院以后住在里面，只不过产权是人家的了啵！

再问他终身残疾，一辈子腰都直不起来这个说法的真实性，回答说这还有假？不信你哪天在路上看到一个人，又黑，又瘦，又矮，走路屁股朝天撅着，胳肢窝里夹着两根拐杖……说起拐杖，做完手术他的下半截都短了，只好把拐杖也锯了一截！身子又从腰杆子那里打了一个对折，活像木匠用的曲尺！木匠用的曲尺你见过没有？想不起来了？往年子乡下的老木匠用的……？跟如今学生用的三角板一样，这一说你该明白了吧？他这一说我当然明白了，心里一惊，直往下坠，一个本来就矮的身子后面弯成三角板样的锐角，前面再撑着两根锯得很短的拐杖，倒是更像个"n"。这是从侧面看，如果正面朝人走来，对面的人会把他认成是什么呢？

至于原因，不用问了，证明黑松林卖光了自己家的三间房子，骨科专家还是没能治好他的尾椎骨。用刚才人的话说，也不怪人家医院，人家骨科专家第一次就说他已经有点晚了，他却因为没有那一万块钱，又晚了相当长的一段时间。而且，第二次去找李怀东报销挂号条和拍片费，又一个坐墩子坐在坚固的青石板上。

小镇人是决心要把黑松林的故事对我讲完，我不问他们也说，说是他出院以后仍不罢休，那是他的秉性，到死也改不了的，他还要去找李怀东算总账，既然是总账那就得从头算到尾，除去上次看病的小费还有这次住院的大费，除去走了的媳妇儿子还有死了的老爹老娘，狗皮膏药和拐杖那些小事都还不提。尤其是他已经彻底地残废了，不能劳动了，也没房子住了，这所有的一切都得由那个最初的造谣者负责。

黑松林第三次来到镇委大院，这是个三九寒天，地里还积着雪，路上已结了冰，他的屁股朝天撅着，胳肢窝里夹着拐杖，从中打个对折的身子像往年乡下老木匠的曲尺，一步一捣走过青石板扣成的小镇街道，地上的青石板也变成了白石板。大院里的车子停了一排，盖在车上的一层雪末都还没化，只能从形状看出是轿车还是货车，不能从颜色看出是红车还是黑车，因为外壳都长着白毛。他没法在车边找到那个他要找的人，就只好进了大门再进二门，大门是镇委大院的院门，二门是镇委办公楼的楼门，第二道门里也是冷清清的。他又接着来到三门，那里面是一个会议室，室内正在开一个会，有一个讲话的声音像张镇长，他说一个姓牛的村民被一个姓马的干部打死了，现在这个姓马的干部也要被处死了，这不叫马打死牛，牛打死马吗？大家一定一定，一定要提高法制观念呀！

后面就是一片笑声。黑松林把他的曲尺身子靠近门上的玻璃，往里面扫了一眼，讲话的果然是张镇长，耸着肩膀，两手紧紧地握着那只真空保温茶杯，头顶上空调里的暖风把两条红绸子吹得一飘一飘的，他还像是有些怕冷。黑松林从坐在下面的那些人里寻找着李怀东，但是找来找去也找不着，这时候，他觉得有人用一个什么东西在他撅着的屁股上敲了一下，转脸一看，是上次背他回家的做饭刘师傅，手里拿着一根拖布，看起来刘师傅除了做饭还管打扫楼里的卫生。刘师傅一认出是黑松林，就知道他又来干什么了，压着嗓子对他说："你都成了这个样子，咋还不死那条心呢？"

黑松林刚想说除非他死了，他的这条心才会死，刘师傅一伸手把他扯到楼道口，又对他说："你回去吧，你要找的那个人已经不在这里啦！"

"你骗人的！这个狗娘养的是不是刚才看见老子，吓得躲起来了……"

"他躲你？你还以为你是个人物他怕你呀？他早就不给张镇长开车了，

他都调到派出所里去啦！”

“啊？他个狗娘养的还能当警察不成……”

“张镇长说他车开得好！”

“不行，我得到派出所去找他个狗娘养的……”

“莫找了，你找也找不到，他到县里学习去啦！”

黑松林走出镇委大院的时候，两根锯短的拐杖拄得地面当当地响，一双腿子却稀软地吊离地面上，路过前两次一个坐墩子坐下去的地方，他不由得朝那里望了一眼。刘师傅从门里看见他这可怜的样子，害怕他又摔倒可不得了，急得忘记放下手里的拖把，拎在一只手里紧追上去，扶着他出了院门，又扶着他上了马路，回看一眼，小声儿劝他说：“听人劝，吃饱饭，这辈子你就听我一言，回家算了吧！”

“我哪还有饱饭吃了？我哪还有家可归了？我都妻离子散，家破……”

一大股冷风直着朝他刮了过来，灌进他的喉咙又灌进他的肠道，把他后面的话都倒灌回他的肚子去了。黑松林背过脸去，闭上嘴等自己缓过了一口气，突然哇啦一声哭了。风把他的哭声刮得拐了一个大弯，绕开侧身的镇委大院，经过背后的乱坟岗子，传到旁边不远的那片松树林子里，在树枝树叶之间呜呜地响着，像有人在吹唢呐一样。

8

过完活人的春节，死人的春节也就接踵而至，都市里随着洋节一年一年地火爆，土节是一年一年地冷淡下去，只有这个大山里的野狐狸镇，还念念不忘地过着清明这个鬼节。这一天的镇子背后，那片松树林子旁边的乱坟岗子上，有一些人会突然走来，手里拿着香烛纸裱，去燃烧给自家死去的亲人。他们采取的形式是多元化的，有的全家大小都去，有的家中大的去而小的不去，有的每家选派出一个合适的代表去，选派出的这个代表往往最大，岁数大辈分大威望也大。也未必都是选派，别人不去一家之主肯定要去，不选不派也非去不可。但是不管谁去，去多去少，去的时候一定要带上前面说的那些东西，这是一条统一的规定。

乱坟岗子上有土坟也有砖墓，其中有一座砖墓里长眠着当年的李队长，墓前有碑，石碑和石碑的左右上方都刻了字。李队长死了多年，队长娘子还活在人世，但她怕冷，也怕鬼，虽然心里总在悠悠地思念着，这一天却不敢来看她家那个去了阴间的人。儿媳妇有工作，孙娃儿要上学，他们更是不会来的，只有儿子是个孝子，每年清明都要来烧一沓纸，一个人在墓前站上个把钟头。

黑松林家的是一座新坟，周围一圈石头，黄土到顶，里面是一副很薄很粗糙的白木匣子，漆也没上，算不得棺材。白木匣子里有两个人，身子都小，又是夫妻，还死在同年同月，装在一个匣子里省钱，埋在一个土坑里也省地。二老爹娘临死以前没有这样说过，心里可能是这样打算的，跟穷途末路的儿子想得一样，这叫心住一处想。

这一天黑松林也买了纸烛，胳肢窝里夹着锯短的双拐，出门去往镇子的对面，穿过那片松树林子，登上那片乱坟岗子，来给他的爹娘上坟。他家只有他去，除他以外再也没有第二个人了。他看见一串一串来上坟的人里，有一个正是他白天夜里都想着的人，虽然穿的不再是黄色的衣裳，那身蓝警服里的坯子他到死都认得。要在以前，五黄六月他也会往镇委大院里奔，寒天冷冬他也会往朝镇委大院里跑，他要去找那个人算账。那笔账却一次都没让他算成，反而把他爹他娘算进了坟里，把他媳妇儿子算给了别人，把他自己算成了这个样子！今天他倒在这里遇着那个人了，真是打起灯笼也找不到的机会，老天爷把他们两个召到了一起！

但是这次黑松林没有对那人大喊一声，没有日那人的娘，也没有要那人对自己怎么的。他现在已经打定了一个主意，这个主意比什么都省劲，一下子就能解决所有的问题，至于以后的事，也就懒得去想它了！他放轻了拐杖落地的声音，尽量绕开石头，让杖头戳在柔软一些的青草和黄土上，免得惊动了周围的别人。黑松林来到他爹他娘的土坟前面，一边烧纸，一边拿眼角去瞟那个他死都认得的人，看见那人好像并没有发现自己，他的心里更有底了。

其实李怀东已经发现了他，怎么可能不发现呢，形状举动都这么难看的一个小人儿，往年乡下老木匠的曲尺一样，掺在一万个人里也能信手拈出。李怀东的心比他又深百倍不止，穿了黄色衣裳又穿蓝色制服，当了部队军人又当小镇警察，小镇人说是后脑勺上都长着眼睛，这不是夸张，这是比喻，这个比喻还没到位，恐怕李怀东屁股蛋子上都长满了眼睛，只不过是发现了他偏要装作没有发现，他要看看，这尾椎骨都断了的矮子还能把自己怎样。

两个人各怀各的心思，双方坟前的纸都没有烧好，这时候有人率先上完了坟，走来跟李怀东打招呼了。是几个小镇上平时见惯的熟人，不跟去年一样叫李司机，却改叫李警察，其中还有一个叫的是李警官。李怀东就笑了，起身先跟这个人说话，说了这个再说那个，这么一来时间耽误得长了一些，等到要动身往回走时，过去的老习惯又犯了，他把两手伸到裤裆前面，想去屙一泡尿了再轻装上路。

这一片土地除了坟墓还坟墓，平时要做这个事情，把身子隐在这些建筑物的中间就行，清明节这天却明显不合适了。对于里面的死者，不管怎么说这是人家一年一度的节日，而对于外面的活人，更得表示礼貌和尊重，将心比心，要是有人对着他的祖坟屙尿他会怎么想呢？何况那些人还有一些没有走开，里面还掺杂着几个女人，他的身份又跟原来不一样了。李怀东想对自己严格要求一次，就把目标选定在乱坟岗子那边的松树林子，一旦进了林子很多事情都能摆平，别说是一泡尿了，不是都这么说，林子大了什么鸟都有吗？

李怀东对跟他说话的人点一点头，转身朝着松树林子走去，他简直忘记此前他一直想着的这个人了，人说是得意忘形，原来尿胀了连人也会忘记。黑松林当然不会忘记他的，几年来如一日地把他记在了心中，而且今天还看在了眼里，等着他前脚一走，黑松林后脚就跟上去。不是后脚，是代替后脚的两只锯短的拐杖，真正的后脚关键时刻指望不上了。黑松林把步子放得轻了又轻，像只一门心事要捉老鼠的猫，心里紧张又加激动，出气的声音自己都听得清清楚楚。

他看见李怀东进了松树林子以后，身子往斜处一拐，拐到一棵粗大的树下，两手正要打开拉链的时候，眼睛忽然左看右看，临时却又改变了主意，好像觉得树大招风，站在这里容易暴露目标，手又从裤裆前面缩了回来。黑松林心里有些慌了，以为他左右看过以后接着还要往背后看，这一看不就看见自己了吗？但幸亏他没有这样，他看见这棵大树是长在石坎边的，坎下有几棵小一些的松树，可能是想隐在小树丛中屙尿，任何人都会看不见他了。这样想着他的身子往坎下一跳，扑哧落地，站在了两棵小松树的中间。

黑松林可喜欢坏了，他让自己靠近李怀东离开的那棵大树，身子藏在树后往石坎下看，这真叫作居高临下，石坎下面除了蚂蚁，什么都可以一目了然。李怀东这次把手伸到裤裆前面以后，就不再缩回来了，眼睛也不再往两边看了，是尿胀急了他憋不住，还是认为完全没有这个必要，反正只听得坎下唰唰唰地响了起来，一股黄水飙上树干，又流到树根，一路经过的树身由棕色变成了黑色。黑松林不能再等，他从胳肢窝下果断地扯出两根拐杖，牢牢握在手里，一个纵身朝着李怀东的后背蹦了下去。

他的两根拐杖都落空了，李怀东听到了背后的风声，“啊呀”一声惊叫，带着半泡没屙完的尿往开一闪。没想到这道石坎边上又是一道石坎，这座松树林子整个是梯形的，李怀东身子这次落地的时候，脚板踩在一层从树上落下的松树针上，那层变黄的松树针日晒雨淋都沤烂了，加上刚才又洒了一些新的水分，李怀东人高马大身子也重，扑通一声就滑倒了，从第一道坎下滚到第二道坎下，屁股正对着一截砍树以后留下的树蔸。

黑松林也滑倒了，他的身子矮瘦轻巧，像一颗松树球在地上滚了两滚，恰好砸在李怀东的后背上，两根短腿八字形地叉开，中间夹着一个李怀东的脑袋，有点像镇子上小孩玩骑大马的游戏。虽说他本身的分量不重，但是加上从几尺高的石坎上砸下去的那股子力，这就等于落井下石，让李怀东受了重伤的屁股又受一次重伤。

李怀东双手死命地按着那里，疼得一张脸都歪到半边去了，扭来扭去也看不见头上的黑松林，不过刚才这一摔一砸，他不用扭头看也知道了是谁。李怀东说：“到底还是你呀！唉哟，我早就发现你在那里了，只没想到你还真敢持棒打人，而且还是打一个警察！唉哟，你晓得你这是犯法吗……？”

“老子日你的娘呃，老子犯法？你把老子害成这样你没犯法？”黑松林对他骂完之后，突然感到一阵前所未有的快活，不由得号啕大哭了起来。

他感觉身子下面的李怀东开始是用两手按着屁股，后来改用一只手，腾出另一只手来伸进警服兜子，从里面摸出一个方形的东西。黑松林没看清那东西是什么，还以为是想给他一支烟抽，让他从脖子上爬下去，两个人坐下好好谈判。他停止了痛哭，冷笑一声说：“你休想跟老子来这一套！哼！”

李怀东摸出来不是烟，而是手机。小镇派出所接到他的报警，派人驾着警车赶到这里的时候，看见黑松林还像小孩骑大马一样骑在他的头上，矮瘦的身子还往下一簸一簸的。这情景把他们都逗笑了，一个说：“你这不是骑在人民警察头上作威作福吗？”又一个说：“还想学野猪林的花和尚鲁智深呀？”另外两个却放肆地嘲笑李怀东道：“亏你还是一个老转，还要转到派出所来，被一个小矮子打成这样你也太惨了点儿吧？”

他们七手八脚地缴下黑松林手里的拐杖，把他跟李怀东一起装进了警车。

在车子开回派出所的路上，李怀东突然发现方向不对，按着屁股大声喊起来道：“把我这里都快勒断了，唉哟，先送我到医院去呀……”

一伙人到了医院，进了骨科，骨科专家谁都不认识，只认识一个弓腰驼背的黑松林，皱起两根眉毛问他：“你的尾椎骨又断了？拍片子了吗？”

李怀东急得直叫：“我，我，他用拐杖把我的尾椎骨给打断啦……唉哟！”

有幽默感的小镇人说，这世上真还有一报还一报的事！医院还是那个医院，专家还是那个专家，骨椎骨还是那个尾椎骨，只不过由黑松林的变成了李怀东的，同样断了！不过从拍的片子上看，专家没有同意断者的说法，认为那个部位不是被拐杖打断的，而是躲避拐杖逃离时自己摔断的。

9

最后一次我回老家，黑松林已经三年期满，从牢里放出来了。镇上人说，从牢里放出来的黑松林在石灰窑睡了一夜，本来他还想住从前住过的房子，但他走到门口，发现眼前的房子已经不是从前的了，白花花的石灰墙刷得就像新的一样。伸手敲门，喊芝麻爹，开门的却是芝麻爹的儿子张小快活。黑松林问：“你爹呢？”张小快活从上往下看他一眼，知道了他从哪里来，还想到哪里去，警惕地笑了说：“我爹死了，这房子成我的了，上次买这房子我爹花了好几万，这次整这房子我又花了好几千，现在还欠着我表哥的钱呢，你要是住的话……要不你先进来坐坐？”

张小快活的话里留了一截没说，就像老师给学生出问答题，留出的地方让学生自己填空，填上“出钱”两字这道题就对了，否则不能打勾。黑松林是个较真的人，较真的人往往也是讲理的人，他为讲理而去坐牢，坐牢出来仍然讲理。他认为张小快活的话是有道理的，这个道理不用张小快话讲他也明白，当人家花钱买下自己的房子以后，自己不花钱还住在人家的房子里，一直住到发生了松树林子里杖打李怀东的事，不得已他才住进另外一处谁都不愿住的房子。如今他出来了，芝麻爹却死了，房子归芝麻爹的儿子了，芝麻爹的儿子又花钱把房子整修了，人家是向表哥借钱整修的，借钱的滋味可不好受，他家不也借过二表哥的一万块钱吗？二表哥不也是他的表哥！就是这样人家也没有不让他这个劳改释放犯住，人家只是客客气气地留下半句话让他考虑，让他坐进屋里去考虑也行。

而且，他还欠着张小快活父子一个人情，那年他的尾椎骨疼得水深火热的时候，全野狐狸镇只有人家父子两个，用一架楼梯把他抬到了镇上的医院，按理说应该李怀东出的挂号费，结果芝麻爹给他出了。

“不进去了不进去了！”黑松林慌忙摇头，这是因为要扶拐杖，他没办法摇手。他想赶紧转身离开这里，以免让好心的房主张小快活感到为难，可他要用胳肢窝下面的两根拐杖转过身去，得分好几次才转得成功，他就只好先转一半，麻花一样地斜扭着说，“我只想来看看你爹，没想到他死了，活着看不成了，明年清明我到坟上去看他吧！”

从此他成了一个无家可归的人，白天给附近的人家做些力所能及的活儿，一般是能坐在地上做的，比方说是砸砸煤炭，铡铡牛草。只是管吃却不管住，晚上就在那口作废的石灰窑里过夜，从牢里出来的第一夜他是在那里度过的，因此他跟石灰窑有了感情，觉得它就像芝麻爹父子两个，也算是他人生中的一个缘分。

镇上人说，黑松林后来慢慢练习着不夹拐杖了，他觉得夹拐杖太麻烦，给人做活儿也不方便，人家看他那个样子有时还不怎么雇他，还不如用两只手直接撑在地上走路。试过几次之后，发现人矮腰弯反倒成了有利条件，不夹拐杖的时候双手自然地垂下去，离地也只有三五寸远，继续再往下面一点，他就可以成功地以手代步了。

那个长得没有一处像他的儿子是由养母，也就是王桂香的姨表姐带到小镇上来的，带到小镇的派出所来办户口。这个苦命的孩子已经年满六岁，应该上学了，按规定得把户口从野狐狸镇转到王家河，才能在王家河的小学报名读书。

说到小镇派出所，这就必须要说到李怀东。李怀东摔断的尾椎骨治是治好了，但是一到阴天它还发作，相当于种了半辈子地的老农身上的劳伤。平时稍一用力也会疼痛，高头大马的身子还有一点往前倾，见了谁个都像哈腰，不明底细的人就说这个警察很谦虚。派出所所长出于人性化的考虑，不再安排他外出值勤，只让他每天在室内做些适合女同志的工作，办理结婚、离婚上户口、迁户口的事，还有就是婆媳争嘴妯娌打架两口子斗殴邻居之间的是非纠纷。

他给组织写过一个材料，说他在执行任务的时候不幸遭到坏人暗算，申请批他因公负伤，这样他可以立功受奖，当上劳模，工资还能涨上一级。所长指着他的鼻子大骂了一顿："你不说，我给你瞒着算了，你要说，我就把你的狗屎肠子都翻出来，看人家为啥要拿拐杖专打你的尾椎骨！"

吓得他大气也不敢再吭一声了。

王桂香的姨表姐带着表妹生的儿子来到派出所，接待他们的正好是李怀东。李怀东不认识王桂香的姨表姐，也不认识黑松林的儿子了，很谦虚地往前倾着身子问他们："你们二位有什么事吗？"

王桂香的姨表姐也不认识他，回答说："我来给我收养的儿子转个户口。"

"你们是哪里的人？你叫什么名字？你男人叫什么名字？你们收养的儿子叫什么名字？他本来的父母叫什么名字？"

"我是王家河人，我叫李桂芬，我男人叫张大力，我们收养的儿子叫张小松，他的亲娘叫王桂香，他的亲爹叫刘松林，是你们野狐狸镇人，长得黑，别人都叫他黑松林。有一个不得好死的狗杂种说这孩子没有一处长得像他爹，害得他爹跟他娘闹架打了离婚，他娘嫁给做煤炭生意的河南人了，他爹被那个不得好死的狗杂种打残疾了，他爷爷跟他奶奶都气死了，他这可怜的孤儿没人要了，我这做姨娘的才把他收养下来……"

这个自称李桂芬的女人表达能力相当强，她用生动、简练、准确、流利的语言，迅速而又全面地回答了李怀东提出的问题，并且还阐明了问题发生的根由以及产生的影响。李怀东手里的圆珠笔看着看着提起来了，看着看着在摇动了，看着看着又停止了，看着看着放下去了。最后李怀东说："说事就说事，你骂人干什么？"

李桂芬说："因为这个事是由那个不得好死的狗杂种引起的，不骂那个不得好死的狗杂种就说不清这个事，所以我要骂那个不得好死的狗杂种，张小松，你说你娘说得对吗？"

张小松两眼直视前方，梗着一根细脖子说："我娘说得对！"

李怀东有了一个重大发现，他发现站在他面前的这个小时候没有一处长得像黑松林的小孩，现在居然又黑又瘦，又矮又小，百分之八十以上长得都像黑松林了，无非比黑松林要小一号，可以说就是一个儿童时代的黑松林，尤其那梗着脖子说话的神情和动作，简直是提前达到了黑松林的成年水平。要说不同，只有一处不同，那就是这小孩的屁股不撅，腰杆不弯，黑瘦矮小的身体像个正人君子一样笔直地挺立在自己的面前。接着他又想了，黑松林在尾椎骨摔断之前不也是这么硬，不也是这么一个百折不挠的英雄形象吗？

但他还是有些不相信这真是黑松林的儿子，那个小时候又白又胖，见人一脸笑，给个棒棒糖就喊伯伯的小滑头哪里去了？李怀东要进一步地落实这事，就问他说："你姓张？叫张小松？那你亲爹亲娘离婚以前你姓什么？叫什么？"

李桂芬接过话说："他亲爹姓刘，他当然以前也姓刘，小名牛娃子，没大名。"

李怀东挥了一下手说："让他自己回答！牛娃子你自己回答！"

牛娃子张小松的一根细脖子又梗起来了，他就自己回答说："我是我娘的儿子，我娘咋不能帮我说话？你小时候你娘就没帮你说过话？"

"哈哈哈哈，"李怀东开始一愣，接着一怒，然后把手里的圆珠笔往桌上一拍，突然仰脸大笑起来，"像极了！像极了！简直跟他爹是一个模子刻出来的！"

"那就请你赶快给我们办户口吧？"李桂芬要求说。

"不行，还得有他亲爹和亲娘的证明，这两样东西办齐全了再来找我！"李怀东立刻又不笑了，他能说笑就笑，说不笑就不笑，这个本事镇上少有。

李桂芬眼睁睁地看着李怀东站了起来，很谦虚地往前倾着身子走向另一间屋，两手同时伸到了裤裆前面，那间屋的门上画了一个男人的头像。李桂芬回忆了一遍这人刚才的口气，像是吃了生铁，现在要去屙锈，知道张小松的户口今天办不成了。给人砸煤炭的黑松林能有办法找到，一个用手走路的人很难走出野狐狸镇，离开野狐狸镇的王桂香却没办法找到了，她跟她做煤炭生意的第二个男人转战南北，据说目前去了山西大同。

"早晓得转个户口这样难，当初我就不该要你这个小东西！"李桂芬扑了个空，回王家河的路上嘴里直骂张小松，张小松知道这个骂是爱。接下来又骂李怀东，这个骂却是往死里恨，"都是那个不得好死的狗杂种！"

"娘，莫骂他了！"张小松劝她说。

"为啥不骂？"李桂芬问。

"要不是那个不得好死的狗杂种，我还当不成你的儿子呢，娘你说是不是这个理？"

李桂芬果然不骂了，不但不骂而且还扑哧一下笑了说："理，理，理，长大了又认死理！"

小镇人说，这孩子回家不久就上学了，因为没有转成户口，李桂芬白白多交了两百块钱。又说，黑松林从此再没见到他的儿子，他还是白天给人砸煤炭，夜里去睡石灰窑。

玩阿基米德飞盘的王永乐师傅

1

黄楼的颜色实际上是砖红色的，之所以没叫红楼，我想可能是为了区别于贾府。因为是塔式，又叫黄塔楼。这是一幢由多家单位职工联合进驻的雄伟的建筑物。我刚搬进这幢建筑物的时候，黄塔楼的说法还没流行，住户们都习惯使用阿拉伯的编号，是后来说着说着觉得这个编号有点儿问题，干吗八十四呀？七十三，八十四，阎王不请自个儿去。何况对面就是那个著名的逝者乐园，古往今来多少英雄好汉都是在这两个厄数上去的，一去而不复返。得改。可是也不能改成八十三，或者八十五，改成八十三或者八十五了原本的那楼怎么办？于是就渐渐改叫黄塔楼了。

这场改革主要是得力于几个年龄接近七十的老哥儿。中国的事情历来可以约定俗成，现在，两千年的贺岁卡上写着北京黄塔楼，也是可以收到的了。我觉得黄塔楼这个名字不错，挺有诗意，如果省去中间那一个字想必更妙。这话我有一次对王永乐师傅说过，话题是由他挑起来的。我说过后，想不到他的一双小斜眼竟野心勃勃地看着我说，赶明儿我就写本黄楼梦，写了请你斧正。通过这话，我想象这个老维修工原来是个读书人出身，从此看他的时候就不禁有点儿刮目。

我搬来的时候是个夏天，有天中午我和两个东北的朋友喝酒回来，大汗淋漓，正放足水量冲着身子，猛听得外面有人很响地敲门，我大声说，我正在洗澡，请你等会儿再来。

可外面的人声音比我还大，知道您在洗澡，不知道您在洗澡还不来呢，等一会儿再来？得，别的事儿能等，这事儿是不能等的，您现在就得把门给打开了。

此人的语言结构和音调像个正宗的老北京人，有点儿贫，还有点儿外柔内刚。我问，你是谁？

他说，住在本楼一层的维修工老王，王永乐。

我立刻就想到有关房屋维修方面的问题，关了水，把身上草草擦干，穿一条紧身裤衩就去开门。不想外面又说，忘了提醒您了，虽然我是个老男人了，可我后边儿还有位年轻的女士，您得把衣服穿整齐点儿。

此人还像有特异功能，隔着一扇门就料定我没穿够衣服。经他提醒，我补穿了衬衣和短裤，然后把门打开。贴门站着一个瘦得出奇的矮老头子，想必他就是自报家门的维修工王永乐，他的身边是一个怒火万丈的壮女人，怀里抱一只穿黄马甲的小卷毛狗，双手的中指上一只戴着红宝石戒指，一只戴着蓝宝石戒指，脚上趿了一双绣花拖鞋，身上笼一件薄得透明的白色睡袍。这二位同时光临看着有点滑稽，正面看他像她爹，背面看可能她像他娘。

壮女人问，我可以进来吗？

我检查一遍身上说，当然可以。

壮女人弯腰把怀里的小卷毛狗丢到我家的地板上，只身奔向那间热气袅袅的卫生间。王永乐师傅双拳抱拳，冲我一下一下地做作揖状，嘴里说，对不起，打扰先生您洗澡了，本来我不想来敲门的，可是按了十几声门铃也没人开，开电梯的是说你刚回来，是不是在外面喝了点儿，进屋就睡过去了？或者门铃里的电池没电了？那玩意儿特费电，没人按它也跑电，按多了跑得更快，如今的假冒伪劣商品多，一不小心就给逮上了，所以隔两天就得换电池，隔两天就得换电池。打电话吧也没人接，心想电话在卧室或者客厅里，人上厕所去了？就只好敲门了，想不到还真在厕所里面，这楼卫生间也是它厕所也是它，对不起了您哪。

抱狗的壮女人嫌他话多，迟迟不进入主题，直拿眼睛斜他。我说，没关系，有话请说。

王永乐师傅也斜了她一眼，我发现他的一对小眼睛本来就有一点儿斜。他说，我说完了，我不说了，下面让何若花小姐自己给您说吧。

被叫作何若花小姐的怒火万丈的壮女人就自己对我说了。她说她是本楼101号的住户，刚才我的洗澡水渗到她的卧室里面去了，楼顶和墙壁渗湿了一大片，她正在睡觉，上面掉下来一滴水差点儿掉进了她的嘴里。

101号就是十层一号，而我住在111号也就是十一层一号，她可不就在我的下面。我想她这句话如果不是艺术夸张，如果不是蓄意加大我的罪恶，就证明这个女人夜里睡觉的姿势不雅，不仅仰着脸，而且还张着嘴。我做出大惊失色的样子，慌忙向她解释，说我刚搬来不到一周，上一任房主是我的同事，一周前移居日本了。忽然又有点儿疑惑地问何小姐说，有个问题我没搞清楚，你住在我的楼下，我住在你的楼上，楼上楼下是一样的结构，我的卫生间的水怎么会跑到你的卧室里去了呢？

果然她被我问了一个哑口无言，粉脸通红，一下子由主动变为被动，客观上就像是她诬陷了我而被我举证了似的。幸亏这时王永乐师傅替她说话了，王永乐师傅说，您先生说的是废话！谁说您卫生间的水不能跑到她卧室去？她卧室的水不是您卫生间滴下去的而是您卧室滴下去的，那不就证明您在卧室里撒尿了，您先生会把尿撒在卧室里吗？没看中央电视台那个妇女卫生巾的广告：安全保险，绝不侧漏。侧漏您懂不？

何小姐向我兴师问罪，好不容易被我打退她的进攻，半路却杀出一个王永乐师傅。侧漏的比喻显然使僵持的局面得到了缓解，何小姐和我都忍不住笑了。我问何小姐，在我搬来之前这里侧漏不侧漏？

何小姐转着眼想了想，说她不知道，说了又指着我问王永乐师傅，在他搬来之前这里滴水吗？

王永乐师傅的那对小斜眼儿就索性加大斜度，滑稽地将她翻着，您这个何小姐真有意思，您的卧室上面滴不滴水您怎么自个儿都不知道？问我我怎么知道？要是没有滴到您的身上而滴到我的身上了，那事情不就麻烦了吗？

何小姐还没完全听懂他这番绕来绕去的话，就辩解说，人家不是老在美国嘛。

王永乐师傅说，这倒也是，您老在美国，咱们中国的房子却老给您留着，女人活到这个份上，多滋润，多来劲儿哪，记得马路边太太口服液的广告词不？做女人真好！我看这广告词再加几个字就更好了：做何小姐这样的女人真好！

何小姐高兴得暂时忘却了房屋渗水的烦恼，说，去你的吧。

王永乐师傅却转而又说她不高兴的话了，不过我得给您提个醒儿，昨天这楼里搬来一个新户，登记时我看见 101 号的户主不是您，而是一位先生的名字，叫王什么森的来着，王金森还是王玉森，反正不会是王宝森。我觉着还是换成您的名字好，名不正言不顺这话是哪位哲人说的？对了是孔夫子，这话您得想想，比方说美国大使馆给您来函了，邀请您二十一世纪再次访美，信封上写的是中国北京某某区某某楼某某号何若花小姐收，恰好楼委会李老太太这阵子闹肚子，楼里请了个外地的小临时工顶班，小临时工接过信来对着住户名单一看，叭叽，把美国大使馆的邀请函打回去了，一口咬定这楼这号住的是个名叫王什么森的男人，而根本没有这个何若花，您瞧，好事黄了不是？

何小姐被这个人矮眼斜的老维修工说得脸上红一片白一片的，但却神态不屑地说，这事儿就不用你操心了，你不是楼下的维修工王师傅吗？你说的那事儿可能是归房管所和派出所管，你管不着估计人家也没有委派你管，我看你就一门心思把他的厕所卫生间修好，不让它往我的床上滴水得了。

接下来又看我一眼说，你记好了，今天我已打过招呼了，再往下滴水我看你最好就别洗澡了，这次我至少要在这里住一个夏天，宝宝，我们走了。

她一口气说完，弯腰从地上抱起穿黄马甲的小卷毛狗，扭着屁股撤了。

我对岁数在三十以上的女人还叫什么小姐这点并没什么意见，因为世纪末的中国大中城市满街都是老老少少真真假假的小姐，而且餐饮服务行业以及红灯区的小姐日渐成为主流。对她怀里的小卷毛狗宝宝身上穿着黄马甲也没什么意见，既然叫它宝宝她就可以把它视同为自己的儿子。有意见的是她居然叫我最好别洗澡了。我不知道在这个问题上王永乐师傅的立场在哪一边。

2

这件事就是我和王永乐师傅相识的开始。

何小姐一走，他立刻走进我的卫生间，这里敲敲，那里打打，又弓下身子观察地砖和墙砖之间的缝，忙一阵子，爬起来说，我这么给您说吧，其实这楼上好多家都渗水的，也经常为这打架，您这里可能过去就渗，是楼下房子空着才没人找您。要我说这事不能怪您，要怪只能怪楼的质量太糟了，没听电视和报纸上是怎么说的：豆腐渣工程。管基建的领导同志拿了包工队的回扣，回扣您不懂吧？比方一幢楼本来要花两千万，包工队偷工减料一千五百万建了，省出五百万来，包头儿一半，领导同志一半，得，豆腐吃了，豆腐渣留下来了。您这楼还算好豆腐渣，只漏点水不是？有的那楼人住进去还没两天，叭叽！

我问，怎么着？

他说，还能怎么着？倒呗。

我问，那人呢？

他说，人能怎么着？死呗。

我问，怎么不去找吃了两百五十万回扣的领导同志？

他说，怎么不找？找哇，你找他他找包工队，满世界地找，海南岛，黄浦江，全国十二个经济开发区，长城内外大江南北，只差世界屋脊太高了没去，仨月后风尘仆仆地回来说，操他个包工队的姥姥，到哪儿找去呀我？一报账，得，又花出好几万来。

我被他说得眼前一黑，就好像天昏地暗日月无光，全世界都没有前途了似的，就低头想事，默然无语。王永乐师傅却又把话拉回来道，今儿个太晚了，赶明儿一早我带东西来给您糊一家伙，晚上您照样洗澡，别听这个寡妇瞎摆话儿，这热的天儿不洗澡还行，您问她洗不洗澡？她洗您洗，她不洗您不洗，像这样吸引男人的寡妇有大热天儿不洗澡的吗？她的狗还用飘柔二合一洗毛呢！

他不叫她何小姐了，却一口一个寡妇。我觉得他同一张嘴对同一个人的两个称呼反差太大，就问，你对她怎么当面背后两种叫法？

他说，这个何若花的情况您不知道，称她寡妇也可以，因为她旧的老公已经掰了，称她小姐也没什么不可，因为她新的老公还没到手。

我问，你不说她的老公是那个名叫王什么森的吗？

王永乐师傅嘴眼歪斜地怪笑起来，人家哪能做她老公，要做也只能加个野字儿，人家仗着在手中的权力，捞几套房子养几个小蜜，叫二奶或者包姐儿也行。

我说，原来还是这样，什么何若花，叫得不好就成了若荷花，还出淤泥而不染呢，养在家里都脏拉巴叽了。

他的嘴眼越发歪斜，您说她爹她妈多缺德，取个什么名字不好要给她取个若花，这寡妇长得像朵花吗？依我看她这名字只改一个字就好了，把花改成瓜，叫何若瓜，像个浑身长毛的大白冬瓜。

我说，其实是你给理解反了，何若花连名带姓就是哪里像花的意思，你这一改倒成哪里像瓜了。

他说，那不成，还是给她改回去得了。

说罢把两只短胳膊反剪在背后，小身子一摇一晃地出去，脚出去了头又回过来说，我得再说一遍，您家的门铃今晚就换电池，是两节的换两节，是四节的换四节，千万别换一节不换一节的，不然我明儿个一早按着不响，还得咣咣地敲您的门，害您穿条裤衩子出来。

我笑着把他送出门外，说今晚就把四节电池全给换了。

第二天他果然一早就来了，在昨晚的装束外面，罩了一件蓝布长褂，上面灰迹斑斑，右手提一桶白色液体，可能是胶泥一类的东西，左手握着几把型号不等的铲刀。他蹲在地上，用铲刀剔地板砖缝，然后趴下，嘴皮几乎挨着缝了，卟噗卟噗地吹里面的粉末子，再把白色的胶泥灌进缝里。几乎干了一个上午，最后猛地直腰，大叫一声说，完了！

我一直都陪伴在他的身边，一会儿递这，一会儿递那，这时听着吓了一跳，提心吊胆地问，修不好了？

他不搭理我，站起来，收拾工具，打肥皂洗手。一切做罢，用昨晚翻陈小姐那样的斜眼翻着我，完了您怎么就不懂？修好了堵住了不再渗水了您怎么就不懂？接着突然问我，您到底是干吗的，我怎么觉得您这人有点迂呀？

听我讲了我是干吗的，他就笑了说，原来是作家，坐家，怪不得经常坐在家里。黄塔楼这下子算是全了，大编辑、大翻译、大记者，这又来了个大作家，吃屎分子码了一大楼，往后楼里写个停电停水通知什么的，我得请您主笔。

我当玩笑听着，也笑。

王永乐师傅要求参观一下我的书房，我同意了，我的书房三方是落地式的大书柜，向窗的一方是电脑台，人人进了我的书房都赞不绝口，可是他看罢了却摇头说，我说了您别不爱听，您这里比北京图书馆可差多了！

我又笑，觉得此人挺好玩儿的。他又提出向我借本书看，我心里早有防范，热情地指导他说，除了那几柜子是不能动的，这一柜子由你挑。

他拿小斜眼翻了我一下，得，看把作家吓坏了不是，其实您那几柜子书我基本上都看过了，说您不信，马克思的《资本论》我都看过了，只有您写的书我没看过，要借我只借本您写的书。

他会给自己下台，我大大地松一口气，赶快开柜取书说，别说借了，我送你一本，刚出版的。

王永乐师傅把书接在手里，半闭着眼念上面的书名，《王先生》，翻开一页又念，一个一只眼大一只眼小的矮个子男人，突然又翻我一眼，呃，我说作家，您该不是写我的吧？

我大笑不止，问，我俩不是昨夜才认识的吗，这个王先生怎么会是你呢？

他信了这话，笑得一双小斜眼都没了，说，证明我俩有前世之缘，您不认识我时就把我给写出来了，我得拿回去好好拜读，是不是给我在上面签个字儿？

他懂得作者签字的意义，并且把书皮熟练地翻开，露出扉页。我就拿起笔，问他，你的大号是哪两个字儿？

他回答说，《永乐大典》的那个永乐。见我用那样的眼神儿看他，他也用那样的眼神儿看我，得，还是不相信我是读过几柜子书的人，不说《永乐大典》了，我说咱们的永乐小区还不行吗？

3

住在黄塔楼的编辑翻译和记者们，上班下班都由单位里的大客车接送，早晨七点出发，晚上六点归来。大客车每次停在马路边，同事们就在这里登车下车。我每周去单位一次，其余时间在家写作。有天早晨，在楼门口等候客车的同事全都背对马路，而面向黄楼侧边的一个大花坛，脸上痴呆着，不时有人说一声“哟”。

我判断大花坛里一定是出了新闻，不然人们为什么那番声色呢？也扭脸去看，只见雨伞大一个红色圆盘在空中忽上忽下飞速地转动，大飞盘上一道螺旋形的白线从内向外延伸，好像一条神出鬼没的白蛇。盘下是一个又矮又小的老头儿，两手舞动一对木柄，木柄间是一根长长的绳子，白蛇出没的大飞盘正中有一个木轴，木轴降落在那根抖动的长绳上，又一下弹飞到空中。小老头儿随着圆盘的飞旋升降，一会儿仰脸向天，一会儿俯首朝地，两腿交叉前后左右地运动，大张着嘴，玩儿得兴高采烈。我忽然一眼认出他来，那不是住在一层的老维修工王永乐师傅吗？

我正要凑过去和他打声招呼，这时候旁观的人呼隆一声说，开车了。

上了客车，坐在花坛这边的人还拉开玻璃，伸出脑袋继续观看，车下站着资深的黄塔楼住户，就热情地介绍说，这个小老头儿一年四季，每天天不亮就起来操练这玩意儿，玩儿得可好。

听说了天不亮就起来操练，下一次我刻意把等车的时间提前一些，隐在花坛边的一棵树下单看他练。王永乐师傅慢慢出场了，穿一套白色的运动衣裤，背上斜背着一个大的布套，里面很可能就是那只大飞盘，一个胳肢窝里还夹着脸盆大一只小圆盘，没有色彩和图案。左手握着一对哑铃状的木头，北京人把那玩意儿叫空竹，在绳上转动时发出呜呜的声音，女杂技演员常爱拿它演个节目，出国演出总有它一份。他的右手挽着一副木柄和绳子，就是那天清早用它弹起空中巨盘的武器。样子整个看来，像是武侠片里的一个角色。

我看着他走进花坛，一件一件卸下身上的行头，把背上的布套打开，果然是那只画着白色螺纹的大飞盘。他没发现我的窥视，伸展四肢，扭腰蹲膝，做了一些热身的动作，接着就拾起地上的绳子和空竹开始操练。我曾多次看过中国杂技团最高水平的空竹表演，王永乐师傅的玩法自然没能超过专业的女演员，因此对他玩空竹没有足够的兴趣，对他接下来要玩儿的小圆盘兴趣也不太大，我是一心想看他玩儿那只白蛇出没的空中巨盘。我从来没见有人玩儿过这个大的玩意儿，那天清早我已被他的这个项目给迷住了。我的预测是他会从小到大，从易到难，先空竹，后小盘，再巨盘，就像泰森和霍利菲尔德在进行拳王争霸赛之前要安排几场黑人小拳击手垫赛一样，所有的重头戏前面都需要若干个小戏作为铺垫，他是在操练的过程中逐步地提高技法，积蓄力量，直到炉火纯青，出神入化，那时才能问鼎那只雨伞般的庞然大物。想必那天我们来得太晚，没有看到此前的铺垫，就直接进入了尾声。

我的预测真是神了，王永乐师傅果然是把那只小的圆盘练完一通之后，这才换上那只雨伞大的银蛇巨盘。这时候他的白色运动衣的后背已被汗水打湿了一块，但是他的身手却越来越灵活，他用手中的那根魔绳，一次次把巨大的飞盘抛向空中，一次比一次更高，大飞盘上的白蛇快速地旋转着，一次一次要蹿上天去，却每一次又降下来落在绳上。他仰脸蹲在大飞盘的下面，矫健得像一只山中的老猴，翻云覆雨，闪展腾挪，百般的动作使人的眼睛都看花了。背后的马路边有人鼓掌欢呼，接着呼隆一声，说是车要开了。舞蹈着的王永乐师傅这时戛然而停，同时他发现了我，就一笑，放了器具，像武侠片里的角色那样双手抱拳，说声，献丑了。

我说，献什么丑，优美得很呢，真是绝了！赶明儿你得教我一招，你这玩儿的叫什么飞盘啊？

边问我边退，挤上车后还拉开玻璃想听他讲。这时候我们的大客车启动了，我看见站在大花坛上的王永乐师傅把一只手罩在嘴上，做成小广播的样子，头向前伸，让他的声音追上来说，我－制－造－的－阿－基－米－德－飞－盘！

4

王永乐师傅的维修技术看来是过硬的，自从那天在我卫生间里灌过一通白浆之后，任凭我每晚如何洗澡，楼下怀抱卷毛狗宝宝的何小姐再没上来找过我了。除了修理渗水的地板，王永乐师傅的业务还包括修理自来水龙头、坐便器水箱、煤气管道、地漏、电闸，以及冬天到来后的暖器等等，此外还有一个大的项目，就是电梯。黄塔楼的电梯三天两头都坏，不是今天升不上去，就是明天降不下来，再不就是电梯门一开，外面现出一方铜墙铁壁，人一个也出不去，把电梯里的人吓得屁滚尿流，摸出手机喂喂地向外面打电话告急。接电话的当然一般都是王永乐师傅，他立刻背着一只大工具箱，跑步前进，前来解救关在电梯里的乘客。

这样的事情我曾有幸亲自碰到一次，那次兆头不好，电梯女工的收音机里恰好在播放姜昆在某次春节联欢晚会上说的那个电梯遇险的相声段子，我们正听着乐，电梯咣的一停，铁门开了，外面是一堵墙，大家都吓得乱了方寸，掏出手机一会儿打到火警，一会儿打到匪警，一会儿打到红十字急救中心，挨个儿挨了人家一通骂，然后才想起本楼的维修工。王永乐师傅及时赶到，不知用的什么办法，把我们几个命大的解救了出来。王永乐师傅边修边骂，丫的管基建的王八蛋吃了人家好处，花钱买个破电梯，屁股一拍就走他妈的×了。

我问，有这样的事儿？

王永乐师傅说，又犯迷糊了不是，那天我怎么对您讲的来着，讲管基建的领导同志和包工队合伙吃那五百万的事儿？作家不知道这样的事儿，得，那您不是一个关心社会的作家，我说一个作家您猜他知道不知道，要是咱鲁迅还活着，他知道吗？还有一个作家他也不会不知道，他还活着，可惜不在咱北京了。

我认真地看着他的眼睛，这会儿他的眼睛一点儿也不斜了，我有了一个重大的发现，正常人激动的时候脸会变形，脸型本来不好的人激动起来那脸反而正了，目前一边修电梯一边做演讲的王永乐师傅就是这样。他挥起一锤，把一块翘起来的生了锈的铁皮锤了下去说，打个比方，您老婆给你买四两猪头肉，或者您给您自个儿买四两猪头肉，卖猪头肉的给您一毛钱的好处，您就只要他三两五吗？

和北京的每幢居民楼一样，黄塔楼有一个楼委会，由几个家属组成，主要业务是收费，最开始是老五费，即房费、水房、电费、煤气费、暖气费。后来又加了新五费，要检查楼道卫生，加了清洁费；要注意楼里来人，加了保安费；要保护电梯，加了载物费；要管理自行车，加了存车费；要领取和分发书信报纸，加了取信费。黄塔楼住户们对老五费没话说，对新五费却有抵触。从一层到顶层的楼梯有人打扫过吗？有坏人进来一个老太太打得过吗？电梯光载人而不载物那不叫人梯吗？交了存车费的自行车还丢吗？书信报纸不是应当由邮递员送到收件人手里吗？当然不管老五费还是新五费，一概都和王永乐师傅无关，他永远只管维修。

自从搬来这里，我就改坐客车，自行车被我塞进地下室里，每月按规定向楼委会交钱。这样交了半年以后，有一天同楼一位朋友邀我去看奇石展，地点在离黄塔楼一站半地的旧货市场，乘车两不靠，打车不划算，走路远了点，骑车正合适。朋友一提骑车，我就直奔地下室，可是进去一看，没有我的自行车了，而且从迹象看事件已发生了很久，可是我每月还把存车费交得义不容辞。

这天我没去看奇石，朋友也没去。从地下室上来，楼委会的李老太太向我伸出手说，这个月的存车费。

我给她一个苦笑，你没看见我空着两手出来？

李老太太的眼里透着失望，车丢了？那就不交了吧。

接着是取信。我去小区书店买书，李太太叫住我说，你路过前边那幢楼时，把我们这楼的信件报纸给捎回来。

我说，好呐。

黄塔楼的信件报纸向来不送到本楼，而只送到相邻的那幢楼里，不知其中的奥妙何在。买书回来，我去取了信件报纸，路上我认出其中有封信是我的，回来把信报交给李老太太，取出我的那封要走，李老太太一嗓子把我叫住，回来回来，还没交一毛钱哪。

我愣一下，很快又是一个苦笑，兜里没有一毛的零钱，我掏出一张两毛的，交给李老太太说，别找了，留着下次用。

李老太太说，我可记不住，下次取下次再交。说了也不找钱，一把就塞进裤兜里去了。

我把这两件事情一次性讲给王永乐师傅听了，王永乐师傅笑得嘴眼歪斜，小身子一耸一耸的，耸完了他说，体制。

我问他，这点小事儿怎么扯上体制了？

他说，事情小是小儿点，可性质是这样，管着您的不是一个规矩，是一个人，这人想这样做就这样做，想那样做就那样做，事情可不就乱了套了。您对事只认大不认小是吗？得，那等您缴了费出来丢的不是自行车，而是汽车，跑了腿反过来人家找你要钱不是一毛，而是一百块，到那时您就重视这事了。嗨，您是作家，我这是关公门前耍大刀了不是？

我思考着他的话，突然觉得这话非常尖锐，非常深刻，非常准确，简直是一条颠扑不破的真理。听他说耍大刀，我又联想到他耍飞盘，这次我就顺便问他，你说你玩儿的是阿基米德飞盘，你是怎么跟那个古希腊人搞上的？

他说，我年轻时就特喜欢他，这阿老头儿是绝顶的聪明，跟聪明人学没错。就您刚才说的那些个事儿您管得了吗？我管得了吗？管不了还得遇上，还得让别人把您管着，您自个儿气着去吧。可我不想把自个儿气出病了，气病了气死了还是自个儿的老婆孩子倒霉，那些个事儿又不是我干的，他不气我干吗气，我就来练气功，气功是什么？气功就是咱中国人学会不生气的功夫不是，练气功我特不愿跟那些老太太搅一块儿，我就琢磨着做个玩意儿来练，就想起阿老头儿了。这阿氏定律绝了，不就是一根破线吗，搁那儿不动是只蜗牛，转起来却是条蛇，转着转着肚里的气都嗖嗖嗖嗖顺那蛇头出去了。

我说，原来还有一套完整的理论，赶明儿我让电视台的朋友来给你拍个片子，你得玩儿出国家级标准，侃出世界级水平来。

这天我和他聊了一个多小时，后来他看了一眼表说，有空到我府上坐坐，我给您讲几个还好玩儿的，供您写小说用。现在我得上十层去瞅瞅，张老爷子家的坐便器胶管老化了，大便完一冲水就满地是屎橛子，对了，就是何小姐隔壁的那家一居室的，叫张飞的那个。张老爷子是个残疾，一条腿抗美援朝打断了，连着腿的卵子也打飞了，一辈子没讨老婆。年轻时我读过一篇课文叫《谁是最可爱的人》，不知道您读过没有，我怀疑张老爷子就是里面那个最可爱的人，可惜魏巍同志文章里没点他名儿，将来您可以点名儿写他一篇，张飞，嘿，这名儿多棒，猛一听就像手持丈八蛇矛的燕人张翼德来了。

我不禁肃然说，我的楼下住着一位老英雄，一位最可爱的人，我怎么从没听说过？

他说，就因为他是最可爱的人，要是和那些屁大点事儿都要登报扬名的一样，不就成不可爱的人了？张老爷子基本上是不出门的，民政上给他雇了个老保姆，也姓张叫张妈，跟张老爷子几十年了，张妈对张老爷子特好。不过再好也不能一天到晚给他冲屎橛子啊，所以我得赶快去给把胶管换了。

王永乐师傅说着说着又及时地回到本职工作，两只短胳膊往背后一剪，小身子一摇一晃地走了。

我越发感到这人可交，过一天我就真的到他府上去听他讲故事。他的府上是楼下一层的一个独居，一看就是维修工的临时住处，房里绝大部分地方都空着，没有一样家具和电器，只有一张木板床架在小房的一角，床前有一张三条半腿的旧桌子，断了半条腿的那方靠墙，下面用几块砖头支着，桌边有一把同样成色的木椅。王永乐师傅四仰八叉躺在床上，正在看一本书，一条腿在床上撑成一个直角，另一条架在这条上面，脚尖一下一下地向上跷着。看见我来，他一个翻身下地，仓皇招呼我坐。

椅子太破太脏，我就坐在他的床上，顺手抄起他丢下的书。这不是一本流行小说，黄皮的封面写着《并存着四个主义的中国》，下面一个外国人的名字。我又吃一惊，我早听说这本书了，正四处打听哪家书店有售，不想却在维修工王永乐师傅的床上见着。王永乐师傅看出我的惊异，小斜眼向我翻过来说，想看不是？想看就拿去看吧，丫的作者还是个老外，咱们国家的事儿都被他看出来了。

我问，这书你从哪里弄来的？

他半闭着一对小斜眼故作神秘，特想知道不是？不告诉您。

5

自从听说楼下住着一位老英雄后，再乘电梯的时候我就十分注意谁在十层下。有一个五十来岁的老太太被我多次遇见，老太太的臂上挽个篮子，篮子里装些白菜萝卜西红柿什么的，每次电梯一到十层就下去了，我猜有可能她就是张妈。

一天中午我去书店买书，下去时很好的电梯上来时又出了毛病，不多不少恰好停在十层不动，我只好开门出来，准备爬一层楼梯回家。这时我听到十层的楼道有人吵架，是两个女人尖细的声音，一个外地口音听不出是谁，另一个居然就是何小姐。从音量和频率上听何小姐占有一定的优势，不知道是根据什么，我把处于下风的外地口音和挽篮买菜的老太太联系了起来，并且我认定那老太太就是张妈，于是我公然走了过去。

我的判断准确极了，与何小姐全力对抗的正是挽篮买菜的老太太，在她们中间靠后的墙边停着一辆残疾人轮椅，椅上坐着一个红脸膛的老头儿，手里拄着一只子弹壳焊成的手杖。红脸老头儿一动不动，一言不发，酷似一场赛事的裁判，冷静地观望着眼前这一对女选手。何小姐仍是身穿白色睡袍，戴蓝宝石戒指的那手抱着小狗宝宝，戴红宝石戒指的那手指着张妈，嘴里发出咄咄地质问，你这个老贱骨头，你往我门里偷看什么，我门里有什么让你来着？

张妈说，俺再给你赌个咒行不，俺的一个土豆滚到你的门口去了，俺是去捡俺的土豆，俺不是偷看你门！

何小姐说，我说这北京的土豆也特怪，它早也不滚晚也不滚，别人家里一来人它就滚，还专门往别人家门口滚，恨不得滚进来才好，害得不值钱的人贼头贼脑到人家门口来捡！

张妈说，你说俺不值钱，俺不见得比你还不值钱！

何小姐说，哟，比我值钱不是？白天端屎端尿，晚上一间屋里睡觉，一个月还能挣个两百块？

张妈说，俺端屎端尿，那是侍候国家有功之臣，一间屋里睡觉，那是人家不给国家找麻烦，有人无儿无女又无男人还住三四间屋，那是她来路不明，死不要脸！俺侍候人钱多钱少不计较，不像有人好吃懒做，专门偷大官儿，挣大钱儿！

何小姐说，多么伟大，多么光荣，侍候国家有功之臣，几十年如一日，一间屋也没睡出个小功臣来！说我偷大官儿，你也来偷一个大官儿试试，老抽皮了，还是一张农村女人的皮，你想偷人家人家也不想要你！刚才还不认账往我门里偷看，这下承认了不是？

张妈说，承认就承认，屋里没鬼就不怕人偷看！

何小姐说，张老婆子，你再敢胡说八道一句，你看我不抽你的嘴！边说边把宝宝换只手抱着，那只戴着蓝宝石戒指的手展成一个巴掌，直伸到张妈的面前呼呼地扇着。张妈看着眼前的蓝光一闪一闪，不由得后退一步，但是紧接着又前进两步，把嘴主动递到何小姐的手边单等她抽，那嘴里还不断地要求着，抽哇！抽哇！抽哇！

何小姐本来只是威胁，这下被逼上梁山，索性眼睛一闭，那只呼呼直扇的蓝宝石巴掌就朝着张妈的嘴落下来，说时迟，那时快，一直坐在轮椅上像个裁判的红脸老头儿，把那只子弹壳做成的手杖轻轻向上一抬，何小姐的巴掌就被挡在了空中。红脸老头儿说，张妈，咱们回去。

红脸老头儿说完这话，手杖放下来往身后的地上一撑，船篙一样把轮椅划走了。一场战斗就这么结束了，子弹壳做的手杖已经撤了，何小姐的巴掌还在空中悬着，她有点儿纳闷儿，刚才怎么竟把这个红脸老头儿给忽视了。

张妈跟着红脸老头儿进了他们的一居室后，何小姐一个人又站了一会儿，也转身回她的三居室，把门咣的碰上。我的眼光追随着那辆驰入屋内的轮椅，我敢肯定轮车上的红脸老头儿就是老英雄张飞无疑。

6

李老太太收存车费只收自行车的，小汽车一概不收，原因可能是小汽车不进地下室车库，只停在楼门口的空地上。楼门口的私人小汽车越停越多，颜色也越来越丰富，有天晚上从单位回来，我顺便欣赏了一下，发现只差一辆绿色的，就可以说是五光十色了。刚这么想着，第二天楼下就多了一辆绿色的小汽车，那绿是翡翠绿，漂亮极了。正看着，王永乐师傅把两条短胳膊剪在背后，笑眯着一对小斜眼出现在我的面前，我问他，谁的车这么漂亮？

他开了口，忽然那口型收缩了一下说，不会观察生活不是？穷单身，富寡妇，往寡妇身上猜呀，您就没注意她这几天不穿睡袍了，换了一身牛仔穿着？

我说，牛仔跟汽车有什么关系？

王永乐师傅说，牛仔跟汽车有关系，睡袍才跟汽车没关系呢，您见有几个开汽车穿睡袍的？

我说，原来又学会开汽车了，谁给她买的汽车？

王永乐师傅说，还有谁，不又是那个名叫王什么森的破局长，他老婆要拿菜刀剁他的鸡巴，吓得他只好把这寡妇扔了，舍车保帅。赔她这套房子，她嫌少，就又补她这辆汽车，算赔偿全部损失。

我说，她损失什么了？

王永乐师傅小了声说，人家说她原本是个处女，有膜儿，被王什么森玩儿了这么些年，就是玩具也要折旧费不是。正在说，忽然把小斜眼飞速地扫了一下左右，用手罩着嘴皮，声音降得极低说，来了。

我一回头，何小姐还真的来了，怀里抱着小卷毛狗宝宝，果然穿的是一套石磨蓝的牛仔装，看样子是要开车去野外散心。脸色比那晚憔悴得多，可能是被那个送房子和汽车的破局长给闹的。

想不到当天晚上，这辆翡翠绿的小汽车给全楼都带来了灾难。入睡不久，楼下突然传来一种可怕的叫声，呜儿呜儿呜儿呜儿，和警车抓人的声音差不多。我从梦中惊醒，开始以为是警车来了，附近出了什么抢劫强奸凶杀一类案件，但是那声音好像不进也不退，就在原地响着，响了一会儿停了，停了一会儿又响，这样一直持续到第二天凌晨。

因为一夜未眠，我比平时至少早起了半个小时，乘电梯下到一层，见朦胧天色中的楼门口聚集了很多人，一个说，怎么起这么早啊？另一个说，警报叫的啊。第三个说，我们都没睡着。这时一个小身子一摇一晃地出来，背上背着一个大家伙，手里拿着一些小家伙，一猜就是起早去操练阿基米德飞盘的王永乐师傅，有人便向他咨询，昨夜是什么东西吵了咱们一夜啊？

王永乐师傅用手指指那辆翡翠绿的小汽车说，你们没听出它的声音有点儿像十层的何小姐吗？

大家一听，说还真像，于是就有人骂，这个寡妇！

又有人问，怎么这样缺德，没男人过日子又不是我们给害的，用这法子发动我们全楼给她找一个男人还怎么着？

王永乐师傅说，不怪寡妇，要怪就怪那个玩儿寡妇的破局长，为了保护寡妇的财产起见，他给这辆汽车安装了国内首创的过敏性防盗装置，别说小偷动手一摸，小风吹来个塑料袋就响。

王永乐师傅回答完毕，肩背手提着一应物件到大花坛去操练阿基米德飞盘去了，背后那人又说，那不活该我们往后夜夜倒八辈子霉了？

王永乐师傅听了也不回头，声音却被逆风吹了过来，倒霉？还指不定谁个倒霉，等着吧你们，不出一礼拜，叭叭，有人就要倒八辈子霉了。

就在王永乐师傅预言有人要倒霉的当天上午，从李老太太那里传出了一个神秘的小道消息，说是送何小姐房子和汽车的那个破局长出问题了，人被抓了起来，可能要判死刑，原因不明。不知道为什么人们都把这当成好消息来听，一时间楼上的气氛有点儿活跃，很多人都不约而同地想到十层的何小姐，望穿秋水地希望能够见她一面，从她的脸上验证这个消息的真假。但是失望得很，何小姐一个上午都没出现在人们的眼前。

我认为王永乐师傅是本楼的一个消息灵通人士，出门遇见他时就顺便向他咨询，大家传的那事儿是真的吗？

他早已练完飞盘，身上的白运动服换成了蓝布长褂，手里拿着一把扳手正要去哪家维修，就站住说，这样的事我听多了，已经不大容易激动了，您想，叭叭一个人有这么容易吗？老百姓还差不多，是局长哪，官儿是破了点儿，可背后还有不破的不是？您听，原因不明，得，退路就在这词儿里了，赶明儿一查，原因明了，抓错了！您不想想，就多弄那几套房子，几辆车子，几个婊子，在您是犯罪，在人家是工作需要，能叭叽人家吗？别猫咬猪尿泡空欢喜吧你们！不给您说了，张老爷子家的地漏又堵了。

果然过了中午，形势急转直下，依然是从李老太太那里得到新的情报，破局长又被放了出来，原因还是不明。

7

我从电视里一连看了几个民间绝活，都在讲述老百姓自己的故事那个栏目，那个栏目正好有我认识的一个女孩儿在做编导，我忽然联想到王永乐师傅操练的飞盘，有天晚上我就打电话给那女孩儿，建议他们选个时间来和此人聊聊。我说的是选个时间，而且是聊聊，谁知女编导到底年轻，一听就来了劲儿，第二天上午带着摄制组直奔这里而来，先找到我，再让我陪他们找王永乐师傅。

王永乐师傅当时正手持锯条锯着一根钢管，姿势有点像朝阳沟里教银环锄草的老农，前腿儿弓，后腿儿伸，蓝布长褂上落满了银色的金属粉末，听了来意，他一个劲儿地摇头，嘴里又冒出一句古书中的话说，雕虫小技，何足道哉。

这句话以及说这句话时的那个神情，使女编导对他大为佩服，当下不由分说，吩咐摄制组的几个小伙子背了他的家伙，先自出门，王永乐师傅做出百般无奈的样子，只好搁下手里的锯活儿，脱下蓝布长褂，换上白运动服，乖乖地跟着摄制组走。来到平时操练阿基米德飞盘的那个大花坛，女编导忽然尖叫一声，啊呀这个地方我来过的！

我说，是梦中吧？

女编导说，不是梦中，是现实中，我在这里曾经拍过片子，过去这里是不是练过法轮功？

王永乐师傅说，您说对了，咱们快别拍了，全国人民都认识这地儿，到时片子放出来，见我在变着法儿地转一个大轮子，还以为又有人在转法轮不是？

女编导笑出眼泪来说，王师傅，您这朋友说您有一手绝活，想不到您还有一张绝嘴，时间要紧，不跟您老人家摆话儿了，我想了个好地儿，你们都跟我走。

大家都跟了女编导上车，车子拐个大弯，绕过马路，开到一座缓坡下面不能开了，人便都跳下来，继续跟了女编导步行。走到一座松树林子背后，见四周堆了一些砖石和黄土，中间似乎是一个大坑，女编导说，王师傅，就这儿吧。

我们都不认识这是什么地方，只有王永乐师傅一人认识，他说，哟，这地儿好，前不久三个盗墓贼不是在这地儿发现了一座西汉古墓吗，莫不就是那个大坑儿？派我在这坑儿边练盘子，别让人以为我这东西是出土文物。

女编导说，利用电视媒体，把两件新闻巧妙地联系起来，会收到很好的宣传效果。

王永乐师傅说，待会儿我练累了，倒在古墓里面睡着，您就站在旁边对着镜头解说，说我是几千年前的一具古尸，至今还保持完好来着，就会收到更好的宣传效果了。

在全摄制组的大笑声中，王永乐师傅活动一下筋骨，朝手心吐口唾沫搓搓，跳开了空竹小盘之类，直接抓起那只最大的阿基米德飞盘，摆个架势，背对西汉古墓开始操练起来。

这天下午楼门口又出现了一件好玩儿的事，我们坐单位的客车回来，看见进楼的水泥台阶上有人写了一行字，是隶体，红粉笔写的，七个字，每个上面都是宝盖头：寂寞寒窗空守寡。下面还有一行白粉笔写的小字：求下联。

大家都在猜测是谁写的，边猜边就从那字旁迈过去了。只我一人站在台阶下面多看了一阵子，我觉得那红白粉笔字的字体似乎眼熟，再一想就想到王永乐师傅经常张贴在楼里的各种通知了，扁扁的，斜斜的，就有点儿像他人矮眼斜的样子。

我断定这又是王永乐师傅出的怪招，便有心响应，吃罢晚饭后也不打开电脑写小说了，一门心事坐在那里对下联，首先确定既然上联的主人公是寡妇，那么下联的主人公就应该是鳏夫，光棍之类，和尚也凑合，反正除了太监之外与女人无染的男人没错。但是所有这些名词的偏旁部首都分明不对，再往下想，不是没有七个同部的字，就是没有一句相对的话，想不到要对出这条七个字的下联竟有一定的难度。

一个晚上白白过去，我甘拜下风，洗刷睡觉。可是不行，总睡不着，脑子里仍然想着写在楼门口的那个寡妇上联，正想得有了一点儿眉目，楼下呜儿呜儿的警报声又响了，一会儿一阵，一会儿又一阵。我越发睡不着，心里直骂楼下的寡妇何小姐，忽然一下醒过神儿来，那个寡妇上联莫非就是针对何小姐出的，她寂寞，她的窗户是寒的，她在空守寡不是？有点儿水平，这样的上联也只有王永乐师傅才想得出来。

一夜没睡，警报停时，天却亮了。这天早晨我没参加单位大客车上的愤怒声讨，在家里补睡了一个上午。这样大约过了五六天，天天晚上都是如此，一到同样的时辰，楼下就爆发同样的声音。

事情一直发展到第七天夜里，当呜儿呜儿的警报声响到第三阵的时候，却听叭叽一下，声音超过警报的十倍，汽车立刻不响了。根据正常人的合理判断，可能是一件重约五公斤以上的物体落在了鸣叫物的有关部位，那物体极具破坏力的，是铁器、石器、凝固的水泥、扎在一起的砖头还是什么，要等明早才能知道。这件事是如此符合复仇者的愿望，想起来就好像是我灵魂中的另一个我干的。

我比较感谢叭叽这个声音，因为是它一举结束了伤害我们数夜之久的另一种声音，仿佛为了纪念，我让耳边反复出现这声叭叽。忽然我觉得这个声音最近有人用嘴巴模仿过的，顺藤摸瓜再一想就想起来了，是王永乐师傅。当时他肩背着阿基米德飞盘到大花坛去操练，听得背后有人唠叨着倒霉，他头也不回地说了一句，等着吧，不出一礼拜，叭叽，然后什么什么的。我算了一下，从第一次开始，到今天可不就是七个夜晚。

8

第二天清早，黄塔楼门口的停车场上热闹非凡，很多人从昨夜叭叽那一声起，就等待着今早这个激动人心的场面。要不是夜间怕冷，同时顾忌汽车的主人怀疑，这些人当时就来参加它的葬礼了。

其实不是葬礼，顶多是个负伤现场，因为它并没有死，只是脑袋被砸塌了，眼睛成了两张形状怪异的蜘蛛网，亏了玻璃后面贴着一层黏性不错的薄膜。砸塌的脑袋顶上横卧着一块石砖，轮廓分明，四面是器物凿出的齿槽，有两部缩印本的《辞海》摞起来那么大，昨夜的叭叽声是它和车皮碰撞的结果。

我很惊讶北京哪里还有石砖，都二十一世纪了，高科技时代了，克隆人都出来了，哪里还能找得出这种石器时代的产物。从它进入汽车脑袋的深度测算，它的重量和我昨夜的估计差不多，高度应该在十层以上。复仇者也许是从异地寻得了这块石砖，用东西裹着，用肩膀扛着，爬完十层以上的楼梯，安放在面向楼口的窗台上，测好位置从那里准确地砸下去的。为了保密，他不会乘坐电梯，也不会与人合作，甚至瞒着家人，独自一个艰难地做完了事情的全过程，要不然怎么全楼竟会没有一人认识这块石砖呢？我想可能是一个干过体力劳动有一把子劲儿的男人干的，把那大一块石砖扛上十层，举起来又扔下去，这活儿不简单。

围观者们仿佛心有灵犀，大家一定都知道昨夜的叭叽声是因为连续七夜的呜儿呜儿声引起的，也就是说这两种声音互为因果。但是大家谁都不提那两种声音，就好像昨夜的叭叽声没人听到，连续七夜的呜儿呜儿声也没人听到似的，只是一迭连声地叹息说，多好的小汽车呀，德国进口的吧，你看那漆，刚才两只蚊子飞过去公母都照见了，看那车肚里，人别坐多了，司机除外，一男一女那叫舒服！这可好，头上砸一大坑儿，玩儿了完，修好了也是个破相，照不见公蚊子母蚊子了，这不是像漂亮女人给毁了容吗？

当事人十层的何小姐也来了，这次不是白色睡袍，因为是白天又是楼外，她穿了上衣和裤子，爱犬宝宝今天穿的是件红马甲，不在她的怀里，却在屁股后面颠颠地跑着。何小姐一脸受害者的愤怒和怨恨，程度十倍于我把洗澡水滴进她嘴里的那个晚上。她反复追问，谁干的？谁干的？谁干的？对不起我要报案！说完她当众掏出手机，也不查电话号码，就嘟嘟嘟嘟给一个人拨，简明扼要地说了情况，听口气可能是赠她汽车的那个破局长，接着才给公安派出所打。

这时候单位的大客车开来了，大家依依不舍地上车，原地只剩下我和几个想看破案的人。我觉得有人把我后背碰了一下，眼睛往过一扫，扫见一套白色的运动衣裤，便知是王永乐师傅。王永乐师傅满脸白汗毛子，背上手上又是那套玩意儿，我算定他是操练完了自己的阿基米德飞盘，赶来关心何小姐的汽车了。我向他问，哪来的石砖？

他走拢去看看，又用手摸摸说，嗯，说不定还是一件文物，改天儿我到那座西汉古墓里去查查。

我笑了说，要是西汉时代的文物，就比汽车还值钱了。

他说，那没准儿。

我又说，想不到真到你的话里去了，不出一个礼拜，叭叽，昨夜正好是第七夜吧。

我的话里有一种佩服他料事如神的意思，然而他的脸上丝毫都无得意之色，却又用手碰我一下，小了声儿严肃地说，得，这么说不成我干的了？

何小姐的报警电话还真管用，没过多久呜儿呜儿的声音就由远而近叫过来了，这是真正的警报声。一辆警车顶上闪着红灯，从马路上飞快地开来，径直冲到楼口停下，车门打开，跳下几个武装警察。何小姐一见他们就小跑了过去，一边跑一边回头指她的汽车。身穿红马甲的宝宝颠颠地跟在她的屁股后面，见了警察就跳高欢迎，被警察一脚踢开了，宝宝汪汪叫着逃到何小姐腿边，抬起头来委屈地望她一眼，接着又去追赶踢它的人，好像要代表何小姐向他解释什么，结果又被警察一脚踢开了。这次可能踢得太重，宝宝逃到何小姐的腿边不再动了，嘴里汪汪叫着，眼里淌下两行晶莹的泪水，何小姐弯腰抱起它说，我的宝宝别哭，我的宝宝别哭，警察叔叔来帮我们抓坏人了，说着说着眼里也淌下泪来。

警察对她们母子视而不见，听而不闻，拔腿直奔事发地点，其中一个打开背上的摄像机，对着挨打的汽车一会儿俯拍，一会儿仰拍，又挪到近外拍了一个特写。另一个从警服兜里取出一卷钢尺，在汽车周围量过来量过去。忙乎一阵，又放下手里的器材去搬车顶上的那块石砖，搬了两次没有搬动，再搬时石砖险些掉下来砸了他们的脚，这时一个修路的老民工背着一袋水泥从这里经过，警察叫住他说，劳驾，把车顶上那个家伙给我搬下来，扔进那辆车里。

老民工张着嘴把他们傻看，警察又说，开十块，十块够不？

老民工这才缓过神来，把背上的水泥卸在地上，搬下车顶的石砖放进警车，转身过来，却看见两张脸都冷着，再不敢提十块钱的事儿，赶快背起地上的水泥走了。

警察向围观的人提出了一些问题，诸如你们知道是谁扔的石砖，楼上谁家有这种石砖，车主平时和谁有什么矛盾，等等，被问的人都答不上来，警察的态度渐渐变得严厉，大家感到有些好笑，就笑一笑走了。

最后离开的是我和王永乐师傅，一边走还在一边笑着，警察看王永乐师傅又矮又丑，形态奇特，背上又背着一个古里怪气的大圆盘，有点身怀绝技的江湖大侠味道，觉得可疑，同时也对他的态度心里有火，就从后面叫住他说，站着。

王永乐师傅就站着，警察说，你那背上背的是个什么鸡巴东西？

王永乐师傅回头用一双斜眼望着他，仍然笑着说，不是鸡巴，您有这大的鸡巴吗？是什么我说出来您未必懂，阿基米德飞盘，不懂是不？它和您那辆汽车没有关系。

说完又回过头来，和我有说有笑地走了，再没去看他们一眼。

我早已知道背后这两个警察是没有能力破这个案的，他们缺乏最基本的专业训练，有一会儿我想对他们谈谈我对石磨投掷者的分析，以供他们破案参考。但我突然发现他们连马裤呢的黄色警裤都没穿正，把本来应该在中间的一道裤裆缝歪扭在半边屁股蛋上，走起路来一扯一扯，并且连一块石砖都搬不下来，他们的劲儿也特小了，我就对他们表示了深切的失望。

9

破案的事情也就不了了之，红灯闪烁的警车沿着来路返了回去。何小姐怀抱着白挨了两脚的宝宝，怒气冲冲地转身回楼。刚一踏上水泥台阶，一低头间看见了红粉笔写的一行字，字被众脚踏得有些斑驳了，但是大体上还看得清，总共七个，寂寞寒窗空守寡，下面的三个白粉笔写的字被踩没了。一看见寡妇两字，正在火头上的何小姐身子立刻就发抖了，看见我从大花坛那里回来，指着台阶上的那七个字问我，知道这是谁写的吗？

我知道那七个字是维修工王永乐师傅写的，但是我不想说我知道，从她的口气以及表情来看，她是俨然以寡妇自居，要找写字人的麻烦了，因此我更不能出卖王永乐师傅。我转弯抹角地说，这字都写好几天了，是有人开玩笑出个上联让人对下联，想不到全楼都没人对得出来，包括我，和苏东坡时代的人相比，现在人的文化素质普遍下降了。你也可以对的，对对了向他要奖去，目前报纸电视歌厅酒店都兴赶这个时髦。

何小姐说，废话，我问你是谁写的，找出人了我不向他要奖，我要奖他，奖赏他一个嘴巴子！我要问他写的是谁，谁在守寡！什么世道，都敢在我的头上拉屎撒尿，住房子人家从楼上漏洗澡水，来了客人家从门缝里偷看，停汽车人家把车子砸了，躲在家里不出门人家又写对联骂，我他妈的这是招谁惹谁了我！

她终于破口大骂起来，拿高跟皮鞋猛踢那写了字的水泥台阶，右脚踢一阵又换成左脚，眼泪鼻涕一涌而出，把脸上画的妆冲得乌七八糟。怀里的卷毛狗宝宝也冲着那七个字汪汪直叫，后来它挣开她的双手，纵身跳到那台阶上，伸出舌头一下一下地舔那红粉笔字，把舌头舔得红鲜鲜的，像在流血。

一个礼拜以来，数这个晚上安静，何小姐的汽车一夜没响，经过那块石砖的无情打击，现在它是真的坏了。但是第二天清早下楼，楼委会又传播出一条新闻，李老太太正对人说，查出来了。

我插过去问，查出到底是谁砸的？

李老太太反而问我，砸什么来着？

我疑惑说，我听你说，还以为是何小姐的汽车。

李老太太说，嗨，我说的是楼门口水泥台阶上那字，谁写的给查出来了。

我自然就想起昨天何小姐大闹楼口的事，心里一紧又问，查出来是谁写的？

李老太太说，干吗这紧张，没人说你。是那个手爪子痒的老王，王永乐！没事儿写人家寡妇干吗，字儿写得好不是，有学问不是，手痒不是，那人家的手也不是吃素的，被人家扇一耳刮子好了！

我已经知道扇他一耳刮子的人是谁了，却明知故问说，谁扇他了？

李老太太说，你楼下的那个何若花呀！

我想起电梯坏了的那天，在十层过道上她要用耳刮子扇张飞老英雄家的保姆张妈，眼前那个凶样又出来了，就问，她又不是寡妇，她扇人家干吗？

李老太太说，她不是寡妇，可她也跟寡……李老太太突然住嘴，对我一挥手说，得，不跟你说多了，你是作家不是，说了你好写人家不是，我可惹不起人家，可经不起人家那一耳刮子！该干什么你干什么去吧。

李老太太说完就真的转身，回到楼委会里去了。我独自一人站了一会儿，决定去看望一下王永乐师傅，摸摸究竟是个什么情况。王永乐师傅那间独居的门开着，人却不在屋里，刚要猜他去大花坛操练阿基米德飞盘去了，一转眼又看见那只大飞盘在墙边靠着，地上还有一只小盘和空竹以及带柄的绳子，心就有点紧张起来，难道他去了医院？如果是就说明打得不轻。再一想又觉得这个想法好笑，王永乐师傅毕竟是个男人，尽管个子矮点儿，也不至于被一个娘们儿打得惨成这样。

我第二次去他府上的时候，他回来了，背对着门坐在三条腿的桌子前面，正闷头吃一碗方便面，头上没有绷带什么的。我的心里轻松了一点儿，想让他也轻松，便走到他的背后，瞅着他方便面袋上的康师傅牌子说，给你也出个上联：王师傅吃康师傅，求下联。

他头都不扭。您可别再跟我提对联了，他说话的语气悲观极了，您肯定知道那个对联是我写的了，也肯定知道有人家找我麻烦了，就好心来慰问我了？

我走到他趴着的桌子斜对角坐下，这时就能看见他脸的一个侧面了。他脸上的伤势并不十分严重，只有两道细长的红印子，要破而又没破，一看就是抓痕。我说，李老太太说的是她扇你，原来只抓了一下，这比较符合女人的特性，女人抓男人是常见的事。

他抓紧几口把面吃完，把脸上的抓痕正面展示给我说，不是她抓的，是母狗抓的，您没认出这是狗爪子印？我不是骂她，真是她让她怀里那个小母狗宝宝抓的。

我说，这不也相当于她亲自抓的？

他愤然说，不管是人是狗，抓一爪子也没什么，主要是人受了污辱，当着李老太太的面，她嘴里骂着骂着就是一耳刮子扇来，我一个闪身躲开，她就又放出那小母狗了。我肯定是让着她的，好男不跟女斗，好人不跟狗斗，不然我只一还手，叭叽，她那母狗娘俩不一屁股卧地才怪！

我说，她认定那个对联是写她的了？

他点头说，其实我是那天从墓地回来，一路想着这墓里要是一个王后公主什么的，从西汉睡到咱中华人民共和国，可够她寂寞的，这么想着又想到年轻时在书上看过的一副对联，下句忘了只记得上句，走到楼口时我就顺手写在台阶上，主要是写给您看的。做梦也没料到楼里有个寡妇对号入座了，好像这北京城就她一个寡妇似的。其实她还不算真正的寡妇，说好听点儿，她这叫单身女贵族，说得不好听，她这叫二奶，包姐儿。不过她既然这么犯横，我也不辩解了，索性就像阿 Q 说的那样，谁认便是谁！

我说，再想她还为不为别的事？

他点头说，您说对了，我想她没准儿认为汽车是我砸的，当时我从她给警察使的眼色上就看出来了。

我想起那天他的神秘样子，就乘机追问，到底是不是你砸的呢？

他的一对小斜眼立刻就向我斜来，我干吗要砸人家的汽车？那好的汽车，无非晚上的分贝高儿，可你们一座楼的吃屎分子都睡得着，我一个修理工怎么就睡不着？

我进一步套他，不是你在一层，我们在高层，分贝离你近些吗？

他仍把我斜着，又外行了不是？声音恰好是往高去的，还记得红旗歌谣不，革命口号冲云天，歌声传到九霄外，还有玉皇大帝王母娘娘什么的，都是住在高层的主儿，比您还住得高哪。

我笑了说，可是他俩不会用砖头砸人家的汽车。

他笑的样子和我不同，笑了一阵突然不笑了，这次正经望定我说，看来您真认为这事儿是我干的。咱俩是哥们儿，我就只好实话对您说了，不过您听了这辈子不许再问。第一，这事儿不是我干的；第二，我知道干这事儿的是谁；第三，这人我不能告诉别个，包括您。

10

很快我就大为后悔，觉得不该逼他交代这件事情。因为三天以后，从派出所开来一辆警车，把王永乐师傅带走了。那天是周一，我去了单位，晚上回来时楼门口聚了一大群人，把李老太太团团围在核心，听她讲述这件事的全过程。李老太太说，车就是那天来的那辆车，人就是那天来的那俩人，呜儿呜儿地对直开到楼门口停下，下车直奔老王住的屋里，不一会儿老王就跟着他俩从屋里出来，然后坐车走了。

我问李老太太，听见老王他说了什么没有？

李老太太说，让我想想啊，他说了，说时嘴里还笑着，他说你俩得把我这府上记准了，今儿个从这里把我接走，赶明儿再送我回这里来。

围听的人都震惊了，脸上一派出了冤假错案的表情，我又问李老太太，听见两个警察说了什么没有？

李老太太说，让我再想想啊，警察也说了，警察说还想回来？汽车的事儿都是鸡巴小事儿了，知道那砸汽车的是什么东西吗？

有人不屑地说，不就是一块破石砖，还能是什么国宝！

李老太太说，就是，我生气的是他们招呼也不打一个，绕开我们这级基层政府，直接就把人带走了，这几天楼里要是漏水停电什么的，哪里找人修去！

我想起那天警察对王永乐师傅的盘问，又想起那个七字对联，由此联想到车主何小姐，觉得这事儿也许和她有关。同时李老太太学那警察的话也引起了我的深思，十几万元的汽车在警察嘴里是小事儿，而那块砸汽车的石砖却是那么重要。如此说来事情不免变得荒唐，拘捕王永乐师傅的原因竟由被砸的汽车转移到砸车的工具。全楼人都为王永乐师傅的命运捏一把汗，觉得这事有点儿神秘，甚至恐怖，大家纷纷做出多种复杂之至的判断，却没想到派出所的结论原来是这样的简单。

依然是通过消息灵通的李老太太，第二天我们就得知了王永乐师傅被拘的罪行，果然把砸汽车放在其次，主要是他从刚挖出的西汉古墓中搬走了一块石砖，用它充当了现代的破坏工具，在破坏别的物体同时把自己也给破坏了。搬取那块石砖的时间，大约是他离开了原来操练阿基米德飞盘的大花坛，把场地暂时移到马路对面土坡的那一天。

如果此说成立，到时我一定出庭，充当被告王永乐师傅的证人，还有电视台摄制组的一帮人马。我马上给女编导打了个电话，请她回忆一下，那天王永乐师傅操练完毕阿基米德飞盘，回来时是不是搬走了一块石砖。

女编导回答得嘎巴脆，她说，老头儿那天一连操练了七遍，累得够呛，临走还是摄制组几个小伙替他收拾了飞盘，车子把他送到楼门口的。

我又问，以后还去那里拍过没有？

女编导说，没有了，老头儿配合得不错，一次就成功了，片子都制作好了，马上就可以播出来了，等着荧屏上见吧。忽然她反问我，你打听石砖干吗呀？

我担心影响王永乐师傅在电视里和全国人民见面，忍住没提派出所把他拘走的事儿，却编个笑话说，楼里人笑他个儿矮，做饭够不着煤气灶，在哪里搬了块石砖在脚下垫着。

电话里的女编导笑岔了气儿。

于是就更加证明了西汉石砖不是王永乐师傅搬的，汽车也不是王永乐师傅砸的，他对我说的三条，看来还真是哥们儿实话。但他决不说出干那事儿的是谁，宁可自己含冤负屈，这使幕后那人的形象在我心中虽然神秘，但却萎葸，我希望他昂首挺胸地站出来，迈开大步去换回为他替罪的王永乐师傅。这人肯定出在黄塔楼里。

但是黄塔楼里一片平静，在以后的一段日子里，人们仍然按部就班，一辆大客车每天早上把一些人运走，晚上把人又还回来，还是那么多数目。不同的只是，清晨楼侧的大花坛里没有了玩儿阿基米德飞盘的王永乐师傅，夜里的汽车警报声也再不响了。楼下那辆翡翠绿的小汽车不知在什么时候，被什么组织用什么工具运到什么地方去了。何小姐和她的爱犬宝宝从此也没再露面。

有一天楼下突然贴出楼委会的通知，本楼的煤气要统一改造成天然气，大家都下楼去登记房号和姓名，唯有我的楼下101号的那行空着，这时我才正式见到户主的名字，不叫王金森，也不叫王玉森，当然更不叫王宝森，而是叫王泰森，想必他就是送何小姐房子和车子的，一直隐居二线的那个破局长了。

过去楼里写个通知，搞个登记，都是维修工王永乐师傅分外的使命，谁也抢不走，他乐意干，可以展示他字如其人的书法。王永乐师傅被带走后，这使命历史性地落在了李老太太的身上。李老太太旧社会没读过书，新中国成立后参加过扫盲运动，她写的王泰森的“泰”字笔画不是太对，一个记者就指着它问，是这个破局长包了十层那个抱狗女人？到底叫王什么森？

李老太太说，王泰森，王泰森。

记者就恍然大悟，哦，怪不得的，原来和那个强奸犯是一个名字。

众人大笑。又一个编辑问，怎么不见何不姐来登记？

李老太太说，人家不点中国的天然气了，人家又到美国去了。

记者说，泰森一出狱，她又找泰森去了。

李老太太说，废话，上次说王泰森抓起来了那是谣传，人家根本就没进去。

编辑和记者一齐笑了说，说的是美国那个强奸犯泰森。

记者又说，这个泰森不用强奸，给房给车，一通电话来奸就是，叫通奸。

众人又大笑。李老太太说，别摆话儿了，快登记，快登记。

11

一个阳光明媚的日子，王永乐师傅突然出现在黄塔楼的门口，穿了一身以往从没穿过的旧的灰色西服，又大又垮，里面的衬衣也没打领带，显得有点儿别扭。当时我正从邮局发了一个特快专递回来，猛一眼认出是他，又惊又喜，奔过去问，没事儿了吧？

他说，其实早没事儿了，本来就没事儿，走的那天我对他们说了不是，我说你俩得把我这府上记准了，今个儿从这地儿把我接走，赶明儿再送我回这地儿来。无非丫的多拘了我几天，也不送我，他们是下不来台，担心小脸儿没处儿搁。

我说，妈的，拘错就这么放了？

他的鼻孔里哼的发出一个冷笑，您还能怎么着？买了假货还能索赔，办了假案您找谁索赔去？过会儿又说，我今儿个是来跟您告个别，开电梯的说您出门去了，估计不远，我专门在这地儿截您。

我惊问说，你不在这儿干了？

他说，这些日子在里面待着，没事儿就想，想着想着这心里嘎巴一下想通了，我也是有老婆孩子的人，整天儿在外边给别个捅厕所，自个儿家里的厕所谁个捅去。

我转口说，回去也好，有活儿干，有碗饭吃就行。给我留个地址电话，赶明儿我来看你。

他说，先别忙着，等安置好了我再给您消息。

我要请他吃一餐饭，表示庆贺，也作为饯行，他坚决不肯，说，不是为跟您说句话，我早走了。我的东西都装好了在门口搁着，打个车就走。

我帮他把行李提到马路边等车。行李很少，是一只装电视的大纸箱子和一床被卷，纸箱的上面没有扎严，露出阿基米德飞盘的一个圆边。他见我的眼睛直往那里盯，就笑着解释，本来我还想把这宝贝送给您的，再一想您不会玩儿，忙着写书也没工夫玩儿它，送您早晚您不也把它扔了？我这儿没有一样您看中的东西，以后我倒是要向您要，出新书了别忘了送我。

一辆红色夏利驰过来，他放走了。过会儿来了一辆黄面包，他果断地一招手，黄面包停在路边，他开门把纸箱被卷先塞进去，自己的身子再进去，关了门又从车窗里伸出一只手，和我死死地握着。司机说，前面警察来了，这里不能多停。

我松了他的手说，再见。

黄面包眨眼就不见了。我走回楼去，李老太太在楼门口迎着我，估计她刚才亲眼看见我为王永乐师傅送行的一幕。她双脚站在王永乐师傅曾经写过七字对联的那级台阶上，手里捏着一张不大的白纸，好像是信，又好像是字条。

我心里顿时紧张起来，觉得这是一个白色的恶兆，关于我的。然而我的感觉错了，李老太太把手里的白纸递给我说，十层的张老爷子高血压发了，进医院前让张妈交楼委会的，好些字我认不准，请你给念念。

我接过来只认了一行，顿时就惊呆了。抗美援朝的老英雄张飞说，何若花的汽车是他砸的，那块十多斤重的石砖，十年前他住进来时就在阳台上搁着，这事儿跟王师傅无关。

李老太太问，上面写的什么来着？

我没回答，却先问她，张老爷子情况怎样？

李老太太说，抢救无效已经死了，医院刚才来的电话。

我叹口气，这时才说，纸条上写的是石砖砸汽车的事儿跟王永乐师傅有关，说他是个好人。你可以把它交给派出所，也可以谁都不给，当革命文物把它保存起来。

李老太太说，这老爷子，说王师傅是好人，他不也是好人？都是天底下的好人来着！

这天晚上我坐在家里心乱如麻，脑子里一会儿是王永乐师傅，一会儿是张飞老英雄。我想住在一层的王永乐师傅怎么知道汽车是张老爷子砸的，半身残疾了的张老爷子又怎么举得起来那大一块石砖。

后来我打开电视，想找个相声小品的节目散一散心，但一个在武打，一个在亲嘴，其余全都在开会做报告，台快换完的时候，荧屏上的颜色一下转成黑白，想不到是讲述老百姓自己的故事，更想不到里面的人竟是王永乐师傅。他身穿白运动服，背对西汉古墓，把一只阿基米德飞盘玩儿得行云流水，神出鬼没。

我痴痴地看着。他玩儿完了，女编导出来说了一番话，又把话筒递到他的面前，让他也说了一番话。他们说的什么我一句也没记住，我的眼前只有那只飞速旋转的圆盘，圆盘上的一条白蛇总想飞出盘外，飞上天去，但是飞出去了又收回来，总在那只盘里转着。

公元1985年的“逃跑事件”

1

现在我要写的这个故事，是我一生中比较重要的故事之一，我曾经口头对人讲述过多次，而在我的小说里还从来没有出现过，这多少有些令人遗憾。湘人聂夫子打电话约我写一篇小说，写一篇关于警察的小说，聂夫子是文坛包工队的包头儿，国内经常都有一些异军突起的文学杂志请他组稿，他要我干的活儿我不能不干，可是我到哪里去找一个警察呢？我想啊想，想起来了，我问户籍警察行吗？他说怎么不行，户籍警察也是警察；我又问女警察行吗？他说怎么不行，女警察比男警察更值得一写。这一下正中了我的下怀，我撂下电话就来打开电脑，我的这个故事里正好有一个女户警。下面就让我从头慢慢写来，大家别急。

一九八四年冬天，我的一位洪湖市文化局的朋友，来函邀请我到当年韩英和刘闯建立赤卫队的地方，给他手下的业余作者们讲一讲创作。当时我是乌山县文化局的创作辅导干部，邀请函是通过我们的文化局局长转给我的，我的洪湖朋友很懂得领导们的心理，尤其是地方上的领导们，他把邀请函一共打印了两份，一份寄给我们的局长，一份寄给我。我们的局长果然中了他的奸计，当即就兴高采烈地批准了我。

我们的局长心里大概是这么想的，毕竟是自己这个局的人去给人家那个局的人讲课，而不是人家那个局的人给自己这个局的人讲课，这说明自己这个局的人比人家那个局的人厉害，进而自己这个局比人家那个局厉害，再进而自己这个局长也比人家那个局长厉害，如果事情是反过来的，他就绝对不会那么兴高采烈了。所以我刚接到邀请函，就看见他手里也捏着另一份邀请函向我走来，吩咐我道，去吧去吧，代表我们好好讲吧。

从地图上看，乌山县城到洪湖市有两条公路可以行走，一条是通过邻省的平安镇，一条是通过本省的双乌沟市，我选择的是后面一条。双乌沟市是一个比县城大而又比省城小的山城，它的名字有两种解释，一种是上古时代曾经有两只乌鸦从遥远的森林飞到这里，都想占沟为王，彼此打得头破血流，毛飞眼瞎，最后双双落入一条河沟，意思有些像鹬蚌相争这个寓言，只不过是此地没有得利的渔人，再说乌鸦的肉也没什么吃头；另一种解释是双乌又作双五，二五正好得十，是说这里本来由十条沟组成，沟与沟之间是一片坑坑洼洼的山地，穿皮鞋走路往往崴脚，不过现在早已经旧貌换颜，年轻人穿拖鞋都能走了。

以上两种解释各有道理，我们就不必过多地考证，知道它怎么成了一座城市就行了。成因大抵是这样的，三十多年前我们国家要建一个汽车制造厂，基地选在哪里都不合适，害怕美帝国主义丢原子弹，后来还是林彪聪明，提出把厂子建在这里，原子弹丢过来被大山挡住了，要炸也顶多损失一个局部，毛主席想了想同意了，符合他老人家要准备打仗的原则。这样一来，工人多了，家属也跟着多了，厂房多了，家属楼也跟着多了，同时又多了一些为工人和家属以及南来北往的人服务的商业、文化、教育、交通、餐饮、旅居等等方面的房子，于是农村就渐渐变成了城市。

这就是一座城市的源起和它的发展史，因此城市人千万不要瞧不起农村人，城市人的祖先都是农村人，而农村人的祖先又是山顶洞人，就是那些光着屁股到处找东西吃的直立动物。

这座山城是管辖附近六县的市委所在地。当我乘坐长途汽车赶到双乌沟市车站，准备转火车到省城，再转汽车到洪湖赤卫队的所在地时，我在车站出口处看见了一件米黄色的风衣，风衣的两襟在黄昏的车站外迎风飘扬，给人一种风吹战旗的感觉，穿风衣的人头发也向一个方向飘着，好像大海里被波涛鼓动的海藻。我认出穿米黄色风衣的是我们这一带最有影响的诗人，他的名字叫柳南风，爱情诗写得非常棒，谁看了非流着眼泪爱上作者，尤其是十八至二十四岁的喜欢做梦的女孩儿。柳南风诗人的两眼轱辘打转，在出站的乘客中搜索目标，我就走过去，笑着打了声招呼道，南风兄，你怎么迎着北风站在这里，是不是特地来接我的？

我说的本来是个开玩笑的话，万没料到他却一把抓住我说，你说得太对了，我就是来接你的，或者说是来截你的！

我仍然笑着问道，为什么要截我？我又不是在逃的案犯。

他一下严肃了说，我不是跟你开玩笑的，我们市昨天正式成立了文联，准备创办一份杂志，今早打电话要借调你，才听说你今天去洪湖给人讲课，可能会路过双乌沟市，高山吼主席派我在这里把你截住，不要去讲课了，晚上给你安排个地方住下，明天就到文联上班，让我们共同来举起这面文学的大旗吧。

我一听他认真，就也认了真说，不行，我已答应好了要去洪湖，不去我的朋友就会生我气。

他说，情况紧急，不要想那么多了，我们已经给你朋友打了电话，请他给予理解和支持。说完他一手抓了我的行李，一手抓了我的胳膊就走。

就这样，我被留在双乌沟市文联上起班来。柳南风诗人给我看了文联给他下的委任书，是即将创办的杂志编辑部主任，这个意思是我归他管，于是他把我带到水淹县一家印刷厂里，两个人住在一个破木板楼上办起了杂志，这里就成了我们的临时编辑部。破楼房门窗漏缝，寒天冷冬的，屋外的风呜呜叫地往屋里面灌，冻得我俩的身子缩成两团，把鞋子脱了偎进被子里，靠在床上修改作者的稿子，手冻疼了就放在嘴上呵口热气。同时我俩自己也写，杂志里缺什么写什么，化个名字署在作品上，弄好一篇就让印厂的排字女工上来取走，我俩接着又改又写。

双乌沟文联明里说是借调，暗里却由一位名叫龙刚柔的副主席坐车到我们县，正式办理我的关系。我们的局长一听龙刚柔副主席的来意，坚决要把我卡住不放，他情愿我被人家请去讲课，却不情愿我被人家调走工作，因为请去以后还会回来，还由他管，而调走以后就回不来，就不由他管了，尤其是被上级单位调走，将来如果成了他的上级怎么办呢？他要一辈子管我，我死以后管我的儿子，儿子死了管我的孙子呢。但是我们的县委书记，一个和大寨陈永贵一样名字的老干部却胸怀宽广，特别愿意向上面输送有用的人才，恨不得联合国来人把我调去才好。

我的档案关系和粮油户口很快就转到双乌沟市，一夜之间，我就变成这个市的人了。

七十年代以后出生的年轻人，对档案户口之类的东西可能还知道那么一点，但对粮啊油啊什么的玩意儿可能就不知道了。那时候毛主席才去世八年，“四人帮”也才粉碎八年，一切都是有计划的，在国家的粮食还不十分充足的前提下，机关干部和城市居民每月只有二十八斤粮，还分粗粮细粮，细粮是大米白面，粗粮是玉米高粱以及豆类。油也每人每月只有四两，分为菜油或者香油。工人是体力劳动者，粮食要多几斤，农民自己种自己吃，吃多少国家不管，军人保卫祖国，供给制吃饱算数。学生是八九点钟的太阳，要长身体要奔向未来，每月有三十三斤粮，半斤油，都在一个粮油本儿上记着。无论是工农还是商学兵，出外办事还得取成粮票和油票，粮票和油票又分全国的和各省各市的，全国通用粮票可以吃遍全国，省市地方粮票就只能在本地使用。下馆子光给钱还不行，还得给全国或者省市粮票。我当时是个快乐的单身汉，粮油户口无处可落，就只好落在文联的集体户口上，是单独的一页纸，硬轴轴的，像一张读书卡片。

这就为我后面的故事埋下了伏笔。谁也不会想到，这页硬轴轴的纸很快会给我带来如此大的困难，甚至可以说是灾难，差点儿影响了我的命运，阻碍了我在前进路上的步伐。

2

接着再写我是怎么考上大学的，不写这个后面的故事无法展开。

也就是在第二年春天，我和柳南风诗人在水淹县吃苦耐劳编辑的杂志，第一期已经印出来了，但是随着这本杂志的出版和发行，同时也涌现出了无穷无尽的矛盾和斗争，具体说来复杂透顶，总而言之是争权夺利。先是联络部主任古春秋跟编辑部主任柳南风打了起来，接着古春秋跟文联主席高山吼又打了起来，再接着办公室主任林子祥跟副主席龙刚柔也打了起来，又接着古春秋跟林子祥又打了起来，最后，不知怎么高山吼跟龙刚柔也打了起来。同志们各自为阵地打着，互相交叉地打着，一会儿团结过去的同志打击目前的敌人，一会儿又联合目前的敌人打击过去的朋友。

刚刚成立的文联打得一塌糊涂，不可开交。我的年龄最小，又是新来的一名成员，这就成了大家争夺的对象，在他们互相进攻和防守的时候，各自都希望我能伸出一只援助的手。我没有能力化解这场矛盾，也不适应这样的斗争生活，心里直后悔不该到这里来，有一种上了贼船的感觉，一天到晚都想找个机会逃走才好。

当时我们国家正在筹备建立三峡省，据说省会定在宜昌，那边文联有我的好朋友，来信想要我过去入伙，这事成了我的候选节目，如果不是省作协及时地开会通知我去参加，很可能我就去了那边。去省作协开会的时候，我偶尔在湖滨饭店的报纸上看到一篇文章，说武汉大学将要进行教育改革，破格招生，凡是在全国公开刊物发表多少万字以上作品的青年作家，不管过去上了几年学，考试通过可以插入本校中文系三年级，两年后毕业就是本科学历和学士学位。其他的系也是这样，有发明创造的可以考物理系，有法学论文的可以考法律系，有翻译著作的可以考外文系。文章里说这位离经叛道的校长名叫刘道玉，原本是高教部的一名官员，共青团的书记和武汉市的市长都不愿当却要当武汉大学校长，立志要在这块教育阵地干出几件史无前例的大事。我看到这篇文章心里有点儿高兴，脑子里咕噜冒出了一句古诗，我劝天公重抖擞，不拘一格降人才什么的。我把那个“降”字改成“选”字，于是身子抖擞了一下，回去整理出一堆自己过去发表的作品，就给武汉大学报名处寄去了。

当时我是喜昏了头，顾头不顾尾，忘了看招生简章上的最后一条，就是报名时应交三块五角钱的报名费，我一分钱都没有交，评审委员会看到我的作品以后，通知我马上补交。后来我才弄清这事的内幕，评审委员会是由中文系五位资深教授组成的，其中有两位是当代著名的文艺批评家，一位是博导陈美兰，一位是硕导於可训，陈美兰教授好像还是副组长。他们看过我的作品之后，心里已经在打我的米了，於可训怕我稀里糊涂又误了交钱，在学校发我通知的同时他替我把钱交了。三个月后我接到面试的通知，临时抱佛脚地看了几天《古代汉语》和文艺理论方面的书，就坐火车出发去参加面试，到校后听说全国报名的有一千九百多人，取得考试资格的有两百多人，但这次只录取十五至二十人。

上面发生的这一切，我所在的市文联都不知道，主席高山吼和奉命在车站截我的诗人柳南风，一边和内部的敌人进行斗争，一边努力地办着杂志。高山吼主席每天夜里做梦，梦见杂志第一期发行了一百万份，第二期三百万，第三期五百万，然后势如破竹，逐月递增，迅速地覆盖国内，席卷全球，把美国的《读者文摘》都打了个落花流水。赚的钱哗哗地飞进屋里，用它先盖了一座五角大楼，做办公和接见外宾用，接着又一人盖了一栋别墅，前面一个花园后面一个花园，跟当年的铁托总统一样。梦到这里一下笑醒了，看见地上白花花的一片，却不是银子，而是床前的明月光。

我参加报考的事之所以对他们守口如瓶，并不是我欺君罔上，目无组织，原因乃是我对这事实在没有太大的把握，担心到时候闹个笑话，事情一旦传开，这个也叫我野大学生，那个也叫我野大学生。生活在这片土地上的人一般都是这个德行，他们对一切事物不看内在价值，只看外表形式，狗从哪里偷来一块金牌挂在脖子上，他们就认为它是冠军，一只苍鹰中了暗箭倒在地上呻吟，他们会说它叫得还不如母鸡好听！这和封闭地区人民的文化程度有关，在这个自古都有乌鸦争王的地方也是如此。大家都知道的，想瞒也瞒不住，我是在“文革”中读完初中一年级，就被敲锣打鼓地欢送到农村去接受贫下中农的再教育，整整被人家教育了十年，基本上被教育得和他们一样没什么文化了。

现在突然要上大学，并且是名牌大学，还不读一年级，也不读二年级，直接就读三年级，虽然有几十万字的作品给我壮胆，有陈美兰和於可训两位老师给我撑腰，我心里仍然底气不足。考完后我给陈美兰教授写了一封信，无非是打探一下虚实，陈美兰教授给我回信说，请相信我们的公正。我把这句话琢磨了不下一万遍，最终也没得出结论。接着我又请方方悄悄地去帮我打探一下，有我的名字就告诉我一声，没有我就索性不指望了。方方是武大前些届的毕业生，跟她的老师们关系甚好，她很快就帮我打探到了，说是不仅有我，而且我还是名列前茅的种子选手，马上就要寄通知书了，赶快打点行李准备盘缠吧！不过她要我不要对别人说，防止老师知道了说她是个打入内部的奸细。

这一下我心里有底了，可以正式对组织上说我报考的事了，我为方方和我自己保密，绝口不说我已被录取的话，只说可能会被录取。然而我连这话也不该说，到底是乌山的人，忠厚老实之至，要是我有林彪那样的城府，那么阴险和隐蔽就好了，平时按兵不动到时突然下手，接到入学通知书后，偷偷带走我的档案，转走我的户口，那样不是很利索吗？粮油关系是随着户口走的，那时候文联办公室的铁柜钥匙我们一人一把，谁也不会提防着我，我是他们派人拦路劫抢弄来的人才啊！可是我居然正正派派地说了，我这一说事情就搞坏了。

文联立刻召开紧急会议，研究我的去留问题，主席高山吼惴惴不安，诗人柳南风闷闷不乐，副主席龙刚柔默默不语，我知道他们都试图感化我，用一种比较符合人性的方式把我留住，而其他几个次要人物，譬如办公室主任林子祥，小办事员李苦娃之类，这几个既没有一技之长又没有远见卓识的蠢家伙却义愤填膺，大骂我是叛徒，二万五千里长征刚走出第一步就叛变了革命，以后怎么到达陕北？五角大楼和花园别墅还盖不盖了？研究结果是坚决要把我堵住，就像那次在车站出口处把我堵住一样。

我觉得我这一生很惨，处处都有人要堵住我，“文革堵了整整十年，它要是不堵住我恐怕我目前早已是博士后，早已是名牌大学的教授了，怎么会落得人过三十才上大学的下场呢？世上的所有事情大抵都是如此，由简单到复杂，又由复杂到简单，矛盾就是这样被激化的，性质就是这样被转变的，应该说是他们的愤怒激起了我的愤怒，他们的决心促成了我的决心，我一看光明磊落吃不开了，就去学当年的韩信，明修栈道，暗度陈仓，一边在高山吼主席面前苦苦哀求，一边做好自己去派出所取走户口的打算。现在总算好了，自从心里起了这个邪念，小说中的一个重要的人物，一个手握大权牢牢捏着我一生命运的人物，文坛包工头儿聂云子兄要我写的一个女户籍警察，马上就要出来跟大家见面了。

3

但是别忙，事情不会有这么简单，别说是一个人要上大学，就是一个人要上厕所，把门的老太太说你腰里别着一颗手榴弹，堵住你坚决不许你上又怎么啦？单位领导还要轮流给我做一番思想政治工作呢，做得好要做，做不好也要做，要想不做是不可能的，什么事都不会做就专门做思想工作，从事这种职业的人往往还是一把手。

当然，我指的不是我们的主席，我们的主席高山吼是个好人，是个文人，是个有积极浪漫主义倾向的小说家，他对我的谈话不落俗套，不同凡响，水平远远在专门做思想工作的一把手之上。他说，你这个娃子，你上大学干什么，你的水平早就超过大学生了，你去年给郧阳师范学院的大学生讲课，大学生们报以热烈的掌声你以为我不知道？全市数以万计的大学生哪一个写得出你那样的文章，只要你安心留下，我马上到劳动人事局去，把你干部履历表上的学历填一个大学毕业，下月就把你的工资加起来！而且再过几年我就退了，龙刚柔书记比我大八岁，柳南风诗人是我们借调来的，古春秋是一根搅屎棍，林子祥狗屁不懂，李苦娃蠢得像猪，就你又年轻又有才华，我这个文联主席早晚都是你的，虽说不算太大但是也不算太小，怎么说也相当于一个县长吧！

他低着个头也不看我，用一只手扳着另一只手的指头，一个一个地给我计算和分析文联的人，最后说到我时正好落在一根大拇指上，他就把这根大拇指高高地翘着，再也不放下去了，抬起头来望着我的眼睛，想看我到底是什么反应。我看着他的那个样子，心里一阵一阵地觉得好玩儿，我怎么会选择当县长呢？我怎么会在这个十条沟的城市里住一辈子呢？我怎么会参加到他们之间激烈的斗争中去呢？但是高山吼主席却一点儿也不管我心里是怎么想的，说完这番主观的话他就走了。他记着许愿在我干部表上填个大学毕业的事，认为这是留住我的关键，就雷厉风行，言必有信，转身走到劳动人事局去给我填表。

谁知他走后还不到一个小时，又垂头丧气地走了回来，说是正好分管劳动人事的组织部部长坐在那里，一听这话就把他训了一顿，你高山吼好大的权力，比国家高教部部长的权力还大，部长想让谁大学毕业最起码也得让他进个大学门呢，你狠，你拿笔写一个就是，莫非你是过去的乾隆皇帝？高山吼主席向我披露这个内幕的目的，我想是让我千万不要怪他，要怪只能怪分管劳动人事的组织部部长，而他还为我白挨了一顿臭骂，士为知己者死，就为这个情分，我也应该留在他的身边别走了。

然而我却笑了笑说，你就是给我填了大学毕业，我的大学不也没毕业吗？

高山吼主席见我已死心塌地，心里怀着自己的主张，一声长叹离我而去。龙刚柔书记接着又来做我的工作，他是我父亲四十年前的结义弟兄，据说他们当年曾经杀鸡滴血，饮酒盟誓，比我们现在所谓的铁哥们儿要铁多了。我的工作调动是他亲自到我原来的单位县文化局办过来的，他以叔辈、领导和关系经办人的三重身份，满脸慈祥，语重心长地告诉我说，我在文联管组织工作，你要愿意加入组织我亲自做你的介绍人，财务上我也管，我让单位出钱给你租一套房子，或者索性买一套也行，以后你总要谈女朋友吧？谈女朋友总要结婚吧？结婚总要有房子吧？我别的不能保证我能保证你有个地方住，这里的漂亮姑娘比县城要多，你看中哪一个，你就直接对她说你有房子……

我不忍心浪费他宝贵的精力，打断他的话说，龙叔叔别说了，我还是要走。

我看见我说这话的时候，我父亲的结义弟兄，我的行政领导脸色渐渐变黑，呼吸渐渐变快，忽地一下，他的一双眼皮耷拉了下来，就好像演出提前结束，一句话都不说了，他也起身走了。

编辑部主任柳南风毕竟是个诗人，虽然是他在车站拦路截抢了我，满心希望我们从此携手并肩，风雨同舟地干出一番大事，但是他有一颗爱心，对我的将要离去心情是犹豫的，立场是摇摆的，一方面不愿舍弃，另一方面又不肯伤害，因此他的态度跟以上两位主席不同，他在会上对我表示了诚恳的挽留，散了会却私下对我说，两情若是久长时，又岂在朝朝暮暮，我把你看作是我的兄弟，为兄我相信你的选择，只当那天我没有去车站截你，只当我没有把你截住，行吧？弟弟你记着，无论何时，无论何地，我们之间的兄弟之情是不会变的！

十七年后，现在我认真地回忆起来，当时积极支持我走的只有一个人，这人是联络部主任古春秋，我不知道他为什么这样积极地支持我走，或许他认为我和柳南风诗人是高山吼主席的左膀右臂，是杂志社的两个主力，他希望其中去掉一个，让天塌下来一半。古春秋主任白天在会上面带神秘的微笑，两眼望我，一言不发，天一黑就来敲开我的门说，你谁的话都别听，就听我一句话，走吧，走吧，举它个鸡娃子大旗！

说完这一句话，古春秋主任飘然而去，迅速消失在门外的夜色中，只剩下空谷足音，他劝我走吧走吧的声音在我耳边久久回响。他穿的是一身黑色的衣服，就像武侠片里的侠客一样，我觉得这人非同寻常，言语作金石之声。

4

我特别害怕武汉大学寄来的入学通知书，落在办公室主任林子祥和小办事员李苦娃的手里，这是两个坏人。前者我跟他一见面就看出了问题，我觉得他跟香港那个著名的电影导演同名，那个林子祥真是倒了他的八辈子大霉。

有人说看人不能脸谱化，长得一副坏相很可能是个好人，长得一副好相很可能是个坏人，可是我看人就善于看脸谱，并且往往一看一个准儿。所谓坏相并不是这人长得有多么丑陋，而是从他的眼光和神情里，从他肌肉的运动和毛孔的闭合上，发射出一种奸诈邪恶之气，只要他一动歹念，怎么遮掩也遮掩不住，这种人其实有的长得并不丑，还有的甚至可以说是酷毙或者帅呆，缺乏人生经验仅靠自我感觉的，任性而又浅薄的男孩儿女孩儿，一般都得吃他大亏，这类青年得有五十周岁以上的智慧老人负责把关才行；所谓的好相也并不是这人长得有多么漂亮，而是他的眉宇之间有一股凛然正气，看人的眼光是直线的，肌肉的神经是松弛的，出气的频率是均匀的，想说话张嘴就说，想发笑开口就笑，说完笑完也就完了，就忘到九霄云外了，接着就去做正经事了。这种人有的别看长得不美，容易被上述那些男孩儿女儿看不上眼，不过五十周岁以上的智慧老人却敢替他打保票，支持年轻人大胆地去交朋友。

林子祥就属于前面的那种坏人，猛一看长得圆头大脑，慈眉善眼，像个行善积德的老和尚，但是世上那些作恶的事，缺德的事，恰恰就是这类老和尚干的。而李苦娃是一条典型的狗，谁是主子他舔谁的屁股，谁是主子的对头他就咬谁的小腿肚子。

他们如果拿到我的入学通知书，完全有可能给我扔了，烧了，或者改成他们亲戚的名字，冒名顶替去进校读书，总而言之什么事情他们都做得出来。有一次我的一篇名叫《改革家》的小说在《青年作家》杂志获了一个讽刺小说奖，杂志社给我寄来的证书，他们收到后给我一举销毁了，让我这个奖等于没获。我是怎么知道的呢？这篇小说的责任编辑、青年女诗人徐慧写信告诉我说，是她亲自挂号寄给我的，当时还准备通知作者到成都领奖。接着我又在门外的垃圾桶里，发现了几个牛皮纸信袋的碎片，一片上面有个“莽”字，还有一片上面有个细长的“里”字，分明是我“野”字的半边。

还有一次《人民文学》寄给我的一张稿费单没有了，这事直到两年以后，我从武汉大学毕业分到北京工作，跟这家杂志的朋友谈起稿费标准才知道的。我想这肯定是他们两个人中的一个拿去取了，买烟抽了，因为他们的抽屉里有公章，稿费单上拿公章一盖，不用本人的证件也可以取走。

不过这只是他们几件偷鸡摸狗的小事，值不了几个钱，我恨他们根本不是为这些事，而是他们在会上公然建议把我堵住，说着说着还站了起来，结果堵又没有堵住，又手持公函追到珞珈山上，要把我从武汉大学捉回去，发配到一个有湖北的“西伯利亚”之称的又远又穷名叫郧西的山县去劳动改造，以观后效。关于这个故事容我后面再写，我得接着写如何取到了那张入学通知书。为了它我可是不辞劳苦，连续几天，一到早晚两次收信的时辰，我就守在邮递员骑车必然经过的三岔路口，把整个文联的报纸邮件都接到手里。老天保佑，就这样坚持到第五天下午，我终于从邮递员手里取到了这个玩意儿。

我立刻开始打点行装，准备不辞而别。不过在走之前，必须要做一件事情，那就是到管我户口的派出所里，设法先把我的户口转走，因为有户口才有粮油，有粮油才能吃饭，至于那个牛皮纸袋装的档案，入学以后一边吃饭读书一边再想办法，我想天无绝人之路，两年时间总有机会。我对如何转户口的知识一概不懂，去年冬天从县城调到市里，所有的关系都是龙刚柔书记给我办的，可他现在恨不得把我五花大绑，关在一间小屋子里才好，我根本就别想去请教他。别的人我也不能贸然相请，防止一不小心走漏了消息，连一线逃走的希望也没有了。心急如焚之中我给市派出所打了一个匿名电话，咨询大学新生的转校户口如何办理，派出所的回答干脆得像个萝卜，说是带着本人的入校通知书，到单位或个人户口所在地的派出所就可以了。我不禁心花怒放，欣喜若狂，带上通知书就往区派出所跑。

现在，这个千呼万唤的女户籍警察总算要出场了，再不出场就是她的不对了，因为在我去转户口的那一天，派出所里正好轮到她一人值班，这是我们命中注定的缘分，也是我今生要倒她一次大霉的必然所在。不过在我看见这个女警察之前，首先看到的是一棵树，这棵树是南方亚热带地区的阔叶乔木，我叫不出它的名字，只认准它枝干横生，叶片肥大，夏天路过此地，人会想起大树底下好乘凉这句老话。这棵树上落着一只乌鸦，就是这片土地最早的开拓者，相当于双乌沟的“哥伦布”，当地叫作老鸹的那种不招人喜欢的黑鸟。它见我雄赳赳地朝它走来，那张臭嘴巴张了一张，好在它没有叫，像是打了个呵欠又闭上了，我心惊肉跳地盯着它嘴，心想你可千万嘴下留情，哇的一叫我的事情就麻烦了。我还想这棵树上怎么不给我落一只喜鹊，谁不知道喜鹊是报喜的呢？

直到十七年后我还清楚地记得，当时我从这只乌鸦下面走了过去，一脚跨进派出所的大门，就发现里面坐着的警察是个女的，二十四五岁的年龄，大盖帽下的一张椭圆形的小脸很白，虽然不如书上形容的什么剥了壳的鸭蛋那么嫩，但毕竟比没剥壳的鸭蛋要嫩得多，眉毛是弯弯的，眼睛是大大的，嘴巴是小小的，眼皮是双双的。从二十世纪末开始，中国很多人不在体制上进行改革，却在女人的审美标准上进行改革，认为眉毛是粗的好，像两条大黑蚕爬在额上；眼睛是小的好，笑起来甜蜜蜜的一道缝；嘴巴是大的好，接起吻来受益面很广；眼皮是单的好，过去女孩子到处找人开刀的单眼皮反而成了一种时髦。这不过是有人存心要标新立异，歪理邪说，我从来都不这样认为，我一直是站在古人立场上的，认为林黛玉式的美人永不过时。因此一见到这个值班的女警察，我立刻把她排入美人的行列，天生美人却不浓妆艳抹，不披金戴银，不爱红妆而爱武装，穿一身藏蓝色的警察服，那就美中又美，是一种真正过得硬的美人了。

我对这个女警察产生了强烈的好感，同时我感到困惑的是像她这样的美貌，为什么不去做电影演员，或者去唱歌去主持电视节目，为什么偏偏要当警察，难道她没看见如今的演员、歌星和主持人中，有的女同志长得是多么丑陋，她怎么着也应该去露一手呵。不过这话我只是在心里说，并没有发出声音，毕竟我们是初次见面，以后有机会再跟她好好地聊，今天我的唯一目的就是来转户口。

5

公元一九八五年，社会上还不时兴称呼年轻的女子为小姐，不像现在这样叫小姐的女子到处都是，从唱歌演戏的到端盘端碗的，从播音主持的到搓背洗脚的，年龄也放宽到十五至四十五岁。那时没有，何况她还是个警察，我就礼貌地跟她打了一声招呼说，同志，我是来转户口的。

女警察早就用目光等待着我，那意思好像知道我是来转户口的，不转户口来找她干什么？她问我说，你叫什么？哪条街道？调到哪里去了？

我告诉了她我的姓名和住址，第三个问题却纠正她说，我不往哪里调，我是去上大学。

女警察小嘴里面轻轻说了个“哦”，眼睛像星星那样闪了一下，我看出了她的心事，她是觉得上大学远比调工作重要，哪怕调到中央工作也不能跟上大学相比，她是那样地崇拜大学，我从她的神态上发现她没上过大学。

我把武汉大学的入学通知书交给她看，我又见她的眉毛往上微微一跳，那自然表示着她内心的羡慕。她把通知书放了下来，压在玻璃柜上，对我轻轻一笑说，祝贺你！

我为她这阳光般的微笑感动了，心里突然冒出一个想法，我想将来娶她为妻，像她这么漂亮又这么温情的女子是应该给我做妻子的，只有给我做妻子她才物有所值，她才不受委屈，如果不是这样那真是埋没了她，活活糟蹋了她的人才。这样的人才不嫁给我她嫁给谁，难道嫁给那些一肚子狗屎的大老粗，嫁给那些一兜子臭钱的土财主吗？在万恶的旧社会一般都是武将娶才女，新社会才子怎么就不能娶个女警察？可能老天爷就是这样安排的，不然为什么让我今天亲自来转户口？为什么让她今天一个人值班？

应该承认我年轻的时候风流多情，想入非非，一双渴望的眼睛满世界打量。就在我要悄悄逃离这座城市，情况万分紧急的形势下，提心吊胆做贼一样来转自己户口的时候，脑子里还想着要娶管我户口的女警察，真是有点儿不可救药。不过现在好得多了，现在写作的任务很重，包头儿聂夫子经常给我指派活儿干，他说写作也正如沧海桑田，这才是人间正道。

女警察见我站着发呆，又一笑说，请把证件拿给我看看，我给你转了吧。

我不禁愣道，还看证件？什么证件？

女警察仍然笑着，工作证啊。

中国实行身份证制度，始于一九八七年的春天，在我去转户口的一九八五年九月以前，工作证似乎是国民身份的主要证明，此外记者证、军人证、学生证也行，工人、农民、商贩和无业者没有证件，有事出外需要工厂、大队和街道的证明。这件事我给忘了，经女警察一问才想了起来，我嘴里说有，手就赶快伸进兜里掏着，第一次掏出来的是个黑皮的会员证，我把它放回去了，第二次掏出来的是个红皮的工作证，我把它交到女警察的手里。这个工作证是我调到市文联以后，办公室主任林子祥给我办的，为此他要我专门去照相馆里照了一张照片。照片上的我一副愁了吧唧的怪相，比我的本来形象差远了，因为我只要一见到林子祥主任，再好的心情都会变坏，接下来一天之内都是这个鬼样子。我是发愁文联的全称是文学艺术界联合委员会，而这个既不懂文学也不懂艺术的人怎么会到文联，而且还用公章管着懂文学和懂艺术的人。我不想把贴着这张照片的工作证拿给女警察看，担心影响她对我的感情，但是不给她看又不行，我发现她在看我工作证的时候，两条眉毛往中间动了一下，我立刻怀疑是那张照片坏了我的好事。

原来还是你呀，女警察把照片看够了，抬起头来把工作证还给了我，接着把入学通知书也还给了我，脸上阳光般的微笑已经没有了，站在那里纹丝不动，看形势不想转我的户口。她本来是说祝贺我的，怎么突然之间就变了卦，难道真是那张愁了吧唧的照片得罪了她，从而影响了她的情绪吗？

是我怎么？我对她也变得不客气起来，是我就不给我转户口了？

是的，她居然一口承认了说。

为什么？我大为恼火，对她所有的好感都一扫而光，我临时改变主意，决定不娶她为妻了，再漂亮也不行，漂亮的女人失去了温柔和善良，就不再是漂亮的女人了。

看来你不知道，她对我说，你单位的领导给我单位的领导打电话了，你的户口不能转走。

我听着不觉一愣，接着大声喊道，那个领导是谁，你给我说出来！我心里把文联凡是能管点事的人在心里排了个队，觉得高山吼主席和龙刚柔书记都反对我走，但他们一个写书一个写戏，心事不会花在这个上面，柳南风诗人保持中间立场，古春秋主任唯恐我走不成，只有狗屁不通的姓林的才会想此绝招，暗下毒手。

你是不是干了什么坏事？女警察问，她根本不告诉我那个领导是谁，却充满警惕地望着我问。我猜她此时一定怀疑我犯了诈骗、盗窃、强奸、杀人一类的案子，不然领导对我不会如此严密防范，暗中把守。由于那个电话，她对我的态度完全变了，就像我对她的态度完全变了一样。

我告诉你，我什么坏事也没有干！我把对姓林的愤怒发在她的身上，对她一声吼道。

没干坏事领导怎么会不同意你走呢？女警察实在是大惑不解，她的两条眉毛又往中间靠了一下，要是别的女子这样皱眉，一定有人会说她是东施效颦，但是对她不会，她皱眉的样子是真的好看，即便现在她正在失去我的好感，我也得实事求是地承认她比西施不差。只可惜这么美的一个美人儿，逻辑思维却这么混乱，她是以领导同不同意来检验我该不该走，用我该不该走来判断我对还是错，就像当年全国开展真理标准的大讨论一样。

我怒火满腔，吓唬她说，看样子你是真的不给我转，如果我找到你的上级，你的上级让你转呢？

她根本就不在乎我的吓唬，她说，如果是家庭，转户口必须征得户主的同意；如果是集体，转户口必须征得单位的同意，这是我们的规章制度，组织纪律，没有这个前提条件，如果我的上级让我转，我就批评我的上级。

我求求你，你给我做个好事吧，我会在心里记住你，一辈子忘不了你的恩情！我见硬的不行，就又变成软的，反正今天不惜一切，要把我的户口转走。我发现她听我说后面这句话的时候，一张漂亮的小脸兀地红了，由一个白鸭蛋变成了一个大红桃，我想她一定是想到了男女之间的事。

想不到她的脸色很快又恢复了白嫩，对我说道，很对不起，你怎么记住我都不行，这是纪律，不能违背。说完她抱歉地看我一眼，坐回她的办公椅上，在一个大本子上写字去了，她的这个动作是告诉我说，关于户口的问题已经结束。

我知道求她无益，于是不再求她，转身跨出大门，猛地听得头上“哇”的一叫，吓得身子又退了回来，这时我才想起树上有只乌鸦，刚才我都把它忘了。

这个不招人喜欢的家伙，它的一张臭嘴到底忍不住叫了出来，就好像知道我的事办砸了。我想找个石头打它一下，把它打得一头从树上栽下来，看它以后还叫不叫。但是弯腰找了一阵，派出所的门口一个石头都没有，就连树枝草秆都没有一根，水泥地上非常干净，跟会议室差不多，可能都是这个女警察拿扫帚打扫的，一看她就是一个勤快而又认真的人，可惜她太认真了，把我给害苦了。

我在心里这么做的决定，不要户口我也要走，围追堵截我也要走，今生不上武汉大学，我对不起回信请我相信她们公正的陈美兰，对不起替我交三块五角钱报名费的於可训，对不起打入内部替我探听消息的方方。我要赤手空拳地走，身无分文地走，一丝不挂地走，时至如今，我真有点儿后悔，如果去年冬天我去洪湖讲课不从市委所在的双乌沟市，而从邻省的平安镇，看那位身穿米黄色风衣的柳诗人怎么能够把我堵住，我又怎么能够调到这里，今年夏天我从县城直接去上大学，谁也不会堵我，我们的局长就是存心把我堵死在大山之中，那个一直支持我写作的，名叫陈永贵的县委书记也会为我大开绿灯。

6

我觉得在这一点上我是不幸的，活活的人被堵死，灵魂也受到了污辱与损害，气愤中我想起一个俄国作家曾经评论他的四个同行，此人名叫什么斯基我已忘了，但是我记得他说，四个俄国作家来到中国的上海，看见一个坐黄包车的老爷用鞭子抽打着黄包车夫，屠格涅夫说，人类是多么的可怜呵！陀思妥耶夫斯基说，你应该拿出自己的良心，向这个被污辱与被损害的灵魂忏悔！托尔斯泰说，你们应该安于命运，信任上帝，生活是不幸的，但这不幸可以化作崇高的美丽！高尔基说，笨蛋，你怎么不夺过鞭子狠狠地抽他！此时我真想夺过鞭子，把林子祥狠狠地抽打一顿。不过我不能抽打那位漂亮的女警察，她不是污辱与损害我的人，她顶多只是一个过于遵守纪律的人。

单位的人都在暗中密切注视着我，眼见着 9 月 1 日已经到来，学校开学我还没走，他们都以为姓林的英明伟大，像孔明一样料事如神，给派出所的一个电话就堵住了我的户口，害得我插翅难逃，恐怕今生今世走不成了。李苦娃一见我就老母鸡下蛋似的咯咯直笑，笑得神神鬼鬼，阴阳怪气；林子祥跟我碰面低着个猪脑袋，有人说扬头的婆娘低头的汉，这两种动物不是等闲之辈，看来真是言之有理；高山吼主席对我的态度大为好转，见面就既往不咎地拍我屁股，赞美着我的回头是岸；龙刚柔书记看我时眼皮也抬起来了，有一次还主动提起跟我父亲义结兄弟的往事；柳南风诗人大智若愚，假装工作一忙，把这件事忘到了爪哇国里；只有古春秋主任对我摇头叹气，公开表现出深切的失望，果然这天晚上他又身穿黑衣，侠客一样来到我的房里，我关了门，不用他问就主动把白天的事情告诉了他，他这才放下心来，然后全力以赴地替我分析问题，研究办法。

我知道你说的女警察是谁，古春秋主任说，二十四五岁，长得很漂亮对吗？这个女警察叫姜红儿，人家叫她铁美人儿，活该你碰一鼻子灰，那天要是遇上别人值班，说不定你的户口早转走了，你知不知道她的父母是干什么的？

我冷笑道，干什么的？市委书记还是市长？

古春秋主任见我中了埋伏似的笑道，知道你要落这个俗套，你可错了，她的母亲是演员，父亲是警察，已经都不在人世了。

我愣了一下问，难道她是烈士的后代？

古春秋主任点头说，这回你说得对，她就是一个烈士的女儿，三年前她父亲去破一桩杀人案，让人把她的母亲抓去做了人质，她父亲是去救她母亲时夫妻双双都遭了毒手，凶手是他们多年的老对头，现在还潜逃在外。那年她还在老家奶奶那里读高中，大学都不上了哭着要当警察为父母报仇，公安局局长是她父亲的战友，只好答应她当警察，但看她太文弱就骗了她，让她当了个户籍警察。

我做出恍然大悟的样子道，怪不得她长得像个演员，果然是有原因的。不过她把我管得这样严，怀疑我是打死她父母的案犯，这就是她的不对了。

古春秋主任说，谁是我们的敌人，谁是我们的朋友，这个问题是革命的首要问题。这事怎么能够恨她，要恨只能恨隐藏在文联内部的敌人。姜红儿应该是你的朋友，如果你不离开这里，我看她还可以做你的女朋友。

后面这句话跟我当时想的一样，但是现在我心里已经不这么想了，现在我心里想的是，无论如何这个名叫姜红儿的女警察坏了我的好事，让她下辈子再做我的女朋友吧。

古春秋主任要我再坚持五天时间，他设法暗中找到派出所的所长，把我的情况告诉他，在他面前担保我是好人，让他替天行道，行善积德，把我的户口放了。古春秋说他跟那位所长曾在武当山上有过一面之缘，两个人还在金顶张三丰的像前合了张影，相信即便不看他的面子，也得看武林高手张三丰的面子。不过听说所长到北京办案去了，要等五天才能回来，所以他要我再坚持五天，等所长回来当晚他就去洽谈。

我把他感激得要命，希望之光重新闪烁在我的眼前，我又看见了武汉大学美丽的校园，看到了东湖之滨珞珈山上仙境一般的景色。然而五天以后所长没有回来，我担心他会不会跟姜红儿的父亲一样，在办案的时候出了问题，古春秋主任要我再坚持五天，果然又过五天他回来了，但他是为这里要枪毙一个人而回来的，按照规定枪毙人需要冻结户口，不是冻结罪犯一个人的，而是冻结这一片所有人的，又得十天以后才能开冻，而且这位所长对古春秋主任说，枪毙完人后他还要出去办新的案子，转我户口的事情要等他下次回来再说。古春秋主任没辙了，不敢再耽误我，最后一个晚上他身穿黑衣飘然而至之后，对我做了一个果决的手势说，不能等了，必须改变战略，先去占领阵地，我在后方负责掩护，户口问题再图良策。

一九八五年九月十一日晚八点十五分，我背着一床棉被，一只脸盆，一包衣服，一捆书本和一口袋乱七八糟的日用杂物，仓皇地登上了南去的列车。这一天距离武汉大学开学的日子整整晚了十天，学校都以为我不去了，没有安排我的宿舍，突然看见我全副武装出现在我们住宿的桂园四舍，同班同学都惊呆了。大家赶快给我接风洗尘，寻找住处，也真是无巧不成书，班上有个女同学因为名字取得过于阳刚，分宿舍时把她分到一个男同学的上铺，问题一经发现，她被重新分到女生宿舍，差点儿被她睡了的这个铺位就正好留给了我，这一下皆大欢喜，当晚我吃饱喝足，脱光洗净，把关于户口的烦恼忘了个六根清净，就在这张架子床上睡了下来。

次日一觉醒来我就正式去上课了，此时英语已经上到第二课，因为迟到一个半周，念起字母来好生吃力，这对我以后终于没有学好英语起了决定性的作用，以后我一听到英语就本能地想起户口，一看见欧美国家的人就想起那个名叫姜红儿的女警察，几乎成了一种生理反应。

在整所大学里面，唯有我是一个黑户，黑户的性质类似于没有出生资格的黑孩儿，两者的共同特征是没有户口，没有户口就没有粮油，没有粮油就没有饭吃，因此黑户和黑孩儿的处境一样险恶。幸亏当时以粮为纲的年代已经过去，国内粮油市场正在开放，下馆子吃饭没带粮票可以多交钱，黑市上还可以用钱换取粮票，相互的比值是两毛钱一斤，我就花钱买粮票交给食堂，然后换成餐券在食堂吃饭。也有朋友送些粮票给我，比方说一位名叫皮永学的中学同学，一次给了我二十五斤，还有一位名叫王太国的老家作者，一次寄了我五十斤，把我感动得吃饭的时候细嚼慢咽，心里还念着粒粒皆辛苦。

有粮票没有钱也不行的，因为我是“逃犯”，单位把我的工资像粮油户口一起扣了下来，一分也不给我。我想到朋友写信劝我咬一咬牙，就咬紧牙关不向他们要了，让他们占个便宜，把我的工资都瓜分了吧。那年省作家协会正好开办文学院，老诗人徐迟担任院长，在全省选了二十个人去当专业作家，作协发给每人每月工资，不过每人每年要在省级以上刊物发表十万字的作品。二十个专业作家里本来有我一个，因为决定上学我没去当，这时人穷志短，迫于生计，目前我还没到写完稿子就能拿钱的份儿，就想得到那份工资，骑车来到作协要求还去。徐迟老头儿怕我如此一来，书也读不好，作也写不好，就像俗话说的那样扁担无抓两头失刹，坐在那里左右为难，为了吃饭活命，我不惜对他夸下海口，吹出牛皮，说我可以双管齐下，一边读书一边写书，如果一年之内不能发表十万字，年底把全部工资连本带息都还给他。

徐迟老头儿两眼发亮，大为感动，提笔跟我签了合同。从此我每月按时去领工资，经济有了可靠的保障，不过我也诚实守信，当年发表了十七万字的作品，获了一个优秀小说奖，学校还给评了一个三好学生，获了一个科技成果奖。

7

但是不要得意，问题很快又要来了。在一个阳光灿烂的日子里，风景优美的珞珈山上走来了两个气喘吁吁的人，他们是我过去单位的林子祥主任和李苦娃办事员，二人问路找到武汉大学教务处，林子祥从包里取出一张盖有红色公章的介绍信，又取出自己打着钢印的工作证，一并交给教务处一位负责人说，我们是双乌沟市文联的政工干部，我是办公室主任林子祥，这位是办事员李苦娃，奉中共双乌沟市委常委、宣传部部长陶若金同志的派遣，专门前来把本单位一位名叫野莽的同志带回原籍。

实在是无巧不成书，接下来的事情简直就像小说一样，不仅林子祥和李苦娃没有想到，就连我也没有想到，这位教务处的负责人正是替我垫付三块五角钱代为报名的於可训。於可训一听我的名字，再一看他们的介绍信和工作证，抬起头来问道，你们说的野莽同志，我们这里应叫野莽同学，请问野莽同学犯了什么错误，你们要把他带走？

林子祥说，未经领导批准，脱离岗位，擅自逃跑，搞资产阶级自由化，身上有“四人帮”的余毒，你不看别的，只看他的名字就知道他是个什么人了。

於可训说，此名出自刘向《楚辞·九叹》：“遵野莽以呼风兮，步从容于山廋”，没问题呀？

李苦娃说，什么什么呼风兮不就是喝西北风吗？他跑到这里粮油户口都没有，饿死了不是我们责任？什么什么于山廋不就是山都是酥的吗？他还要在里面走步，塌死了不也是我们责任？

於可训说，哈哈，我真想劝你们二位也来补习一点文化了，不过得先从我们武大附小读起，读了附小再读附中，读了附中再争取考上武大，我们正在搞教育改革，到时候你们哪怕到了天命之年，只要考上也能来的。

林子祥说，我想找你们领导谈谈。

於可训问，学校的领导？还是教务处的领导？还是中文系的领导？

林子祥说，校领导吧。

於可训说，校长姓刘，叫刘道玉，我刚说搞教育改革的就是他，一周后他从国外回来，见面可能会先批评你们几句。这样，我带你们到校长办公室去预约登记，然后我再带你们去后面山上的招待所，一个房间还是两个房间？最好两个人住一间吧，我们校长出门都是两个人一间房。

林子祥转脸和李苦娃交换一个眼神，李苦娃理解这一个眼神里有三重意思，一是这次出差只带了一千块钱，二是要在这里住上七天，三是还两个人一间房。就悄悄吐了一下舌头，接着又摇了一下头。

李苦娃说，那就找处领导吧。

於可训说，我就是，我叫於可训，刚才我已经表明了态度。

李苦娃说，我们还想见系领导，还有那个叫导师的……

於可训立刻站起身说，不错哇，还知道大学有导师，那我带你们去见他的导师吧，他的导师陈美兰教授可喜欢他了。

林子祥转脸又和李苦娃交换一个眼神，李苦娃突然伸出手来，握着於可训的手说，不麻烦各级领导了，我们先回去，改天再来！

李苦娃记着刚才让他们补习文化的话，就趁机补充一句有文化的话说：

后会有期！

於可训目送他们走下山去，看见林子祥下台阶时一脚踩空，差点儿摔倒，李苦娃眼尖手快地一把将他抓住。

一个小时以后於可训找到我，对我讲了二位要把我捉回原籍的故事，笑着说他们离开时的那个动作既是象征，也是暗喻，后者叫险些下不了台，前者叫作完全扑了个空。

他讲得津津有味，我听得哈哈大笑。就这样我这个黑户在於可训的安全保护下，居然一直读到大学毕业，在这些没有户口的日子里，除了读书和写作，我的心里还时常想起那个名叫姜红儿的漂亮女警察。我给自己空想了一个奇迹，有一天她毫无征兆地出现在珞珈山上，要么是樱花怒放的四月，要么是桂花盛开的八月，她给我送来了我的宝贵户口，对我说当我走后她才知道我是一个好青年。我从她的手中接过宝贝，就势挽着她的手，带她去看樱花，或赏桂花，或做一些更有意义和更快乐的事。

然而奇迹始终没有出现，一直到一年零四个月后，也就是公元一九八七年的元旦到来之际，铁树才有了开花的迹象，我的上级高山吼主席终于答应把我的户口给我。但他跟我签订了一个合同，合同里要我办两件事情，对我来说其中一件易如反掌，另一件却难于上青天，但是为了大事，我还是硬着头皮把这个不平等条约签了下来。

这个故事艰苦而又神秘，严肃而又幽默，事到临头，女警察姜红儿还要再一次友情出演。十五年后当我重新回忆起这个难忘的故事，想不到它真的成了我写作的源泉，下面我就把它如实地写出来，尽可能简单一些。

8

在这里我还得写一写一九八七年的社会背景。在我的记忆里，这是一个非同一般的年头，从中国社会到中国文坛，以至到我个人都非同一般。这一年在北京召开了新中国的第三次青创会，三百个青年作家从长城内外大江南北奔赴首都北京，在一个大雪飘飘的新年讨论着中国文学向何处去。这年春天的雪太大了，我们在大雪中回顾过去的历史，第一次参加青创会的青年作家，一九五七年基本上都成了右派，第二次参加青创会的青年作家，一九七六年后基本上都因极“左”退出了文坛，那么第三次参加青创会后，我们以后会怎么样呢？我说我们，意思是我也要去北京开这个会了，我是我们全省十名青年作家代表之一。

我将作为十位代表之一进京参会的消息，很快就被我的原单位文联主席高山吼知道了，因为这时他正好在省文联开会，省文联和省作协在一个大院，而且他既是双乌沟市文联主席，同时也是湖北省作协委员。我认为被他知道不仅不是坏事，反而还是好事，我可以就此虚张一下声势，诱使他把我要的东西给我。心中暗自打定这个主意，我就以请高山吼主席喝酒为名，和他进行了一次秘密的谈判。

我记得那是武昌水果湖边的一家酒店，我推门进去选了一个雅座，和他面对面地坐下，一张桌子只有我和他俩，周围不可能有任何一个认识我们的人。我一边劝他喝酒，一边对他煽动。

主席，你应该写出一部大作品，成为一个大作家，离开那个小地方，将来到北京去占据一席之地。我激励他说。

我也是这样想的。他喝了一口酒，夹一片猪耳朵慢慢嚼着，酒后吐了真言。

我想毕业以后也到北京，如果你去北京，我们又可以在一起了。

这次你去北京开会，是不是顺便去找一个单位？

我也是这样想的，不过没有你的帮助不行。

怎么不行？你不是跟孙悟空一样一个跟头翻走了吗？

可我还是没打逃过你这个如来佛的手掌心，我的东西捏在你的手里，哪里也去不了。你能不能不学如来佛，而学关云长？

你的意思是你也不学孙悟空，而学曹操，让我在华容道把你放了？

哈哈哈哈！主席英明！

哈哈哈哈！你给我办两件事情，我给你这两样东西。

你直管说，只要我办得到。

第一，你这次到北京开会，请几个文坛大师，一人为我们的刊物题一个词，我们的刊物一直没有打响，原因之一就是还缺名人的影响。

你说请谁我就请谁。

冯牧、王蒙、汪曾祺、刘绍棠、邓友梅、姚雪垠……先这六个人吧，六六顺。

没问题，别说六个，六十六个也没问题，你再说第二件。

第二，你去找一个首长，给我们拨一笔款子作为办刊的经费。

哪个首长？不会是那个木匠出身的首长吧？

那个曾经在我们这里打过游击的首长。

我的个妈呀，你这不是为难我吗？首长又不来开会，我怎么能见到他？就算他来给我们讲话，我又怎么能向他要款子，他又怎么会给我们拨款子呢？

你别着急，你听我慢慢给你从头道来，刘亚洲是你的武大校友，也是有名的青年作家，也会参加这次青创会，你就请你的校友刘亚洲带你去见那个首长，问他还记得当年带着队伍在双乌沟打游击的事吗？他要说是忘了，你就告诉他，他要说是没忘，你就也告诉他，说这个双乌沟现在虽然是个城市了，但还很穷，连本文学刊物都办不起，请他给我们拨点儿经费，不要太多，有个千儿几百万的也就行了。

你这事不好办。

那你这事也不好办。

我先把第一件事给你办了。

那我也先给你办一件，把户口和粮油给你，你先吃着，档案再说。

唉，我尽量努力行吗？

行哪，你努力了，我也努力。

9

我和高山吼主席又碰了一杯，我觉得我们两个目前是一对商人，为了各自的利益在做生意，他比我高尚，是集体利益，我比他卑微，是个人利益。我把酒店的小姐叫来，向她要了几页白纸，在上面起草了一个合同，把我们刚才谈判的内容都写在了纸上。他是甲方，我是乙方，起草好后又抄了一张，就像中外贸易的谈判代表，甲乙双方都在上面签字画押，一人一份，叠成一个四折的方块，揣进衣服兜里。我的手激动得有些发抖，从衣服兜里退出来后，又返回去按了一下，防止掉在这家水果湖边的酒店里。我已经下定决心，背水一战，豁出来了，世上的事情难以预料，精诚所至，说不定会出现奇迹。

接下来我们又谈了一些与合同无关的话，比方说自从我逃跑以后，文联人事方面的变动。我问他说，林子祥和李苦娃上次来抓捕我，扑了空下不了台回去怎么说？

回去又想杀我！林子祥恨我超过恨你！

他为什么恨你？就是把你杀了，也轮不到他这个半文盲当主席呀？文联文联，又不是肉联，看谁肉多就受重视。

怎么轮不到？双乌沟就时兴半文盲当官儿，龙刚柔退休了，柳南风调走了，古春秋下海了，文联就剩这条老癞皮狗了，除他还有一条小哈巴狗，就是那个摇头摆尾只会跑腿儿的李苦娃，是个整文盲。

我们的关系从这一天起开始改善，他对我态度大变，说的都是推心置腹的话，好像我这个逃跑分子是他唯一信得过的人。我第二次叫来酒店小姐，掏出省作协发我的工资，而不是市文联发我的工资付了酒钱。这天我们从中午喝到下午，又从下午喝到晚上，喝了好几瓶子啤酒，两个人的脸都喝红了，不过我们并没有醉，说的都是一些很理性、很有思想和逻辑的话。分别时我们紧紧地握手，我又按了一下衣服兜里的合同。

第二天晚八点十五分，我就随参加青创会的省作协代表团，踏上了开往北京的三十八次特快列车。

会议在京丰宾馆召开，这一天正好是元旦，开幕式一结束我就完成了高山吼主席要我做的第一件事，六位大师分别都给我题了词。我把六幅题词装在一只牛皮纸信封里，在丰台邮局挂号寄给了双乌沟市文联，为了防止落入林子祥和李苦娃这两个坏人之手，信封上写着高山吼同志亲收，还挂了号。我怀着喜悦的心情，迈着轻松的步伐走回宾馆，认为大功已经告成了一半，剩下一半再想办法。

但是一进房间我就傻了，我的床上放着一张宾馆小姐送来的报纸，是当天的《人民日报》，报纸的头版头条是套红印的，题目是某某首长在上海欢度元旦，报纸的下角还有一条简讯，刘亚洲带领的中国作家访法代表团今日到达巴黎。难怪我一来就在登记表上翻部队作家，怎么也没翻到这个名字。

当时我的心里哗啦一响，冒出一大堆的想法，整理出来大概是这么个次序：首先是失望，这下子款子要不来了，高山吼的事情办不成了；接着是无奈，首长要到上海过年，刘亚洲要去法国访问，我又拦不住他们两个！再接着是庆幸，幸亏走了，不然我怎么完成这个任务？最后就是一阵窃喜，这样正好，我就说不是我不努力，是他们根本不等我努力就走了，不信请看元月一日的《人民日报》！

我用想象把高山吼主席拉到我的面前，向他陈述我为他所做的一切工作，假设他还有什么不满，我就对他进行有力的驳斥，直到他不得不承认，这件事情的破产纯属天意。而天意是人不可违的，包括我，也包括他，既然如此，他就得遵照合同，把我的两样东西都交给我。

高山吼主席还是凭良心的，他看到了元月一日的《人民日报》，对上他瞒着市委常委、宣传部部长陶若金，对下他撇开文联办公室主任林子祥，在一九八七年五月一个阳光灿烂的日子里，也就是我的毕业分配前夕，把我的户口和档案一并转到了武汉大学。

我用他给我的这两样东西到了北京，虽然这是他应该做的，但我依然认为至少比那些早就应该做而最终也没做的人好。十年后我以我手中的职权，帮他出版了一部面壁五载增删十次的长篇小说，我们成了朋友，而且是真正的。

10

这一年，在我过去上大学和做合同制作家的那座省城，有一个叫周学贾的作家听说了我和高山吼的故事，也给我寄来一包稿子，说他和高山吼是一个级别的作家，意思是高山吼的书能出版他的书也能出版。我读后觉得他的比高山吼的要差很多，但出于面子，一时忘了孔夫子的教导，己所不欲，却偏要施于人，把它转给了另一家出版社。周学贾如愿以偿，却又假装生气，以一本书竟然前后有两个封面为由控告有恩于他的编辑，我因这事与我有关而支持了那一方，他一生气把我列为连带被告。我也一生气把他当时如何求我，我又如何求人的内幕写了出来，刊登在他所在的一家报纸上。

周学贾一张老脸挂不住了，道听途说我上大学两年没有档案和户口，临近毕业却突然全都寄来，那一定是自己伪造的，就坐车来到双乌沟市，直奔市文联调查取证。他先见到小跑腿儿的李苦娃，说明来意，李苦娃想起自己两年前也曾做过同样的事，一时间视他为同志，同意了他的判断说，对，八成是假的！

李苦娃带他见林子祥，林子祥说，什么八成？十成！百分之百！全都是假的！

周学贾取到两个人的口供，还想找到一个更重要的人物，最后来到高山吼家。他说，高主席呀高主席，我知道你是野莽的老上级，他是从你的手上逃跑的，他的档案和户口被卡在你们单位，他转走的东西全都是假的！

高山吼说，他的东西是我亲自转的，怎么会是假的呢？我倒听人说你这个作家是假的呢。

周学贾问，我怎么假了？

高山吼说，周学假，周学假，你在学着做假，现在学会了是吗？

周学贾说，我是贾平凹的贾，我正在学着写《废都》。

高山吼说，就你？想写《废都》？写《废品》吧！

周学贾的脸气白了，用颤抖的手指着高山吼说，好、好、好哇，我明、明、明白了，你们是伙、伙、伙同作案，我要去派出所调、调、调查你们！

周学贾还没来得及到派出所，说完这话心脏病就发了，一条命差点儿丢在高山吼家门口，幸亏他随身带着炮弹，紧急进行自救。脱离危险以后他选择了乘车返回，此后再也没有来了，不知道派出所收到他的调查申请没有。

但是高山吼也险些被他气出病来，他本来一心要把我卡住不放，怎么会与我伙同作案？我的档案就在他的铁皮柜里锁着，打开柜门取出来就是。至于我的户口，他以领导的身份开个证明盖个公章，派人到管辖我们的派出所说声转走不就转走了？事情过后据他自己告诉我说，那次转我户口的恰恰又是那个名叫姜红儿的漂亮女警察，当高山吼复述完他们的对话，我差点儿被姜红儿的善良感动了。

虽然时隔已近两年，但是姜红儿对我的名字，以及那次我去转户口的事情记忆犹新，她眨着两只双眼皮下的美丽大眼睛，充满疑惑地望着高山吼问，你们单位不是通知派出所，不能转走那个人的户口吗？

高口吼说，当时不能转走，现在可以转走了。

姜红儿问，他的问题搞清楚了？

高山吼说，什么问题？没人说他有问题呀？他是个非常有才华的青年作家。

姜红儿问，既然那么有才华，为什么你们当时要卡他呢？

高山吼说，正因为有才华才要卡住他，我们需要他的才华，没有才华我们还不卡他，还巴不得他快走呢。

姜红儿说，早知这样，当初我该把他放走。

高山吼说，当初的卡住和现在的放走，都是应该的。。

姜红儿说，请你代我向那个有才华的青年作家问好，说我当时是奉公办事，让他不要恨我。

高山吼说，你这个女警察，还是有情有义的嘛！

姜红儿说，警察也是人，女警察也是女人哪！

高山吼成功地转了我的户口，紧紧握着姜红儿的手说，感谢你的帮助，欢迎你到文联来玩儿，我们是一个精神文明单位，意识形态领域，别的忙我帮不上你，要是写个爱情诗，写个爱情小说什么的，我们这里有诗人也有作家，还有一本杂志可以发表。

姜红儿双眼皮下的美丽大眼突然一亮说，真的吗？

高山吼说，当然是真的。

11

谁都没想到这个女警察真会写作，分手时他只是出于礼节，顺口说完也就忘了。不料过了几年，高山吼的那部长篇小说出版之后，市文联召开了一个文学艺术界的新闻发布会，作者高山吼坐在主席台上最边远的一个位子，贴身是宣传部部长陶若金，正中是市委书记和市长，另一侧是市委副书记和副市长。参加会的都是本市的作家、评论家、新闻记者、新华书店经理和售书员以及摆书摊的女人，另外就是一些热心的读者和高山吼的崇拜者。坐在主席台上的高山吼突然发现，台下的听众中还有一顶警察蓝的大盖帽，大盖帽下两只双眼皮下的美丽大眼一闪一闪地看着他，他认出了她是姜红儿。

散会后，姜红儿双手接过他的签名赠书，同时也把自己的一部书稿递给了他说，主席，遵照您的指示，我向您投稿来了。

这部书稿在高山吼的桌上放了一年，他拜读了，不是爱情诗也不是爱情小说，而是一部纪实文学，写的是作者死去的警察父亲，文字水平不高，故事非常感人，修改一下会是一部佳作。但是高山吼实在没有能力为她出版，他后悔那天为我转户口时不该约稿，甚至觉得欺骗了这位女警察。最后他想起了我，想起这件麻烦事原本是因为我而引起的，就理所当然地要把它转嫁在我的身上，当晚就在灯下给我写了一封信，是用毛笔写在宣纸上的。信上说我帮他出版了他视为生命的一部小说，因此一见到书就情不自禁地想起我，要我今年春节务必回一趟双乌沟市，我们在一起好好地喝一喝酒，说一说话，就像那年在水果湖边的酒店一样。

他提到了水果湖边的酒店，于是这个春节我不得不回来了。三十团年的前一天，我乘车赶回了双乌沟市车站，我看见高山吼主席像当年的柳南风诗人一样，站在出口外的寒风中迎接着我。在当天晚上的接风宴席上，酒过三巡之后，他把女警察姜红儿的书稿交给了我。

你还记得一个名叫姜红儿的女警察吗？

一九八五年她卡住了我的户口，我这辈子不可能忘记她。

可是一九八七年她却转走了你的户口。

那我这辈子就更忘不了她了。

他见我脸上漾起一片快乐的笑容，就紧跟着也笑了说，这部书稿就是她写的，主人公是她的父亲，一位因公殉职的老警察。

我脸上的笑容一下子凝固了，身穿黑衣的古春秋主任立刻来到我的面前，我想起他曾经对我讲的，姜红儿的演员母亲和警察父亲，还有她自己哭着要当警察的故事。我的心里肃穆起来，居然提前表了态说，这本书我一定帮她出版，不过我有一个要求。

高山吼说，你说吧，她可能已经结婚了。

我说，我想去看她，明天就去，在她的派出所里。

第二天是大年三十，别的机关都放了假，派出所却没有放，高山吼带我走到他们门外的时候，我注意地看了一眼那棵亚温带的阔叶树，还好上面没有乌鸦，不知这讨厌的家伙跑到哪里过年去了。我们安全地跨进门里，看见姜红儿正侧着脸在接一个电话，她几乎还跟当年一个模样，只是大盖帽下的两条眉毛离鬓角近了一点儿，仔细看是用眉笔描过的，对着话筒说话的嘴唇也比当年要红一些，像是北京香山深秋时节一片最玲珑的枫叶。我明白了这是因为过年，年轻的女警察把自己稍稍打扮了一下，用她的话说，女警察也是女人哪。

接下来的情景就不用说了，姜红儿放下电话只轻轻地呀了一声，一下子就和我亲密起来。我说，我从北京回来，送给你一样礼物。

她摇手说，警察不能受贿，你别害我大过年的犯错误哟。

我说，正因为是大过年的，我才要送你一副对联：香肩同样担道义，眉笔也能著文章。等会儿你去买纸买笔，请高主席写出来贴在你的门上。

她立刻知道我看出了她画过的眉毛，也知道我听说了她写书的事，笑着剜了高山吼一眼，脸都红了。

我们从派出所出来，趁着高兴，高山吼又带我去看望了已经退休的龙刚柔书记，还有同样已经退休的宣传部部长陶若金，他们都住在一个大院一栋楼里，并且是同一层，还门对着门，看望起来十分方便。这两家同时打开保险门，夹道欢迎我，二位老领导一人握着我的一只手说，你是一个有远大理想的年轻人，当时我们就一致这么认为，不信你可以问高山吼。

高山吼说，是的。